SODA

ullstein

Das Buch

Der Schock sitzt tief, als die 24-jährige italienische Studentin Angela erfährt, dass sie das ersehnte Stipendium für das Auslandssemester als Italienisch- und Deutschlehrerin nicht für Berlin, sondern »nur« für München bekommt. München, von dem jeder Italiener weiß, dass die Bewohner ihre Stadt völlig zu Unrecht für die nördlichste Italiens halten und die ganze Zeit in seltsamen Kleidern wie aus Omas Mottenkiste und Lederhosen mit halben Strümpfen um die behaarten Waden herumlaufen.

Trotzdem wagt Angela sich für ein Jahr aus dem Schoß der italienischen *grande famiglia* in die Arme einer Münchner Männer-WG. Mit ihrem italienischen Temperament mischt sie die Herren mächtig auf – und am Ende winkt die große Liebe …

Die Autorin

Angela Troni, geboren 1970, lebt als freie Lektorin und Autorin in München. Sie hat bereits mehrere Sachbücher verfasst und Anthologien herausgegeben. Dies ist ihr erster Roman der Halbitalienerin, deren Familie aus Rimini stammt.

Mehr über die Autorin erfahren Sie unter www.angelatroni.de

Von der Autorin sind in unserem Hause bereits erschienen:

Gebrauchsanweisung für Männer und Frauen
Ich hab schon Schlimmeres erlebt

Angela Troni

Risotto mit Otto

Ein italienisches Jahr in München

Ullstein

Besuchen Sie uns im Internet:
www.ullstein-taschenbuch.de

MIX
Papier aus verantwortungsvollen Quellen
FSC® C006701

Originalausgabe im Ullstein Taschenbuch
1. Auflage April 2011

Umschlaggestaltung und Gestaltung des Vor- und Nachsatzes: Sabine Wimmer, Berlin
Titelillustration: © Jakob Werth
Satz: LVD GmbH, Berlin
Gesetzt aus der Excelsior
Papier: Munken Print Cream von Arctic Paper GmbH
Druck und Bindearbeiten: CPI – Ebner & Spiegel, Ulm
Printed in Germany
ISBN 978-3-548-37375-1

Per il babbo più buono del mondo

Prolog
»Vado al massimo«

»*Porca madonna e tutti santi!*«, entfuhr es mir, nachdem ich den Brief mit dem hellgrünen Umschlag aufgerissen hatte und mit klopfendem Herzen die Zeilen überflog, um an drei Wörtern hängenzubleiben, die ein Unbehagen in mir auslösten, als hätte mich der Carabiniere in der Via Dante wieder mal beim Vespafahren ohne Helm erwischt.

Völlig verschwitzt schleppte ich mich die Stufen bis zu unserer Wohnung im sechsten Stock hoch, verdammte den seit Wochen kaputten Aufzug und versuchte, die Tür aufzuschließen, die wie immer klemmte. Mit einem gezielten Tritt überredete ich sie dazu, endlich nachzugeben, und ging in den Flur.

»*Monaco di Baviera* – München, Bayern«, stand da in fettgedruckten Lettern, und ich konnte nicht verhindern, dass mir ein weiterer Fluch über die wie immer dunkelrot geschminkten Lippen kam. Mit dem Handrücken wischte ich mir den Schweiß von der Stirn und fuhr mir mit dem Ringfinger unter den Augen entlang, um die bröckelnde Wimperntusche wegzureiben. Ich musste mir wirklich dringend eine neue kaufen, aber momentan hatte ich andere Sorgen.

Dann ging ich in die Küche, in der sich von meiner Geburtstagsparty gestern Abend Essensreste, Geschirr,

Flaschen und Kippen stapelten, und ließ mich auf den gedrechselten Küchenstuhl sinken, den ich mit *mamma* neulich erst auf dem Flohmarkt in Rimini ergattert hatte. Das alte Holz stöhnte, als würde es mit mir fühlen.

Da hätten sie mich auch gleich nach Sibirien ins Arbeitslager schicken können, jammerte ich stumm vor mich hin. Was haben die sich nur dabei gedacht? Was hab ich bloß verbrochen? Ob ich Paola neulich doch hätte die Wahrheit sagen und gestehen sollen, dass ich ihr die *Baci di Dama* weggegessen hatte? Oder hat es etwa damit zu tun, dass ich *mamma* die zwanzig Euro, die ich mir letzte Woche heimlich aus ihrem Portemonnaie »geliehen« habe, nie zurückgeben wollte? Wenn ich das geahnt hätte! Den Preis war mir der Spaß dann doch nicht wert.

Mit dem Brief in der Hand saß ich da, starrte wie gebannt auf die Zeilen, und je häufiger ich den Satz »Ihrem Antrag auf ein einjähriges Auslandsstudium in Deutschland wurde stattgegeben. Bitte setzen Sie sich bis zum 15. 09. 2010 mit der Ludwig-Maximilians-Universität in München in Verbindung« las, desto kälter wurde mir. Dabei waren draußen mindestens fünfzig Grad im Schatten, und hier drinnen war es, trotz der zugezogenen Fensterläden, kaum kühler. Aber das sag mal einem unter Schock stehenden Körper.

Hätte ich doch bloß nicht auf *babbo,* wie ich meinen Vater liebevoll nannte, gehört und mein Schicksal dieser kleinen privaten Förderorganisation anvertraut. Ursprünglich hatte ich wie alle meine Kommilitonen, die ins Ausland gingen, am Erasmus-Programm teilnehmen wollen, doch mein ach so kluger und grundsätzlich alles besser wissender Vater meldete mich bei der Fondazione Francesco D'Assisi an. Weil er dort jemanden kannte, der jemanden kannte, der jemanden ... Egal! Auf die Fondazione war jedenfalls auch kein Verlass mehr, genau wie auf die italienische Opposition, das Wetter und die Lottozahlen. Dabei hatte ich irgendwo mal gelesen, der selbstlose und weise Mönch Franz von Assisi habe einen großherzigen Charakter. Nun ja, nach seinem Tod schien das ganz offensichtlich nicht mehr zu gelten – oder vielleicht war die Großherzigkeit nach mittlerweile achthundert Jahren endgültig verjährt?

Ich stützte die Ellbogen auf den Küchentisch und rieb mir die pochenden Schläfen, doch leider wollte der Kopfschmerz nicht nachlassen. Er war eher stärker geworden.

München – ich wusste nicht viel über diese Stadt, in der meine beste Freundin Valeria als Fünfzehnjährige mal zum Schüleraustausch gewesen war, nur dass sie in Bayern lag und dass diese Bayern ein recht seltsames Volk sein mussten. Immerhin behaupteten sie, München sei die nördlichste Stadt Italiens, was mir per se höchst verdächtig erschien. Hatten die denn keinen Nationalstolz? Die *festa della birra,* das Oktoberfest, das Mekka der Biertrinker, von dem alle immer ganz begeistert erzählten, schien zwar tatsächlich ein Knaller zu sein, aber warum mussten die Leute sich dazu verkleiden? Feierte man in Deutschland im September Fasching? Nicht dass ich wüsste ... Ich hatte immer mal wieder Fotos vom Münchner Oktoberfest gesehen und konnte es einfach nicht fassen. Die Mädels in den seltsamen Kleidern, die aussahen wie aus Omas Mottenkiste, ließ ich mir ja vielleicht noch gefallen, und so mancher deutsche Mann hatte in seiner Lederhose echt einen knackigen Hintern. Aber was sollten diese oben und unten abgeschnittenen groben Wollstrümpfe, die da auf halber

Höhe an den Waden hingen? Und wieso mussten sie Bier aus Eimern trinken, zumal in industriellen Mengen? Hatten diese Menschen denn gar keine Kultur?

Beim Gedanken an die riesigen Bierkrüge bekam ich Durst und stand auf, um nach einer Flasche Wasser zu suchen. Überall entdeckte ich angebrochene Plastikflaschen von der Party, aber ich brauchte eine frische. Abgestandenes Wasser löst bei mir Allergien aus. Mehrere.

Was sollte ich in diesem »Millionendorf«, wie die Münchner ihre Stadt laut meiner Freundin Valeria nannten? Noch dazu mutterseelenallein? Auf einmal bekam ich Angst vor meiner eigenen Courage, schließlich war ich noch nie länger als zehn Tage von meiner Familie getrennt. Nicht mal Urlaub hatte ich ohne meine Eltern und meine beiden Schwestern, die Zwillinge Laura und Paola, gemacht, und ehrlich gesagt konnte ich mir auch nicht richtig vorstellen, wie es ohne sie sein würde. So ganz ohne Familie. Dabei war es zugleich mein sehnlichster Wunsch, endlich selbständig zu werden und auf eigenen Beinen zu stehen.

Ich hatte extra Berlin als Wunschstadt angegeben, weil dort Onkel Fabio und Tante Ivana mit Daniela und Pietro lebten. Alles war nämlich schon so gut wie abgemacht: Ich hätte bei ihnen im Haus ein kleines Appartement mit eigenem Eingang bekommen, meine Cousine hätte mir die Stadt und die besten Kneipen gezeigt, und ihr Bruder Pietro, den ich schon als kleines Mädchen vergöttert hatte, hätte mir sicher ein paar seiner coolen Freunde vorgestellt. Ein Stückchen Heimat hätte ich damit in der Fremde auch gehabt, und überhaupt: Es wäre perfekt gewesen. Offenbar zu perfekt.

Na ja, Hamburg hatte ich ebenfalls genannt, als einzig

akzeptable Alternative, da Papas Cousine Elena dort wohnte, die mich mit ihrem deutschen Mann unter ihre Fittiche genommen hätte. In die dritte Zeile hatte ich München in die dafür vorgesehenen Kästchen geschrieben und darüber in Druckbuchstaben »BITTE NICHT« gekritzelt. – War das jetzt die Folge davon? Wurde man, sobald man in dieses hyperkorrekte Deutschland wollte, etwa sofort mit der Höchststrafe belegt, sofern man Formulare nicht korrekt ausfüllte? Das fing ja gut an …

Ich ließ den Blick über die verkrusteten Spaghettireste auf den Tellern wandern und blieb an dem selbstgemalten, gerahmten Cartoon auf der Anrichte hängen, den Valeria, die chaotischste, aber genialste Grafikerin, die ich kannte, mir zum Geburtstag geschenkt hatte. Darauf war eine völlig ramponierte Sechzigjährige in Rock und Bluse mit abstehenden Haaren und Löchern in den Strümpfen zu sehen, die offensichtlich eine wilde Nacht hinter sich hatte. Darunter stand in Großbuchstaben: WENN DAS LEBEN DIR ZITRONEN ANBIETET, DANN BESORG TEQUILA UND SALZ UND RUF MICH AN. Darunter hatte meine beste Freundin mit Kuli ihre Handynummer und einen Smiley gekritzelt.

Das war typisch Vale. Sie hatte zwar einen etwas seltsamen Geschmack, was ihre schwarzen Biker-Klamotten und die superkurzen rot gefärbten Haare anging, aber sie war eine Seele von Mensch und immer für mich da, wenn ich sie brauchte.

Daher fackelte ich keine Sekunde, kramte mein Telefon aus der blaugrün gemusterten Filztasche, die noch immer über meiner Schulter hing, und drückte die Wahlwiederholungstaste. Da wir sowieso eine Standleitung hatten, war klar, dass ich ihre Nummer als Letztes gewählt hatte. Sie würde mich verstehen, sie wusste, was das bedeutete: M-Ü-N-C-H-E-N. Ungeduldig wartete ich, es tutete ... und tutete ... und tutete.

Gefühlte drei Stunden später, ich hätte inzwischen die komplette Küche aufräumen, die Wohnung neu streichen und den kaputten Aufzug reparieren können, ertönte die mir vertraute, wenn auch verschlafene Stimme meiner Retterin in letzter Not.

»*Pronto*?«

»Ciao, Vale, ich bin's. Stell dir vor ...« Weiter kam ich nicht.

»Weißt du eigentlich, wie viel Uhr es ist?«, maulte sie am anderen Ende der Leitung.

Ich sah förmlich vor mir, wie Valeria sich am späten Vormittag neben Giorgio, ihrem aktuellen Lieblings-Kuschelkissen, im Bett umdrehte und dabei mit den Augen rollte. Ihre Mutter duldete so etwas, meine Eltern dagegen würden mir den Kopf abreißen, wenn ich ein männliches Wesen über Nacht bei uns einschleusen würde – noch dazu jede Woche ein anderes. Valeria und mich trennte nicht nur dieses eine Detail, dafür einte uns umso mehr, zum Beispiel unsere Abneigung gegen München. Seit meine Freundin dort zum Schüleraustausch gewesen war, verachtete sie diese Stadt, in der sie mehr als ein unschönes Erlebnis hatte erdulden müssen. Ich durfte gar nicht daran denken, da wurde mir schon wieder ganz schlecht. Das konnte unmöglich allein der Kater sein, den ich von gestern hatte.

»Ja«, erwiderte ich leicht verschnupft, »Viertel vor zwölf, aber das hier ist ein Notfall!« Ich sprang vom Küchenstuhl auf und fing an, im Stechschritt durch die Wohnung zu laufen.

»Und deshalb rufst du mich mitten in der Nacht an?«

»Ein Not-fall«, wiederholte ich dramatisch und überlegte, ob ich einfach auflegen sollte. Tatkräftige Unterstützung war von Vale heute offensichtlich nicht zu erwarten.

»Was ist? Sind deine Eltern doch früher zurückgekommen?«, fragte sie und gähnte laut.

»Nein, schlimmer.«

»Du hast dir einen Fingernagel abgebrochen?«

Der dämliche Witz brachte meinen Puls zum Rasen. Ich setzte mich wieder auf den Stuhl, konzentrierte mich, um mein Reptiliengehirn zu aktivieren, atmete brav meine Wut weg und sagte erst mal nichts.

»Bist du noch da?«, drang es leise durch den Hörer, gefolgt von einem weiteren Gähnen.

»Nein!«, blaffte ich und legte tatsächlich auf, bevor ich heulend am Küchentisch zusammenbrach.

Sofort klingelte mein Telefon Sturm, doch ich ging nicht ran. Sollte Vale ruhig in ihrem schlechten Gewissen schmoren, das hatte sie nun davon. Nur leider war mir damit auch nicht geholfen. Buddhistisch versuchte ich, mein Schicksal anzunehmen, was mir nicht so recht gelingen wollte, und tröstete mich mit dem Gedanken, dass Buddha sicher auch mal klein angefangen hatte.

Letztlich blieb mir nichts anderes übrig, als in dieses München zu gehen, schließlich wollte ich unbedingt nach *Germania,* da ich für mein Studium als Italienisch- und Deutschlehrerin für die *scuola superiore* nichts Besseres tun konnte, als zwei Semester in dem Land zu verbringen, dessen Sprache ich meinen Schülern vermitteln wollte. Und weitere zwölf Monate zu verlieren, um mich dann nächstes Jahr doch wie alle anderen für das Erasmus-Programm zu bewerben, das sah ich auch nicht ein. Angesichts der Tatsache, dass man in Italien unzählige *concorsi* absolvieren muss, um über einen dieser Wettbewerbe in den Schuldienst eintreten zu können, und man sich oft jahrelang von einer befristeten Stelle zur nächsten hangeln darf, wollte ich so schnell wie möglich meinen Abschluss machen. Sonst konnte es passieren, dass ich kurz vor der Rente stand, bis ich endlich mal einen festen Job bekam. Auf *babbos* Vitamin B konnte ich mich jedenfalls nicht verlassen, das hatte die Aktion mit der Fondazione Francesco D'Assisi mal wieder deutlich gezeigt.

Je länger ich dasaß, desto mehr wandelte sich meine Wut auf Vale in Wut auf meinen Vater. Wieso musste er immer alles bestimmen? Er behandelte mich nach wie vor wie ein Kleinkind, das nicht bis drei zählen konnte. Ständig hieß es: »Wir wollen nur das Beste für dich«, aber hatte mich mal jemand gefragt, ob das auch tatsächlich gut für mich war? Mehr als einmal war ich ein bisschen neidisch auf meine beste Freundin gewesen, die allein mit ihrer Mutter lebte und entsprechend viele Freiheiten hatte. Vales Vater hatte sich schon vor Jahren mit einer französischen Touristin aus dem Staub gemacht, und ihre *mamma* arbeitete in der Fabrik, um den Lebensunterhalt für die beiden zu verdienen. Wegen der ständig wechselnden Schichten war sie so gut wie nie zu Hause, und entsprechend selbständig lebte meine Freundin.

Meine beiden jüngeren Schwestern und ich dagegen wuchsen behüteter auf als die bestbewachten Prinzessinnen, und sobald sich mir ein junger Mann auf Freiersfüßen auch nur von fern zu nähern wagte, alarmierte meine Mutter die Burgwache, die in Person meines Vaters zeigefingerschwingend und mit drakonischen Strafen drohend ihres Amtes waltete. Wenn es nicht um Jungs ging, war mein *babbo* jedoch der beste *babbo* der ganzen Welt, denn er konnte mir so gut wie keinen Wunsch abschlagen, und im Laufe der Jahre hatte ich ganz genau gelernt, mit welcher Strategie ich ihn am ehesten um den Finger wickeln konnte. Eigentlich konnte ich alles von ihm haben, wenn ich ihm nur genügend schmeichelte und Honig um den Bart strich – na ja, fast alles. Denn in einigen wenigen Punkten blieb er nun mal hart. Wenn es ums Ausgehen, um Jungs oder meine berufliche Zukunft ging, verstand der *capofamiglia* in seiner Rolle als Familienoberhaupt leider keinen Spaß, und ich litt sehr darunter, dass meine Freundinnen, vor allem Vale, so viel mehr durften als ich.

Apropos dürfen: Nach München würde mein Vater mich sowieso nicht lassen, da er dort niemanden kannte, dem er die Oberaufsicht über mich übertragen konnte. Damit war mein Traum vom Auslandsaufenthalt gestorben, bevor er überhaupt richtig angefangen hatte. Ich war drauf und dran, mich meinem Frust hinzugeben und in einem See, ach, in einem Ozean aus Selbstmitleid zu versinken, da warf ich einen Blick auf meine Armbanduhr.

Erschrocken sprang ich auf und verschob den Weltuntergang auf später. Oje, schon halb eins, ich musste endlich anfangen aufzuräumen. Um fünf wollten meine Eltern mit den Zwillingen vom Wochenendbesuch bei Tante Giusi und Onkel Maurizio aus Cesena zurückkommen. Ich hatte es nach langem Hin und Her geschafft, ihnen einzureden, dass ich für meinen Geburtstag die Wohnung für mich bräuchte, um eine anständige Party zu schmeißen. Da wären die Zwillinge, meine zwar süßen, aber oft nervigen, da sich ständig in den Haaren liegenden vierzehnjährigen Schwestern so fehl am Platz gewesen wie ein Metzger auf dem Jahrestreffen des Vegetarierverbandes.

Ich ließ Wasser in die Spüle einlaufen und fing an, die Essensreste, Kippen und Servietten in den großen silbernen Mülleimer zu werfen. Die Party war ein voller Erfolg gewesen, wir hatten die halbe Nacht durchgetanzt, und meine selbstkreierten Gin-Cocktails waren der Renner gewesen. Wir hatten sogar in der kleinen Bar um die Ecke noch Nachschub holen müssen, so gut war der Drink angekommen. Die letzten Gäste waren erst im Morgengrauen gegangen, und von dem vielen Alkohol und dem Schlafmangel brummte mir gewaltig der Schädel. Was soll's, man lebt nur einmal, dachte ich und stellte mit Schwung die Teller ins Spülwasser, so dass einer prompt auseinanderbrach. Seinen Aufgaben muss man sich stellen. Ich würde es schon schaffen, auch ohne Daniela oder *zia* Elena, wie ich die Cousine meines Vaters nannte, obwohl sie gar nicht meine Tante war.

Nachdem ich die Scherben aus dem Spülwasser gefischt und so entsorgt hatte, dass *mamma* sie nicht entdecken würde, ging ich in mein Zimmer, um meine Lieblings-CD zu holen. Genussvoll schob ich sie in die Stereoanlage im Wohnzimmer, wählte Song Nummer vier und drehte den Lautstärkeregler voll auf. Als die ersten Takte von Vasco Rossis »*Vado al Massimo*« ertönten, ging es mir gleich besser. Der Song, mit dem mein Lieblingssänger das Festival di San Remo gewonnen hatte, den bedeutendsten Musikpreis Italiens, stammte aus dem Jahr 1982, als ich noch lange nicht geboren war, und sein Titel war mein Lebensmotto: Ich geb Vollgas.

Okay, ihr Bayern, zieht eure Lederhosen an und macht euch auf eine gehörige Portion italienisches Temperament gefasst, dachte ich und stürzte mich in die Arbeit.

1.

»Vita spericolata«

»*Babbo,* kannst du nicht schneller fahren? Ich verpasse noch meinen Zug!«

Nervös starrte ich von der Rückbank unseres uralten, bis unters Dach vollgepackten dunkelgrünen Fiat Punto durch die Windschutzscheibe auf den dichten Verkehr, während meine Stimme kurz davor war, sich zu überschlagen. Wieso war hier denn um die Uhrzeit noch so viel los? Wollten die etwa alle – wie wir – die sieben Euro und zehn Cent für die Autobahn sparen und hatten die Bundesstraße genommen? Wir hatten Mitte September, es war weder Urlaubsverkehr oder Wochenende noch stand irgendein Großereignis an, das gerechtfertigt hätte, dass auf der Statale Adriatica von Riccione nach Bologna alle im zweiten Gang dahinzuckelten.

Ich warf einen Blick auf die Uhr meines Handys und stöhnte, denn wir waren gerade mal knapp hinter Cesena und hatten noch mehr als die Hälfte der hundertfünfundzwanzig Kilometer bis Bologna vor uns. Normalerweise war die Strecke in eineinviertel Stunden locker zu schaffen – selbst wenn mein Vater am Steuer saß, der sich, ganz unitalienisch, an jede noch so absurde Geschwindigkeitsbegrenzung hielt.

»Kurz vor zehn! Das schaffen wir nie! *Porca* …« Ich sah förmlich vor mir, wie wir um 23.05 Uhr und siebzehn

Sekunden zu fünft, so schnell es uns mein Marschgepäck erlaubte, auf den Bahnsteig stürmten und dem Nachtzug aus Roma Termini in Richtung München-Hauptbahnhof hinterherhechelten. Ohne ihn zu erreichen, versteht sich.

»Entspann dich, *figliola mia*«, erwiderte mein Vater mit der für ihn typischen Gelassenheit, die so gar nicht meinem Temperament entsprach und mich erst recht in Rage brachte. »Geflucht wird in meinem Wagen nicht. Ich tu schon, was ich kann.« Er fuhr sich mehrmals durch die dichten grauen Haare und konzentrierte sich wieder auf den Verkehr.

»Wir kommen sicher noch rechtzeitig am Bahnhof an«, versuchte meine Mutter mich zu beruhigen. Sie hatte sich zu uns drei Mädchen, die wir auf der Rückbank zwischen meinen riesigen Koffern eingequetscht saßen, umgedreht und lächelte mich aufmunternd an.

Meine beiden Schwestern schlummerten selig aneinandergekuschelt und bekamen von dem ganzen Drama nichts mit, während mein Puls mit der Stärke eines Presslufthammers pochte und ich, um ihn zu beruhigen, an den Fingernägeln kaute.

»Von wegen!«, rief ich aufgebracht. »Bis um elf schaffen wir es nie bis zur *stazione centrale,* wenn das hier so weitergeht. Ich hab euch gleich gesagt, wir nehmen besser die Autobahn. Aber nein, der da vorne …«

»Red nicht so von deinem Vater!«, ermahnte mich *mamma,* und ich merkte genau: Wenn ich jetzt nicht langsam einen Gang zurückschaltete, drohte ein Temperamentsausbruch, der sich gewaschen hatte. Als sie sich mit Schwung zu mir umdrehte, geriet ihr kinnlanger, akkurat geföhnter Pagenkopf gefährlich durcheinander, und ihre pechschwarzen Augen bekamen einen bedrohlichen Schimmer. »Wir tun doch schon alles für dich. Sei froh, dass wir dich überhaupt fahren. Mit all dem Gepäck hättest du nie alleine in den Nachtzug umsteigen können.«

»Meiner Angelina *bella* trage ich die Koffer bis ans Ende der Welt«, ließ sich mein Vater vernehmen, nicht ohne eine kleine Nuance Spott in der Stimme.

Ich ließ mich davon nicht beirren, sondern lief ungeachtet meiner vor der Explosion stehenden Mutter zur Höchstform auf. »Alles nur, weil wir unbedingt noch bei *zia* Marisa vorbeifahren mussten. Von der hätte ich mich auch am Telefon verabschieden können. Die zwanzig Euro, die sie mir zugesteckt hat, hätte sie getrost behalten können. Davon kann ich mir in München sicher nicht mal 'ne Pizza leisten. Das ist die teuerste Stadt Deutschlands, in die ich da fahre. Was glaubt die eigentlich …«

»Deine Tante hat es nur gut gemeint. Du weißt genau, wie krank sie ist. Vielleicht siehst du sie nie wieder.« Meine Mutter passte sich beim Gedanken an das drohende Ableben ihrer ältesten Schwester meiner schrillen Tonlage an, und die roten Flecken auf ihren Wangen kündeten zuverlässig von ihrer prekären Gemütslage.

»Basta adesso«, schimpfte mein Vater unvermittelt los, ganz entgegen seinem sanften Charakter.

Ich hob erstaunt die Augenbrauen. Sollte meine Abreise diesen Stoiker par excellence etwa zu einer emotionalen Reaktion hingerissen haben?

»Ich drehe gleich um, wenn ihr so weitermacht, und dann bleibst du hier. Das ist sowieso eine totale Schnapsidee, in dieses München zu gehen, wo wir keinen Menschen kennen. Ich war von Anfang an dagegen, aber mich fragt ja nie einer.« Mit beiden Händen umklammerte er das Lenkrad, während er vor sich hin wetterte.

»*Accidenti,* Aldo!«, rief meine Mutter. »Pass doch auf, jetzt wärst du beinahe auf den Vordermann aufgefahren!«

Mein Vater trat hart auf die Bremse, und Laura hob für einen Moment verschlafen den Kopf, nur um gleich wieder wegzunicken.

Der Vorwurf meines Vaters traf mich ebenso hart, immerhin hatte ich – zwar widerwillig, aber was soll's – die strengen Auflagen meiner Eltern akzeptiert, unter denen sie mir das Auslandsjahr in der »bayerischen Landeshauptstadt«, wie es auf der offiziellen Homepage so schön hieß, zähneknirschend gestatteten. Abgesehen davon fand ich, dass ich mit meinen vierundzwanzig Jahren allmählich alt genug war, um mein Leben selbst in die Hand zu nehmen. Mein Vater war da jedoch anderer Meinung. Wenn es nach ihm gegangen wäre, hätte er meinen Cousin Pietro als Aufpasser von Berlin nach München beordert, damit mir ja niemand etwas Böses tat. Als ob ich nicht langsam mal alleine auf mich aufpassen könnte.

Unsere wahrlich große, weitverzweigte Familie war in alle Welt verstreut, und wir hatten sogar Verwandte in Kalifornien, nur in München kannten wir tatsächlich keine Menschenseele. Das bereitete meinem *babbo* große Sorgen, da er seine *»bella bimba«*, wie er mich immer noch nannte, als wäre ich das süße zwölfjähre Mädchen von damals, nicht in die Fänge der kartoffelstampfenden Barbaren jenseits der Alpen entlassen wollte. Abendelang hatten wir diskutiert, überlegt, gerungen. Hatte mein Vater auf seinem kategorischen »Nein!« bestanden. Hatte meine Mutter mit Engelszungen auf ihn eingeredet. Hatte ich Millimeter um Millimeter um ein Stückchen *libertá* gekämpft – und gesiegt. Die Freiheit rief, und ich war mehr als bereit, dem Ruf zu folgen, auch wenn er mich nach München und nicht nach Berlin führte.

Am Ende wollten meine Eltern mich tatsächlich ziehen lassen, schweren Herzens und unter einer Bedingung: Ich sollte bei Signor Colluti wohnen, einem Schulfreund vom Chef meines Vaters, der vor über dreißig Jahren nach Deutschland ausgewandert war. Er hatte eine Münchnerin geheiratet, war inzwischen jedoch verwitwet und konnte eine Gesellschafterin gut gebrauchen. Was ich mir konkret darunter vorzustellen hatte, war mir zwar ein Rätsel, aber ich hätte alles getan, um den Eisenketten meines überbesorgten Vaters zu entkommen. Sogar die Angst vor meiner eigenen Courage überwunden. Die Seriosität des fremden Herrn hatte meine Eltern schließlich überzeugt, ebenso wie der günstige Mietzins natürlich: meine werte Gesellschaft plus hundertfünfzig Euro gegen ein Bett, einen Schrank und einen ausrangierten Schreibtisch. *Babbos* Chef und Signor Colluti waren sich jedenfalls sehr schnell handelseinig geworden, und mein Vater hatte seinem Boss das heilige Versprechen abgerungen, dass seiner »Kleinen« nichts passiere. Anschließend hatte er den Landsmann, mit dem er in den letzten Wochen gefühlte hundert Telefonate geführt hatte, noch eindringlich gebeten, ein gestrenges Auge auf seine wertvolle Tochter zu haben. Was dieser selbstverständlich zugesichert hatte.

»Ha, wusst ich's doch, ein Unfall!«, rief *babbo* und holte mich aus meinen Gedanken zurück. »Gleich fließt der Verkehr wieder«, sagte er zufrieden und warf mir im Rückspiegel einen vielsagenden Blick zu.

Ich wusste genau, was er damit ausdrücken wollte: Ich hatte mich mal wieder völlig umsonst aufgeregt. Pah, dachte ich nur, ich bin eben impulsiv.

»Na also«, blies *mamma* ins selbe Horn, ehe ich ihm eine passende Antwort geben konnte. »Siehst du, alles wird gut, und du erreichst deinen Zug auf jeden Fall.«

»Ja, ja«, sagte ich nur und betrachtete die vorbeiziehenden Oleanderbüsche, die in der Mitte der Autobahn um die Wette blühten.

Wie es wohl in München aussah? Ich hatte zwar ein bisschen im Internet gesurft und war sehr beeindruckt von den prächtigen Bauten in der Innenstadt, allen voran von dem neugotischen Rathaus mit seinen vielen Türmchen und Spitzen, das aussah wie aus Disneyland geklaut. Auch das Siegestor, der Dom und die vielen Kirchen und alten Gebäude gefielen mir, und auf Google Earth hatte die Stadt vor allem sehr grün gewirkt. Dieser Englische Garten schien unendlich groß zu sein, dagegen war selbst der Parco della Resistenza in Riccione ein Witz, und den fanden wir schon riesig.

Hoffentlich sind die Leute dort nett und nicht so verstockt, wie man es den Deutschen, vor allem den Bayern, gerne nachsagt. Viel Ahnung von dem, was mich erwartete, hatte ich ehrlich gesagt nicht, da die »Kartoffeln«, wie wir die Teutonen nach ihrem bevorzugten Grundnahrungsmittel nannten, schon lange nicht mehr an der italienischen Adria Urlaub machten. Die goldenen Zeiten der sechziger und siebziger Jahre, als die Deutschen in ihren Isettas und VW-Käfern über die Alpen gekrochen und in wahren Massen bei uns eingefallen waren, waren lange vorbei.

Zio Gaetano, der ältere Bruder meines Vaters und ein eingefleischter Junggeselle, wurde nicht müde, von den hübschen deutschen Urlauberinnen vergangener Tage zu schwärmen. »*›Bella bionda‹*«, haben wir ihnen hinterhergerufen«, verriet er dem versammelten Nachwuchs bei jedem Familientreffen seine ganz persönlichen Flirttricks, »und schon hatten wir sie an der Angel. Hier ein Kompliment, da ein Lächeln, dazu ein Blick oder eine zufällige Berührung, und die *signorine tedesche* waren wie Wachs in meinen Händen. Die haben ja förmlich nach ein bisschen Zuneigung gedürstet, so ausgehungert, wie sie an der Seite ihrer dickbäuchigen, stoffeligen Ehemänner waren. Die Ärmsten mussten wir einfach verführen, damit sie auch mal was Schönes erlebten.«

Bei besagten Familienzusammenkünften bedauerte er jedes Mal zutiefst, dass sein einziger Bruder es nicht zu männlichen Nachkommen gebracht hatte, denn dann hätte er sein gesammeltes wertvolles Wissen an die nächste Generation weitergeben können. Dabei hätte er sogar zu schwierigen Themen wie etwa »Wie halte ich vier Frauen gleichzeitig bei der Stange, ohne dass sie voneinander erfahren, auch wenn sie alle im selben Hotel wohnen« oder »Wie komplimentiere ich selbst die sprödeste deutsche Jungfer in mein Bett« etwas zu sagen gehabt.

Beim Gedanken an *zio* Gaetano, der noch heute mit seinen zweiundsiebzig Jahren, gut fünfzig Kilo Übergewicht und mehr als schütterem Haupthaar vor Selbstbewusstsein strotzte, musste ich grinsen. Nach wie vor ließ er keinen Flirt unversucht und warf sich ebenso galant wie charmant in Pose, sobald ein weibliches Wesen in der Nähe war. Vorzugsweise versuchte er sein Glück bei Zwanzigjährigen, versteht sich. Schließlich wusste er, was gut war, und hatte obendrein Geschmack. An meiner besten Freundin Valeria hatte er geradezu einen Narren gefressen, und wann immer sie zu mir kam, rief sie vorher an und fragte, ob die Luft rein sei oder ob der altersschwache Gigolo wieder bei uns herumlungere.

Eigentlich könnte ich Vale noch eine SMS schreiben, dachte ich und zog mein Handy hervor. Schnell tippte ich ein paar Worte, obwohl wir uns schon siebenundvierzigmal voneinander verabschiedet hatten – in den letzten drei Tagen. Die Male davor zählte ich gar nicht erst mit. Die Trennung von ihr fiel mir mit am schwersten, schließlich hingen wir quasi vierundzwanzig Stunden täglich zusammen, wussten alles voneinander und taten so gut wie keinen Schritt ohne einander. Ehrlich gesagt vermisste ich sie jetzt schon. *»Mi manchi«*, tippte ich daher und setzte noch ein »*TVTB* – ich hab dich sehr lieb« dahinter. Die Antwort kam, kaum dass ich auf »Senden« gedrückt hatte.

Von dem Klingelton der eintreffenden SMS wurde Paola wach. Verschlafen rieb sie sich die Augen und fragte: »Sind wir endlich da?«

»Wieso?«, fragte ich zurück. »Geht etwa wieder gleich was daneben?«

Damit zog ich sie auf, seit sie vier war. Damals hatten wir auf der Fahrt von Riccione nach Ferrara bestimmt zehnmal anhalten müssen, *mamma* war mit ihr zur Toilette gerannt, und jedes Mal hatte sie dann nicht »gekonnt«. Am Ende hatte sie im Auto in die Hose gemacht. Der demütigende Vorfall verfolgte Paola bis heute, und ich als liebevolle Schwester nutzte – genau wie Laura – jede Gelegenheit, um sie fürsorglich daran zu erinnern. Damit ja nicht wieder was danebenging.

»Bäh!«

Sie beugte sich vor, um mir die Zunge rauszustrecken, und weckte dabei Laura. Sofort fingen die beiden an zu streiten, wie eigentlich immer, seit sie auf der Welt waren. Früher hatten sie sich die Bauklötze und Barbiepuppen um die Ohren gehauen, heute stritten sie um ihre

Klamotten und Jungs. Jetzt ging es darum, wer wen warum aufgeweckt hatte. Lautstark warfen sie sich Gemeinheiten an den Kopf und gestikulierten dabei wild, bis *mamma* sie zur Raison rief.

»Ragazze«, sagte sie und machte eine eindeutige Handbewegung, um das Palaver zu beenden, wobei die vielen goldenen Armbänder an ihrem Handgelenk klirrten, »jetzt reißt euch mal zusammen. Schließlich werdet ihr eure Schwester ein Jahr lang nicht sehen. Wir sind jeden Moment da.«

Ich hatte gar nicht richtig hingehört, doch bei dem letzten Satz fuhr ich hoch und spähte wieder durch die Windschutzscheibe. Tatsächlich, wenige Meter vor uns erhob sich der hell angestrahlte gelbe Sandsteinbau des Hauptbahnhofs von Bologna. Ein kritischer Blick auf eine der Uhren, die seitlich an dem Gebäude hingen, ließ mich erleichtert aufatmen: Viertel vor elf. Alles in bester Ordnung. Ich konnte mir sogar noch eine *Vogue* kaufen, bevor ich in den Zug stieg.

Zehn Minuten später war mein Gepäck in dem engen, leicht muffigen Abteil verstaut. Angeekelt rümpfte ich beim Anblick der Klaustrophobie auslösenden Zelle die Nase und fragte mich lieber nicht, wie viele schwitzende Menschen vor mir schon auf den sichtlich beanspruchten Sitzen gesessen hatten. Nun gut, letztlich hieß das nur, dass meine Instinkte perfekt funktionierten. Bekanntlich fördert Verliebtheit ja die Fortpflanzung, Angst mobilisiert den Fluchtreflex, und Ekel verhindert Vergiftungen. Mein Körper sorgte also nur vor.

Eigentlich hatte *babbo* mir einen Platz im Schlafwagen buchen wollen, doch leider war schon alles belegt gewesen, selbst im Liegewagen, wo man für ganze acht Stunden seines Lebens mit fünf anderen Personen auf drei Quadratmetern zusammengepfercht wurde. Wohl oder übel musste ich daher mit einem Abteil vorliebnehmen, in dem noch genügend Plätze verfügbar waren. Als ich mich umsah, wusste ich auch sofort, warum: Das Tropenholzimitat an den Wänden war verkratzt, die kleine Leselampe an der Gepäckablage funktionierte nicht, und die Flecken auf dem Teppichboden sprachen eine deutliche Sprache: igitt! Ich beschloss, die ganze Fahrt über nichts zu trinken, damit ich ja nicht auf die Toilette musste, und verfluchte, ganz undankbare Tochter, die ich nun mal war, meinen geizigen Vater, der mir statt eines Fluges – meinetwegen auch Economy – nur ein Bahnticket zweiter Klasse gesponsert hatte.

Ich stellte mich in die Tür des uralten Waggons, in dem ich die Nacht verbringen sollte, und hatte Bauchschmerzen vor Aufregung. Ehrlich gesagt hatte ich auf einmal mehr Angst, ein Jahr in dem mir plötzlich kalt und abweisend erscheinenden Deutschland zu verbringen, als ich mir je selbst eingestehen würde, aber natürlich versuchte ich, mir nichts anmerken zu lassen. »*Vado al massimo*«, sprach ich mir mit Vasco Rossis Worten Mut zu und lächelte tapfer. Schließlich wollte ich unter keinen Umständen eine so peinliche Vorstellung liefern wie die Zwillinge. Laura und Paola standen mit verquollenen Augen vor mir auf dem Bahnsteig und heulten wie Sophia Loren erst neulich vor laufender Kamera, nachdem sie die Doku über ihr Leben gesehen hatte.

Unterdessen steckte *mamma*, die in ihrem dunkelblauen Kostüm mal wieder aussah wie aus dem Ei gepellt, mir ein Essenspaket nach dem anderen zu. »Hier, den hat *zia* Giusi mir für dich mitgegeben«, sagte sie und hielt mir ein riesiges Stück Parmesan unter die Nase.

»Glaubst du, in Deutschland herrscht eine Hungersnot?«, fragte ich sie und versuchte, den Käse in die prall gefüllte Tasche mit der verführerisch duftenden Wildschweinsalami zu quetschen. Ich stellte sie zur Seite, zu den anderen Tüten, aus denen mehrere Großpackungen Frühstückskekse, Nudeln, Thunfischdosen, eingelegte Artischocken, *Baci di Dama* und eine Flasche Olivenöl herauslugten.

»Man weiß nie. Diese Deutschen sollen ja Wurst und Käse zum Frühstück essen. Unglaublich, so was nennen die allen Ernstes Esskultur!« Meine Mutter schüttelte sich und deutete auf die grüne Flasche mit dem Öl. »Das ist das gute, von *nonna* Maria. Sie hat mir extra was von dem handgepressten *olio* für dich mitgegeben. Verwende es sparsam, so was Feines gibt es in München ganz bestimmt nicht.«

»Danke, ich werde gut drauf aufpassen«, sagte ich gerührt und wischte mir nun doch eine Träne aus dem Augenwinkel.

Meine heißgeliebte Oma hätte ich am liebsten in den Koffer gepackt und mitgenommen, und zwar nicht nur weil sie die besten Tortellini *pasticiati* aller Zeiten und eine Lasagne machte, die zum Niederknien war. Meine *nonnina,* die bei uns unterm Dach wohnte, war einfach ein Schatz und immer für mich da, wenn ich sie brauchte. Keiner konnte so gut zuhören wie sie, und wenn sie von früher erzählte, dann hing ich jedes Mal wie gebannt an ihren Lippen und konnte nicht genug bekommen.

Inzwischen war es eine Minute nach elf, und die Lautsprecheransage am Bahnsteig ließ verlauten, dass der Zug nach *Monaco di Baviera* über Verona, Innsbruck, Jenbach, Wörgl, Kufstein und Rosenheim in wenigen Minuten abfahrbereit sei. *Babbo* war wohl noch immer auf Parkplatzsuche, denn er war weit und breit nicht zu sehen. Anstatt den Punto wie jeder anständige Italiener einfach mitten vor dem Bahnhof im absoluten Halteverbot stehen zu lassen, hatte er darauf bestanden, den Wagen ordnungsgemäß auf einem richtigen Parkplatz abzustellen, und war noch mal um den Block gefahren. Wahrscheinlich wurde er fündig, wenn mein Zug in den Bahnhof von München einrollte.

»Ruf an, sobald du angekommen bist, damit ich weiß, dass alles in Ordnung ist«, sagte *mamma*. »Hörst du?«, fügte sie hinzu.

»Ja klar, mach ich«, versicherte ich und stieg noch mal aus. Zum Abschied zwickte ich Paola in den Oberarm. »Hör endlich auf zu heulen. Die Wimperntusche war teuer«, foppte ich sie. Dabei hätte ich inzwischen selbst am liebsten losgeflennt. Wie immer war ich dann besonders garstig, um von mir abzulenken, doch mein Schutzpanzer aus Sarkasmus fing bedrohlich an zu spannen.

Wir umarmten und küssten uns, und für einen Moment überlegte ich, ob ich mein Gepäck alleine auf die Reise schicken sollte. Signor Colluti konnte dann in München statt mich meine Koffer und Tüten in Empfang nehmen. Er würde sich bestimmt über die Leckereien freuen, und meine Klamotten konnte er gewinnbringend verkaufen. Schließlich waren es ausschließlich Markensachen: Gucci, Armani, D&G, Prada – ich wusste eben, worauf es im Leben ankam.

Aber als der Schaffner neben mich trat und mich aufforderte einzusteigen, zögerte ich keine Sekunde und erklomm die hohen Stufen. Gerade als sich die Türen schlossen, kam *babbo* auf den Bahnsteig gestürmt, eine Stange Baci Perugina in der Hand, meine Lieblingspralinen. Am meisten mochte ich die ganze Haselnuss, die im Innern steckte, und freute mich jedes Mal auf den transparenten Zettel mit dem weisen Spruch, in den die Praline eingewickelt war.

»Halt!«, rief er völlig außer Atem und sprintete neben dem anfahrenden Zug her. »Meine Tochter!«

Ich streckte den Arm aus dem Fenster, so weit ich konnte, und erwischte die Packung, bevor der Zug richtig an Fahrt gewann und meine Eltern und die winkenden Zwillinge immer kleiner wurden. Die beiden gertenschlanken Gören überragten unsere Mutter bereits um mehrere Zentimeter, und auch *babbo* wirkte auf einmal erstaunlich klein neben ihnen. *Mamma* warf mir im Stakkato Handküsse zu und bedeutete mir erneut mit einer Geste, sie ja anzurufen, sobald ich angekommen war. Ich nickte und winkte und nickte und winkte und nickte und winkte, bis der Zug die Stadtgrenze längst hinter sich gelassen hatte und die Dunkelheit die vorbeiziehenden Bäume und Büsche verschluckte.

Irgendwann riss ich mich los und ging ins Abteil zurück, in dem nun eine Blondine mit Pferdeschwanz, modischen engen Jeans und lila Chucks im Schneidersitz dasaß und im Takt eines Songs wippte, den sie mit einem altmodischen Walkman hörte. Sie war etwa so alt wie ich und las völlig versunken in einem Buch. Als ich die Schiebetür aufzog, blickte sie auf und zog sich die Kopfhörer von den Ohren.

»He, wanderst du aus?«, fragte sie und deutete auf mein Gepäck, das über sämtliche Sitze verteilt war.

»Guter Witz«, antwortete ich und versuchte, die Tüten aufeinanderzustapeln, um wenigstens eine schmale Ecke zum Sitzen zu haben. Dann ließ ich mich in das speckige Polster fallen, wobei ich darauf achtete, dass meine zarte Haut möglichst nicht mit dem verseuchten Stoff in Berührung kam, und erzählte ihr von meinem bevorstehenden Auslandssemester in der bayerischen Metropole.

Beate, die in Bologna einen Schulfreund besucht hatte, kam aus Passau, studierte ebenfalls in München, Byzantinische Kunstgeschichte und Neogräzistik, und abgesehen davon, dass mir absolut schleierhaft war, wie man sich dafür interessieren konnte, war sie mir auf Anhieb total sympathisch. Wir fingen fünf Kilometer hinter Bologna an zu quatschen und hörten erst wieder auf, als der Lautsprecher über unseren Köpfen knarzte und die Durchsage kam, dass wir in wenigen Minuten München erreichen würden.

Ich hatte mich, außer mit Vale, selten auf Anhieb so gut mit jemandem verstanden, und nach knapp acht Stunden Fahrt wussten wir fast alles voneinander. Beate hatte mir von ihrem langjährigen Freund erzählt, der sie vor kurzem erst wegen einer anderen verlassen hatte, und ich hatte ihr gebeichtet, dass ich – auch dank meines Vaters, seines Zeichens Schießhundestaffelführer – noch nie eine längere Beziehung gehabt hatte. Nicht auszudenken, was bei uns zu Hause los gewesen wäre, wenn *babbo* auch nur geahnt hätte, dass mich das nicht davon abgehalten hatte, mit dem einen oder anderen Typen, der mir gefiel, all das auszuprobieren, von dem er nicht mal zu träumen wagte. Selbst in seinen kühnsten Alpträumen nicht.

Die quirlige Studentin, die genauso gerne und schnell redete wie ich, lachte nur, als ich ihr von meinen Erlebnissen am Strand und auf den Rücksitzen diverser Autos erzählte, und lud mich spontan zu sich nach Hause auf einen Kaffee ein. Sie lebte mit zwei Mitbewohnern in einer WG im Süden von München, und wir machten aus, dass ich sie bald mal besuchen kam.

Die Wohnung von Signor Colluti lag in Neuhausen, ganz in der Nähe des Nymphenburger Schlosses, einer eher gehobenen Wohngegend mit zum Teil parkähnlichen Gärten, wie Beate mir erklärte. Nun denn, ich war gespannt.

Kurz bevor wir in den Kopfbahnhof von München einfuhren, meldete mein Handy eine eingehende SMS. Ich riss mich von dem Anblick der hohen Bürogebäude rechts und links der Bahnlinie los und holte mein Telefon hervor, um neugierig auf das Display zu blicken. Na klar: Valeria, wer sonst? »Hals- und Beinbruch im Polizeistaat Bayern. Lass dich ja bei nichts erwischen! *Baci* Vale«, las ich.

»Okay, werd mich dran halten«, simste ich grinsend zurück. Dann wandte ich mich an Beate. »Gibst du mir bitte noch deine Telefonnummer? Dann kann ich sie gleich einspeichern. Ich würde mich wirklich freuen, wenn wir uns bald mal bei dir oder auf einen Cocktail in der Stadt treffen könnten.«

»Na klar«, meinte sie nur. »Du kriegst von mir eine Eins-a-Stadtführung inklusive Kneipentour. Keine Sorge, München ist echt nicht schlecht. Ein bisschen teuer für Studenten, aber wenn man die richtigen Ecken kennt, dann macht's großen Spaß hier. Im Sommer fühlt man sich glatt wie im Urlaub, alles findet draußen statt, in den Biergärten und Cafés, und es gibt so viele tolle Open-Air-Veranstaltungen, dass man gar nicht weiß, wo man zuerst hingehen soll. Du musst unbedingt mal mitkommen zum Sommertheater in den Englischen Garten, das ist total klasse.«

Ihre Begeisterung war ansteckend, und ich hatte auf einmal ein richtig gutes Gefühl. Der Zug hatte inzwischen angehalten, und Beate half mir mit meinem Gepäck, bis ich sämtliche Koffer, Taschen, Tüten und Fresspakete sicher auf meine beiden Arme verteilt hatte. Wir umarmten uns zum Abschied, und das gute Gefühl verfestigte sich. Wenn bloß jeder zehnte Mensch in diesem München auch nur annähernd so nett war wie meine Reisebegleiterin, dann konnte gar nichts schiefgehen.

»Ciao«, rief sie mir noch mal über die Schulter zu, da war sie auch schon in der Menge verschwunden.

Ich lief einfach mit dem Strom der anderen Reisenden mit, die zielstrebig auf die große Ankunftshalle zusteuerten. Staunend blickte ich mich auf dem breiten, extrem sauberen Bahnsteig um. Hier lag ja nicht mal ein Kaugummipapier oder eine Zigarettenkippe herum, alles wirkte wie aus dem Bilderbuch. Und erst die vielen Bäckereien, Kioske, Supermärkte und anderen Läden, die ich am Ende des Bahnsteigs in der großen Halle des Kopfbahnhofs erspähte. Haben die den Bahnhof aus Versehen in eine Shoppingmall reingebaut?, fragte ich mich. In Bologna an der *stazione centrale* gab es eine Bar, einen Zeitungskiosk und die Schalterhalle, mehr nicht. Während ich darüber nachdachte, wieso die Menschen in Deutschland auf die Idee kamen, auf einem Bahnhof shoppen zu gehen – ich konnte mir nichts Uncooleres vorstellen –, wäre ich fast über den Trolley eines älteren Herrn gestolpert, der in gemächlichem Tempo vor mir herging.

Apropos älterer Herr: Ich begann, nach meinem Herbergsvater Ausschau zu halten, und reckte den Hals, um über die Köpfe der vor mir laufenden Menschen hinweg etwas zu erkennen. Am Ende des Bahnsteigs stand nur leider kein älterer Herr, sondern lediglich ein Mann mit seiner Tochter und einem Strauß roter Rosen in der Hand, zwei Frauen in gelben T-Shirts mit dem Aufdruck »Die Bonner Mädels auf Tour« und ein alles andere als vertrauenerweckend wirkender junger Typ mit einem braunen Karton in der Hand. Als ich näher kam und erkannte, was darauf stand, sog ich die Luft scharf ein.

»Mamma mia!«, flüsterte ich nur, während mir der Schreck in alle Glieder fuhr. »Das soll Signor Colluti sein? Nie im Leben.«

Etwa zehn Meter vor mir stand ein großer, durchtrainierter Mann Anfang dreißig, der aussah wie ein Mafioso aus dem Bilderbuch: lange, mit Gel zurückgekämmte Haare, beigefarbener, vermutlich maßgeschneiderter Anzug und eine verspiegelte Sonnenbrille auf der Nase. Auf dem Karton in seiner Hand stand in krakeliger Schrift: »Signorina Angela Troni«. Das musste ein Missverständnis sein, immerhin hatte mir *babbo* extra ein Foto von Signor Colluti gezeigt, damit ich ihn auch ja erkannte. Und die beiden passten nicht zusammen. Definitiv nicht.

Wieso war der alte Herr nicht selbst zum Bahnhof gekommen? War er etwa krank? Dann hätte er doch meine Eltern benachrichtigen müssen. Wer war dieser Typ? Das alles erschien mir reichlich merkwürdig. Und irgendwie auch furchteinflößend.

Reflexartig rieb ich mir über die Augen. Doch, doch, ich hatte die Kontaktlinsen drin. Ganz sicher. Und ich hatte ausnahmsweise auch nicht die linke mit der rechten Linse verwechselt, was hin und wieder vorkommt und mir ein wenig die Sicht vernebelt, da ich nicht auf beiden Augen gleich schlecht sehe. Die Sachlage war eindeutig: Entweder Signor Colluti hatte eine Verjüngungskur mit angegliederter Blitzkarriere bei der Mafia hinter sich, oder hier war etwas gehörig schiefgelaufen.

Da hatte ich vierundzwanzig lange Jahre mitten in Italien gelebt, ohne ein einziges Mal mit einem Angehörigen dieses gemeingefährlichen Vereins auch nur entfernt in Berührung zu kommen, und jetzt so was. Kaum betrat ich deutschen Boden, wartete die Mafia auf mich. Ich schluckte.

Inzwischen war ich ihm aufgefallen, vermutlich weil ich mit meinem gesamten Gepäck, das mich umgab wie die Ausläufer des Indus, mitten im Weg stehen geblieben war und wie gebannt in seine Richtung starrte. Meine Schultern schmerzten fürchterlich, und ich spürte förmlich die Striemen, wo mir die Tragegurte eben noch in die Haut geschnitten hatten. *Mamma* hatte mir noch gesagt, ich solle den Rucksack nehmen, aber das war mir zu uncool gewesen. Das hatte ich nun davon, doch das war momentan nun wahrlich nicht meine größte Sorge.

Mit hochgezogener linker Augenbraue wandte sich der unheimliche Geselle mir zu und versuchte, mit mir Blickkontakt aufzunehmen, was mit der verspiegelten Sonnenbrille nicht ganz leicht war. Dennoch spürte ich instinktiv, dass er mich meinte, daher wandte ich mich schnell ab und tat, als wäre ich ganz furchtbar mit meinem Gepäck beschäftigt.

»He, was ist?«, fragte mein Gewissen. »Willst du etwa an ihm vorbeilaufen?«

»Genau das ist der Plan. Sieh dir den Typen doch mal an!«, erwiderte ich und legte, ohne noch mal nach links und rechts zu schauen, einen gehörigen Zahn zu. Ich konnte unmöglich mit diesem Typen mitgehen. Mit einem waschechten Mafioso. Außerdem kannte ich den Kerl gar nicht. Wenn mein Vater davon erfuhr, würde er mit Anlauf in den Punto springen und nach München rasen – diesmal sogar über die Autobahn und ohne jede Rücksicht auf Geschwindigkeitsbegrenzungen. Und wenn es ein paar hundert Euro Maut kostete.

Ich überlegte kurz, ob ich meine Eltern anrufen sollte, allerdings war es gerade mal eine Minute nach halb sieben, und wenn *babbo* eines hasst, dann früh aufzustehen. Was ich übrigens von ihm geerbt habe. Als Buchhalter in einer Agentur für Sportwetten muss er erst um halb zehn im Büro sein, weshalb er so gut wie nie vor acht Uhr aufsteht und *mamma* die morgendliche Erstversorgung der Familie überlässt. Außer in Notfällen. Das hier ist ein Notfall, überlegte ich und versuchte, im Laufen mein Handy aus meiner Mandarina-Duck-Handtasche zu ziehen. Schon mehr als einmal hatte ich mich über diesen kapitalen Fehlkauf geärgert, denn die Tasche war zwar todschick, aber auch total unpraktisch, da sie mit einem Reißverschluss und einem Druckknopf zu verschließen war und die breite Lasche jedes Mal in den viel zu kurzen Henkeln hängenblieb. Egal, das Teil war sündhaft teuer und machte was her.

Während ich versuchte, die vielen Tüten am Handgelenk des Armes, mit dem ich den Rollkoffer hinter mir herzog, zu bändigen, rutschte mir die riesige Umhängetasche von der Schulter und verhedderte sich prompt mit der Handtasche. Hastig griff ich danach, damit ich nicht ins Stolpern geriet. Dabei segelte mein Handy, das ich inzwischen erfolgreich herausgeangelt hatte, in hohem Bogen durch die Ankunftshalle des Münchner Hauptbahnhofs und landete direkt vor einer schwarzen Schuhspitze. Einer blankpolierten schwarzen Schuhspitze, die zu dem finsteren Mafioso gehörte, der noch immer das Schild mit meinem Namen festhielt. Mein Blick wanderte von der Schuhspitze hinauf zu der Hand, die ein dicker goldener Siegelring zierte. Keine Frage, der Kerl war echt.

Ich erstarrte zur Salzsäule und wagte es kaum, ihn anzusehen. Während ich reglos vor ihm stand, bückte er sich, hob mein wie durch ein Wunder heil gebliebenes Telefon auf und streckte es mir mit einem viel zu breiten Lächeln entgegen.

»*Grazie e scusami.*«

Vor Schock über die peinliche Nummer, die ich da gerade vollführt hatte, vergaß ich völlig, dass ich in Deutschland war, und redete Italienisch. Entschuldigt hatte ich mich auch noch. Wofür eigentlich? Dafür, dass ich zu dämlich war, mein Handy aus der Tasche zu holen?

»Sie sprechen Italienisch?«, fragte er und musterte mich, als wäre ich Freiwild.

Nichts wie weg hier, dachte ich, und noch ehe er die Frage wiederholen konnte, riss ich ihm das Telefon aus der Hand und rauschte davon.

Nur: Ich kam nicht weit. Keine drei Meter ging mein Fluchtversuch gut, dann landete ich mit der Nase an der Schulter eines eher kleinen, extrem schlanken jungen Mannes, der einfach nur unverschämt gut roch. Leider verzog sich sein durchaus attraktives Gesicht gerade zu einer genervten Fratze.

»Können Sie denn nicht aufpassen!«, herrschte er mich an, und seine blauen Augen funkelten finster. »So eine Schweinerei!«, wetterte er. Dabei deutete er auf den Kaffeebecher in seiner linken Hand, dessen Inhalt sich über seine Jeans ergossen hatte. Fluchend versuchte er, den Fleck wegzuwischen, doch der dunkelbraune Rand war auf der Hose gut zu erkennen, und auch das weiße Hemd hatte ein paar Spritzer abbekommen.

»T-t-tut mir l-l-leid«, stotterte ich, knallrot im Gesicht. »Ich mach das wieder gut«, versuchte ich anzubieten.

Er ließ mich nicht mal richtig ausreden. »Wie denn? Wegen Ihnen verpasse ich noch meinen Zug. Gehen Sie mir jetzt endlich aus dem Weg. Ich hab's eilig.« Damit drängte er sich an mir vorbei und stürmte auf den Bahnsteig, den ich gerade verlassen wollte.

Wütend starrte ich ihm hinterher. Was bildete sich dieser Vollpfosten bloß ein! Ich hatte ihm den Kaffee ja wohl kaum mit Absicht übergeschüttet. Und in welchem Ton redete er überhaupt mit mir? Der war doch höchstens so alt wie ich. Wieso siezte er mich überhaupt? War das hier unter jungen Leuten so üblich?

So euphorisch ich nach der Begegnung mit Beate gewesen war, so sehr holte mich dieses unschöne Erlebnis auf den Boden der Tatsachen zurück. Auf einmal fiel mir auf, dass mich einige der umstehenden Passagiere abfällig musterten, als hätte ich mir gerade sonst was zuschulden kommen lassen.

Nichts wie weg hier, dachte ich nun schon zum zweiten Mal an diesem Morgen und lief, so schnell ich konnte, an den Geschäften und dem riesigen Bonbonstand mitten in der Ankunftshalle vorbei nach draußen, um Luft zu schnappen. Ich musste nachdenken, und dazu brauchte ich Sauerstoff.

Fünf Stunden später saß ich am Stachus, wie die Münchner den Karlsplatz nennen, in einem Café und dachte bei einem *espresso macchiato* über meine Lage nach. Mein Gepäck hatte ich eingeschlossen, in drei Schließfächer, und danach war ich erst mal ziellos durch die Straßen und die Fußgängerzone gelaufen, um mit mir selbst zu beratschlagen, wie es weitergehen sollte. Zwischenzeitlich hatte ich im Minutentakt mit Vale gesimst, ohne dass sie mir wirklich hätte weiterhelfen können. Nun saß ich nach einer üppigen Portion Penne all'arrabiata vor der riesigen Wasserfontäne am Stachusbrunnen in der Sonne und beobachtete, wie das Wasser in hohem Bogen aus den unzähligen Düsen sprühte.

Kohlenhydrate unterstützen meinen Denkprozess zuverlässiger als Bewegung, was man meiner Figur leider ansieht. Aber dagegen kann ich nun wirklich nichts machen. Zum einen habe ich chronisch Hunger, was mit Sicherheit genetisch bedingt ist, da es *babbo* ganz genauso geht. Zum anderen ziehe ich mir komischerweise immer dann eine schwere Erkältung zu, wenn ich mal wieder anfangen will, Sport zu machen.

Ich schob mir das kleine Schokotäfelchen in den Mund, das ich zum Kaffee bekommen hatte, und versuchte, mir von der Angst, die mir den Rücken hochkroch, nicht den Schneid abkaufen zu lassen.

Realistisch, wie ich war, ging ich meine Möglichkeiten durch, ohne mir etwas schönzureden. Ich hatte genau drei Optionen: Ich konnte den nächsten Zug in Richtung Italien nehmen und zurückfahren, ich konnte versuchen, Signor Colluti zu erreichen, und ich konnte meine Eltern um Hilfe bitten. Seufzend trank ich den letzten Schluck aus der Tasse, denn keine der Varianten erschien mir sonderlich verlockend. Obwohl …

Wieso ist mir der Gedanke nicht schon früher gekommen?, fragte ich mich, während ich in den Kontakten meines Handy-Adressbuches nach dem Eintrag suchte, der die kleine, zarte Pflanze namens Hoffnung in meinem Innern wieder sprießen ließ. Aufgeregt wartete ich auf das Freizeichen und drückte dann auf »Verbinden«.

Erst herrschte Stille, dann ertönte das Besetztzeichen. Egal, meine Rettung stand unmittelbar bevor, so viel war sicher.

Ich wollte gerade die Wahlwiederholungstaste drücken, da klingelte mein Handy. Gedankenübertragung?, dachte ich, linste auf das Display – und erschrak zutiefst. *Mamma*! Für einen kurzen Moment überlegte ich, den Anruf zu ignorieren, dabei wusste ich genau, dass ich mir damit keinen Gefallen tat. Meine Mutter kann extrem hartnäckig sein, und geladen war sie sicher auch, da ich ihr fest versprochen hatte, mich bei meiner Ankunft zu melden.

»*Pronto*«, sagte ich zögerlich und rechnete mit dem Schlimmsten.

»Angela mein Kind ein Glück erreiche ich dich ich habe mir ja schon solche Sorgen gemacht das kannst du dir nicht vorstellen ist alles gutgegangen hast du heute Nacht ein bisschen schlafen können ich hab ja kein Auge zugetan vor lauter Angst um dich hat dich Signor Colluti abgeholt ist die Wohnung schön hast du auch ein eigenes Zimmer wie er es uns zugesichert hat wieso hast du denn nicht angerufen ich hab's dir doch extra gesagt hast du deinem Hausherrn auch das Gastgeschenk überreicht das ich dir für ihn mitgegeben habe wie ist das Wetter hoffentlich hast du genug warme Sachen eingepackt deine Schwestern vermissen dich und ich auch wo bist du überhaupt?«

»Alles ist gut, *mamma*«, sagte ich nur knapp, denn ich wollte sie nicht direkt anlügen. »Ich kann leider momentan nicht telefonieren und melde mich später noch mal. Mach dir keine Sorgen. Liebe Grüße an alle.« Damit legte ich auf und atmete erst mal tief durch, da ich wusste, dass diese Nummer noch lange nicht durchgestanden war.

Dann drückte ich noch mal auf die grüne Taste meines Telefons und wartete gebannt, ob sich diesmal am anderen Ende jemand meldete.

»Bucher«, sagte endlich eine Frauenstimme, und mir fiel gleich ein ganzer Steinbruch vom Herzen. Sofort fühlte ich mich zehn Kilo leichter – schade eigentlich, dass akute Schockzustände nicht tatsächlich zu abrupter Gewichtsreduktion führen.

Ich schilderte meine missliche Lage und konnte vor Freude und Glück kaum an mich halten, als ich die gute Nachricht vernahm. »Das würdest du für mich tun?«, rief ich. »Danke! *Grazie! Grazie mille!*«

Ich legte auf und winkte dem Ober. »Zahlen bitte.«

»Am besten, du kommst erst mal mit zu uns, dann trinken wir einen Tee und sehen weiter«, sagte Beate, als sie mit strahlendem Lächeln an der Info-Theke im Münchner Hauptbahnhof vor mir stand. Ich hatte sie am Telefon bei einem Arztbesuch erwischt, aber sie hatte mir zugesichert, dass sie es bis um drei Uhr auf jeden Fall zum Bahnhof schaffen werde. Nun war es genau eine Minute vor drei, und meine erste Begegnung mit der deutschen Pünktlichkeit war mir alles andere als unangenehm. Ich grinste sie nur grenzdebil an und nickte stumm, zu mehr war ich im Moment nicht fähig.

Sie schnappte sich meinen Rollkoffer und wandte sich nach links, wo eine breite Treppe und eine Rolltreppe ins Untergeschoss zu den S-Bahnen führten. Ich dackelte ihr zwischen den vielen Leuten, die fast alle furchtbar gehetzt und schlechtgelaunt wirkten, wie ferngesteuert hinterher, froh, mich um nichts kümmern zu müssen.

Die Fahrt mit der S 7 Richtung Höllriegelskreuth lief wie im Rausch an mir vorbei. Nachdem ich mir mehrmals beinahe die Zunge bei dem Versuch gebrochen hätte, den Namen der Endhaltestelle auch nur annähernd korrekt auszusprechen, und grandios gescheitert war, packte mich dann doch wieder die nackte Angst.

Völlig gefangen in meinen Gedanken, starrte ich vor mich hin und hätte nicht mal gemerkt, wenn ich wieder zurück nach Italien gefahren wäre. Vielleicht hätte ich doch nicht einfach so abhauen sollen, überlegte ich, und mein schlechtes Gewissen griff mit eiskalten Fingern nach mir. Der gemeingefährlich aussehende Typ mit dem Schild war mir völlig egal. Was scherte es mich schon, wenn er sich heute Morgen am Bahnsteig die Beine in den Bauch gestanden hatte, ich hatte schließlich keinen Vertrag mit ihm. Mit an Sicherheit grenzender Wahrscheinlichkeit durfte ich jedoch davon ausgehen, dass Signor Colluti früher oder später Alarm schlug und *babbo* erfuhr, dass ich mich nicht an seine Vorgaben gehalten hatte. Zwar war ich gut siebenhundert Kilometer von zu Hause entfernt, aber der Zorn meines ansonsten so gelassenen und geduldigen Vaters kennt, einmal entfacht, weder Landesgrenzen noch Geschwindigkeitsbegrenzungen. Er würde mich treffen, im schlimmsten Fall sogar schneller als der Blitz. Ich schob das unangenehme Bild vor meinem inneren Auge einfach weg und beschloss, mich später darum zu kümmern. *Mamma* hatte ich erst mal beruhigt, der Rest würde sich ergeben.

»An der nächsten Haltestelle müssen wir raus«, holte Beate mich aus meinen Gedanken und stieß mich sanft in die Seite. »Träumst du?«

Stumm erhob ich mich von dem blauen Klappsitz, verzichtete in unser beider Interesse auf eine Antwort und sammelte mein Gepäck zusammen, während ich auf der digitalen Anzeigetafel den Namen der Station las, an der wir aussteigen würden. »Nächster Halt: Mittersendling«, stand da. Das klang ja fast so seltsam wie Höllriegelskreuth, auch wenn es deutlich leichter auszusprechen war.

»Gibt es hier denn keinen Fahrstuhl?«, fragte ich, kaum dass wir auf dem langen Bahnsteig standen. An italienischen Bahnhöfen gibt es zwar auch so gut wie nie welche, aber von diesem perfekt durchorganisierten Land hätte ich einen solchen Komfort schon erwartet. Der Schreck, mit meinem Gepäck die Treppe hinunter- und auf der anderen Seite des kleinen, mit bunten Graffiti besprühten Tunnels gleich wieder hinauflaufen zu müssen, hatte mich meine Sprache wiederfinden lassen. Hier war es nicht ganz so sauber wie am Hauptbahnhof, dennoch wirkte die Gegend recht gepflegt und ruhig auf mich.

»Wenn ich wieder deinen Koffer nehme, dann schaffen wir das schon. Es ist nicht weit. Siehst du das blaue Haus da unten?« Beate deutete an ein paar winzigen Holzhütten mit Rasenvorplatz vorbei auf einen leicht abschüssigen Weg. »Darin wohnen wir.«

»Und hier?«, fragte ich, wobei ich in Richtung der winzigen Bretterbuden nickte. »Wohnen da etwa auch Leute? Ich dachte immer, die Deutschen bevorzugen Häuser aus Stein und Beton.«

»Nein, nein«, rief sie amüsiert. »Das ist eine Kleingartenkolonie.«

»Aha«, sagte ich nur und beschloss, mich fürs Erste nicht weiter mit dieser seltsamen Form des deutschen Kolonialwesens zu befassen. Ich kannte nur die Ferienkolonien an der Adriaküste, in der im Sommer immer ganze Horden von Kindern und Jugendlichen ihren Urlaub verbrachten. Das hier sah mir eher nach Strafkolonie aus. Wahrscheinlich war das Gefängnis gleich um die Ecke, und die Gefangenen bekamen jeder eine Nagelschere in die Hand gedrückt, um die Grashalme einzeln zu stutzen. Oder warum sah der Rasen hier perfekter aus als auf dem Green eines Golfplatzes? Die Strafe war mit Sicherheit erst dann verbüßt, wenn der Rasen an jeder beliebigen Stelle des Grundstücks, das deutlich größer war als die darauf befindliche Hütte, exakt gleich lang war – also nie.

Oje, wo war ich da nur gelandet?

Zeit zum Nachdenken blieb mir allerdings nicht, denn im nächsten Moment standen wir schon vor einer schönen, alten Haustür aus dunklem Holz, und Beate steckte den Schlüssel ins Schloss. Zum Glück war ihre WG gleich im ersten Stock. Ich hätte mein Gepäck freiwillig keinen Meter weiter geschleppt, auch wenn die alten, knarzenden Holztreppen nicht sonderlich hoch waren.

»Hallooooo!«, rief Beate gedehnt und warf sich mit der Schulter gegen die weiße Tür, von der an mehreren Stellen die Farbe abblätterte. »Jemand dahaaaa?«

Ich sah mich in dem mehrere Meter langen Flur um, in dem sich ein mit Büchern und Ordnern überfülltes Regal an das nächste reihte und der ohnehin schon enge Gang durch allerlei Gerümpel, Kisten, Schuhe, Schirme, Taschen und was weiß ich nicht noch alles zusätzlich verschmälert wurde. Das entsprach jetzt nicht ganz dem minimalistischen Einrichtungsstil, den ich bevorzugte, aber ich wollte mal nicht undankbar sein. Immerhin hatte mich Beate vor der italienischen Mafia bewahrt, und das würde ich ihr bis in alle Ewigkeit hoch anrechnen.

Aus der Küche stürmte eine kleine Person in Jeans und T-Shirt mit dunklen Korkenzieherlocken und begrüßte Beate freudig. Dann sah sie sich fragend nach mir um. »Hallo, ich bin Isabelle«, sagte sie mit einem herzlichen Lächeln, bei dem sich zwei Grübchen in ihren Wangen zeigten, und streckte mir die Hand hin. Ihre hellen Augen funkelten schelmisch.

»Angela«, sagte ich nur und schielte unsicher auf die Hand, die in der Luft zu verharren schien.

Isabelle konnte unmöglich davon ausgehen, dass ich sie ergriff und schüttelte. Ich musste wieder an meinen Zusammenstoß mit dem Vollidioten am Bahnhof denken, der mich gesiezt hatte. Die Deutschen waren schon seltsam, der unhöfliche Unbekannte genauso wie Isabelle. Wir waren hier doch nicht bei einem offiziellen Staatsempfang, sondern unter Studenten, und über fünfzig schien sie mir auch nicht zu sein. Wenn ich in dem Moment schon gewusst hätte, dass sich in Deutschland selbst Kinder und ihre Eltern oder Geschwister mit dieser förmlichen, unnahbaren Geste begrüßen, hätte ich auf der Stelle meine Rückfahrkarte eingelöst. Aber noch ahnte ich nichts und hob daher nur die Hand auf Schulterhöhe, um huldvoll zurückzugrüßen wie Victoria von Schweden bei der Kutschfahrt durch Stockholm anlässlich ihrer Hochzeit.

Isabelle war von meiner Reaktion mindestens so irritiert wie ich von ihrer, doch ehe die Situation mal wieder peinlich für mich enden konnte, brach Beate das Eis, indem sie sagte: »Ich hab mir gedacht, ich tu mal was für die Sprachgewandtheit unserer WG, und hab ’ne waschechte Italienerin mitgebracht. Seit Roberto ausgezogen ist, haben wir kein italienisches Wort mehr gesprochen. Das ist doch schade. Was ist, trinkst du ’nen Tee mit uns? Und wo ist eigentlich Otto?«

»In der Bibliothek, bei ihm wird’s spät heute. Aber ich

trinke gerne einen mit. Kuchen hab ich auch noch da, den können wir uns teilen.« Isabelle lächelte mich an und deutete Richtung Küche. »Lass deine Sachen einfach hier stehen und komm mit.«

Der erste Eindruck hatte getäuscht, denn die Berlinerin, die es der Liebe wegen nach München verschlagen hatte, war genauso nett wie Beate, und wir redeten wie die Wasserfälle. Die beiden probierten ihr Italienisch an mir aus, und ich antwortete brav auf Deutsch. Die bunt zusammengewürfelte Kücheneinrichtung, die mit Sicherheit schon bessere Tage gesehen hatte, irritierte mich längst nicht mehr, und auch das Geschirr, das sich in der Spüle stapelte, nahm ich nur am Rande wahr. Beate hatte auf dem Küchentisch einfach den Stapel mit den Zeitungen, Briefen, Prospekten und die Obstschale, deren vergammelten Inhalt ich nicht mal für viel Geld gegessen hätte, beiseitegeräumt und den Tisch gedeckt. Kein Teller passte zum anderen, die Tassen hatten abgeschlagene Ecken, und die Kaffeelöffel sahen ebenfalls aus wie aus sieben verschiedenen Sets zusammengestellt.

Die beiden Mädchen waren allerdings so nett und hilfsbereit, dass ich – oh Wunder! – gar nicht auf die Idee kam, mich darüber zu echauffieren. Meine Teetasse war sauber, alles andere war mir egal. Nachdem Bea und Isa mir ausgiebig von meinem Landsmann Roberto und dessen Nachmieter Otto, einem waschechten Urmünchner und Maschinenbaustudenten, erzählt hatten, überlegten wir zu dritt, wie es mit mir weitergehen könne.

»Warum quartieren wir Angela denn nicht nebenan bei den Jungs ein?«, fragte Isabelle, nachdem wir mehrere Möglichkeiten durchgespielt hatten, die uns alle nicht ideal erschienen. »Wenn ich es richtig mitbekommen habe, ist Jan gestern oder heute nach Zürich gefahren, um dort ein Praktikum zu machen, und kommt erst in sechs Wochen zurück.«

»Wer ist Jan?«, fragte ich verwirrt.

»Ach, einer von den Jungs aus der Nachbar-WG. Er hat Archäologie hier an der Uni studiert und hat über einen Bekannten Kontakte zum Archäologiemuseum in Zürich geknüpft. Wenn er Glück hat, bekommt er dort sogar einen Job«, erklärte sie mir.

Beate war sofort von der Idee begeistert. »Mensch, klar, wir gehen gleich rüber und fragen nach. Die M&Ms haben bestimmt nichts dagegen, die sind doch immer total unkompliziert, und Friedrich soll sich nicht so haben.« Sie sprang auf und wollte gleich zur Tür stürmen.

»Moment mal«, sagte ich, »da wohnen nur Jungs? Kann ich nicht vielleicht ein paar Nächte bei euch bleiben? Und wer oder was sind bitte schön die M&Ms? Kann man die essen?« Irgendwie war mir die Sache nicht ganz geheuer.

Sofort hatte ich *babbo* vor Augen, außer sich vor Sorge um seine *bella bimba,* der mit einem Fleischermesser auf die drei Deutschen losging. Für ihn waren alle jungen Männer Diebe – potentielle Diebe der Unschuld seiner Tochter sozusagen.

»Ach was«, wischte Beate meine Bedenken beiseite, »jetzt mach hier nicht einen auf prüde. Die drei sind voll in Ordnung, vor allem die M&Ms, Mike und Marcus, ein schwules Paar. Die ersetzen dir glatt deine Eltern, wenn's sein muss, so fürsorglich sind die. Hier bei uns müsstest du auf dem Boden schlafen, und drüben hättest du ein bequemes Bett. Komm mit, wir gehen da jetzt klingeln.«

Ich nickte ergeben. »Okay.«

Wieder mal war ich froh, dass Beate so zielstrebig über mich bestimmte, denn auch wenn ich stets bemüht war, nach außen möglichst selbstbewusst und sicher aufzutreten, in mir drin sah es so manches Mal ein wenig anders aus. Aber das wollte ich mir auf keinen Fall anmerken lassen.

»Ich bin dabei«, fügte ich hinzu, »schließlich bin ich hier, um was zu erleben.«

2.

»Basta poco«

Als ich die Augen aufschlug, wusste ich im ersten Moment nicht, wo ich mich befand. Eben hatte ich noch an meinen Lieblingsfelsen gelehnt im warmen Sand am Meer gesessen und die salzhaltige Luft von Riccione eingeatmet. Auf meinem iPod lief wieder mal »*Vado Al Massimo*« von Vasco Rossi. »*Voglio vedere come va a finire andando al massimo senza frenare*«, sang er gerade, und ich summte begeistert mit. Da ertönte jäh ein entsetzliches, kratzendes Geräusch, wie wenn eine CD hängenbleibt. Komisch, dachte ich noch, das geht beim iPod doch gar nicht, dann war der Traum auch schon vorbei.

Noch völlig benommen rieb ich mir die müden Lider und sah mich um. Was waren das für seltsame Möbel? Wieso waren die Gardinen nicht rosa? Wo war der Stoffhimmel über meinem Bett? Und was machten die riesigen Motorradposter an den Wänden? Hatten die Zwillinge mir etwa einen Streich gespielt und letzte Nacht heimlich mein Zimmer umdekoriert? Ich kniff die Augen zusammen, um besser sehen zu können, dann tastete ich nach meinem Nachttisch, um mir die Brille aufzusetzen, griff jedoch mit der Hand ins Leere. Ach ja, fiel es mir plötzlich wieder ein, ich war gar nicht in Riccione, sondern in München, im Zimmer von Jan, in Beates Nachbar-WG. Der Typ hat jedenfalls Geschmack, stellte ich mit anerkennendem Blick auf meine Umgebung fest.

Nachdem uns gestern am späten Nachmittag niemand aufgemacht hatte, waren wir wieder nach drüben gegangen und hatten es am Abend noch mal probiert, mit ebenso wenig Erfolg. Irgendwann hatte Beate dann die M&Ms auf dem Handy angerufen und in Erfahrung gebracht, dass sie schon heute übers Wochenende verreist waren und auch Friedrich, der dritte Mitbewohner, zu seinen Eltern fahren wollte. Die beiden waren einverstanden, dass Beate mich in die Wohnung ließ und ich die nächsten drei Nächte hierblieb. Am Sonntag, wenn alle zurückkamen, würden wir dann besprechen, wie es weitergehen sollte. Die Jungs waren echt lässig.

Mir war irgendwann alles egal gewesen, denn ich war todmüde und wollte nur noch ins Bett. Dankbar hatte ich das Angebot angenommen und mich in Jans Zimmer geschlichen, wo ich fast augenblicklich eingeschlafen war. Ich hatte mir nicht mal die Zähne geputzt oder geduscht, was noch letzte Woche mit Sicherheit eine schwere Ekelattacke und damit meinen Tod provoziert hätte. Nur die Kontaktlinsen hatte ich mir noch aus den Augen gepult, bevor ich unter die Decke gekrochen war. Ich hatte nicht einmal darauf bestanden, das Bett frisch zu beziehen, und das sollte etwas heißen. Zum Glück roch es gut, denn in dem Punkt bin ich extrem empfindlich – in jeder Lebenslage.

Nun fiel mir auch wieder ein, dass meine Brille sicher verstaut in meinem Kulturbeutel ruhte, den ich nicht mal ausgepackt hatte.

Kaum hatte ich mich halbwegs orientiert, ertönte es wieder, dieses seltsame Geräusch, das mich geweckt hatte und das ich beim besten Willen nicht einordnen konnte. Diesmal klang es, als säße ein Gnom vor meiner Tür und scharrte mit den Füßen.

»Was ist das bloß?«, fragte ich mich laut, nur um mich gleich selbst zu ermahnen: »Keine Selbstgespräche, Angela, das ist der Anfang vom Ende.«

Ich schlug die Decke zurück, quälte mich aus dem Bett, holte meine Brille hervor und schlurfte zur Tür. Kaum hatte ich sie aufgemacht, schoss ein dunkles, ziemlich pralles Etwas mit einem langen Schwanz an mir vorbei und verschwand hinterm Kleiderschrank. Da ich bei dem Tempo nichts Genaues hatte erkennen können, vermochte ich nur Vermutungen über die Identität des hereinflitzenden Objektes anzustellen – und die ließen nichts Gutes hoffen.

»Iiiiiiiiiiiiih!«, entfuhr es mir. »Was war das? *Aiutooooooooooooooooo*!«, schrie ich nach Hilfe. Dabei zitterte ich am ganzen Körper und war kurz davor, in Unterwäsche aus der Wohnung zu rennen, um bei Beate und Isabelle Asyl zu beantragen.

Der nächste Schreck folgte auf dem Fuße, als die Tür gegenüber von meinem Zimmer aufging und ein leicht untersetzter Typ mit Halbglatze und Vollbart herauskam. Um Himmels willen, wer war das? Ich war davon ausgegangen, dass ich alleine war.

»Wer bist du denn?«, fragten wir uns unisono gegenseitig.

Während mein Blick an seinem Bart hängenblieb, starrte er mir ungeniert auf den Busen. Sofort zog ich das Trägertop, das ich gestern einfach anbehalten hatte, ein Stück höher und funkelte ihn wütend an.

»Da ist eine Ratte in meinem Zimmer, hinterm Schrank. Ich dachte, ich bin hier in einem zivilisierten Land?«, zeterte ich los, ohne seine Frage zu beantworten.

»Dies *ist* ein zivilisiertes Land«, erwiderte er mit hochgezogenen Augenbrauen, »und dazu gehört, dass man sich vorstellt, wenn man in einer fremden Wohnung in aller Herrgottsfrühe rumschreit, als wären die Hottentotten hinter einem her.«

Zwar hatte ich keinen blassen Schimmer, wer die Hottentotten waren, aber angesichts der ungehaltenen Miene meines Gegenübers sah ich davon ab, danach zu fragen. Vielmehr wurde ich mal wieder rot bis unter die Haarspitzen und kam mir reichlich dämlich vor, wie ich da halbnackt vor diesem vollbärtigen Barbaren stand, der meinte, ausgerechnet mir als Angehöriger eines der ältesten Kulturvölker Anstand beibringen zu müssen. So was hatte ich ja gern. Dennoch sah ich ein, dass es die Situation erleichterte, wenn ich meine Identität lüftete.

»Ich bin Angela und darf für zwei Tage in Jans Zimmer wohnen«, erklärte ich kurz angebunden.

»Wer sagt das?«, fragte er zurück. Wieder wanderte sein Blick in Richtung meines Ausschnitts.

»Wer fragt das?«, hielt ich dagegen.

»Friedrich.« Wie gestern schon Isabelle streckte er mir die Hand hin, und diesmal war ich von der Situation dermaßen überfordert, dass ich sie tatsächlich ergriff.

Deutschland tut mir nicht gut, dachte ich, langsam werde ich merkwürdig. Dann merkte ich, dass Friedrich offenbar noch auf die Beantwortung seiner Frage wartete, und sagte schnell: »Beate von nebenan hat das gestern mit den M&Ms geklärt. Sie dachten, du wärst auch nicht da.«

»Soso!«

Gesprächig war er ja nicht gerade. Doch ehe ich mich

darüber aufregen konnte, rumpelte es in meinem Zimmer, und ich fuhr herum. Sofort fiel mir die Ratte wieder ein, und ich stieß einen spitzen Schrei aus.

»Das ist keine Ratte, sondern Jarvis«, sagte der Unsympath nur und wandte sich zum Gehen.

»Wer?«, fragte ich mit schriller Stimme.

»Der WG-Kater«, erklärte er genervt. »Beruhig dich, falscher Alarm.«

Vorsichtig spähte ich in Richtung Kleiderschrank, konnte jedoch nichts Verdächtiges erkennen. Dabei sah ich aus den Augenwinkeln, wie Friedrich sich mit dem Zeigefinger gegen die Schläfe tippte. Obwohl diese Geste nicht zum Standardrepertoire italienischer Gebärdensprache zählt, war mir sofort klar, dass seine Meinung von mir nicht die beste war. Umgekehrt galt dies aber genauso.

»Giavi?«, versuchte ich den seltsamen Namen nachzusprechen und hielt nach der Katze im Rattenkostüm Ausschau. Sie saß seelenruhig auf dem schicken, ausladenden braunen Ledersessel in meinem oder vielmehr Jans Zimmer und putzte sich. Igitt!

»Nein«, er atmete tief ein, »Jarvis, nach Jarvis Cocker von Pulp. Das ist ein britischer Sänger.«

Aha! Ich kannte keinen Jarvis Cocker. Nur Joe Cocker – und den mochte ich nicht. Entsprechend meiner Abneigung gegen den Kater, der mir gerade den Schreck meines Lebens eingejagt hatte, beschloss ich, ihn Joe zu nennen. Joe Kugel, weil das dickbäuchige Vieh eine Kugel mit sich herumschleppte, die ihresgleichen suchte.

Während ich leicht angewidert zusah, wie der Kater sich übers Fell schleckte, kam Friedrich einfach, ohne zu fragen, herein – ausgerechnet der wollte mir was von Anstand erzählen, dass ich nicht lache! – und nahm Joe

Kugel auf den Arm. »Komm, Kumpel, du bist hier nicht erwünscht«, sagte er.

»Du auch nicht«, sagte ich und schloss hinter ihm die Tür, dass es nur so krachte.

Sofort steckte Friedrich wieder den Kopf ins Zimmer. »Hier wird nicht mit den Türen geschlagen, ist das klar?« Abschätzig musterte er mich von oben bis unten, als wäre ich die größte Zumutung, die ihm in den letzten zehn Jahren widerfahren war.

»Ich hab die Tür nicht zugeschlagen, sondern mit Nachdruck geschlossen. Das ist ein Unterschied«, versuchte ich mich zu verteidigen, doch er hörte mir schon gar nicht mehr zu und ging mit der Katze in die Küche.

Na, das kann ja heiter werden, dachte ich, die Empathiefähigkeit deutscher Männer lässt aber einiges zu wünschen übrig. Schließlich war Friedrich schon der zweite Mann nach meiner Ankunft, der mich alles andere als charmant behandelte, und das war ich nicht gewohnt. Italiener bleiben Frauen gegenüber in jeder Situation höflich und kämen nie auf die Idee, sie für ihre Schwächen zu tadeln, erst recht nicht in der Öffentlichkeit. Entweder sind deutsche Frauen da härter im Nehmen, überlegte ich, oder die haben hier alle noch nichts von Spiegelneuronen gehört. Ohne die ist es mit der Empathie nämlich Essig.

Gegen den Ärger beschloss ich, erst mal zu duschen, denn sobald ich duftend aus der Wanne steige, bessert sich meine Laune für gewöhnlich, und es geht mir wieder gut. Ich nahm also frische Wäsche aus meinem Rollkoffer und machte mich auf die Suche nach dem Badezimmer. Von den drei Türen im Flur, die noch in Frage kamen, erwischte ich zunächst die falsche und spähte in ein Schlafzimmer mit einem riesigen Himmelbett, das ganz in Bordeauxrot gehalten war, mit einem riesigen Spiegel an der Decke. Als hätte man mich bei etwas Verbotenem erwischt, schloss ich die Tür sofort wieder und hatte mit der nächsten mehr Glück: das Bad.

Erstaunt ließ ich den Blick durch den weiß gekachelten Raum mit der Steinborte in verschiedenen Brauntönen wandern, von der komplett verglasten Dusche mit farblich abgestimmtem Mosaiksteinboden über die Badewanne mit der modernen Armatur und den zwei supermodernen Waschbecken bis zu der Lampe über dem Spiegel mit dem barocken Goldrahmen. Kein einziges Härchen lag herum, die Handtücher, braun und cremefarben, lagen akkurat gefaltet auf einem Stapel, auf dem Bord über dem Waschbecken standen unzählige Parfumflakons ordentlich aufgereiht, und in der Dusche waren die Shampooflaschen nach Größe sortiert.

Da hatte ich mich aber mal gründlich getäuscht. In meinem Zimmer war ich extra noch mit Todesverachtung in meine rosafarbenen Flipflops mit Strassbommeln geschlüpft. Ich hatte damit, denn davon war ich selbstredend ausgegangen, in die verdreckte Dusche steigen wollen, damit meine zarten Füße ja nicht mit den Überresten meiner Vorduscher in Berührung kamen. In der Not frisst der Teufel Fliegen, und Italienerinnen stören sich nicht an Duschwannen mit braunen Rändern, hatte ich mir gesagt. Ich hatte sogar überlegt, extra die Kontaktlinsen noch nicht anzuziehen, damit ich mir das Elend nicht so genau ansehen musste. Nach dem ersten Eindruck von Beates WG, wo ich auf der Toilette tausend Tode gestorben war und mich mehrfach verteufelt hatte, weil ich mein Desinfektionsspray im Koffer und damit nicht griffbereit hatte, war ich davon ausgegangen, dass Dreck in einer deutschen WG zur Standardausstattung gehört. So kann man sich irren.

»Ich hasse Katzen«, schimpfte ich wenige Minuten später vor mich hin, während das warme Wasser über meinen Körper perlte und ich mir den Schrecken der letzten Stunde mit Light Blue abzuwaschen versuchte. Das Duschgel von Dolce & Gabbana war momentan mein absoluter Favorit, und ich hoffte, dass es auch hier in Deutschland erhältlich war. Nun denn, zur Not musste mir *mamma* eben eines schicken. Ich versuchte, wenigstens für ein paar Minuten nicht an den fiesen Kater und den noch fieseren Mitbewohner zu denken, und shampoonierte mir die Haare.

Als ich kurz darauf in die große Wohnküche kam, die mit schlichten weißen Schränken, einem alten grauen Bosch-Kühlschrank und sogar einer Spülmaschine ausgestattet war, wartete Beate schon auf mich. Sie hatte mir gestern Abend noch versprochen, mit mir heute zur Uni zu fahren und mir schon mal alles zu zeigen, damit ich mich bei Semesterbeginn besser zurechtfand. Offenbar hatte sie Friedrich inzwischen über meine Daseinsberechtigung aufgeklärt, und er schien tatsächlich gewillt, mich für die nächsten Tage in seinem näheren Umfeld zu dulden.

»Kannst bleiben«, nuschelte er in seinen Bart und schob mir einen Haustürschlüssel zu. Dabei schlürfte er eine hellbraune Suppe undefinierbarer Provenienz aus einer weißen Henkeltasse, vermutlich Kaffee mit Dosenmilch.

»*Grazie.*« Ich griff danach und steckte ihn ein.

»Auch 'ne Fischsemmel?«, fragte er dann und hielt mir allen Ernstes ein Brötchen mit einem silbrig glänzenden Fischfilet und mindestens drei Kilo Zwiebeln entgegen.

Ich musste würgen und brachte mit Müh und Not ein »Nein, danke« hervor, ehe ich aus der Küche stürmte.

Die amüsierte Beate folgte mir auf dem Fuße. »Ärger dich nicht. Friedrich provoziert nun mal gerne. Als Chemieinformatiker ist er der Exot der WG, Marcus und Mike sind da ganz anders, du wirst schon sehen: zwei echte Schätzchen. Friedrich ist, glaub ich, ein Cousin von Mike aus Norddeutschland, und die beiden haben sich ganz gut mit ihm arrangiert. Du musst ihn einfach ignorieren, dann kriegt er sich schon wieder ein. Im Grunde ist er echt ein netter Kerl, und man kann sich tausendprozentig auf ihn verlassen.«

Wollte ich das wissen? Ich war mir nicht sicher. »Schön«, sagte ich daher nur und suchte nach meiner Handtasche. »Ich wär dann so weit, wir können los«, fügte ich hinzu und griff reflexartig nach meinem Handy, um nachzusehen, wer angerufen hatte. Normalerweise tue ich das gleich nach dem Aufstehen, aber heute früh hatte Joe Kugel meine Alltagsroutine ein klein wenig durcheinandergebracht.

Das hätte ich mal besser nicht getan, denn beim Blick auf das Display lief es mir eiskalt den Rücken herunter. »Entgangene Anrufe (7): *Babbo*«, stand da. Mir blieb auch nichts erspart. *Porca miseria,* dachte ich, in all dem Trubel hatte ich doch glatt vergessen, *mamma* noch mal anzurufen. Das roch nach Ärger. Nach gewaltigem Ärger. An Signor Colluti, der meine Eltern inzwischen sicher informiert hatte, mochte ich gar nicht erst denken, mir war so schon schwindlig genug.

Noch im Wohnungsflur wählte ich die Nummer meiner Eltern und wartete mit klopfendem Herzen darauf, dass jemand abnahm. Es war Laura, die mich sofort und umfassend darüber informierte, dass *babbo* seit gestern

Abend abwechselnd bei mir und Signor Colluti anrief und kurz vor dem Herzinfarkt stand, weil er weder mich noch meinen Vermieter erreichte. Ehe sie mir weitere für mich wichtige Details verraten konnte, griff mein Vater nach dem Hörer.

»Angelina«, sagte er, und die Erleichterung darüber, dass seine *bella bimba* noch am Leben war, schallte so laut durchs Telefon, dass Beate sich die Ohren zuhielt. »Wo steckst du denn? Wieso …?«

Ihn nicht ausreden zu lassen schien mir die beste Taktik zu sein, um meinen Hintern zu retten, daher palaverte ich einfach los. »Alles bestens«, erklärte ich schnell, »ich war gestern nur todmüde und hab mich gleich hingelegt, weil ich im Zug die ganze Nacht kein Auge zugetan habe. Mit Signor Colluti hat alles super geklappt, mein Zimmer ist toll, mit Blick auf einen Park, und der alte Herr ist sehr nett.«

»*Va bene,* gib ihn mir mal kurz, damit ich mit ihm noch ein paar Details besprechen kann«, bat mich mein Vater.

»*Ma noooooo, babbo!*«, rief ich. »Das ist doch nicht nötig. Alles perfekt hier. Außerdem sitzt er gerade auf dem Klo«, schwindelte ich mir schnell etwas zusammen, während wir die Treppe hinunterliefen. »*Sì, sì,* ich sag ihm, dass er dich gleich zurückrufen soll, selbstverständlich. Also, mach's gut und grüß *mamma* ganz lieb. Ich ruf heute Abend noch mal an, jetzt ist es viel zu teuer. *Ciao, ciaociao, ciao.*«

Ich legte gerade auf, als wir im Erdgeschoss ankamen, wo uns eine ältere Dame mit Lockenwicklern in den grauen Haaren erwartete, die alles andere als freundlich dreinblickte. Beate grüßte höflich, und ich wollte es ihr gerade nachtun, da schob sie sich in ihrem fleischfarbenen Bademantel hinter der halbgeöffneten Tür hervor.

»Was ist denn hier los? Wer veranstaltet denn diesen Lärm? Das hier ist ein Treppenhaus und keine öffentliche Telefonzelle. Die Jugend von heute hat einfach kein Benehmen mehr, kein bisschen Benehmen«, polterte sie los.

Ich starrte sie nur stumm an, als wäre sie gerade einem UFO entstiegen, während Beate versuchte, die Situation zu retten.

»Frau Griesmayer«, sagte sie mit einer Säuselstimme, die ich ihr in drei Leben nicht zugetraut hätte, »es wird nicht wieder vorkommen. Einen schönen Tag wünsch ich Ihnen, und hoffentlich geht's mit Ihrem Rheuma bald wieder besser.«

Sofort strahlte die Dame übers ganze Gesicht. »Danke, es geht, es geht. Muss ja. Nächste Woche kann ich vielleicht schon wieder selbst einkaufen gehen, nur fürs Wochenende bräuchte ich dann noch mal ein paar Sachen.« Sie drückte Beate einen Zettel und einen Jutebeutel in die Hand, den die Studentin, ohne zu zögern, entgegennahm. »Sie sind wirklich ein nettes Kind. Könnten Sie mir vielleicht auch noch den Müll mit rausnehmen?«, fragte die Dame.

Ich traute meinen Ohren kaum, als Beate die Frage bejahte und sich von der griesgrämigen alten Schachtel allen Ernstes einen durchsichtigen Beutel mit Müll in die Hand drücken ließ, den sie brav in der Tonne im Hinterhof entsorgte. Hatte die Frau etwa keine Kinder oder sonstigen Verwandten, die sich um sie kümmerten? Wozu hat man denn Familie?, dachte ich.

Von der Tatsache, dass die jungen Leute in Deutschland von zu Hause flüchteten, sobald sie volljährig waren, hatte mir Vale ja schon nach ihrem traumatischen München-Besuch erzählt. Wir hatten es kaum fassen können, dass die Deutschen zum Studieren oft in Städte zogen, die mehrere hundert Kilometer von ihrem Heimatort entfernt lagen. Dass sie allen Ernstes ihre Freiheit höher einschätzen als den Service, den ein anständiges Hotel *mamma* nun mal bot und der mit so manchen Annehmlichkeiten einherging. Dass sie sich so weit weg vom warmen, schützenden Schoß der *famiglia* wagten. Natürlich hatte auch ich mich mit dem Auslandssemester in München hinaus in die Welt gewagt, aber das erhöhte meine Berufschancen und war daher unumgänglich. Leicht fiel mir das alles ganz gewiss nicht.

Aber dass alte Leute, die sich nicht mehr richtig selbst versorgen konnten, allein und ohne die Unterstützung ihrer Angehörigen dahindarbten und die Nachbarn um Hilfe bitten mussten, das schockierte mich nachhaltig. Ich hatte auch schon mal gehört, dass nicht wenige Deutsche ihre Eltern mit Vorliebe in Altenheime abschoben, sobald sie ihnen zur Last fielen, weil sie der Meinung waren, sie hätten ein Recht auf ein unbeschwertes Leben. So etwas war in meiner Familie unvorstellbar. Allein der Gedanke daran, dass meine arme, liebenswerte *nonna* mit lauter alten, zahnlosen, verwirrten Menschen in einer mehr oder minder senilen Notgemeinschaft ihr Dasein fristen musste, ließ mich schaudern. Ich fühlte mich, genau wie meine Eltern, verpflichtet, ihr den Lebensabend so schön wie möglich zu gestalten und sie zu unterstützen, wo es nur ging. Schließlich war *nonna* auch immer für uns drei Mädchen da gewesen, wenn wir sie gebraucht hatten, und selbst im hohen Alter kochte sie noch regelmäßig für die ganze Familie oder verwöhnte uns mit ihren selbstgemachten *pasticcini*, um die wir uns beim Nachtisch immer prügelten. *Nonna* im Heim – niemals.

Auf einmal fiel mir auch wieder ein, was Vale damals nach ihrer Rückkehr aus München von der Oma ihrer Gastfamilie erzählt hatte. Die Ärmste war beim Fensterputzen in ihrer Wohnung gestürzt und mit einem Oberschenkelhalsbruch per Notarztwagen in die Klinik eingeliefert worden. Meine Freundin war völlig fassungslos gewesen, und ich gleich mit, da die Familie die frisch operierte Großmutter einfach im Krankenhaus alleine gelassen hatte. Wenn überhaupt, fuhr einmal am Tag jemand hin, um der Oma eine Zeitschrift oder einen Saft zu bringen, und meist blieb der Besuch nicht länger als eine halbe Stunde. »Wir können sowieso nichts für sie tun, die Verpflegung durch die Schwestern ist hier hervorragend«, hieß es dann. »Außerdem ist Krankenhausluft so deprimierend.« Ja, was sollte denn die arme Oma dazu sagen, die diese Luft vierundzwanzig Stunden am Tag einatmen musste?

In Italien lässt eine jede Familie, die etwas auf sich hält – und die anderen im Grunde auch –, ihren Patienten in einem Krankenhaus keine Sekunde alleine. Sobald jemand in die Klinik kommt, egal ob jung oder alt und mit welcher Malaise, sofort steht die komplette Verwandtschaft, nah wie fern, Gewehr bei Fuß und wechselt sich im Schichtbetrieb mit der Betreuung ab. Anwesenheit ist absolute Pflicht, und zwar für jeden, selbst den dreijährigen Enkel. Ausreden gibt es nicht, und meist reißen sich die einzelnen Familienmitglieder darum, Dienste zu schieben, natürlich auch wegen der *bella figura,* die man dabei macht. Allerdings geht es nicht nur darum, den Schwestern sämtliche kleineren Arbeiten, wie Tee holen, Toilettengänge, Waschen und dergleichen, abzunehmen, sondern vor allem um den moralischen Rückhalt für den Patienten. Schließlich soll der Kranke so schnell wie möglich wieder gesund werden, und wie soll das denn bitte schön gehen – ohne die *famiglia*?

Beate, die aus dem Hof zurückgespurtet kam, unterbrach meine kritischen Betrachtungen über die deutschen Familien im Allgemeinen und Besonderen jäh. »Los, wir müssen uns beeilen, sonst fährt die S-Bahn ohne uns.«

Auf dem Weg zur Haltestelle überlegte ich, ob ich sie mit meinen Gedanken konfrontieren sollte, doch dann kamen wir an mehreren bunten, mit einem Pflasterstein beschwerten Kästen vorbei, in denen hinter einer Plexiglasscheibe eine zusammengefaltete Zeitung steckte, und meine Aufmerksamkeit richtete sich darauf. An der verlängerten Rückwand war jeweils ein Plakat mit einer Schlagzeile befestigt, und auf dem Kasten prangte der Schriftzug der jeweiligen Zeitung: *BILD*, *Abendzeitung* und *tz*, las ich, als ich neugierig näher ging, um die seltsamen Kisten genauer zu betrachten.

»He, ich sagte doch gerade, wir sind spät dran«, meinte Beate und zog mich am Ärmel. So dankbar ich gestern für ihre Pünktlichkeit gewesen war, so sehr fühlte ich mich nun davon unter Druck gesetzt. Was passierte denn schon, wenn wir die S-Bahn verpassten? Das geschah vermutlich einer Million Menschen auf der ganzen Welt Tag für Tag. Würde die Münchner Uni einstürzen? Ging es etwa um Leben oder Tod? Wohl kaum.

»Warte«, bat ich, denn ich hatte entdeckt, dass man die Kästen öffnen und die im Stapel darin liegenden Zeitungen herausnehmen konnte. »Die darf man echt einfach mitnehmen?«, fragte ich begeistert und entschied mich für eine *Abendzeitung*, weil mir die Aufmachung spontan am besten gefiel. Das ist wirklich mal nett von den Deutschen, dass sie einen derart wichtigen Beitrag zur Festigung meiner Sprachkenntnisse leisten, dachte ich.

Da nahm mir Beate die frisch erbeutete Zeitung mit Schwung aus der Hand. »Die muss man bezahlen«, erklärte sie mir und deutete auf den schmalen Schlitz unter dem durchsichtigen Plastikdeckel, den ich vor lauter Begeisterung glatt übersehen hatte.

»Oh!«

Erst jetzt fiel mir auch der freundlich formulierte Hinweis auf, man möge unter der Woche fünfzig und am Wochenende siebzig Cent für ein druckfrisches Exemplar begleichen. Die Verkaufsstrategie wollte sich mir allerdings nicht so ganz erschließen. Wieso sollte jemand Geld für etwas bezahlen, was er problemlos einfach umsonst mitnehmen konnte?

»Die Münchner sind eben ehrliche Leute«, beantwortete Beate meine nicht gestellte Frage, die sie mir offenbar vom Gesicht abgelesen hatte.

»In Italien wären innerhalb von fünf Minuten alle Zeitungen weg«, sagte ich nur und schüttelte den Kopf. »Woher weiß man überhaupt, dass jeder nur ein Exemplar rausnimmt?«

»Sicher gibt es auch Leute, die weniger oder sogar kein Geld einwerfen, aber wieso sollte man mehrere mitnehmen? Da steht doch überall dasselbe drin.« Sie sah mich skeptisch an.

»Na, ganz einfach, um sie weiterzuverkaufen.« Ich schüttelte den Kopf angesichts ihres unerschütterlichen Glaubens an das Gute im Menschen.

»Du hast vielleicht Ideen«, meinte Beate daraufhin nur und erklärte weiter: »Wenn die Kasse über einen längeren Zeitraum nicht stimmt, klebt der Betreiber der

Kästen einfach eine Ermahnung von innen an den Deckel, und dann klappt es wieder.«

»Wie jetzt?« Ich konnte ihr nicht ganz folgen. »Der schreibt dann da drauf: *Hallo liebe Zeitungsleser, bitte bezahlt doch den vollen Preis oder werft überhaupt mal wieder 'ne Münze ein,* und dann machen die Leute das?« Angestrengt suchte ich in Beates Miene nach einem Anzeichen dafür, dass sie mir gerade eine Geschichte vom Pferd erzählte, aber es schien ihr ernst zu sein.

Tatsächlich kam just in dem Augenblick eine Frau in einem grauen Jogginganzug und Turnschuhen auf uns zu, hob den Deckel des *tz*-Kastens und steckte völlig selbstverständlich eine Münze in den Schlitz, ehe sie eine Zeitung entnahm.

Wie gebannt starrte ich ihr nach und murmelte nur: »Das gibt's nicht«, ehe ich Beate hinterherrannte, die den kleinen Hügel Richtung S-Bahn-Haltestelle schon halb erklommen hatte.

Kaum saßen wir in der Bahn, die wir gerade noch erwischt hatten, schrieb ich Vale eine SMS, um ihr von den ach so ehrlichen Münchnern zu erzählen. Die Antwort kam prompt. »*Germania* tut dir nicht gut, du fängst an zu spinnen«, schrieb sie in ihrer direkten und unmissverständlichen Art zurück. Sie war mir echt unheimlich, immerhin hatte ich denselben Gedanken heute Morgen schon gehabt, als ich wegen Joe Kugel Selbstgespräche geführt hatte. »Und denk dran, immer schön Fahrkarten kaufen im ehrlichen Deutschland, da wird bei Schwarzfahrern nämlich kein Auge zugedrückt«, hatte meine beste Freundin noch hinzugefügt. Ich wusste sofort, worauf sie anspielte.

Vale hatte während ihrer Zeit in München das »Fahren ohne gültigen Fahrausweis« teuer bezahlen müssen. Sie wäre nämlich beinahe von einem U-Bahn-Kontrolleur unter Arrest gesetzt worden, weil sie eines Abends nach einem Stadtbummel nicht nur keine Fahrkarte, sondern auch keinen Pass dabeigehabt hatte und sich nicht ausweisen konnte. Ihre Gastfamilienmutter hatte meine Freundin dann, von der Tochter des Hauses alarmiert, im Büro der Münchner Verkehrsbetriebe ausgelöst. Vale hatte sogar noch im Nachhinein gezittert, als sie mir von dem Erlebnis erzählt hatte, bei dem der Kontrolleur sie einer Befragung unterzogen hatte, wie es seinerzeit wohl vor allem in der DDR üblich gewesen war.

Ich hatte bisher keinen Gedanken daran verschwendet, mir ein Ticket zu kaufen, weder gestern Morgen am Bahnhof noch heute. »*Dio mio,* Beate, wir müssen an der nächsten Haltestelle wieder aussteigen. Ich habe gar keine Fahrkarte.«

Sie grinste nur. »Das fällt dir aber früh ein. Keine Sorge, Isabelle hat mir ihre IsarCard für dich mitgegeben, sie braucht sie heute nicht. Gestern hast du einfach Glück gehabt, und jetzt raus hier, wir müssen umsteigen.«

Am Harras wechselten wir ins Untergeschoss und fuhren mit der U 6 weiter, die uns direkt bis zur Uni brachte.

»Du kannst auch einfach mit dem Fahrrad schnell zum Harras vorfahren oder laufen, ganz wie du magst«, erklärte mir Beate. »Irgendeiner von uns kann dir sicher ein Rad leihen.«

Ich war froh, dass wir nicht allzu oft umsteigen mussten, denn ich war absolut nicht großstadterprobt und hatte schon befürchtet, mich täglich dreimal zu verfahren.

Als wir an der Haltestelle »Universität« ins Freie traten, bekam ich vor Staunen den Mund nicht zu. Die ehemalige Prachtstraße war wirklich beeindruckend mit all den imposanten Gebäuden wie der Ludwigskirche und der Staatsbibliothek. Das Siegestor, das laut Beate der Architekt Friedrich von Gärtner im Jahr 1840 für den Bayernkönig Ludwig I. entworfen hatte, erinnerte mich sofort an den Konstantinsbogen in Rom.

Meine Begleiterin war erstaunt, als ich es anmerkte, und meinte nur: »Die meisten Leute denken immer gleich an den Arc de Triomphe in Paris, dabei sieht der ganz anders aus.«

»Alles wahre Kulturexperten«, entgegnete ich lachend. Viel mehr interessierte mich jedoch, ob dieser Ludwig I. der berühmte und verehrte »König der Herzen« war, der am Starnberger See ins Wasser gegangen war. Vale hatte mir damals ein wenig davon erzählt, und die tragische Geschichte hatte mich nachhaltig beeindruckt.

»Was du alles weißt«, sagte Beate verwundert, als ich sie danach fragte. »Der Kini, wie die Bayern ihn nennen, war Ludwig II. Er stammt aus dem Geschlecht der Wittelsbacher und hat unter anderem das berühmte Schloss Neuschwanstein erbaut.«

»Aha«, sagte ich, »und wo gehört der hin?«

»Er war der älteste Sohn von Kronprinz Maximilian und Kronprinzessin Friederike und der Enkel von Ludwig I. Verheiratet war er nie, aber verlobt, und zwar mit Sophie von Bayern, der Schwester Sissis, der weltberühmten Kaiserin von Österreich. Im Juni 1886 ist er entmündigt und einen Tag später bei Berg im Starnberger See tot aufgefunden worden. Angeblich soll er Selbstmord begangen haben, was bei einem einen Meter neunzig großen Mann und knietiefem Wasser allerdings keiner so recht glauben will. Die Umstände seines Todes sind trotzdem bis heute nicht geklärt. Wenn du magst, können wir mal einen Ausflug dorthin machen. Im Wasser steht ein Kreuz, mit dem die Todesstelle markiert ist.«

»Au ja, sehr gerne«, erwiderte ich begeistert und sah mich weiter staunend um.

Das hier waren schon andere Dimensionen als in Urbino, wo ich studierte. Nicht nur dass die Stadt in den Marken mit ihren gerade mal fünfzehntausend Einwohnern weit beschaulicher war als München, auch die *università,* an der nicht ganz viertausend Studenten eingeschrieben waren, war eine größere Schule gegen das hier. Beate klärte mich darüber auf, dass die LMU, wie die Ludwig-Maximilians-Universität bei allen hieß, mit gut fünfundvierzigtausend Studenten die zweitgrößte Uni in Deutschland sei.

Während wir an dem römischen Schalenbrunnen vorbeigingen, der aussah, als hätte man auf einen riesigen Champagnerkelch einen kleineren umgestülpten Kelch draufgesetzt, fütterte Beate mein Hirn mit Fakten und Zahlen. Auf dem gemauerten Rand des Brunnens saßen überall Studenten, die lasen, sich unterhielten oder die Spätsommersonne genossen, auf dem Gehweg standen unzählige Fahrräder, und es herrschte jede Menge Betrieb, obwohl Semesterferien waren. Hier zu studieren war sicher ein ganz besonderes Erlebnis, unter so vielen Gleichgesinnten, überlegte ich. Dass ich mich in der riesigen Uni, in der es deutlich unpersönlicher zuging, als ich es mir je hätte träumen lassen, mehr als einmal mutterseelenallein und verlassen fühlen und mich sehnlichst auf den überschaubaren Campus von Urbino zurückwünschen würde, konnte ich da noch nicht ahnen. Vielmehr gab ich mich völlig meiner Begeisterung hin und schwelgte in Gedanken an das tolle Münchner Studentenleben.

»Das hier ist das Mahnmal für die Geschwister Scholl«, erklärte Beate und riss mich aus meinen Betrachtungen. Sie deutete vor den beiden Stufen, die zum Säulengang des Gebäudes und damit zum Haupteingang führten, auf den Boden, wo ins Kopfsteinpflaster mehrere Kupferplatten eingearbeitet waren, die aussahen wie Zettel oder Seiten aus einem Buch.

»Ja, von Sophie Scholl habe ich schon mal gehört«, sagte ich und betrachtete die Platten genauer. Auf zweien davon waren die Köpfe der Geschwister abgebildet, und ich musterte die Züge der jungen Sophie eingehend, die sehr ernst und in sich gekehrt wirkte. »Sie und ihr Bruder gehörten doch zu dieser Widerstandsgruppe im Zweiten Weltkrieg.«

»Genau«, sagte Beate. »Hans hieß er, und die Vereinigung trug den Namen Weiße Rose. Nachdem die beiden Geschwister im Februar 1943 Flugblätter gegen den Faschismus vom Säulengang im ersten Stock in den Lichthof geworfen hatten, wurden sie angezeigt und innerhalb weniger Tage verurteilt und hingerichtet.«

»Ich bewundere die beiden«, sagte ich, »keine Ahnung, ob ich den Mut gehabt hätte.«

Völlig in Gedanken an die beiden versunken, trat ich hinter Beate durch die breite Glastür, und wir standen im Lichthof der Universität. Die hohe Halle und die breite, von zwei Statuen gesäumte Marmortreppe wirkten sehr erhaben auf mich, und als wir kurz darauf die Große Aula im ersten Stock betraten und mir der Sonnengott Helios entgegenstrahlte, war ich endgültig beeindruckt. Ich ließ den Blick durch den engbestuhlten Raum schweifen und betrachtete das Mosaik an der Stirnseite lange.

Beate redete die ganze Zeit, und nachdem sie mir auch

noch die Verwaltungsräume, die Unibibliothek, das Studentenwerk in der angrenzenden Leopoldstraße und den »Schweinchenbau« gezeigt hatte, war es mit meiner Aufnahmefähigkeit vorbei.

»Pause bitte. Ich kann nicht mehr«, flehte ich und ließ mich auf eine der grünen Bänke fallen, die auf dem Bürgersteig standen. Mehrfach wäre ich fast unter die Räder gekommen, da ich aus Versehen auf den Radweg gelangt war, der unmittelbar neben dem Trottoir verlief.

Die Radler in München waren alles andere als zögerlich und klingelten einen forsch aus dem Weg. »Wer bremst, hat schon verloren«, schien ihr Motto zu lauten, denn sie fuhren angesichts von Hindernissen – selbst lebenden wie mir – nicht unbedingt langsamer, sondern versuchten sich in waghalsigen Ausweichmanövern. Nicht ohne das Hindernis dabei lautstark und unwirsch zurechtzuweisen. Was sonst? Beschimpfungen schienen hier echt in Mode zu sein. Ich dachte an den jungen Mann mit dem verschütteten Kaffee zurück, der gestern am Bahnhof ebenfalls sehr unfreundliche Worte für mich gefunden hatte.

»Okay«, erwiderte Beate amüsiert auf meine Bitte um eine Pause. »Das hier ist die Mensa. Willst du noch was essen?«, fragte sie und deutete auf das rosafarbene Gebäude, das nicht nur wegen des Anstrichs, sondern laut meiner Begleiterin auch wegen der eher zweifelhaften Qualität des Großküchenessens, das dem von Mastschweinen angeblich nicht unähnlich war, zu dem Tiernamen gekommen war.

»Nein, danke«, sagte ich. »Aber vielleicht können wir noch einen Kaffee zusammen trinken?« Ich deutete auf eine der zahlreichen Kneipen, von denen wir umgeben waren.

»Klar«, lautete die Antwort. »Danach müsstest du aber alleine nach Hause fahren, ich habe noch einen Nachhilfeschüler hier in Schwabing.«

»Kein Problem«, meinte ich selbstsicher, obwohl ich mir alles andere als sicher war. Aber das hätte ich für kein Geld der Welt zugegeben.

Eine Stunde später war ich heilfroh, als ich tatsächlich den kleinen Hügel mit den seltsamen Kleingärten hinab auf das Haus zulief, in dem ich zumindest die nächsten zweieinhalb Tage meines Lebens verbringen sollte. Ich ließ den Blick über die schönen, zum Großteil frisch renovierten Altbaufassaden wandern und sah mich nach allen Seiten um. In der Sonne leuchteten die spitzen Dächer, und die kleine Kuppel, die den durchgehenden runden Erker an der Stirnseite krönte, wirkte wie aus einer anderen Welt.

Als ich an den Zeitungskästen vorbeikam, musste ich grinsen und hob neugierig einen der durchsichtigen Deckel. Tatsächlich, es lagen immer noch mehrere Ausgaben darin, obwohl seit heute Morgen gut sechs Stunden vergangen waren und die Leute jede Menge Zeit und Gelegenheit gehabt hätten, die Zeitungen einfach mitzunehmen. Offenbar hatte Beate mir doch die Wahrheit erzählt …

Ich beobachtete, wie eine junge Frau allen Ernstes den Haufen ihres Hundes, der sein Geschäft auf einer kleinen Grünfläche erledigt hatte, mit einer umgestülpten Plastiktüte aufsammelte und in einem der bereitstehenden Mülleimer entsorgte. Ein seltsames Volk, diese Deutschen, dachte ich, rennen sogar mit kleinen schwarzen Tüten hinter ihren kackenden Hunden her.

Im Treppenhaus roch es nach Reinigungsmittel, und

ich wäre fast auf der Treppe ausgerutscht, so glatt war sie. Offensichtlich hatte jemand geputzt, denn auch der Mülleimer unter den Briefkästen, auf dem »NUR FÜR PAPIER« stand, war geleert, und die kostenlosen Zeitungen, die heute Morgen noch auf der untersten Stufe gelegen hatten, waren verschwunden. Sauber, dachte ich und schloss gutgelaunt die Wohnungstür auf.

Ich stand noch nicht ganz im Flur, da stürzte mir Friedrich wie eine Furie aus dem Bad entgegen, mit rosa Gummihandschuhen und einem weißen Plastikding in der Hand, das aussah wie ein zu groß geratener Eiskratzer fürs Auto. Nicht dass ich mich mit so etwas auskannte, aber ich wusste nicht, wofür dieses Dings sonst gut sein könnte. Wie beim Anblick von Friedrichs Miene befürchtet, sollte ich es sogleich erfahren.

»Du hast deine Haare nicht aus dem Sieb in der Dusche gemacht, und die Duschkabine hast du auch nicht abgezogen. Das geht so nicht.«

Wenn Blicke töten könnten, wäre mein Ableben auf der Stelle besiegelt gewesen.

Der Mann überforderte meinen Intellekt. »Abgezogen«, murmelte ich und kramte in meinen Gehirnzellen nach der Bedeutung dieses Wortes. Meines Wissens konnte man Summen voneinander abziehen oder einen Hasen oder meinetwegen auch ein Bett oder Bohnen, aber eine Duschkabine?« Mit Sicherheit stand mein Gesichtsausdruck dem von Berlusconis Ehefrau Veronica Lario in nichts nach, als sie vernommen hatte, dass ihr Göttergatte seiner Frauenministerin Mara Cafagna, einem ehemaligen Nacktmodell und Showgirl, in aller Öffentlichkeit einen Heiratsantrag gemacht hatte.

»Du brauchst gar nicht so zu gucken, als wüsstest du nicht, wovon ich rede.« Friedrich fühlte sich von meiner ungläubigen Miene offenbar angegriffen. »Wenn mehrere Menschen zusammenleben wollen, braucht man Regeln, damit das Ganze funktioniert, und eine davon lautet: Verlasse Bad und Toilette stets so, wie du sie vorgefunden hast. Dazu gehört nun mal auch, dass man die Duschkabine nach dem Duschen mit dem Abzieher trocken macht, damit sich keine Kalkflecken bilden. Kapiert?«

Das war mit Abstand der unverdünnteste Schwachsinn, den ich je in meinem Leben gehört hatte. Die Glasscheiben der Dusche hinterher mit einem zu groß geratenen Eiskratzer trocken zu machen, damit keine Kalkflecken zurückblieben. Ja, wo gibt's denn so was?, dachte ich. Haben die Leute in diesem Land keine echten Probleme? Da machte dieser Typ einfach so ein Riesenfass auf. Wegen ein paar Wassertropfen auf einer Glasscheibe. Wahrscheinlich hängte er demnächst ein selbstgebasteltes Schild an die Badezimmertür, auf dem stand: »Bitte hinterlassen Sie diesen Ort so, wie Sie ihn vorzufinden wünschen.«

Madonna, wo war ich hier nur gelandet? Zu Hause hatte sich noch nie jemand beschwert, wenn ich geduscht hatte, und ich hatte bisher weder jemals meine Haare aufgesammelt noch hinterher das Handtuch weggeräumt, das ich stets zusammengeknüllt auf den Boden geworfen hatte. Natürlich hatte ich mir nie Gedanken darüber gemacht, ob saubere Handtücher auf Bäumen wuchsen oder wer da immer hinter mir herräumte, aber das hatte ich auch nie gemusst. *Mamma* umsorgte uns gerne. Das behauptete sie jedenfalls …

Wenn mehrere Menschen zusammenleben wollen, braucht man Regeln, damit das Ganze funktioniert, dröhnte Friedrichs Satz in meinem Kopf. Regeln, Regeln, Regeln. Hatten die hier auch schon mal was von Spaß und laissez faire gehört? Leben und leben lassen, damit schien der Spießer, der mir mit hochrotem Kopf gegenüberstand, nichts anfangen zu können. Ja, war ich denn hier beim Militär, oder was sollte dieser Kasernenhofton?

Ich merkte, wie ich mich schon wieder in meine Wut hineinsteigerte, und versuchte, mein italienisches Temperament zu zügeln. Daher verkniff ich mir jegliche angeborene Impulsivität, was mich schier an meine Grenzen brachte, da es mich innerlich förmlich zerriss. Ich ließ Friedrich einfach stehen. Hätte ich auch nur einen Satz zu ihm gesagt, die Folgen wären unabsehbar gewesen, und das war mir zu gefährlich. Lange würde ich hier nicht wohnen bleiben, so viel stand fest. Gleich am Montag würde ich mich auf die Suche nach einer neuen Unterkunft machen, sonst bestand die Gefahr, dass ich den Rest meines Daseins in Stadelheim, oder wie das Gefängnis hier hieß, verbrachte, verurteilt wegen Mordes, wenn auch im Affekt.

Ich konzentrierte mich also brav auf meine Atmung, stapfte in mein Zimmer, nicht ohne die Tür mit Nachdruck zu schließen, und legte mich aufs Bett, um Vasco Rossi zu hören. Die Töne meiner Lieblingsmusik holten mich allmählich wieder runter, und bald war ich eingeschlafen – komplett angezogen. Dieses Deutschland machte mich echt fertig.

Der Samstag und der Sonntag vergingen wie im Flug. Ich fand mich damit ab, vorerst aus dem Koffer zu leben, und nachdem auch ich Signor Colluti trotz mehrerer hartnäckiger Versuche nicht erreicht hatte, wollte ich es mir erst mal gutgehen lasen. Zunächst versicherte ich meinen Eltern mehr oder minder glaubhaft, dass alles in bester Ordnung sei, dann lackierte ich mir die Fingernägel, machte ein Fußbad und gönnte mir eine Gesichtsmaske, bis ich das Gefühl hatte, mit mir im Reinen zu sein und meine Mitte wiedergefunden zu haben. Danach sah ich mir München an, stattete dem Tierpark in Hellabrunn einen Besuch ab, war abends mit Beate, Isabelle und ihrem Freund Paul im Kino und danach noch etwas trinken. Eigentlich hätte auch Otto uns begleiten sollen, und die beiden Mädels hatten mich mit den vielen Geschichten über ihren Mitbewohner, ein echtes Münchner Original, wie sie immer wieder gerne betonten, auch schon ganz neugierig gemacht. Aber leider hatte er andere Pläne, und so mussten wir unsere erste Begegnung auf später verschieben. Wenn ich doch bloß geahnt hätte, unter welchen Umständen ich ihn kennenlernen sollte, ich hätte alles dafür getan, ihn jetzt schon zu treffen.

Der Abend war lang und feuchtfröhlich, und während Paul sich noch mit ein paar Freunden zum Kickern traf, zogen wir um die Häuser. Wir hatten einen Heidenspaß dabei, uns auszumalen, was die Typen, die in den Kneipen alleine an der Bar saßen und in ihr Bierglas starrten, wohl von Beruf sein mochten. Wir dachten uns immer absurdere Jobs aus, gackerten wie pubertäre Hühner und torkelten im Morgengrauen eingehakt nach Hause. Begeistert von meinem Leben in Freiheit, schrieb ich Vale noch eine SMS, dann fiel ich ins Bett und wandelte binnen Sekunden in der Welt der Träume.

Prompt verschlief ich den halben Sonntag und kroch erst gegen drei Uhr nachmittags aus den Federn. Friedrich und ich gingen uns großräumig aus dem Weg, weshalb es zu keinen weiteren unschönen Zusammenstößen kam. Vorerst jedenfalls.

Keine Stunde später kamen die M&Ms aus ihrem verlängerten Wochenende zurück und begrüßten mich mit großem Hallo. Was die beiden anging, hatte Beate wahrlich nicht zu viel versprochen, denn sie waren so herzlich und nett, dass ich mich gleich wohl fühlte und mein ungutes Gefühl wegen Friedrich im Nu von mir abfiel. Wir setzten uns um den großen, runden Glastisch in der Küche, um den fünf schwarze Schwingstühle mit Chromfüßen standen, und hielten eine Lagebesprechung ab. Ich spendierte eine Runde Baci Perugina, und wir hatten einen Heidenspaß dabei, uns die Lebensweisheiten auf den transparenten Zetteln in den verschiedenen Sprachen vorzulesen.

»*Un bacio proibito brucia più del fuoco*«, zitierte ich meinen Text.

Marcus riss mir den Zettel aus der Hand. »Lass mal sehen. Ein verbotener Kuss brennt heißer als das Feuer. Klingt gut.« Er warf Mike ein vielsagendes Grinsen zu.

»Ein schöner Gedanke«, sagte ich.

Die beiden nickten nur.

»Du kannst erst mal hierbleiben, bis du was anderes gefunden hast«, verkündete Mike irgendwann freudig, nachdem wir noch eine ganze Weile über Gott und die Welt geredet hatten, und fuhr sich mit der linken Hand durch die blonden, kinnlangen Haare. Er hatte stahlgraue Augen, eine große, geschwungene Nase, war extrem muskulös und mindestens eins fünfundachtzig groß, eigentlich genau mein Typ Mann. Auch sein auffälliger Kleidungsstil gefiel mir, und sein Lachen war geradezu ansteckend.

»Ja«, bestätigte Marcus, als er meinen ungläubigen Blick bemerkte. »Wir haben in der Zwischenzeit mit Jan telefoniert, und er meinte, wenn du nett bist, dürftest du selbstverständlich bleiben. Die Entscheidung hat er großzügigerweise uns überlassen.« Er war eher der Stillere von den beiden, wenngleich nicht weniger sympathisch, und optisch genau das Gegenteil von Mike: klein, schmal und in der schlichten Jeans und dem blauen T-Shirt ein bisschen blass und unscheinbar.

»Das ist ja super«, sagte ich spontan, und meine Auszugspläne von vor zwei Tagen waren passé, denn die beiden wogen Friedrich mehrfach auf. Lässig waren die Jungs ja schon, das musste man ihnen lassen. Ich würde nicht einfach jemanden, den ich gar nicht kenne, von wem anders, auch wenn ich denjenigen gut kenne, in meinem WG-Zimmer einquartieren lassen – vorausgesetzt, ich hätte überhaupt eines. »Meint ihr denn, das wird teuer für mich?«, fragte ich dann, denn mir fiel ein, dass ich sicher Miete bezahlen musste.

»Kaum«, Mike winkte ab. »Als er gehört hat, dass du Italienerin bist, war die Sache so gut wie geritzt. Du lädst ihn einfach auf eine Pizza ein, wenn er wieder da ist, oder kochst ihm was Leckeres aus deiner Heimat, dann ist er glücklich. An Jan ist ein echter Italiener verlorengegangen.«

Bei mir schrillten alle Alarmglocken, denn Deutschen, die sich italienischer vorkommen als jeder Sizilianer, bin ich in Riccione zur Genüge begegnet, und ich habe mir meine ganz eigene Meinung über diesen Menschenschlag gebildet. Aber mir sollte es recht sein. Ich wollte vorerst hierbleiben, und wenn es auf Kosten eines Pseudo-Italieners war, dann sollte es mir recht sein. Schließlich war mir das Hemd näher als der Knopf – oder wie hieß dieses deutsche Sprichwort gleich noch mal?

Jetzt musste ich mich nur noch mit Signor Colluti gegen meine Eltern verbrüdern, dann war alles in Butter.

Ich nahm mir vor, ihn gleich noch mal anzurufen oder in den nächsten Tagen bei ihm vorbeizufahren. Aber auch das würde ich hinbekommen, das wäre doch gelacht, bei dem Lauf, den ich gerade hatte.

Marcus hatte in der Zwischenzeit eine Flasche Prosecco – den echten aus Valdobbiadene, wie ich anerkennend feststellte – aus dem Kühlschrank genommen und sie zusammen mit vier Sektgläsern auf den Tisch gestellt. »Ich hole nur schnell Friedrich, dann können wir auf unsere attraktive und nette neue Mitbewohnerin anstoßen«, sagte er.

Als der Name des Superspießers fiel, wurde mir kurz ganz anders, aber dann beschloss ich, dem Feind ins Auge zu blicken, und prostete ihm fröhlich zu, als er hinter Marcus zur Tür hereinkam.

Zwar fiel ihm schier das Lachen aus dem Gesicht, als ihm klarwurde, was der Anlass für den unverhofften Alkoholausschank war, doch er hatte sich sofort wieder im Griff und schien die Entscheidung der beiden M&Ms nicht anfechten zu wollen.

»Stößchen«, sagte Mike und prostete mir zu.

»Auf dich, Süße«, meinte Marcus und strahlte mich an.

Friedrich sagte gar nichts, sondern trank sein Glas in einem Zug leer und verschwand wieder.

»Was ist denn mit dem heute los, Liebchen?«, fragte Mike und starrte auf die Küchentür, durch die sein Cousin verschwunden war.

»Womöglich ist er nicht ganz so italien- oder vielmehr italienerinnenbegeistert wie Jan«, mutmaßte ich und hielt mich ansonsten bedeckt. Ich würde den Teufel tun und von meinen Zusammenstößen mit dem Wassertropfenzähler berichten.

»Ach, wer weiß, was er wieder hat. Den darf man nicht

immer ernst nehmen«, meinte Marcus und schenkte uns allen nach.

Da ich mir an dem lustigen Abend mit Beate und Isabelle gestern vorgenommen hatte, überhaupt nichts und niemanden mehr ernst zu nehmen, außer meine eigenen Ansprüche und Erwartungen vielleicht, passte dieser Vorschlag hervorragend in mein neues Lebenskonzept.

Zufrieden hob ich mein Glas. »Wie war das noch? Sößchen!«

3.

»Splendida giornata«

Den nächsten Vormittag verbrachte ich damit, meine Koffer, Taschen und die vielen Tüten von *mamma* auszuräumen und mich in dem kleinen Zimmer so gut wie möglich einzurichten. Voller Elan stapelte ich die Klamotten auf dem Bett und überlegte, ob ich sie besser nach Farben oder nach Designerlabels sortieren sollte, und öffnete mit Schwung die Schranktür.

Aiuto, durchfuhr es mich, denn es war nicht mal ein halber Kleiderbügel frei, und das Brett über der Kleiderstange bog sich förmlich unter der Last an Hosen, T-Shirts und Pullis, die darauf gestapelt waren. Der Typ hatte ja mehr Jeans als ich, und das wollte durchaus etwas heißen. Ich war beeindruckt. War Jan nicht für sechs Wochen unterwegs? Hatte er etwa nichts zum Anziehen dabei? Ohne lange zu zögern, nahm ich die Stapel heraus und legte sie auf den Boden, um meinen Sachen Zugang zu dem Raumwunder von einem Kleiderschrank zu verschaffen. Sie machten sich wider Erwarten recht gut darin, und das Brett sah nun auch nicht mehr ganz so mitgenommen aus. »Danke«, schien es leise zu flüstern.

Ich überlegte kurz, Jans Klamotten in einem der Altkleiderbeutel, die im Treppenhaus mit der Bitte um eine Spende für Afghanistan lagen, für einen guten Zweck zu opfern, doch dann erwog ich die Konsequenzen und entschloss mich dagegen. Schließlich fand ich es echt klasse von ihm, dass er mich hier wohnen ließ, ohne mich zu kennen. Einem Geistesblitz folgend, schichtete ich die Hosen und Oberteile einfach in meinen Koffer, zog den Reißverschluss zu und schob ihn unters Bett, wo er mit Ach und Krach hinpasste. Kurz bevor Jan zurückkam, würde ich die Sachen wieder umräumen, und niemand würde etwas mitbekommen.

Als ich den Stapel mit den Winterpullovern herausnahm, fiel mir eine Broschüre über archäologische Ausgrabungen bei Spina in der Emilia Romagna entgegen. Sieh an, dachte ich nur, die Welt ist echt ein Dorf. Genau dort hatte ich mit einer Klassenkameradin vor Jahren in den Sommerferien an einem Einführungskurs für Jugendliche teilgenommen, der uns total begeistert hatte. Jan, du bist ein interessanter Mann, dachte ich und verstaute das Heft ebenfalls im Koffer.

Nach vollendeter Tat brachte ich die drei Tüten mit den Lebensmitteln in die Küche, wo Friedrich am Tisch saß und seinen üblichen Milchkaffee trank, dessen Farbe mich eher an einen mit Chemikalien und Klärschlamm verseuchten Fluss erinnerte.

»*Buon giorno*«, schmetterte ich ihm betont ausgelassen entgegen und versuchte ihn sogleich mit einer der leckeren Wildschweinsalamis zu bestechen, um die Stimmung auf der Launeskala von minus sieben wenigstens auf knapp über null zu treiben. Immerhin erinnerte ich mich daran, dass *mamma* erklärt hatte, die Deutschen würden Wurst und Käse zum Frühstück bevorzugen, und hoffte, dadurch die Lage zu entspannen.

Wie vermessen von mir!

Ich war mir nicht sicher, ob sein Brummen nun »Guten Morgen«, »Geh mir aus der Sonne« oder »Ich bin Vegetarier« bedeuten sollte, jedenfalls schien er eindeutig kein gesteigertes Interesse an dem kulinarischen Kleinod zu haben, das ich ihm vor die Nase hielt. Das schloss ich zumindest aus seinem leicht angewiderten Gesichtsausdruck.

»Na gut, ich hab's versucht«, murmelte ich nur.

Damit hatte ich mir, zumindest für heute, nichts vorzuwerfen. Ich hatte nämlich heute Morgen nach dem Duschen sogar die Haare aus dem Sieb entfernt und mit dem Handtuch einmal grob über die Glasflächen gewischt – mehr, als man erwarten konnte, wie ich fand. Der Eiskratzer würde unter mir jedenfalls nicht zum Einsatz kommen, so viel stand fest. Als ich Vale vorhin am Telefon davon erzählt hatte, wäre sie vor Lachen fast am anderen Ende der Leitung erstickt.

Ohne Friedrich auch nur einen Funken Beachtung zu schenken, machte ich mich daran, meine *alimentari* unter seinem skeptischen Blick in der Küche zu verteilen, und rauschte anschließend wortlos nach draußen. Kurz überlegte ich, noch mal reinzugehen und nachzusehen, ob mein Mitbewohner angesichts des südländischen und damit pauschal verdächtigen WG-Zuwachses über dem Kühlschrank eine Kamera angebracht hatte, damit ich ihm seine linksdrehenden probiotischen, ausschließlich bei Vollmond abgefüllten Biojoghurts nicht klauen konnte, aber ich nahm Abstand davon. Zu sehr beschäftigte mich der Gedanke, ob linksdrehende Joghurts auf der Südhalbkugel womöglich zu rechtsdrehenden mutierten und welche Auswirkungen das auf die Darmflora des Essers haben mochte. Eine Frage, die ich ohne Friedrichs Hilfe vermutlich nicht würde lösen können. Egal, lieber wollte ich dumm sterben.

Die M&Ms waren schon in ihrem Blumenladen, den

sie gemeinsam mit viel Liebe zum Detail führten. Sie hatten sich kennengelernt, als sie beide noch in der Ausbildung waren. Marcus war gelernter Florist, Mike hatte Kommunikationswissenschaften studiert, und als die kleine Agentur, in der er als PR-Berater gearbeitet hatte, schließen musste, war er bei seinem Freund eingestiegen. Inzwischen arbeiteten die beiden mit mehreren Eventagenturen zusammen und hatten sich auf Hochzeiten und andere große Feste spezialisiert. Die Wohnung zeugte ebenfalls von ihrer Liebe zu Blumen und üppigen Dekorationen, denn überall standen Vasen mit exotischen Arrangements, Kränze und Gestecke herum. Normalerweise war ich gegen Dekorationsmaterial jeder Art schwer allergisch, und mir hatte sich der Zweck dieser UDOs bisher nicht erschlossen, doch seit ich die M&Ms kannte, fand ich sogar »unnütze Dekorationsobjekte«, wie die beiden den Kram selbst nannten, schön.

Die beiden Frühaufsteher waren oft schon im Morgengrauen unterwegs, Mike beim Joggen, Marcus auf dem Großmarkt, wo er frische Ware kaufte und mit den Händlern debattierte, was er sehr genoss. Sie machten den Anschein, als würden sie sich ihre gute Laune nicht mal vom Weltuntergang verderben lassen. Oder von Friedrich.

Da ich mich mit Mr Schlechtgelaunt in der Wohnung nicht wohl fühlte, suchte ich das Weite und überlegte, Signor Colluti einen Besuch abzustatten. Ich hatte gestern Abend noch mal kurz mit meiner aufgeregten *mamma* telefoniert, die meinen noch viel aufgeregteren Vater kaum im Zaum hatte halten können, weil er den älteren Herrn, dem er so leichtsinnig sein Vertrauen geschenkt – und das Leben seiner Tochter anvertraut –

hatte, immer noch nicht erreicht hatte. Irgendwie schaffte ich es, einem erneuten Gespräch und der damit einhergehenden Erklärungsnot aus dem Weg zu gehen, hatte inzwischen aber selbst ein schlechtes Gewissen. Lange konnte ich das Spiel hier sowieso nicht mehr durchhalten, denn ich zockte mit einem denkbar schlechten Blatt.

Also schlenderte ich vor zum Harras – da es nur geradeaus ging, bestand kaum Gefahr, dass ich mich verlief – und setzte mich in die U-Bahn, um nach Neuhausen zu fahren. Den Plan vom Münchner Schnellbahnnetz, den Isabelle mir aus dem Internet ausgedruckt hatte, auseinandergefaltet in der Hand, saß ich da und zählte die Haltestellen bis zum Sendlinger Tor, wo ich umsteigen musste. Ich schaffte es tatsächlich, nicht Richtung Mangfallplatz zu fahren, sondern ohne Fehlversuch in die Bahn einzusteigen, die mich zum Rotkreuzplatz brachte.

Vorbei an wunderschönen Straßenzügen mit prächtigen, renovierten Altbauten lief ich in Richtung des Schlosses, wo Signor Colluti am Tizianplatz wohnte. Die Anwesen wurden immer herrschaftlicher, in den Gärten standen zum Teil uralte, richtig hohe Buchen und Tannen, und das Kopfsteinpflaster und die vielen Bäume am Straßenrand machten es mir schwer, zu glauben, dass ich noch immer mitten in München war. Das mehrgeschossige Haus, in dem mein vermeintlicher Aufpasser wohnte, wirkte mit all den Erkern und Türmchen fast schon wie ein kleines Minischloss, und der Eingang, der durch einen mit bunten Sommerblumen wild bewachsenen Garten führte, war mit einem schweren grünen Eisentor verschlossen.

Leicht eingeschüchtert drückte ich auf die Klingel, auf der kein Name, sondern nur die Initialen M. C. für Marcello Colluti standen. Eine Weile tat sich gar nichts, und plötzlich überkam mich ein mulmiges Gefühl. Einerseits war ich gespannt, was mich erwartete, andererseits hatte ich Angst, dem Mafioso vom Bahnhof wiederzubegegnen. Was, wenn er mich erkannte? Ich wollte mich gerade umdrehen und wieder gehen, da knarzte es endlich vor mir in der steinernen Mauer, und durch den eingelassenen Lautsprecher ertönte eine erstaunlich junge Stimme.

»Wer ist da?«

Ich zögerte, doch dann nannte ich meinen Namen und sagte, ich wolle mit Signor Colluti sprechen.

»Moment bitte.« Danach Stille.

Ich stand da wie bestellt und nicht abgeholt und wartete. Nachdem ich im Kopf schon dreimal die Strecke nach Sendling zurückgefahren war und die einzelnen Haltestellen vom Sendlinger Tor bis zum Harras im Kopf aufgesagt hatte, ertönte der Türsummer.

Ich drückte das mannshohe Tor auf und ging mit gemischten Gefühlen auf das Haus zu. Alles wirkte wie im Dornröschenschlaf. Vielleicht lag es an den verwilderten Rosen, die sich gleich neben der Eingangstür emporrankten, oder daran, dass viele der Fensterläden geschlossen waren – ich wusste es nicht. Ich wusste nur, dass mir dieser Ort, so schön er war, auf gewisse Weise unheimlich erschien.

Da die Haustür angelehnt war, drückte ich sie einfach auf und trat in eine dunkle quadratische Diele mit einer Eichenholzgarderobe, neben der ein länglicher Flur begann. Die Luft roch abgestanden und leicht muffig, den Gang erhellte eine kugelförmige Glaslampe, die schon bessere Tage gesehen hatte.

»Signor Colluti?«, fragte ich zögerlich.

»Hier«, ertönte eine leise Stimme aus einem der angrenzenden Zimmer.

Ich hielt inne. Das war eindeutig nicht die Stimme aus dem Lautsprecher von eben, sondern eine, die älter und schwächer klang. Erschöpft.

Langsam trat ich näher und erstarrte nur einen Meter weiter zur Salzsäule, als ein Mann aus der Tür direkt vor mir trat und mir zunickte. *Aiuto*. Mein Fluchtreflex war augenblicklich aktiviert, und ich verteufelte mich für die Schnapsidee, hierherzukommen und dem alten Mann einen Besuch abzustatten.

»Kommen Sie doch herein. Signor Colluti erwartet Sie.«

Ich starrte ihn an, als hätte er mich gerade dazu aufgefordert, meine geliebte *nonna* an den Teufel zu verkaufen. Dass auch er dieser seltsamen Siezeritis verfallen zu sein schien, nahm ich in meiner Panik nicht mal zur Kenntnis. Vielmehr war ich beherrscht von einem einzigen Gedanken: *Dio mio*, das ist er. Der Mafioso vom Hauptbahnhof.

Noch ehe ich den ungeordneten Rückzug antreten konnte, hörte ich erneut die schwächelnde Stimme, die zu Signor Colluti zu gehören schien.

»Komm nur, mein Kind.«

»Buon giorno«, flüsterte ich und zwängte mich zwischen dem Alptraum meiner schlaflosen Nächte und dem Türrahmen in den Raum.

Signor Colluti ruhte, perfekt gekleidet mit Krawatte, Einstecktüchlein und blankpolierten Schuhen, in einem in die Jahre gekommenen Ohrensessel mit abgewetztem dunkelbraunem Leder und mächtigen Armlehnen. Der alte Herr wirkte extrem klein und schmächtig in dem Ungetüm und war offensichtlich nicht bei bester Gesundheit. Mir war auf den ersten Blick klar, dass er viel zu schwach gewesen war, um mich am Bahnhof abzuholen, und daher seinen was auch immer geschickt hatte.

»Möchten Sie vielleicht einen Tee?«

Die Frage des Mafioso ließ mich zusammenzucken. Zwar trug er die obligatorische Sonnenbrille sogar im Haus, aber er hatte sie nach oben in die gegelten Haare geschoben, so dass ich einen Blick auf seine kalten, dunklen Augen werfen konnte. Ängstlich forschte ich darin nach einem Anzeichen, aber er ließ sich durch nichts anmerken, ob er mich erkannt hatte.

»Nein, danke«, sagte ich und blieb wie verloren in dem Raum stehen.

»Nimm Platz, *gioia*«, sagte Signor Colluti kaum hörbar.

Ich leistete der Aufforderung Folge und setzte mich auf die Kante des Sofas, das dem Sessel gegenüberstand, woraufhin der Mafioso sich diskret zurückzog, nicht ohne mir mit einem hämischen Grinsen zuzuzwinkern. Puh!

Seltsamerweise fragte der alte Herr mich weder, warum ich nicht gekommen oder ob mir etwas passiert sei, noch wollte er sonst etwas von mir wissen, und auch sein Scherge hatte mich nicht – wie befürchtet – mit vorgehaltener Waffe bedroht. Der alte Herr fing einfach an, mit mir zu plaudern, als wäre ich eine entfernte alte Bekannte, die auf ein Tässchen Tee vorbeischaute.

Hier hätte ich wohnen sollen?, ging es mir durch den Kopf. Keine halbe Stunde hätte ich es in diesem erdrückenden Mief ausgehalten – so viel war sicher. Damit entfiel auch die Option, doch zu Signor Colluti zu ziehen, wenn Jan zurückkam und wieder in sein Zimmer wollte, und ehrlich gesagt war ich angesichts der Umstände alles andere als traurig darüber.

Nach einer Weile nahm ich meinen Mut zusammen und lenkte das Gespräch auf unser nicht zustande gekommenes Mietverhältnis.

»Wissen Sie«, setzte ich zu einer Erklärung an und rutschte unbeholfen auf dem Sofa herum, »ich habe ein tolles Zimmer gefunden und würde dort gerne bleiben. Das Problem ist nur: meine Eltern …«

»Verstehe.«

Ich erklärte ihm mein Dilemma und war zutiefst erleichtert, als er überaus verständnisvoll reagierte und sogar auf meinen nächsten Vorschlag einging, was ich kaum zu hoffen gewagt hatte.

Eine Minute später hielt ich mir mein Handy ans Ohr und wartete nervös darauf, dass jemand abnahm.

»*Babbo, sì,* ich bin's, Angela. Alles bestens, na klar. Ich sitze hier mit Signor Colluti bei einer Tasse Tee. Du wolltest ihn doch unbedingt mal sprechen, *sì, sì*. Warte, ich gebe ihn dir.«

Damit reichte ich den Hörer weiter an den alten Herrn, der seine Sache wirklich hervorragend machte und es schaffte, meinen sonst nicht gerade zur Hysterie neigenden, vor Besorgnis jedoch hyperventilierenden *babbo* zu beruhigen. Er schwärmte von seiner netten Untermieterin und redete eine ganze Weile auf meinen Vater ein. Ich hörte den Gebührenzähler förmlich ticken, aber die Sache war es mir wert. Damit hatte ich erst mal für eine ganze Weile Ruhe, und danach konnte ich mir immer noch überlegen, wie ich meinen Eltern die Wahrheit nahebrachte. Über meine Lippen war bisher jedenfalls kein einziges unwahres Wort gekommen. Das Lügen überließ ich schön Signor Colluti.

»*Grazie mille*«, bedankte ich mich artig, nachdem er aufgelegt hatte.

»Für so ein schönes Kind wie dich gerne.« Er grinste verschmitzt.

Ich erhob mich vom Sofa. »So, ich muss dann jetzt los.«

»*Ciao bella,* und besuch mich bald mal wieder. Ich würde mich freuen.«

»Selbstverständlich«, erwiderte ich erleichtert und lief beschwingt nach draußen.

Den Mafioso bekam ich zum Glück nicht mehr zu Gesicht.

Das war ja mal richtig großartig gelaufen. Als ich wieder in der U-Bahn saß, klopfte ich mir innerlich selbst auf die Schulter. Ich war hochzufrieden mit mir, da ich diese schwierige Situation so gut gemeistert hatte und endlich lernte, die Dinge selbst in die Hand zu nehmen und Entscheidungen zu treffen, anstatt alles immer nur *babbo* zu überlassen.

Ich war unendlich stolz auf mich und völlig gefangen in meinem Glück, weshalb ich erst vor der Haustür merkte, dass ich gar keinen Schlüssel dabeihatte. Unbekümmert läutete ich erst in der WG und danach bei Beate und Isa Sturm, aber nirgendwo war jemand zu Hause. Nach und nach probierte ich alle Klingeln durch, nur auf den Knopf von der alten Frau Griesmayer drückte ich wohlweislich nicht. Am Ende erkannte sie mich nicht wieder und ließ mich nicht herein, und darauf hatte ich echt keine Lust. Schließlich kam ich auf die Idee, nachzusehen, ob das kleine Gartentor neben dem Haus, das in den Hinterhof führte, abgeschlossen war. Heute war offensichtlich mein Tag, denn das Törchen war offen, und auch die Hintertür war nur angelehnt.

Nachdem ich zweieinhalb Stunden auf der Treppe vor

der WG verbracht hatte, mir allmählich der Hintern weh tat – und das, obwohl er gut gepolstert war – und ich Vale schon die fünfte SMS geschrieben hatte, ohne eine Antwort zu bekommen, musste Plan B her. Ich erinnerte mich daran, dass mein Berliner Cousin Pietro beim siebzigsten Geburtstag meiner geliebten *nonna* letztes Jahr erzählt hatte, dass er eine zugefallene Tür in Sekundenschnelle mit einer Scheckkarte aufbekäme.

Was der alte Angeber kann, das werd ich ja wohl auch hinbekommen, sagte ich mir und zückte mein Portemonnaie.

Ich wusste, dass die drei Jungs die Tür oft nicht zusperrten, weil wir an unserem ersten gemeinsamen Abend darüber gesprochen hatten, als ich entsetzt feststellte, dass niemand in der WG Anstalten machte, den Schlüssel von innen rumzudrehen. In unserem Mietshaus in Riccione musste man nur den Türknauf drehen, und schon stand man in der Wohnung, daher hatten meine Eltern uns dreien von Anfang an eingebläut, immer abzuschließen. Dabei hatten die M&Ms erwähnt, dass sie die Tür oft nur ins Schloss fallen ließen, wenn sie aus dem Haus gingen. Zu ihrer Rechtfertigung führten sie noch die Kriminalitätsrate von München an, die zu den niedrigsten in ganz Deutschland gehörte. Na ja, ich würde so was ja eher höchste Naivitätsrate nennen …

Egal, in diesem Moment war ich dankbar für ihre Sorglosigkeit und fing an, mit meiner EC-Karte an dem Türschloss herumzufummeln. Ich versuchte, sie an der Gummilitze vorbei in den Türspalt zu schieben und langsam nach unten zu ziehen. Mein Talent zum Schlösserknacken schien keinesfalls angeboren und an das von Pietro nicht im Entferntesten heranzureichen, denn die Karte verrutschte, und es gelang mir nicht, den Riegel zurückzuschieben. Je öfter ich es versuchte, desto engagierter ging ich zur Sache, schließlich war heute mein Tag, und den wollte ich mir nicht von einem schnöden Türschloss vermiesen lassen.

»Porca miseria«, schimpfte ich und startete einen neuen Versuch, vermutlich Nummer dreiundsiebzig.

Ich war derart gefangen von meiner Mission, dass ich weder den mit Lockenwicklern bewehrten Kopf von Frau Griesmayer bemerkte, die zwischen dem Treppengeländer hindurch nach oben spähte, in der festen Überzeugung, eine Einbrecherin auf frischer Tat ertappt zu haben, noch den Polizisten, der sich zehn Minuten später mit gezückter Waffe von hinten anschlich, um mir auf die rechte Schulter zu tippen.

Ich fuhr herum, prallte so heftig mit der Nase an seinen Oberarm, dass ich dachte, sie sei gebrochen, und taumelte zurück. Dabei sah ich, dass er nicht alleine war, denn ein Kollege stand auf dem Treppenabsatz direkt hinter uns, und Frau Griesmayers Lockenwickler lugten zwischen den Stäben des Geländers hervor. Der Polizist, ganz Profi, nutzte die Gunst der Stunde, drehte mir den Arm so ruckartig auf den Rücken, dass ich vor Schmerz aufschrie, und drückte mich gegen die Hauswand.

»Keine Bewegung!«, rief er. »Sie sind festgenommen.«

Scherzkeks, dachte ich nur, wie soll ich mich denn rühren? Doch dann realisierte ich, in welche Lage ich da geraten war, und begann mich zu rechtfertigen.

»Ich wohne hier«, sagte ich, und meine Stimme zitterte.

»Wer's glaubt, wird selig. Ihre Papiere!«

Ich nickte in Richtung meiner Handtasche, die ich auf dem Boden abgestellt hatte, und er ließ mich so weit frei, dass ich meine *carta d'identità* herausholen konnte.

Sein Kollege sicherte unterdessen die Treppe, damit ich ihnen nicht entkommen konnte.

Frau Griesmayer kam ihrer Bürgerpflicht nach und sagte: »Das Frollein wohnt ganz sicher nicht hier. Ich kenne alle Leute im Haus, das wüsste ich.«

»Aber …« Ich kam nicht zu Wort.

»Aha, keine Deutsche«, stellte der Beamte mit Kennerblick auf meinen italienischen Ausweis fest. »Am besten, wir nehmen Sie mit auf die Wache, dann sehen wir weiter.« Dann wandte er sich an seinen Kollegen: »Du befragst bitte noch mal die Dame hier, damit wir ihre Aussage zu Protokoll nehmen können.«

»Genau, sperren's diese Person ein.« Frau Griesmayer schien von der bayerischen Staatsgewalt schwer begeistert.

Der Schweiß brach mir aus allen Poren. Wie sollte ich das nur meinen Eltern erklären? Die glaubten mich doch in bester Obhut bei Signor Colluti. Wer sonst sollte mir jetzt beistehen? Friedrich ganz bestimmt nicht, und von den M&Ms hatte ich leider keine Handynummer, ich Idiotin. Höchstens Beate …

»Dürfte ich vielleicht mal telefonieren?«, fragte ich.

»Nein.«

»Ich kann Ihnen das alles erklären.«

Der Polizist musterte mich skeptisch und meinte: »Na, da bin ich aber mal gespannt.«

»Also, ich komme aus Riccione …«

»Das habe ich in Ihrem Ausweis schon gelesen, und jetzt begleiten Sie mich bitte, wir werden das auf der Wache klären, nicht hier im Treppenhaus.«

»Moment, aber …«

»Nix aber, mitkommen!«

Gerade packte mich der Beamte am Arm, um mir Handschellen anzulegen, da sprintete ein junger, dunkelhaariger Typ in Outdoorhose und Funktionsshirt die Treppe hinauf, immer zwei Stufen auf einmal, uns direkt entgegen. Verwundert betrachtete er die seltsame Versammlung und zog seine Basecap tiefer in die Stirn, da stürzte auch schon Frau Griesmayer auf ihn zu.

»Mei, Herr Otto«, rief sie, »gut, dass Sie kommen. Beinahe wäre in die Wohnung von den jungen Burschen bei Ihnen gegenüber eingebrochen worden.« Sie atmete schwer angesichts der ungeheuerlichen Mitteilung und deutete mit dem ausgestreckten Zeigefinger auf mich. »Die da war's.«

Abwehrend hob ich die freie Hand. »*No, no*, das ist alles ein Missverständnis«, begann ich von Neuem, »ich wohne hier.« Hilfesuchend sah ich den Neuankömmling mit großen Augen an – die hatten ihre Wirkung schließlich noch immer getan –, in der absurden Hoffnung, er möge sich irgendetwas einfallen lassen und mich vor der drohenden Verhaftung bewahren.

Ich vermutete, dass es sich bei dem sportlichen, gutgebauten Studenten um Otto handelte, meinetwegen auch Herr Otto, der mit Beate und Isabelle zusammenwohnte. Und da heute offenbar doch mein Glückstag war, lag ich richtig.

Herr Otto, der bisher ratlos von einem zum anderen geblickt hatte, schien tatsächlich ein echter Blitzmerker zu sein. Denn nun hellte sich seine Miene auf, und er schüttelte heftig den Kopf, während er einen Schritt auf den Polizisten zu machte und ihm die Hand entgegenstreckte.

Wenn ich bei meinem ersten Zusammentreffen mit Isabelle geahnt hätte, dass diese von mir spöttisch beäugte Geste mir einmal den Hintern retten würde, hätte ich ihr garantiert die Hand geschüttelt, bis sie abgefallen wäre.

»Gruber, Otto, mein Name«, stellte er sich kurz vor, wies sich aus und tat kurz und bündig seinen Eindruck von der Lage kund. »Das hier ist tatsächlich ein Missverständnis, ich kenne die junge Dame.«

Mit offenem Mund starrte ich ihn an und konnte kaum glauben, was er da gerade gesagt hatte. Wir kannten uns? Interessant ... Aber ich wollte angesichts meiner Lage nicht kleinlich sein und nickte eifrig.

»Sie heißt Angela, kommt aus Riccione und macht ein Auslandssemester an der Uni. Sie wohnt seit einer knappen Woche hier.« Im Brustton der Überzeugung tat er Dinge über mich kund, die er ganz sicher nicht von mir hatte.

Sei's drum, dachte ich und warf der griesgrämigen Frau Griesmayer einen triumphierenden Blick zu, als der Polizist sich anschickte, die Handschellen wieder wegzustecken. Meine selbstsichere Fassade hielt genau so lange, bis die neugierige Nachbarin und die beiden Beamten verschwunden waren, dann brach ich in Tränen aus und warf mich Herrn Otto schluchzend in die starken Arme. Ade, Contenance!

Als der Gruber-Otto mir zu Ehren drei Tage später eines seiner berühmten Risotto-Essen veranstaltete, hatte ich nicht nur meine Contenance längst wiedergefunden, sondern mich auch von den M&Ms wegen meiner Blödheit zur Genüge foppen und von Beate aufklären lassen, dass Otto keinesfalls sein Nachname war, wie ich zwischendurch angenommen hatte.

Nun saßen wir alle um den großen alten Holztisch in der Küche von Isabelle, Beate und Otto – alle bis auf

Friedrich, der es vorgezogen hatte, an seinem PC herumzuschrauben.

»Ihm ist eben manchmal nicht zu helfen«, meinte Mike nur, als Isabelle sich nach seinem Cousin erkundigte, und entkorkte eine Flasche Primitivo.

Den Wein hatte ich besorgt, zur Feier des Tages, außerdem hatte ich dem Koch das Olivenöl von meiner *nonna* zur freien Verfügung überlassen, was dieser zu meiner Freude zu honorieren wusste. Während Otto mit Topf und Pfanne am Herd hantierte und es verführerisch anfing zu duften, wollten die anderen, dass ich die Einbruchsstory noch einmal zum Besten gab. Gestenreich, wie es sich für eine waschechte Italienerin gehört, berichtete ich, wie Otto mich aus den Klauen des Polizisten und von Frau Griesmayer gerettet hatte. Alle lauschten gebannt meiner kurzweiligen Darbietung, und Otto drehte sich zwischendurch immer mal wieder zu mir um und grinste oder zwinkerte mir kurz zu.

Er hatte ein Lächeln, bei dem einem die Knie weich werden konnten, und das dachte ich nicht nur, weil es mir vor lauter Dankbarkeit für die Rettungsaktion den Blick komplett vernebelt hatte. Ich mochte ihn wirklich sehr und fand ihn sogar irgendwie süß, dabei war er überhaupt nicht mein Typ: viel zu sportlich, viel zu praktisch veranlagt, viel zu unmodisch gekleidet. Irgendwie eher fürs Grobe. Wir hatten die Zeit, bis die beiden M&Ms nach Hause gekommen waren und mich in die Wohnung gelassen hatten, damit verbracht, uns Geschichten aus unserer Schulzeit zu erzählen, und dabei bestimmt anderthalb Flaschen Wein getrunken. Selig war ich danach in mein Zimmer gewankt und hatte mich nicht mal mehr dazu aufraffen können, mich über Joe Kugel zu ärgern, über den ich gleich im Flur gestolpert war.

»Bist eben ein echter Held, was?«, meinte Mike, der aufgestanden war, um den Wein einzuschenken, und Otto einen gezielten Schlag auf den Hintern verpasste.

»He, lass das, sonst werd ich eifersüchtig«, meldete sich Marcus zu Wort.

»Otto steht aber drauf«, gab Mike nur zurück und setzte sich wieder.

Er hatte großzügig eingeschenkt, und prompt verschüttete ich was von dem kostbaren Tropfen, als wir uns zuprosteten.

Isabelle klärte mich auf, dass ich meinem Gegenüber in die Augen zu schauen hätte, wenn ich nicht scharf auf sieben Jahre schlechten Sex sei. Prompt wurde ich knallrot bei der Bemerkung und fuhr mir peinlich berührt durch die wie immer zerzausten Haare.

»Wie süüüüß«, rief Marcus und stieß Mike an.

»Liebchen, jetzt gib dich nicht schüchterner, als du bist«, meinte der sofort und grinste anzüglich.

Alle lachten, nur Otto verteidigte mich und sagte: »Jetzt lasst sie doch in Ruhe.« Beim Zuprosten sah er mir ganz lange in die Augen. Seine waren meergrün und funkelten mich besonders intensiv an.

Oder hatte ich mir das gerade nur eingebildet?

Wir lachten und redeten ausgelassen durcheinander, und ich fühlte mich zum ersten Mal seit meiner Ankunft in diesem München pudelwohl. Im Stillen schickte ich Signor Colluti ein Dankesgebet dafür, dass er mich deckte, und verdrängte den Gedanken daran, was *babbo* mit mir veranstalten würde, wenn er auch nur ahnte, dass ich mit drei Männern unter einem Dach wohnte.

Dann war das Essen endlich fertig, und Otto verteilte den Reis mit einem großen Löffel auf die Teller. Es gab Risotto alla Marinara, und mir lief vor Vorfreude das

Wasser im Mund zusammen, da ich seit über einer Woche keinen Fisch oder keine Meeresfrüchte mehr gegessen und schon Entzugserscheinungen hatte.

Risotto mit Meeresfrüchten
– für 4 Personen –

Zutaten
2 kleine rote Zwiebeln
1 Karotte
1 kleines Stück Stangensellerie
1 Peperoncino (Chilischote)
1,2 l Wasser
4–5 EL Gemüsebrühe oder Fischfond
4 EL Olivenöl extravergine
300 g Risottoreis
¼ l Weißwein
500 g TK-Meeresfrüchte
(Tintenfisch, Miesmuscheln, Venusmuscheln, Krebsfleisch, Scampi)
1 Knoblauchzehe
Petersilie
Salz
Pfeffer

Zubereitung
Zwiebeln und Knoblauch schälen und feinwürfeln, die Karotte raspeln, den Sellerie und die Chilischote in feine Streifen schneiden. Das Wasser zum Kochen bringen und die Gemüsebrühe einrühren. Dann 3 EL Öl in einem

breiten Topf erhitzen, alles darin anschwitzen. Risottoreis dazugeben, glasig dünsten und anschließend mit dem Weißwein ablöschen. Sobald die Flüssigkeit eingekocht ist, jeweils so viel von der Brühe nachgießen, bis der Reis gerade eben bedeckt ist. Unter stetigem Rühren gut 20 bis 25 Minuten kochen und immer wieder Brühe nachgießen.

In der Zwischenzeit die aufgetauten Meeresfrüchte waschen und die Petersilie bis auf einige wenige Blätter feinhacken. Knoblauchzehe schälen und kleinschneiden oder durchpressen und in dem restlichen Öl andünsten. Die Meeresfrüchte und die Petersilie dazugeben und einige Minuten erwärmen.

Wenn der Reis noch leichten Biss hat, die Meeresfrüchte unterheben und die restliche Flüssigkeit verdampfen lassen. Abschließend mit Salz und Pfeffer abschmecken, auf tiefen Tellern anrichten und mit der restlichen Petersilie servieren.

Nachdem Otto die Petersilie über den Reis gestreut hatte, wollte ich ihm schon den Teller in freudiger Erwartung aus der Hand nehmen.

»Moment«, sagte er mit gespielter Empörung, »der Parmesan fehlt noch.«

»Wieso *parmigiano*?«, fragte ich und verstand die Welt nicht mehr. Fisch und Käse auf einem Teller waren ein absoluter Tiefschlag für jeden italienischen Gaumen, und mir krampfte sich sofort der Magen zusammen.

»Na, weil es so gehört«, lautete die verblüffte Antwort.

»*Grazie,* für mich nicht«, sagte ich nur schnell, denn

ich wollte ausnahmsweise mal nicht unhöflich sein und den armen unwissenden Koch beleidigen.

Doch Otto hatte schon ausgeholt und eine großzügige Ration Käse über die Muscheln, Krebse und Tintenfischringe gestreut. Stolz hielt er mir den Teller hin, den ich notgedrungen ergriff.

»Was ist?«, fragte Beate, der mein gequälter Gesichtsausdruck nicht entgangen war.

»Ooooch«, erwiderte ich nur ausweichend.

»Nun sag schon.«

Mittlerweile warteten alle gebannt, was die Italienerin denn von dem köstlichen Rezept hielt, und ich wand mich wie ein zu weich gekochter Spaghetto.

»Na jaaaaa«, sagte ich gedehnt, denn ich hatte mich für die unverblümte Wahrheit entschieden. »Käse auf Nudeln mit Fisch ist ungefähr das schlimmste Verbrechen, das man in der italienischen Küche begehen kann.«

»Das Rezept ist von Jan«, widersprach Otto, als sei damit alles gesagt.

»Und der ist italienischer als wir alle zusammen, schließlich hat er ein paar Semester in Perugia studiert und kennt sich aus.« Marcus klang ebenfalls sehr überzeugt.

Da war er wieder: Jan, der Superitaliener. Na bravo! Ich beschloss, mir das verführerisch duftende Essen nicht von ein paar Löffeln Parmesan verderben zu lassen, und gab mich einsichtig. »Andere Länder, andere Sitten«, sagte ich nur. Dennoch war ich hocherfreut, als Otto den für mich bestimmten Teller einfach an Isabelle weitergab und mir einen neuen reichte, ohne Käse.

»Hier, für dich«, sagte er und hielt meinen Blick länger fest als nötig.

»*Grazie*«, erwiderte ich, erneut verlegen.

Der Rest des Abends verlief zum Glück ohne größere deutsch-italienische Zusammenstöße. Zwischendurch überlegte ich, ob Otto ebenfalls schwul war, war mir allerdings nicht sicher, denn die intensiven Blicke, die er mir immer mal wieder zuwarf, ließen sich nicht nur unter Ausländerbonus verbuchen.

Keine Woche nach dem Risotto-Essen stand die nächste Bewährungsprobe für mich an: die Wies'n, wie das Münchner Oktoberfest hier in aller Munde hieß.

»Warum Wiese?«, fragte ich nach, als Beate mir bei einem Kaffee auf ihrem Balkon eröffnete, was sie mit mir vorhatten.

»Weil im Jahr 1810 Kronprinz Ludwig und Prinzessin Therese dort ihre Hochzeit gefeiert und deshalb ein Pferderennen veranstaltet haben. Der Platz heißt seither Theresienwiese, abgekürzt eben Wies'n.«

»Klingt logisch«, meinte ich nur und gönnte mir einen von meinen Frühstückskeksen, die ich der Allgemeinheit gestiftet hatte, auch wenn sie hier niemand zum Frühstück aß. Da war ich gerne großzügig.

Erstaunt vernahm ich, dass ich in einem ganz besonderen Jahr nach München gekommen war, denn besagter Ludwig und seine Therese feierten ihren zweihundertsten Hochzeitstag. Na ja, eigentlich ließen nur, wie jedes Jahr, Australier, Italiener, Engländer und natürlich die Deutschen auf der Wiese ohne Wiese, dafür mit umso mehr Asphalt, die Sau raus. Aber daran konnte sich das Jubelpaar nicht mehr stören.

Isabelle und Beate hatten die letzten Tage lang vergeblich versucht, mich dazu zu überreden, dass ich mich in ein Dirndl presste, da es mir bei meiner Figur sicher hervorragend stehe. Na, vielen Dank auch! Selbst ihr Freund Paul, argumentierte Isabelle, ziehe eine Lederhose an, dabei sei er aus Hamburg. Ich weigerte mich trotzdem mit allen mir zur Verfügung stehenden Mitteln, inklusive Freundschaftsentzug, woraufhin wir uns dahingehend einigten, dass ich wenigstens eines ihrer bedruckten T-Shirts anzog. Die Jungs dagegen waren der Ansicht, man könne mich nicht ohne Sprachkurs auf die feiernden Massen in den Zelten loslassen, und übten fleißig Bayerisch mit mir – zumindest den rudimentären Wies'n-Jargon. Um das Ganze möglichst authentisch zu gestalten, musste ich nicht nur Schimpfwörter wie hundsmisrabliga Saupreiß, luftgsechta Krüppl und greißlicha Uhu erlernen, sondern fortan auch sämtliche Getränke aus einem Maßkrug zu mir nehmen und einhändiges Zuprosten üben. Bei Letzterem holte ich mir am dritten Tag eine mittelschwere Sehnenscheidenentzündung, aber natürlich war ich viel zu stolz, um das zuzugeben.

»Lass es krachen«, hatte Vale verlauten lassen, der ich natürlich brühwarm von dem bevorstehenden Event erzählt hatte. Wir telefonierten fast täglich miteinander, weil mich trotz der vielen schönen Erlebnisse immer wieder heftige Heimwehattacken überfielen, und wenn das so weiterging, dann würde mir mein italienischer Telefonanbieter sicher bald die Leitung kappen. Wir hatten ein paarmal versucht zu skypen, aber da Vale zu Hause keinen PC hatte und in der Firma nicht ständig Privatgespräche führen konnte, ließen wir es bald wieder. Unsere anfängliche Begeisterung über die Vorteile der modernen Technik stieß damit unsanft an ihre Grenzen.

Ebenfalls in Grenzen hielt sich meine Begeisterung

für das Oktoberfest, zumal die anderen unbedingt in ein Zelt wollten und dafür sogar schon vor Monaten einen Tisch reserviert sowie über fünfhundert Euro vorab für Bier- und Hendlmarken ausgegeben hatten. Das waren etwas mehr als briefmarkengroße bedruckte Zettel, die man im Zelt angeblich gegen eine Maß Bier oder einen *pollo arrosto*, also ein Huhn, eintauschen konnte. Was das anging, war ich nicht ganz so zuversichtlich ob dieser unseriösen Praxis. Zumal jedes neapolitanische Kleinkind dazu in der Lage gewesen wäre, die Marken professionell zu fälschen und unters Volk zu bringen. Aber das sollte mal nicht meine Sorge sein.

Friedrich hatte sich wieder mal ausgeklinkt, wogegen ich nichts einzuwenden hatte, daher warfen wir uns am Freitagmittag gegen zehn nur zu sechst in die Kostüme. Meines bestand aus einer schwarzen Jeans, Turnschuhen und einem rosa T-Shirt, das mir viel zu eng war. Meine Brust zierte ein gezeichnetes Mädchen mit Zöpfen, und darunter stand: »Urbayerin«. Isabelle fand, dass es meinen für eine Italienerin ungewohnt hellen Teint und die dunklen Haare perfekt unterstrich und mir eine urdeutsche Note verlieh, ich dagegen enthielt mich lieber der Stimme.

Die Jungs fuhren schon vor, um die Plätze zu sichern, Beate, Isa und ich mussten uns erst noch schminken und wollten dann nachkommen. Um Viertel nach elf fuhren wir mit der U 6 rüber zur Wies'n, und als wir an der Poccistraße ausstiegen, herrschte ein derartiger Tumult, dass ich die anderen beiden fast verloren hätte. Eingehakt liefen wir zu dritt die paar Straßen bis zur Festwiese vor, begleitet von unzähligen anderen feierwütigen und verkleideten Menschen. Hier kam wirklich alles zusammen: Alt und Jung, Arm und Reich, Schön und

Hässlich – und alle wollten nur eines: sich amüsieren und so richtig Party machen.

»Lass mich bloß nicht los«, bat ich Beate, während wir uns im Gedränge an den Karussells, Wurfbuden und Bratwurstständen vorbeischoben.

»Keine Sorge, wir passen auf dich auf«, beruhigte sie mich.

Überall blinkte und blitzte es, die Musik dröhnte in voller Lautstärke, die Achterbahn raste mit ratternden Waggons durch die fünf Loopings, und in den Gängen herrschte Hochbetrieb. Die Biergärten waren bis auf den letzten Platz besetzt, und vor den Zelten hatten sich große Schlangen gebildet, da die ersten Wirte bereits jetzt ihre Tore wegen Überfüllung geschlossen hatten. Ich hatte schon nach wenigen hundert Metern jegliche Orientierung verloren und betete, dass Beate mich nicht mehr losließ, bis wir in unserem Zelt am Tisch saßen.

Eine halbe Stunde später stand ich dann doch alleine da, mitten im schlimmsten Gedränge vor dem Zelt, in dem wir den Tisch reserviert hatten. Die beiden hatten mich einfach dort geparkt und mir befohlen, mich nicht vom Fleck zu rühren. Sie wollten noch eben schnell etwas für mich besorgen. Als ob ich auch nur im Traum auf die bescheuerte Idee gekommen wäre, unter all diesen Irren einen Schritt allein zu unternehmen.

Ich schaute nach rechts, von wo mir eine Horde betrunkener Landsleute entgegenkam, dann nach links, wo drei bayerische Mädels im Dirndl kichernd und gackernd Arm in Arm auf mich zuliefen. Schnell trat ich einen Schritt zur Seite, da sie mich sonst umgerannt hätten in ihrem Heiterkeitsausbruch. Nervös blickte ich auf die Uhr: drei Minuten vor zwölf. Um Punkt zwölf lief die Einlasskarte ab, und wir würden nicht mehr ins

Zelt kommen. Das hatte mir Mike zumindest im Rahmen meines Bayerisch-Seminars erklärt. Wo waren Isa und Beate denn bloß?

Da trat ein schon reichlich mitgenommen aussehender blonder Jüngling in Tracht auf mich zu und lächelte mich breit an.

»Sers«, sagte er nur.

Sofort verfinsterte sich meine Miene, denn zum O-bandln, wie die Kontaktaufnahme mit Einheimischen hier heißt, war ich momentan beim besten Willen nicht bereit. Außerdem hatte ich nicht verstanden, was er da sagte, und wusste daher auch nicht, was ich darauf antworten sollte. Also zupfte ich nur verlegen an dem kneifenden T-Shirt herum, und um mir meine Unsicherheit nicht anmerken zu lassen, blickte ich ihn so abweisend an, wie ich nur konnte.

»Na«, ließ er sich zu einem weiteren Gesprächsversuch hinreißen.

Die Bayern sind bekanntlich ein hartnäckiges Völkchen, das so leicht nicht aufgibt. Schön, dass ich das nun auch mal am eigenen Leib erfahren durfte.

Ich beschloss, die Ignoriertaktik anzuwenden und ihn durch Nichtbeachtung langsam – oder ehrlich gesagt lieber so schnell wie möglich – zu zermürben. Während ich über die Köpfe der Menschenmassen hinwegspähte, in der Hoffnung, Beate und Isabelle zu entdecken, schien der Unbekannte direkt vor mir parken zu wollen.

Er warf einen kritischen Blick auf mein T-Shirt und meinte dann mit Expertenmiene: »Du bist aba fei koa Urbayerin ned.«

Für einen Moment war ich sprachlos, doch dann meinte ich kurz entschlossen: »Wie kommst du darauf? Ich kann perfekt Bayerisch sprechen, wenn ich will.«

Wieder dieses Grinsen, das mir durch Mark und Bein ging. Wäre ich nicht so nervös gewesen, weil ich meinen ersten Wiesenzeltbesuch gerade den Bach hinuntergehen sah, wäre sicher alles ganz anders gelaufen. Aber egal: Es ist, wie es ist, und es kommt, wie es kommt – diese Regel gilt in Italien genauso wie in Deutschland.

»Kostprobe gefällig?«, schob ich keck hinterher.

»Soso«, meinte er spöttisch. »Do bin i aba gspannt.«

Nun musste auch ich grinsen, als ich mich auf die Zehenspitzen stellte, mich zu ihm beugte und ihm, so freundlich ich nur konnte, ins Gesicht säuselte: »Schleich di!«

Noch während er mich völlig verdutzt ansah, ertönte neben mir schallendes Gelächter, und ich fuhr herum. Otto, der den geistreichen Dialog offenbar verfolgt hatte, stand in weißem Trachtenhemd, Lederhose und Haferlschuhen vor mir und amüsierte sich prächtig auf meine Kosten.

»Gut gebrüllt, Löwe«, sagte er nur und schlug mir dabei bayerisch unsanft auf die Schulter. »Du bist vielleicht 'ne Nummer«, feixte er. »Unser Sprachtraining hat sich ja richtig gelohnt. Auf die gelungene Feuertaufe trinken wir gleich ein Bier. Komm, wir müssen uns beeilen, sonst verfällt deine Eintrittserlaubnis. Ich wollte nur nachsehen, wo ihr bleibt.« Damit zog er mich mit sich, und ich sah mich noch einmal nach dem Fremden um, der kopfschüttelnd von dannen schlich.

Auf Ottos Rettungsaktionen schien ich offenbar ein Abo zu besitzen, auch wenn ich mich beim besten Willen nicht erinnern konnte, einen entsprechenden Vertrag unterschrieben zu haben. Zeit, um darüber nachzudenken, blieb mir nicht, denn Beate und Isabelle kamen angerannt, in der Hand ein riesiges Lebkuchenherz mit der

Aufschrift »Flotter Käfer«, das sie mir um den Hals hängten.

»Für deine Wies'n-Premiere«, sagten sie nur.

»*Grazie.*« Ich war ganz gerührt.

Eine Minute später stand ich dann zum ersten Mal in meinem Leben in einem Bierzelt auf dem Münchner Oktoberfest. Der Lärm und das Geruchspotpourri aus Bier, Hähnchen und Schweiß, die mir entgegenschlugen, betäubten meine Sinne für einen Moment. An die achttausend Menschen standen eng aneinandergepresst auf den Bänken und wiegten sich im Takt zu »Volare« von Domenico Modugno. Ich wollte meinen Augen und vor allem Ohren nicht trauen. Wir hatten gerade mal zwölf Uhr mittags, und die meisten von ihnen sahen ganz und gar nicht mehr frisch geduscht aus.

»*Impossibile*«, sagte ich nur. »Das gibt's doch nicht.«

»Komm.«

Otto schob mich sanft durch die Menge in Richtung unseres reservierten Tisches, an dem die M&Ms und einige ihrer Freunde ihre liebe Mühe hatten, unsere Plätze zu verteidigen. Ein schwarzgekleideter Ordner war an den Tisch getreten, um die lautstark debattierenden Australier, die ein Anrecht auf die freien Plätze zu haben glaubten, ebenso höflich wie bestimmt hinauszukomplimentieren.

Ich fühlte mich dank des Coachings bestens vorbereitet, wusste ich doch, dass ich weder mit der Bedienung über die Größe der Biergläser noch darüber zu diskutieren hatte, wieso ich so lange auf mein Essen warten musste oder der Nachbartisch schneller bedient wurde. »Pfiati«, »Griasgod« und »Host mi« gehörten inzwischen ebenso selbstverständlich zu meinem Wortschatz wie »Prosit« und »Oans, zwoa, gsuffa«, und ich wusste sogar, dass mit

Auszogne eine Art Krapfen und keinesfalls einer der Nackedeis am Münchner Eisbach gemeint war. Dementsprechend selbstsicher konterte ich auch die Anmachversuche der zahlreichen Anwärter auf ein Bussi, jedenfalls so lange, bis ich meinen Meister fand.

»Du kommst bestimmt aus Polen«, sagte ein glatzköpfiger Mittvierziger und grinste mir unverschämt ins Gesicht, »denn du hast mir gerade mein Herz geklaut.«

Mit großen Augen starrte ich ihn an und fragte mich, ob er allen Ernstes glaubte, mit dem Spruch bei einer Frau landen zu können. Erst recht bei einer in dieser Hinsicht verwöhnten Italienerin. So betrunken konnte ich gar nicht sein. Ich hatte mir in den letzten Stunden einiges an unoriginellen Sprüchen anhören müssen, aber das hier war echt der Gipfel.

»Nein, sie kommt aus Sizilien und klaut dir gleich dein Portemonnaie«, erwiderte Isabelle und schlug ihn damit in die Flucht.

Die nächsten Stunden kamen einem Extrem-Workout im Fitness-Studio gleich: rauf auf die Bank, abtanzen, runter von der Bank, Maßkrug stemmen, wieder rauf auf die Bank und so weiter und so fort. Bald war mein T-Shirt bier- und schweißdurchtränkt, und meine auch heute wieder mal kaum als Frisur zu bezeichnende Haarpracht ließ deutlich zu wünschen übrig. Doch zum Glück sahen die anderen auch nicht besser aus, und so schossen wir zahllose Fotos, von denen ich die besten gleich per MMS an Vale schickte, damit sie mitfeiern konnte.

»He, *bellissima*«, ließ sich eine Stimme neben mir vernehmen, als ich gerade mal wieder völlig versunken eine Nachricht in Richtung Italien tippte. »Du bist doch bestimmt Italienerin.«

Ich sah auf und blickte in die grünsten Augen, die ich

je gesehen hatte – und ich liebe Männer mit grünen Augen –, umrahmt von dichten, dunklen Locken und ebenmäßigen Gesichtszügen. Wow!

»Servus«, sagte ich, schön brav nach meiner bayerischen Wortliste, ohne die Frage zu beantworten. Ein bisschen mehr sollte er sich schon anstrengen.

Er grinste verschmitzt, wobei ich förmlich dahinschmolz, und meinte dann: »Ah, verstehe. Die *signorina* möchte umgarnt werden. Bitte schön.«

Damit ergriff er mich und tanzte mit mir zu den Klängen von »Samba de Janeiro« so geschickt zwischen den Bänken und Tischen hindurch, dass ich ganz hin und weg war. Tanzen kann er auch noch, dachte ich nur und gab mich völlig der Musik und den Bewegungen hin. Nachdem die letzten Takte verklungen waren, verbeugte er sich und dankte mir für den Tanz.

»Mit einer so schönen Frau feiert es sich noch mal so gut«, meinte er und küsste mir die Hand.

Während ich förmlich dahinschmolz, nahm ich aus den Augenwinkeln wahr, wie Isabelle und Beate sich bei dem Satz vielsagende Blicke zuwarfen und mit den Augen rollten. Offenbar kamen wir uns im Hinblick auf unseren Männergeschmack ganz sicher nicht ins Gehege – mir sollte es nur recht sein. Otto wirkte alles andere als begeistert und beobachtete mich genau, als ich mich mit Ben, wie mein breitschultriger Tanzpartner hieß, auf eine Ecke der Bierbank quetschte. Wir kamen sofort ins Gespräch und mussten uns die ganze Zeit ins Ohr brüllen, wobei er mir ein paarmal gefährlich nah auf die Pelle rückte. Er war der vollendete Gentleman und sparte nicht mit Komplimenten, was Balsam für meine nach wenigen Wochen in der deutschen Ödnis mehr als wunde oder vielmehr vertrocknete Seele war.

Die Zeit flog nur so dahin, und als um halb elf die Musik verklang und die M&Ms zum Aufbruch trommelten, konnte ich kaum fassen, wie schnell die Stunden verflossen waren. Ich hatte ohne Pause mit Ben gelacht und geredet, und als er mich zum Abschied nach meiner Telefonnummer fragte, gab ich sie ihm, ohne auch nur den geringsten Gedanken daran zu verschwenden, ihm eine falsche Zahlenkombination zu nennen, wie ich es sonst gerne tat.

München, du gefällst mir, glaub ich, doch ganz gut, dachte ich beschwingt auf dem Nachhauseweg.

4.

»Praticamente perfetto«

Das Münchner Oktoberfest sollte, in mehrerlei Hinsicht, nicht ohne Folgen für mich bleiben. Zum einen hatte ich zweieinhalb Tage lang einen Kater, der sich gewaschen hatte, und war zudem derart erkältet, dass ich kein einziges Wort mehr herausbrachte und nachts stark husten musste, weshalb ich kein Auge zutun konnte. Zum anderen wartete ich seit Samstag auf eine Nachricht oder einen Anruf von Ben, weshalb ich sowieso kein Auge zutun konnte.

Am Sonntag hatte ich zwar große Lust, aber noch zu viel Stolz im Leib gehabt, um mich bei ihm zu melden. Am Montag war mein Stolz zwar schon deutlich geringer, aber Vale hatte mir per Ferncoaching strikt untersagt, den ersten Schritt zu tun. Am Dienstag wäre ich fast geplatzt, weshalb ich Beate ins Vertrauen gezogen hatte, die mir, ganz einer Meinung mit meiner besten Freundin, unter Androhung drakonischer Strafen (»Ich nehm dir dein Handy weg!«) ebenfalls jede Kontaktaufnahme untersagte. Woraufhin ich ihm am Mittwoch – für mich echt eine Leistung – doch eine SMS geschickt hatte, beratungsresistent, wie ich nun mal war.

Da saß ich nun also am Donnerstag mit roter Schniefnase, dickem Schal sowie einer Medikamentenausstattung, die jeder Apotheke den Rang abgelaufen hätte, wahlweise auf dem Bett oder dem braunen Sessel in meinem Zimmer und wartete. Die Minuten kamen mir vor wie Stunden, immer wieder starrte ich auf das Display meines Handys, das einfach nicht aufleuchten wollte. Vermutlich war es mehr als siebenundfünfzigmal, dass ich überprüfte, ob der Akku noch Saft hatte, ich das Telefon aus Versehen auf stumm geschaltet hatte, ob es überhaupt ein Netz hatte oder ob der Posteingang so voll war, dass keine neuen Nachrichten mehr eingehen konnten.

Leider zähle ich zu den wenigen Menschen auf diesem Planeten, denen es nicht auf den Magen schlägt, wenn sie Kummer haben. Vielmehr wächst dann mein Heißhunger auf Süßes und/oder Ungesundes parallel zu meiner Verzweiflung, so dass ich wahre Unmengen an Cola, Flips, Salzstangen und Schokolade vertilge. Meine Laune steigt davon in aller Regel nicht, mein Gewicht dagegen schon.

Zu allem Übel war ich am Spätvormittag nach dem Wies'n-Besuch auf dem Weg zur Toilette Friedrich begegnet, der mir prompt einen Vortrag über »maßlosen Alkoholkonsum«, wie er sich ausdrückte, und die Folgen für Körper und Seele gehalten hatte. Er hatte wie so oft seinen Milbenstaubsauger im Schlepptau, mit dem er sein Zimmer und alle Gemeinschaftsräume dreimal die Woche akribisch bis in den letzten Winkel absaugte und so klinisch rein hielt. An einer kombinierten Hausstaub-Milben-Allergie konnten wir in dieser Wohnung schon mal nicht sterben.

»Du weißt wohl nicht, was du deinem Organismus antust, wenn du dir die Lichter komplett ausschießt«, meinte er tadelnd, nachdem er mich mit meiner Schlafbrille auf der Stirn und Augenringen bis zu den Kniekehlen kopfschüttelnd gemustert hatte.

»Was?«, sagte ich, ohne stehen zu bleiben.

Ich hatte wie immer in den letzten Tagen mit gesenktem Kopf an ihm vorbeilaufen wollen, doch diesmal: keine Chance. Wir hatten seit unserem letzten Streit eine Art stummen Ignorierpakt geschlossen, der nach dem Motto funktionierte: Tust du mir nichts, tu ich dir nichts, und bisher waren wir ganz gut damit gefahren. Nun schien er aber offensichtlich gewillt, die unausgesprochene Vereinbarung zu brechen.

»Alkohol ist ein Gift, das die Zellen nachhaltig schädigt«, dozierte er, ungeachtet der Tatsache, dass meine Aufnahmefähigkeit stark begrenzt war. »Außerdem wird das zentrale Nervensystem beeinträchtigt, mal ganz abgesehen davon, dass der Magen und die Zwölffingerdarmschleimhaut zerstört werden.«

»Pfff.«

Ich ließ ihn einfach stehen und verbarrikadierte mich in der Toilette. Was glaubte der eigentlich? Dass er eine schwerkranke Alkoholikerin vor sich hatte? Und wieso vermieste er nicht den M&Ms mit seinen abstrusen Theorien den Tag?

Nachdem ich noch eine ganze Weile sinnlos auf dem stillen Örtchen herumgesessen hatte, hoffte ich, dass die Luft nun rein war, und wagte mich nach draußen. Ich öffnete die Toilettentür einen Spaltbreit, atmete erleichtert aus, als der Flur leer war, und spurtete in mein Zimmer. Gerade als ich die Tür ausnahmsweise mal ohne Nachdruck schließen wollte, damit Friedrich mich nicht hörte, ertönte hinter mir eine Stimme.

»Du wirst es schon merken, wenn du Probleme mit deiner Leistungsfähigkeit bekommst, dann kannst du dein Studium an den Nagel hängen«, gab mein überaus aufmerksamer und besorgter Mitbewohner mir noch mit auf den Weg ins Bett.

»Danke auch, *stupido*«, hatte ich noch gemurmelt, bevor ich wieder ins Koma gesunken war.

Nach drei weiteren Tagen, an denen ich lethargisch herumgehangen hatte, ohne meine Umwelt wahrzunehmen, bereitete Beate meinem Elend auf ihre typisch rigorose Art ein Ende. Die M&Ms und Friedrich waren wieder mal nicht da, daher hatte ich mich so richtig schön einigeln und in meinem Elend suhlen können. Ich hatte nicht mal die SMS und Anrufe von Vale beantwortet, und auch den zahlreichen Anrufen meiner mit Sicherheit besorgten Eltern schenkte ich keinerlei Beachtung. Jedes Mal hatte ich voller Hoffnung und mit klopfendem Herzen nach dem Handy gegriffen, um es anschließend enttäuscht in die Ecke zu pfeffern.

»So geht's nicht weiter, das kann ja kein Mensch mit ansehen.« Beate stand vor mir, die Hände in die Hüften gestemmt und mit vorwurfsvoller Miene, als hätte ich ihr die Salami vom Brot geklaut.

»Was?«

»Na mit dir.«

»Wieso?«

Sie stöhnte. »Schau doch mal in den Spiegel.«

»Lieber nicht.« Geräuschvoll putzte ich mir die Nase. Meine Haare standen sicher in alle Richtungen ab, und meine Augen wollte ich erst wieder sehen, wenn sie abgeschwollen waren.

Ich wusste ja, dass sie recht hatte. Nächste Woche war Vorlesungsbeginn, und ich hatte seit unserer gemeinsamen Erkundung der Uni keinen Fuß mehr in das Gebäude gesetzt. Dabei hätte ich dringend mal bei der Studienberatung für ausländische Studenten vorbeigehen müssen, um mich zu erkundigen, wann die Informationsveranstaltung stattfand. Außerdem wollte ich nach einem geeigneten Sportkurs Ausschau halten, und einen Job hatte ich mir eigentlich auch suchen wollen. *Babbo* überwies mir gerade mal vierhundert Euro pro Monat. Wie sollte ich damit in einer Stadt wie München überleben – und mir auch noch regelmäßig neue Markenklamotten kaufen? Zu allem Übel sollte Jan am Wochenende wiederkommen, und ich hatte mich bisher nicht um eine Alternative gekümmert. Wo sollte ich dann wohnen? Wie sollte es mit mir weitergehen?

»Könntest du mir vielleicht eine Fernbedienung kaufen gehen?«, fragte ich sie nach einer Weile.

»Wofür das denn?«

»Für mein Leben. Dann kann ich die Pause-Taste drücken. Oder einfach ein Stück vorspulen. Weiter vorne wird's ja hoffentlich wieder besser.«

Sie grinste. »Okay, ich kauf gleich 'nen Doppelpack.«

»Oh bitte!«

»Die Idee ist klasse. Wenn's besonders schön ist, stellt man einfach auf Endlos-Wiederholung. Klingt verlockend«, meinte Beate. Dann wurde sie wieder ernst. »Kann ich dir vielleicht irgendwas abnehmen?«

Ehrlich gesagt: Ich wusste es nicht. Meine momentane Situation überforderte mich komplett, immerhin hatten bisher meine Eltern alles für mich geregelt, und ich hatte keinen blassen Schimmer, was ich zuerst tun sollte. Organisationstalent zählt leider nicht zu meinen Stärken, vielmehr erscheint es mir zumeist als die beste Taktik, den Kopf in den Sand zu stecken und darauf zu hoffen, dass ein Wunder geschieht. Meine größte und im Grunde derzeit einzige Sorge war, dass Ben sich nicht meldete. Alles andere war mir total egal. Das sagte ich auch Beate, die daraufhin leicht genervt wieder abzog, nicht ohne anzumerken, dass mir nicht mehr zu helfen sei.

Zum Glück war Otto da anderer Meinung. Ehrlich besorgt stand er knapp zwei Stunden später vor mir, in der linken Hand einen dampfenden Kochtopf, in der rechten eine Flasche Wein. Er stellte beides auf dem weißen Resopalschreibtisch ab, der direkt unter dem Fenster stand, und ging in die Küche, um zwei Gläser und Teller zu holen.

»Beate meinte, du solltest mal wieder was Anständiges essen, deshalb hab ich dir Risotto gekocht«, meinte er. Dann schenkte er den Wein ein, verteilte den Reis und hielt mir auffordernd einen Teller hin.

»Was ist das?«, fragte ich.

»Risotto *alla parmigiana,* hilft gegen Kummer jeder Art.« Er setzte sich auf den Schreibtischstuhl und fing an zu essen.

»*Grazie.*«

Ich schob die Bettdecke, unter der ich mich verkrochen hatte, zur Seite, setzte mich aufrecht hin, nahm einen großen Schluck Wein und schob mir eine Gabel von dem cremigen Reis in den Mund.

Risotto alla parmigiana

– für 2 Personen –

Zutaten

1 kleine Zwiebel
700 ml Wasser
2–3 EL Gemüsebrühe
2 EL Olivenöl extravergine
200 g Risottoreis

⅛ l Weißwein
50 g Parmigiano reggiano
Salz
Pfeffer
1 EL Butter
Petersilie

Zubereitung
Die Zwiebel schälen und in feine Würfel schneiden, das Wasser zum Kochen bringen und die Gemüsebrühe einrühren. Dann das Öl in einem breiten Topf erhitzen und die Zwiebelwürfel darin anrösten. Risottoreis dazugeben, glasig dünsten und anschließend mit dem Weißwein ablöschen. Sobald die Flüssigkeit eingekocht ist, jeweils so viel von der Brühe nachgießen, bis der Reis gerade eben bedeckt ist. Unter stetigem Rühren gut 20 bis 25 Minuten kochen und immer wieder Brühe nachgießen.

Zwischendurch den Parmesan zur Hälfte reiben, den Rest hobeln und die Petersilie feinhacken. Wenn der Reis noch leichten Biss hat, die restliche Flüssigkeit verdampfen lassen, mit Salz und Pfeffer abschmecken, den geriebenen Käse, die gehackte Petersilie und die kalte Butter unterheben. Auf Tellern anrichten, den gehobelten Parmesan darüber streuen und heiß servieren.

Nachdem ich zwei Portionen Risotto gegessen und dazu drei Gläser Wein getrunken hatte, ging es mir schon besser. Na ja, die Veränderung bewegte sich im unteren Promillebereich, aber ich wollte nicht undankbar sein. Immerhin hatte mein Husten sich vorübergehend verzogen, ich hatte zwischendurch sogar für knapp fünf Sekunden durch die Nase atmen können und bildete mir ein, tatsächlich ein bisschen was geschmeckt zu haben. Otto hatte die ganze Zeit über geschwiegen und mir nur hin und wieder fürsorgliche Blicke zugeworfen, doch da mir in meiner momentanen Lage zu allem, hauptsächlich natürlich zum Heulen, aber ganz gewiss nicht zum Reden zumute war, dankte ich es ihm sehr.

Überhaupt schätzte ich seine Anwesenheit und die Tatsache, dass er sich so rührend um mich kümmerte. Vermutlich hatte ich seinen Beschützerinstinkt geweckt, denn er hatte mir bei unserer ersten Begegnung nach meinem vermeintlichen Einbruchsversuch lange von seiner jüngeren Schwester erzählt. Sie war gerade für ein Jahr zum Schüleraustausch in den USA, und er vermisste sie wohl sehr. Ganz im Gegensatz zu mir: Die beiden Zoffküken Laura und Paola waren unendlich weit weg und gingen mir überhaupt nicht ab. Umso mehr wünschte ich mir Vale hierher nach Deutschland, und auch meine Eltern, sosehr sie mich manchmal mit ihrer überbehütenden Art genervt hatten, vermisste ich wahnsinnig. Zwar telefonierte ich tagtäglich unermüdlich gegen das Heimweh an, doch eine dauerhafte Lösung war das nicht.

Die erste Rechnung war mehrere hundert Euro hoch gewesen, und *babbo* hatte mir erst gestern aufgebracht am Telefon erklärt, dass er meinen Tarif auf eine Flatrate umgestellt habe, mit der ich im Monat genau hundertfünfzig Minuten ins Ausland telefonieren konnte. Kaum mehr als zwei popelige Stunden – das reichte gerade mal für drei ausgiebige Telefonate mit Vale. Wie sollte das gehen?

»Und, hat es diesmal gepasst mit dem Käse?«, riss Otto

mich aus meinen Gedanken. Die Wunde saß offenbar tief.

»Ja, alles super.«

»Ich hoffe, du hast überhaupt etwas geschmeckt, bei der Erkältung«, fügte er halb fragend hinzu.

»Doch, doch. Es war wirklich sehr lecker«, beteuerte ich. »Mein Immunsystem steht mit mir auf Kriegsfuß«, fügte ich erklärend hinzu. »Wir sind, was mein Gesundheitszustand betrifft, leider nicht immer einer Meinung.« Ich versuchte, tapfer zu lächeln.

»Du müsstest mehr Obst essen und regelmäßig Sport machen.«

»Sport ist Mord«, sagte ich nur und bekam prompt einen neuen Niesanfall. Nachdem er sich gelegt hatte, zuckte ich entschuldigend die Achseln. »Tut mir leid.«

»Kein Thema. Aber sag mal, vielleicht kannst du mir ja mal ein paar Risottorezepte geben?« Er räusperte sich verlegen. »Von deiner *nonna* oder so. Ich habe die meisten von Jan, und meine Sammlung ist inzwischen echt beachtlich.«

»Ach ja?« Ein Mann, der Rezepte sammelte … Manches an Otto fand ich ja schon komisch.

»Mein Lieblingsrezept ist übrigens ein Risotto mit Himbeeren und Ziegenkäse.«

Was hatte er da gerade gesagt? Himbeeren und Käse? Im Risotto? Allein bei dem Gedanken schüttelte es mich, aber was durfte man schon von einem Volk erwarten, das kulinarische Schwerverbrechen wie Pizza Hawaii oder, noch besser, Pizza mit Hähnchenbrust, Ananas und Currysauce für genießbar hielt? Von Salzbrezeln mit Nutella, Käsebrötchen mit Honig oder diesen ekelhaft riechenden blassen Würsten, die sie hier allerorten zum Frühstück auslutschten, ganz zu schweigen.

Im ersten Moment drohte meine südländische Impulsivität mit mir durchzugehen, und ich hätte Otto beinahe mit einer eindeutigen italienischen Geste gezeigt, was ich von ihm hielt. Doch dann machte sich die im deutschen Exil etablierte Besonnenheit bemerkbar, und ich versuchte mich in Contenance zu üben, was mir tatsächlich gelang, bis ein heftiger Niesanfall alle mühsam aufrechterhaltene Grazie zunichtemachte.

Nachdem ich annähernd eine Packung Taschentücher verbraucht hatte, war ich endlich zu einer Antwort fähig. »Die Rezepte meiner *nonna* werden dir nicht viel nützen«, erklärte ich dem mitleidig dreinblickenden Otto. »Meine Familie stammt aus der Emilia Romagna, der Wiege der *pasta asciutta*. In Bologna hat man einst die Tortellini erfunden, und die berühmte Bolognesesoße isst man bekanntlich auch mit Nudeln. Mit Reis kannst du meine Großmutter jagen.« Erst recht, wenn Himbeeren drin sind, fügte ich in Gedanken hinzu.

»Ah ja.« Offenbar hatte ich meine Antwort doch etwas temperamentvoller vorgebracht als geplant, denn er wirkte reichlich irritiert. »Ich wollte doch bloß etwas Nettes sagen«, fügte er hinzu.

Das, was deutsche Männer unter »nett« verbuchen, wenn sie jemanden trösten wollen, hat nur leider nicht das Geringste mit dem zu tun, was Italienerinnen erwarten. Wir denken da nicht ganz so immateriell. Ein Kinobesuch (mindestens), eine Essenseinladung (schon besser) oder ein Schmuckstück (im Idealfall) kommt der italienischen Vorstellung da schon näher. Im Grunde könnte man sagen: Hauptsache, der Mann gibt für die Frau Geld aus. Das scheint in Deutschland irgendwie anders zu sein …

Ehe ich mir darüber jedoch Gedanken machen konnte,

fing ich wieder an zu niesen. Zwischendurch versuchte ich, Otto entschuldigend anzulächeln und ihm zu signalisieren, dass ich seine Fürsorge sehr zu schätzen wusste, doch offenbar wollte es mit der nonverbalen deutsch-italienischen Kommunikation heute nicht klappen. Jedenfalls fing er plötzlich an, in Windeseile seine Sachen zusammenzupacken und fluchtartig mein Zimmer zu verlassen, als wären die Bazillen hinter ihm her wie der Teufel hinter einer armen Seele.

»Gute Besserung«, murmelte er noch, und weg war er.

»*Grazie*«, sagte ich zu der Tür, hinter der er verschwunden war.

Zurück blieben meine Erkältung und ein ungutes Gefühl in der Magengegend. Irgendwie waren meine Begegnungen mit deutschen Männern nicht vom Glück gesegnet. Ob's an mir lag? Wohl kaum! Meine Eltern hatten mich nicht umsonst vom ersten Lebensjahr an nach allen Regeln der Kunst verzogen – Selbstzweifel dieser Güteklasse sind einfach nicht drin, meldete mein mit der Muttermilch aufgenommenes und von der kompletten *famiglia* genährtes Selbstbewusstsein Entwarnung. Lag's an den Deutschen? Bestimmt! Das Zusammenspiel von postmodern verunsicherten deutschen Männern und untröstlichen, noch dazu todkranken italienischen Frauen war definitiv überarbeitungswürdig. Jedenfalls was meine Person betraf.

Ich brütete vor mich hin, selbst unfähig, Vale eine SMS zu schreiben, und starrte aus dem Fenster. In der Grünanlage auf der anderen Straßenseite war das Laub inzwischen bunt geworden, und die Bäume wurden allmählich kahl. Der Herbst hatte unwiderruflich Einzug gehalten, und auch wenn es tagsüber momentan noch gut zwanzig Grad warm wurde und seit bestimmt zwei

Wochen ununterbrochen die Sonne schien, war es nachts bereits empfindlich kalt. Kalt und unfreundlich erschien mir auf einmal nicht nur das Wetter, sondern auch meine Umgebung. Beate hatte mich schwer getroffen, als sie vorhin einfach gegangen war, obwohl ich zugegebenermaßen patzig zu ihr gewesen war. Und über Ottos missglückten Trostspendeversuch wollte ich gar nicht erst nachdenken.

Mitten im schönsten Grübeln klopfte es, und als ich mit leiser Stimme »Herein!« rief, steckte Mike den Kopf durch den Türspalt und kam zu mir ans Bett, in der Hand den Telefonhörer.

»Für dich, Süße«, sagte er nur. »Jan ist dran.«

Madonna mia, der Superitaliener hatte mir gerade noch gefehlt. Was sollte ich ihm bloß sagen? Dass ich nicht bereit war, sein Zimmer zu räumen? Dass ich Rücksicht von ihm erwartete? Von einem Deutschen? Na ja, einem Deutschen, der sich für italienischer hielt als alle Einwohner von Reggio Calabria zusammen. Aber wie kam ich nur auf Rücksicht? Wir kannten uns ja noch nicht mal.

»Pronto«, sagte ich zögerlich und mit Piepsstimme, nachdem ich den Hörer knapp eine Minute stumm angestarrt hatte, in der Hoffnung, das Ding – und damit auch Jan – möge sich doch bitte in Luft auflösen.

»Hallo, Angela, keine Angst, ich fresse dich nicht. Hier ist Jan.«

Kann der Mann etwa Gedanken lesen?, dachte ich und war überrascht von der warmen, angenehmen Stimme. »Ah«, sagte ich nur.

»Ich wollte nur kurz mit dir wegen des Zimmers spre…«

»Ja, also wenn du am Wochenende zurückkommst, bin

ich schon weg«, sagte ich schnell, ohne ihn ausreden zu lassen. »Alles kein Problem, du wirst gar nicht merken, dass ich je da gewesen bin. Ich werde alles picobello hinterlassen, keine Sorge.«

Hatte ich das allen Ernstes gerade gesagt? *Alles kein Problem?* Ja, war ich denn völlig übergeschnappt? *Alles ein Riesenproblem,* wäre die richtige Antwort gewesen, schließlich hatte ich noch nicht mal ansatzweise ein neues Dach über dem Kopf. Doch bevor ich mich in die aufkommende Panik so richtig schön reinsteigern konnte, ergriff Jan wieder das Wort.

»Moment mal«, sagte er, »nicht so schnell. Am Wochenende klappt es nicht, ich komme vermutlich übernächste Woche mal kurz vorbei, allerdings nur um ein paar Sachen zusammenzupacken. Ich habe hier in Zürich einen Zeitvertrag bekommen und werde für ein halbes Jahr, vielleicht sogar für ein ganzes bleiben.«

»Das ist ja toll für dich«, sagte ich. Und dachte: Und vor allem für mich.

»Ja. Wenn du magst, kannst du also das Zimmer zur Untermiete haben. Die Details können wir ja dann besprechen, wenn wir uns sehen, okay?«

»Klar, danke. Bis bald dann«, erwiderte ich und legte erleichtert auf. Wie nett von ihm, dachte ich und überlegte, dass er so gar nichts von einem typisch deutschen Superitaliener hatte. Vielmehr war er extrem entspannt und sah die Dinge erstaunlich locker, was mir sehr gut gefiel.

Dank Jan hatte ich also noch ein bisschen länger Zeit, um das Zimmer wieder in seinen Ursprungszustand zu versetzen, worüber ich sehr froh war, denn das war alles andere als einfach. Immerhin hatte ich nicht nur die Poster abgehängt und auf dem Kleiderschrank gestapelt, sondern auch ein bisschen Möbel gerückt. Natürlich hatte ich gewusst, dass Jan schon nach sechs Wochen zurückkommen würde, dennoch hatte ich es einfach tun müssen, um mich wohl zu fühlen.

Die M&Ms hatten meine Aktion nur mit hochgezogenen Augenbrauen kommentiert, Friedrich dagegen hatte mit einem längeren Abriss über das Thema »Fremdes Eigentum und der korrekte Umgang damit« versucht, an mein Gewissen zu appellieren. Sofern ich denn eines hatte – eine Frage, bei der er sich nicht ganz sicher zu sein schien.

Augenscheinlich hatte Jan eine neue Glückssträhne in mein Leben eingewebt, denn ich hatte das Telefon gerade zurück auf die Station im Flur gebracht, da kündigte mein Handy den Eingang einer SMS an. Mit einer für meinen derzeitigen Zustand äußerst ungewöhnlichen Reaktionszeit von vier Millisekunden war ich an meinem Bett und drückte auf »Nachricht anzeigen«.

Tatsächlich! Es gab doch noch so was wie ein Recht auf Glück in dieser großen, bösen Welt. Da war sie. Die SMS. Von Ben.

»Hi *bellissima*«, schrieb er, »bin diese Woche in Berlin, viel Stress. Wie wär's mit Montagabend um acht? In der Bar Cardinal? Mach dich hübsch. Freu mich auf dich! B.«

Ich schwebte förmlich zehn Zentimeter über dem Teppich, während ich die Nachricht siebzehnmal hintereinander las, um sie dann noch ein achtzehntes Mal zu überfliegen, ehe ich mich traute weiterzuatmen.

Oh mein Gott, ich musste duschen. Und zum Friseur. Zur Maniküre. Mir die Fußnägel lackieren. Mich ganzkörperrasieren. Ins Fitness-Studio. Zur Kosmetikerin. Ins Solarium. Zum Fettabsaugen. Klamotten kaufen.

Schuhe. UNTERWÄSCHE. Mir blieben exakt zwei Tage, um mich und meinen pastagestählten italienischen Body auf Vordermann zu bringen, und wenn ich David Kirsch der ohnehin viel zu perfekten Heidi Klum als Personal-Trainer ausspannte, hatte ich durchaus eine Chance auf Erfolg. Wenn auch eine nicht vorhandene.

Ohne dass ich dagegen etwas hätte unternehmen können, lief sofort das volle Programm, Stereo und in Farbe, vor meinem inneren Auge ab: Ich sah Ben und mich Hand in Hand verliebt durch die Straßen von München laufen, überlegte, wie er mit Nachnamen heißen könnte, malte mir aus, wie unsere beiden Namen auf dem Klingelschild unseres Einfamilienhauses aussahen, und bereitete nicht zuletzt schon mal die Hochzeit vor: Sollten wir besser in Deutschland oder Italien feiern? Im Frühling oder im Sommer? Auf einem Schiff oder in einem edlen Restaurant? Auf jeden Fall würde ich Vale fragen, ob sie meine Trauzeugin werden wollte. Meine Eltern würden ihn mögen, selbst *babbo* würde nichts am Mann meiner Träume auszusetzen haben, da war ich mir ganz sicher.

Ich musste unbedingt so schnell wie möglich Bens Nachnamen herausbekommen, damit ich schon mal meine neue Unterschrift üben konnte. Ich fand es unglaublich romantisch, dass die Frauen hier in Deutschland nach der Heirat den Namen des Mannes annehmen dürfen. Der Gedanke gefiel mir so gut, dass es mich nicht einmal störte, wenn die gefühlskalten Teutonen uns Italienern in puncto Romantik auch mal was vormachten. Da war ich großzügig.

Nachdem ich mich ganze siebeneinhalb Minuten zusammengerissen hatte, schrieb ich zurück. Mir war klar, dass es furchtbar uncool war, wenn ich mich sofort meldete, anstatt mich ein bisschen rar und damit interessanter zu machen, aber ES war stärker als ich. Immerhin verzichtete ich auf die dreiseitige Liebeserklärung, die ich am liebsten von mir gegeben hätte, und beschränkte mich auf ein paar wenige Sätze, die ich so oft umformulierte, bis der Akku meines Handys den Geist aufgab.

Nachdem ich das Ladekabel endlich angeschlossen hatte, tippte ich schnell »Geht klar. Erfü mich auch. Glg Angela« und drückte, ohne noch mal draufzusehen, auf »Senden«, damit ich die zwei Sätze nicht noch mal umschrieb. Keine drei Sekunden später bereute ich meinen Entschluss zutiefst, als ich den peinlichen Tippfehler bemerkte, den mir das dämliche T9 da untergejubelt hatte. Kurz erwog ich, die SMS noch mal zu schicken, diesmal ohne Fauxpas, doch wie uncool war das denn?

Mindestens so uncool, wie seit geschlagenen eineinhalb Stunden in der Bar Cardinal alleine an einem Tisch zu sitzen und auf Ben zu warten, der sich nicht blicken ließ.

Ich hatte mittlerweile den dritten Southern Comfort Sour intus, und die Ziffern auf meiner Armbanduhr verschwammen immer mehr, je länger ich daraufstarrte – und ich starrte lange darauf. Sehr lange. Sechsmal hatte ich versucht, Ben zu erreichen, davon hatte ich ihm dreimal auf die Mailbox gesprochen. Nun hielt ich schon wieder das Handy in der Hand, um einen siebten Versuch zu starten, als sich mein inzwischen leicht benebelter Verstand in einem klaren Moment zu Wort meldete und mich anwies, augenblicklich zu bezahlen und nach Hause zu fahren.

Kurz überlegte ich, ob ich meinen Frust an dem Kellner abreagieren sollte, der mich den ganzen Abend schon nicht aus den Augen ließ und sich prächtig darüber zu amüsieren schien, dass ich versetzt worden war. Aber dann siegte mein Stolz, und ich verließ die Stätte meiner Niederlage hocherhobenen Hauptes – ohne dem sich ach so toll vorkommenden Spanner auch nur einen Cent Trinkgeld zu geben.

Auf dem Weg zur U-Bahn ging ich sämtliche Schreckensszenarien durch, die mir nur einfallen wollten: Vielleicht war ja die Maschine ausgefallen, mit der Ben nach München hatte fliegen wollen? Oder war sie gar abgestürzt? War die Bank, für die er arbeitete, pleitegegangen und er musste zu einer Sondersitzung? Hatte seine Mutter vielleicht Krebs im Endstadium und er war auf die Intensivstation geeilt, um ihr in ihren letzten schweren Stunden beizustehen? Oder hatte er sein Handy verloren – und damit auch meine Telefonnummer? Ich konnte mich nicht entscheiden, was ich davon am schlimmsten finden sollte, und zu allem Übel fiel mir auch noch ein, dass Beate mich ohnehin für bescheuert erklärt hatte, weil ich mit »diesem Lackaffen« ausgehen wollte, wie sie Ben genannt hatte.

»Was findest du bloß an dem?«, hatte sie gefragt und angewidert das Gesicht verzogen, als hätte er die Beulenpest.

»Er ist sehr charmant und sieht verdammt gut aus«, hatte ich dagegengehalten.

»Aha, und das reicht?«

»Für den Anfang schon.« Ich war beleidigt, was man meiner Stimme deutlich anhören konnte.

»Na, du musst es wissen.«

Während ich das Video von unserem Gespräch noch mal im Geiste abspielte, schlich sich der Gedanke in mein Hirn, dass es noch einen anderen Grund geben könnte, warum Ben mich heute Abend versetzt hatte. Doch darüber wollte ich gar nicht erst nachdenken. Er war eben verhindert, schließlich hatte er als Investmentbanker einen total wichtigen Job, der ihn total forderte, und würde mir sicher eine total glaubhafte Erklärung liefern, sobald er konnte. An dem Gedanken hielt ich mich fest wie eine Schiffbrüchige an einem Stück Treibholz, dennoch konnte ich es nicht verhindern, dass mir auf dem Weg vom Harras zur WG die Tränen übers Gesicht liefen.

Zu Hause angekommen, dachte ich erst, bei Frau Griesmayer hätte sich die Gardine bewegt, doch als ich genau hinsah, merkte ich, dass es nur ihre Orchidee war, die auf der Fensterbank stand. Aber selbst wenn die alte Dame mich beobachtet und über meine nächtlichen Ankunftszeiten Buch geführt hätte, es wäre mir egal gewesen. Solange sie *babbos* Handynummer nicht kannte, war ich in Sicherheit.

Da ich mehrere nicht ganz lautlose Versuche gebraucht hatte, um mit dem Schlüssel das Schloss zu treffen, hätte es mich nicht wundern dürfen, dass Friedrich im hellblauen Flanellpyjama vor mir stand und mich mit hochgezogenen Brauen musterte, als ich zur Tür hereintorkelte.

»Du?«, fragte ich dennoch erstaunt.

»Ja, ich.« Er atmete hörbar aus. »Bist du etwa schon wieder betrunken?«

»Was geht dich das an?« Meine Stimme überschlug sich fast.

»Na, wenn du das Bad wieder so verwüstest wie nach deinem Oktoberfestbesuch, dann geht es mich sehr wohl was an. Ich habe einen halben Tag gebraucht, um es mit Sagrotan zu desinfizieren.«

»Erinnere mich nicht daran«, sagte ich nur und wollte mich an ihm vorbeischieben.

»Wie siehst du überhaupt aus? Ist was passiert?«

»Wieso? Ich wischte mir über die Augen und hoffte, die Wimperntusche hatte meinen Gefühlsausbruch heil überstanden. Teuer genug war sie jedenfalls.

»Du weißt, dass morgen das neue Semester beginnt?«, hakte der Großinquisitor nach.

»Ja.«

»Na, dann mal viel Erfolg.« Der Sarkasmus in seiner Stimme war unüberhörbar.

Danke für die Tiefenbohrung in meinem wunden Punkt, dachte ich wütend, denn ich wusste nur zu genau, dass ich bisher nichts getan hatte, um mich auf meine beiden Auslandssemester vorzubereiten. Beate hatte mir immer mal wieder angeboten, sich mit mir darum zu kümmern, aber ich hatte stets etwas anderes im Sinn gehabt, und die Zeit seit meiner Ankunft in München war vergangen wie im Flug. Dank Friedrichs Bemerkung stieg mal wieder die nackte Panik in mir auf, und mir lagen schon die blumigsten Verwünschungen auf der Zunge, die die italienische Sprache so hergibt.

Da ich mich zu einem verbalakrobatischen Gerangel auf Bezirksliganiveau jedoch nicht mehr in der Lage sah, versuchte ich, die mir entgegengebrachte ebenso wie die in mir aufsteigende Aggression einfach an mir vorüberziehen zu lassen, was mir tatsächlich gelang. Ich ging ins Bad und fiel anschließend wie ein Stein aufs Bett, das sich bald so stark anfing zu drehen, dass ich ein Bein rausstellte, in dem Versuch, das Karussell anzuhalten.

Am nächsten Morgen kreiste immer noch das ganze Zimmer um mich, und mein Schädel dröhnte, als würde ihn ein ganzes Tieffluggeschwader als Start-und-Lande-Bahn benutzen. Immerhin war meine Erkältung inzwischen abgeklungen, und ich konnte wieder frei atmen.

Der erste Blick galt meinem Handydisplay: Fehlanzeige. Schon wieder traten mir die Tränen in die Augen, und ich biss mir die komplette Unterlippe blutig, um nicht loszuheulen. Mit Mühe und Not kämpfte ich mich aus dem Bett, gönnte mir einen doppelten Espresso zum Frühstück und schlüpfte nach einer kurzen Dusche in meine Kleider. Erst jetzt wunderte ich mich darüber, dass es so ruhig war, und stellte nach einem Blick auf die Armbanduhr fest, dass alle ausgeflogen sein mussten. Um fünf nach zehn waren die M&Ms schon seit Stunden außer Haus, und selbst Friedrich war bereits unterwegs.

»Aiuto«, flüsterte ich meinem Spiegelbild im Flur zu, denn damit hatte ich Beate versetzt und war im Grunde keinen Deut besser als Ben. Wir hatten abgemacht, um halb neun zusammen zur Uni zu fahren, und als ich nebenan klingelte, machte mir selbstverständlich niemand auf.

Zu allem Übel rief auch noch *babbo* an, als ich gerade das Haus verlassen wollte, um mir zu sagen, dass Signor Colluti nun schon zum fünften Mal behauptet habe, ich sei gerade zufällig nicht zu Hause, als er mich hatte sprechen wollen.

»Bei dir ist ja ständig besetzt oder du gehst nicht ran, daher habe ich gleich bei dem alten Herrn angerufen und ihn gebeten, dich mal ans Telefon zu holen. Wo steckst du denn?«, fragte er vorwurfsvoll.

»*Ciao babbo,* mach dir keine Sorgen, mir geht's gut.«

»Ich will nicht wissen, wie es dir geht, sondern wo du steckst!«, donnerte es durch den Hörer.

Mein Auslandsaufenthalt war offensichtlich nicht sonderlich förderlich für die Blutdruckwerte meines Vaters, und die ihm angeborene Besonnenheit schien ebenfalls zu schwinden. Musste ich mir stattdessen etwa Sorgen um ihn machen? Seine Konstitution schien für eine Tochter im fernen Deutschland nicht gemacht. Oder wo war seine allgegenwärtige Gelassenheit geblieben?

Hastig überlegte ich, was ich ihm auftischen könnte, ohne ihn direkt anzulügen, denn das konnte ich mit meinem Gewissen nicht vereinbaren. »Ich bin auf dem Weg zur Uni, das Semester hat begonnen, und es gibt so viel zu erledigen. Da bin ich eben ständig unterwegs.«

Die Aussage war allgemeingültig – und damit grundsätzlich erst mal wahr. Nachdem ich ihm mehrfach und bei der Gesundheit meiner geliebten *nonna* geschworen hatte, dass ich mich am Abend zu Hause melden würde, ließ er mich endlich in Frieden. Puh, das war knapp. Ich musste mir dringend etwas einfallen lassen, denn die Sache mit Signor Colluti ging sicher nicht mehr lange gut. Er musste sich *babbo* gegenüber nur mal aus Versehen verquatschen, und schon hatte er den italienischen Geheimdienst auf dem Hals. Oder, noch schlimmer, meinen Vater. Aber immer schön eins nach dem anderen, *piano, piano,* nichts überstürzen und einen kühlen Kopf bewahren.

Das mit dem kühlen Kopf ließ sich schneller einrichten, als mir lieb war, denn als ich auf die Straße trat, hätte es mir fast die nicht vorhandene Frisur vom Kopf geweht. Es stürmte, als müsste Petrus als oberster Chef des Münchner Baureferats die Gehwege persönlich freiblasen und dabei ein bisschen Staub aufwirbeln.

Prompt flog mir ein Staubkorn ins Auge und schmerzte so sehr, dass ich mir am liebsten im Gehen die Kontaktlinse herausgerissen hätte. Jedenfalls konnte ich auch noch heulen, ohne dass Ben etwas damit zu tun hatte – gut zu wissen. Während mich die U-Bahn der Uni entgegenschaukelte, dachte ich noch einmal darüber nach, warum er sich wohl nicht gemeldet hatte. Ich war felsenfest davon überzeugt, dass es einen triftigen Grund gab, denn er war kein Hallodri, auch wenn er gut genug dafür aussah. Seine Augen hatten etwas Solides und Ehrliches – und daran klammerte ich mich fest.

An der Uni kam ich dann schnell auf andere Gedanken, denn ich stürzte als Erstes zum Schwarzen Brett des Referats für Internationale Angelegenheiten und las mit vor Entsetzen geweiteten Augen, dass die Informationsveranstaltung für neu angekommene Studentinnen und Studenten aus dem Ausland bereits letzte Woche stattgefunden hatte. Damit konnte ich mir die allgemeinen Infos zum Ablauf eines Studiums in Deutschland also selbst zusammensuchen. Na super!, dachte ich und sah Friedrichs selbstzufriedenes Grinsen, wenn er von meinem Schuss ins Knie erfuhr, schon vor mir.

Meine Glückssträhne war offenbar schneller wieder vorbei, als sie gekommen war, oder vielmehr hatte sie einer Pechsträhne den Weg geebnet, die schier endlos schien, denn der nächste Schock wartete schon auf mich. Durch die leeren Gänge – vermutlich saßen alle an der LMU eingeschriebenen Studenten außer mir in ihren Seminaren – machte ich mich auf den Weg zum Institut für Deutsche Philologie, da ich ja an mehreren Germanistikveranstaltungen teilnehmen wollte. In Urbino war das alles kein Problem: Man informierte sich zu Beginn des Semesters über die Seminare und Vorlesungen und ging dann einfach hin. Hier dagegen war nicht nur das Wetter schlechter als in *bella Italia,* sondern auch die Studiensituation.

»Die Veranstaltung ist leider bereits restlos voll«, verkündete die dunkelhaarige, recht dralle Dame in dem viel zu engen beigen Hosenanzug, die mir in ihrem mit Papierstapeln überfüllten Büro gegenübersaß. »Haben Sie sich denn nicht vorab im Internet über das Lehrangebot informiert?«, fragte sie dann.

Ich hatte mich bei ihr erkundigt, wo ich mich denn für das Seminar »Einführung in die Syntax des Deutschen« anmelden könne. Nun stand ich völlig verdattert vor ihr und schüttelte den Kopf wie ein begossener Pudel.

»Wir stellen absichtlich schon im Juli die Lehrveranstaltungen online, damit die Studenten sich per Mail mit den Dozenten in Verbindung setzen und sich für die Seminare anmelden können.«

Ihr mitleidvoller Blick trieb mir prompt die Tränen in die Augen. »Aber ...« Wenn das so weiterging, konnte ich mich bald als Model für Papiertaschentücher-Werbung verdingen.

Die Mittvierzigerin kramte in ihren Unterlagen und hielt mir ein paar zusammengetackerte Kopien hin. »Hier, da stehen die Seminare drauf, in denen noch Plätze frei sind. Vielleicht finden Sie ja noch etwas, das Sie interessiert.«

»Grazie«, hauchte ich, während es in meinem Kopf hämmerte, als säße ein kleiner Mann mit einem Presslufthammer darin und versuche, einen Tunnel zwischen den einzelnen Synapsen zu bohren. Schmerz lass nach. Wieso musste ich auch unbedingt in Deutschland studieren, wo alles so kompliziert war?

»Nun lassen Sie mal den Kopf nicht hängen, Sie können in vielen Seminaren ECTS-Punkte sammeln«, gab sie mir noch mit auf den Weg.

Was für Punkte?, dachte ich. *Aiuto!*

Wieder draußen auf dem Geschwister-Scholl-Platz, setzte ich mich erst mal auf den Rand des Brunnens, wo inzwischen jede Menge Studenten um mich herumwuselten, und versuchte, meine Gedanken zu ordnen. Dazu brauchte ich nicht nur dringend Frischluft, sondern auch eine Cola und, vor allem, zwei Tüten Gummibärchen. Die habe ich schon in Italien für mein Leben gern gegessen und beneide die Deutschen um diese wahrlich geniale Erfindung, die bei Seelenqualen jeder Art zum Einsatz kommt. Je mehr man sich von den bunten Bären gleichzeitig einverleibt, desto besser wirken sie – das habe ich in jahrelangen Feldversuchen am eigenen Leib erprobt.

Die Auswirkungen der Versuche auf meine Figur sind dabei, aus Rücksicht auf meine Psyche, bisher unerforscht geblieben, und auch heute redete ich mir wieder ein, dass die Gummibärchen immerhin so gut wie fettfrei waren. Natürlich war selbst mir klar, dass ich da Augenwischerei auf höchstem Niveau betrieb, da der Hauptbestandteil dieser kleinen Kerle Zucker war. Ich hätte mir also genauso gut einreden können, dass Gummibärchen absolut gummi- oder naturkautschukfrei waren, nur ob ich mich dadurch auch besser gefühlt hätte?

Während ich mit vollem Mund kaute, versuchte ich, Vale anzurufen, bekam sie jedoch leider nicht an die Strippe. Die anderen um mich herum wirkten alle viel dynamischer als ich, während sie zielsicher die Treppen zum Haupteingang hinauf- oder hinunterliefen. Offenbar ist doch etwas dran an der deutschen Zielstrebigkeit, der Genauigkeit und der Organisiertheit – alles Dinge, von denen bei mir keine Rede sein kann.

»He, was ist denn mit dir los?«, fragte mich eine kleine,

zierliche Studentin in Jeans und buntbedrucktem T-Shirt, die sich neben mir auf den Rand des Brunnens fallen ließ. »Du schaust aus, als hättest du eine Semesteranfangsdepression.«

Ich musste grinsen. »Du hast das Problem zielsicher erkannt«, sagte ich und bot ihr erst mal ein paar Gummibärchen an.

»Na ja, vielleicht sollte ich doch besser Psychologie studieren als Germanistik?« Ihr hellblonder Zopf wippte, als sie lachte.

Sofort besserte sich meine Laune, und ich berichtete ihr von meinem Schiffbruch auf hoher See. Elin, wie sie hieß, stammte ursprünglich aus Schweden, war aber mit ihren Eltern schon vor sechs Jahren nach München gezogen, da ihr Vater am Forschungszentrum in Garching eine gutdotierte Stelle bekommen hatte. Sie fühlte sich rundherum wohl hier, und ihre lebensfrohe, positive Art tat mir sehr gut.

»Falls es dich tröstet, da bist du nicht die Einzige«, meinte sie.

»Wieso?«

Sie seufzte. »Germanistik ist eben ein richtiges Massenfach, und die Seminare sind grundsätzlich überfüllt. Die ausländischen Studenten haben fast immer das Nachsehen und kommen fast nirgendwo mehr rein, weil die Münchner sich oft schon am Ende des Vorsemesters für die Veranstaltungen anmelden.«

»Na super!« Ich schnaubte empört und gönnte mir gegen diese himmelschreiende Ungerechtigkeit gleich noch eine Handvoll Gummibärchen.

»Mach dir nichts draus. Vielleicht können wir ja ein anderes Seminar zusammen besuchen. Was wolltest du denn sonst so belegen?«

Gemeinsam beugten wir uns über meine Kopien und fanden bald etwas, das uns beide interessierte. Nachdem Elin mir noch das Büro von TutoRIA in der Schellingstraße gezeigt hatte, wo ich mich nicht nur mit Fragen hinwenden, sondern auch an organisierten Ausflügen für ausländische Studenten teilnehmen konnte, verabschiedeten wir uns. Am Ende der Woche würden wir uns in einem Seminar über den *Zauberberg* von Thomas Mann wiedersehen, und darauf freute ich mich schon sehr.

Außerdem wollte ich noch eine Vorlesung zur deutschen Literatur im zwanzigsten Jahrhundert und zur Wortbildung im Deutschen besuchen, und wenn ich Glück hatte und der Professor empfänglich für professionelle italienische Schmeicheleien der höchsten Güteklasse war, bekam ich noch einen der begehrten Restplätze in der Einführung in die neuere deutsche Literaturwissenschaft. Elin hatte mir nämlich verraten, dass man manche Professoren bequatschen konnte, und wenn man ihnen eine halbwegs glaubhafte Story auf die Nase band, drückten sie schon mal ein Auge zu. Das sollte in diesem Studienjahr in München doch wohl zu meinen leichtesten Übungen zählen.

Die restlichen Semesterwochenstunden wollte ich mit einigen Veranstaltungen aus dem Bereich Deutsch als Fremdsprache füllen. Zum Glück war mein Auslandsjahr nicht an irgendwelche Prüfungen und Scheine gebunden, die ich bei meiner Rückkehr vorlegen musste, vielmehr war es den von der Fondazione Francesco Assisi geförderten Studenten selbst vorbehalten, wie sie den Auslandsaufenthalt am besten für sich nutzten. Ob so viel Freiheit in meinem Fall förderlich war, sei einmal dahingestellt, aber ich würde den Damen und Herren von der Kommission ganz bestimmt nicht verraten, dass sie mit mir eine der Nieten gezogen hatten, die ihre Großzügigkeit weniger zu schätzen, dafür aber umso mehr auszunutzen verstanden.

Als ich das Beate damals im Nachtzug nach München erzählt hatte, hatte sie mir nicht glauben wollen, da es ihr vorkam wie das Paradies auf Erden: studieren ohne Leistungsdruck und Prüfungszwang im Nacken. Mein Einwand, ich hätte in Italien ja schon ein so gut wie abgeschlossenes Studium vorzuweisen und mir das Stipendium durch meine herausragenden Leistungen verdient, wollte sie nicht gelten lassen. Sie hielt das für »Gemauschel«, wie sie es nannte, ich dagegen betrachtete es als gerechten Lohn für mein bisheriges Engagement und das, was mir bei der Jobsuche in Italien noch bevorstehen würde.

Beschwingt machte ich mich auf den Weg zur Bayerischen Staatsbibliothek, die in einem der Prachtbauten an der Ludwigstraße untergebracht war, um mir mit meinem internationalen Studentenausweis einen Leseausweis ausstellen zu lassen und mir den *Zauberberg* samt der zugehörigen Sekundärliteratur auszuleihen. Schwer bepackt machte ich mich auf den Rückweg, mit dem guten Gefühl, dass ich mein Leben doch noch auf die Reihe bekommen könnte. Die Uni und die deutsche Sprachwissenschaft konnten mir mal den Buckel raufrutschen. Oder war es doch runter?

5.

»Ho bisogno di te«

Ben konnte mir inzwischen ebenfalls einmal über den Buckel rutschen – ob rauf oder runter, war mir völlig egal. Mit ihm war ich fertig, und zwar für immer und ewig.

Na ja, ehrlich gesagt war ich genau vier Tage lang mit ihm fertig, so lange, bis er sich bei mir meldete. Denn ab dem Moment, als mein Handy seine Nummer anzeigte, war meine Welt wieder in allerbester Ordnung. Ich war mir nicht sicher, ob ich mir allmählich Sorgen um meinen Hormonhaushalt machen sollte, da ich derlei Stimmungsschwankungen, wie sie mich in der letzten Zeit heimgesucht hatten, von mir nicht kannte, oder ob ich die Schuld doch dem Münchner Föhnwetter in die Schuhe schieben konnte.

Bei den ungewohnt warmen Temperaturen, die dank irgendwelcher seltsamen Fallwinde, von denen ich mein ganzes Leben noch nichts gehört hatte, an manchen Tagen, vor allem im Winter, herrschten, hatte man zwar hervorragende Fernsicht und konnte von der Stadt aus bis zu den Alpen sehen, doch der Rest war meist alles andere als hervorragend. Die Schuldzuweisung in Richtung Föhn hatte ich mir von den Einheimischen abgeguckt, die diese höchst eigenwillige Wetterlage für alles und jeden verantwortlich machten, sei es ihre schlechte Laune, ihr Schädelweh, die ständig steigenden Mieten oder die Tatsache, dass es schon wieder nicht geklappt hatte mit dem ersehnten Lottogewinn.

Zwar sind die Deutschen nicht ganz so verrückt wie die Italiener, die, ohne mit der Wimper zu zucken, ihre eigene Großmutter verkaufen würden, um das Geld für einen Lottotipp zusammenzubekommen, dafür haben sie es deutlich leichter. Hier muss man die sechs Zahlen, die jeweils am Samstag und am Mittwoch gezogen werden, bloß aus neunundvierzig Zahlen auswählen, während man sich bei uns zwischen neunzig Zahlen entscheiden muss. Trotzdem jammern die Deutschen ständig, dass die Chancen mit 1:140 Millionen zu gering seien und dass man eher vom Blitz getroffen werde, als sechs Richtige im Lotto zu haben, mit Zusatzzahl. Ja, was sollen denn da all die armen italienischen Spielsüchtigen sagen? Bei einer Wahrscheinlichkeit von 1:622 Millionen wird man vermutlich eher von sieben Blitzen gleichzeitig getroffen. Oder gewinnt als erste Frau und obendrein untrainiert den Giro d'Italia. Oder so ähnlich. In Mathe bin ich ehrlich gesagt nicht so gut, und Wahrscheinlichkeitsrechnung war noch nie meine Stärke.

Jedenfalls ging es mir trotz des Föhnwetters und der Kopfschmerzplage in meiner näheren Umgebung prächtig, und das lag nicht etwa daran, dass ich den *Zauberberg* samt Sekundärliteratur schon gelesen hatte oder mich an der Uni inzwischen auskannte wie in meiner Handtasche, sondern einzig und allein an: Ben.

Ja, er hatte sich wieder gemeldet. Und ja, ich hatte ihm verziehen. Seine Entschuldigung, er habe ganz spontan länger in Berlin bleiben müssen und kein Ladegerät für sein Handy dabeigehabt, stammte zwar eindeutig aus dem Ausreden-Discounter, aber allein beim Klang seiner Stimme war's um mich geschehen.

Nein, Beate hatte kein Verständnis dafür. Und Isabelle auch nicht. Aber die beiden hatten auch keine Ahnung von Männern und wie man richtig mit diesen überaus sensiblen Geschöpfen umging.

»Ihr deutschen Frauen seid viel zu fordernd und selbstbewusst«, erklärte ich ihnen, als wir nach der Tagesschau, die hier offenbar zum Pflichtprogramm gehört, gemeinsam bei den beiden in der Küche saßen.

Otto war unterwegs, und so hatten wir beschlossen, uns mit Chicken Wings und mexikanischem Bier einen gemütlichen Abend zu machen. Ich mochte die Wohnung der drei inzwischen sehr, auch wenn es dort immer aussah wie auf dem Schlachtfeld. Solange das Bier aus der Flasche kam und bei zweihundert Grad im Ofen alle Hühner-Salmonellen und sonstigen Bakterien zuverlässig abgetötet worden waren, konnte ich ganz gelassen mit dem Thema umgehen.

»Wie jetzt?« Isabelle stellte empört ihr Bier auf dem Tisch ab.

»Na ja, ihr wollt immer auf Augenhöhe debattieren, habt gerne recht und lasst euch von einem Mann kein X für ein U vormachen«, begann ich.

»Das wäre ja auch noch schöner«, meldete sich Beate nicht minder aufgebracht zu Wort.

Genüsslich biss ich in einen der krossen Hähnchenflügel, wobei mir die Soße übers Kinn lief, und machte mir einen Spaß daraus, die beiden ein bisschen zu provozieren. Ich hatte Isabelle schon öfter mit ihrem Freund Paul erlebt, der nicht wirklich viel zu melden hatte, und auch sonst war mir häufiger aufgefallen, dass die deutschen Frauen ihren Männern nur ungern die Führungsrolle überließen.

»Es wäre so viel einfacher für euch, wenn ihr es den

Männern ab und zu mal zugestehen würdet, dass sie mehr können oder schlauer sind als ihr. Männer wollen nun mal um Rat gefragt oder um Hilfe gebeten werden. Wenn eine Frau alles alleine kann, von Winterreifen aufziehen über Regale andübeln bis hin zu Getränkekisten in den fünften Stock hochtragen, dann fühlen sie sich überflüssig. In ihrer Ehre gekränkt. Nutzlos.«

»Oooch«, ließ sich Beate vernehmen, »eine Runde Mitleid für die armen Würstchen.«

»Außerdem seid ihr deutschen Frauen immer so kumpelhaft und viel zu wenig weiblich. Ihr schminkt euch kaum, tragt zu oft Hosen und lauft selbst abends in Schuhen rum, in denen ein Zwergkaninchen U-Boot fahren könnte, so breit und unförmig, wie die sind. Und das alles mit der fadenscheinigen Begründung, euren Füßen keine Blasen und Hammerzehen zumuten zu können.« Das Wort »Hammerzehen« gehörte erst seit drei Tagen zu meinem Wortschatz, weshalb ich besonders stolz war, es so gekonnt in die Diskussion eingebracht zu haben.

Beate schnappte hörbar nach Luft und wollte zu einer Erwiderung ansetzen, doch ich war schneller.

»Wenn die Jungs sich von euch nicht genügend ernst genommen und geschätzt fühlen, dann braucht ihr euch nicht zu wundern, wenn sie anfangen fremdzugehen. Dann holen sie sich nämlich die Bewunderung und Anerkennung einfach woanders«, dozierte ich munter weiter.

»Was ist das denn für eine bescheuerte Argumentation?« Beate wurde langsam stinkig. »Außerdem: Die Italiener sind ja wohl die Weltmeister im Fremdgehen, also komm mir bitte nicht mit deinen seltsamen Theorien. Kehr lieber mal erst vor deiner Haustür.«

Isabelle kicherte nur und holte uns noch drei Bier aus dem Kühlschrank. »Mit einem Italiener würde ich sowieso nie etwas anfangen«, meinte sie dann. »Das sind solche Schleimer, das hält man ja im Kopf nicht aus.«

Nun fühlte ich mich in meiner Ehre gekränkt. »Moment mal, nur weil meine Landsleute wissen, wie man einer Frau Komplimente macht, musst du sie nicht als Schleimer abstempeln. Die Deutschen können das Wort ja nicht mal richtig buchstabieren. Wie soll man sich denn in diesem Land als Frau fühlen? Das ist ja fast nicht möglich. Neulich erst hab ich mich gefragt, ob ich über Nacht hässlich und unscheinbar geworden bin. Ich gehe ganz bestimmt nicht davon aus, dass mir die Männer scharenweise nachlaufen, aber die deutschen Jungs schauen einen nicht mal an. Geschweige denn mehr.«

»Was erwartest du denn?« Isabelle wirkte irritiert.

Doch ich war nun richtig in meinem Element und redete einfach weiter, ohne auf ihre Frage einzugehen. »Wenn hier ein Mann eine Frau unverfänglich ansprechen will, dann fragt er sie nach dem Weg. Hallo? Könnt ihr mir das mal erklären? Wie soll ich denn draufkommen, dass der Typ was von mir will, wenn er hier die Touristennummer abzieht?«

»Er will eben nicht aufdringlich sein«, versuchte Beate den gemeinen deutschen Flirter in Schutz zu nehmen.

»Wieso kann er mir nicht einfach was Nettes sagen? Dass ich gut aussehe zum Beispiel? Oder ein schönes Lächeln habe? Oder strahlende Augen?«

Isabelle schüttelte vehement den Kopf. »Weil das total billig klingt.«

Ich hielt dagegen. »Zeig mir eine Frau, die sich nicht über ein Kompliment freut.«

»Na ja«, Beate rutschte auf ihrem Stuhl hin und her.

»Natürlich würde ich mich freuen, aber wenn einer zu mir kommt und was von meinen schönen Augen faselt, dann denke ich: Was ist das denn für ein Depp? Fällt dem nichts Abgedroscheneres ein?«

»Oh weh«, sagte ich nur, »die armen deutschen Jungs. Die haben es echt schwer.«

Dabei blickte ich wohl so betroffen drein, dass die beiden spontan in schallendes Gelächter ausbrachen. Otto, der gerade vom Volleyballtraining nach Hause gekommen war, folgte dem Lärm und blieb mit einem verwunderten Blick auf die heitere Runde im Türrahmen stehen.

»*Salve,* Otto, du kommst uns gerade recht«, begrüßte ich ihn. »Wie würdest du eine Frau ansprechen, die dir gefällt?« Auffordernd grinste ich ihn an.

Zu meiner grenzenlosen Verwunderung stürzte er ohne eine Antwort, dafür aber mit hochrotem Kopf aus der Küche und murmelte was von »erst duschen«.

»Da habt ihr's!«, rief ich. »Wieder so ein topausgebildeter Flirtexperte. Wenn das so weitergeht mit den überfüllten Seminaren an der Uni, dann gründe ich 'ne Flirtschule. Damit werde ich hier garantiert reich.«

»Du ganz bestimmt nicht, so feinfühlig, wie du bist. Merkst du denn nicht, was mit Otto los ist?« Isabelle schien fassungslos.

»Was denn?«

»Na ...«, setzte sie an, kam jedoch nicht sehr weit, denn Beate unterbrach sie.

»Egal jetzt«, sie warf Isabelle einen warnenden Blick zu. »Wie sind wir eigentlich darauf gekommen? Ach ja, über Ben. Wann triffst du dich denn mit ihm?«

»Am Samstag.« Sofort bekam mein Blick wieder etwas Schwärmerisches. »Er hat gesagt, wir machen einen Ausflug, eine Überraschung. Ich bin ja schon so gespannt.«

Beate verschränkte die Arme vor der Brust. »Na, wenn das mal nicht wieder ins Wasser fällt.«

Die Verabredung mit Ben fand diesmal tatsächlich statt, dafür fiel jedoch etwas ganz anderes ins Wasser, und zu meinem Leidwesen sollte Beate mal wieder recht behalten.

Doch zunächst war alles ganz wunderbar, und dem Anfang des Abends wohnte – wie heißt es noch so schön kitschig? – ein Zauber inne. Ben kam wie verabredet pünktlich um fünf in Jeans, weißem Hemd und Sakko, überreichte mir eine traumhaft schöne rote Rose mit Blütenblättern wie aus Samt, küsste mich auf die Wangen, machte mir ein Kompliment über mein Aussehen und bot mir seinen Arm an, um mich die Treppe nach unten zu geleiten.

Ich genoss es, Friedrich einen triumphierenden Blick zuzuwerfen, als ich mit meiner Eroberung das Feld verließ, auf dem er einsam und geschlagen zurückblieb. Mit Sicherheit würde er den Samstagabend wieder vor seinem PC verbringen und sich mit anderen Nerds in irgendwelchen Foren über die neuesten technischen Errungenschaften der Computerindustrie austauschen. Oder beim Chatten mit Angehörigen der Selbsthilfegruppe milbengeplagter Hausstauballergiker Baden-Württembergs in Weltuntergangsszenarien schwelgen. Auch eine Möglichkeit, die Zeit bis zum eigenen Ableben rumzukriegen.

Ben führte mich zu einem nagelneu aussehenden schwarzen Riesengefährt, einem von diesen Sport Utility Vehicles oder wie die Panzer hießen, bei dessen Anblick ich spontan grinsen musste. Wie schön, dass Klischees sich so gut wie immer bewahrheiten, dachte ich.

Ein deutscher Mann brauchte also ein möglichst großes, potentes Auto, das außerdem möglichst groß und potent aussehen musste – was nach meinen Vermutungen diametral mit der Körpergröße des Fahrzeughalters zusammenhing. Selbst die saudischen Scheichs, die mit ihren Rolls-Royce durch die Wüste kurvten, gaben vermutlich nicht annähernd so viel Geld für Autos aus wie die Deutschen. Prozentual vom Vermögen gesehen natürlich. Ich habe durchaus ein Faible für Statussymbole, vor allem wenn sie von namhaften Designern sind, aber den Deutschen sind ihre Autos ja fast wichtiger als ihre Kinder. Mit Verwunderung hatte ich bei meiner Ankunft in München festgestellt, dass der teutonische Familienvater am Wochenende lieber sein Gefährt hegte und pflegte als die Beziehung zu Frau und Kindern. Vor den Waschanlagen bildeten sich lange Schlangen, an den Tankstellen wurde gesaugt und gewischt und trockenpoliert, dass es kaum auszuhalten war. Wir Italiener sind da eher pragmatisch: »Der Regen wird's schon waschen, und wenn nicht, ist es auch gut«, lautet die südländische Variante der ganzen Chose.

Jedenfalls schien Ben sich ganz offensichtlich ebenfalls für Autos zu begeistern, mit denen man wahlweise die Wüste Gobi oder urwaldgleiche Sumpfgebiete durchqueren und nebenbei auch noch Steigungen von mehr als siebenundvierzig Prozent spielend meistern konnte. Das ist wichtig, sagte ich mir, während mein Blick über den glänzenden Lack wanderte, schließlich beginnt gleich vor den Toren der Stadt das Voralpenland, und da kann es schon mal ordentlich den Berg raufgehen. Und Schnee gab es hier im Winter sicher auch genug.

Als ich das Porsche-Wappen auf der Motorhaube entdeckte, war ich dann aber doch beeindruckt. »Wow«, sagte ich nur, »nicht schlecht.« Ich lächelte ihn bewundernd an, was prompt die erwünschte Wirkung hatte, denn er fühlte sich ganz offensichtlich geschmeichelt. Zumindest deutete ich seine Antwort so.

»Das ist ein nagelneuer Cayenne Turbo«, sagte er mit sichtbar stolzgeschwellter Brust. »Ein cooles Teil, mit Achtganggetriebe und allen Schikanen. Von null auf hundert in unter fünf Sekunden, da geht was. Der Wagen hat satte fünfhundert PS und macht fast dreihundert Sachen.«

Ich war mir jetzt nicht ganz sicher, was er damit meinte. Was für Sachen? Und wieso gleich dreihundert? Konnte das Ding etwa wie diese modernen Kühlschränke sein Benzin online bestellen, per Bluetooth der Werkstatt vorab schon mal mitteilen, was ihm fehlte, und zur Unterhaltung der Fahrgäste nicht nur alle Hits dieser Welt auf seiner Bose-Anlage abspielen, sondern auch die bayerische Nationalhymne hupen? Um mich nicht zu blamieren, fragte ich lieber mal nicht nach.

Als Ben um den Wagen herumging, um mir die Tür aufzuhalten, musste ich innerlich grinsen. Das war mal voll und ganz nach meinem Geschmack, so gefiel mir das, dieser Mann war einfach perfekt. Zumindest bei oberflächlicher Betrachtung, und zu mehr war ich mit meinem hormonbenebelten Hirn momentan nicht in der Lage.

»*Grazie.*«

Ich schenkte ihm mein schönstes Lächeln, das er strahlend erwiderte, und ließ mich auf die cremefarbenen Ledersitze gleiten. Sie gaben sofort sanft nach, und ich fühlte mich, als säße ich auf Wolken. Daran waren aber nicht nur die tollen Sitze schuld.

»Bitte, *bellissima.*«

Das Kompliment ging mir runter wie Öl. Endlich ein deutscher Mann, der weiß, wie man eine italienische Frau adäquat behandelt, dachte ich. Kein Grobian, kein stilloser Bauer, kein verdruckster Student, sondern ein formvollendeter *gentiluomo,* der einer Frau etwas bieten kann. Hach, seufzte ich, das wird ein guter Tag.

An Bens Seite genoss ich die tolle Aussicht, die man von hier oben hatte – bei Föhn konnte man bestimmt die Alpen sehen –, und dachte spontan, dass so ein Cayenne doch das ideale Frauenauto war. Obwohl, kam es mir in den Sinn, als ich den Smart in der Parklücke davor betrachtete, der auf einmal noch winziger wirkte als sonst: Einparken wollte ich mit dem Schiff nicht. Und was die passionierte Radfahrerin Beate zum Benzinverbrauch in dieser Luxusvariante eines Kleinlasters sagen würde, wollte ich lieber auch nicht hören. Ich war da großzügig – wann kam ich schon mal in solch einen Genuss? Da konnte ich keine Rücksicht auf die Umwelt nehmen.

Ben ließ den Motor an und warf mir einen Seitenblick zu. »Lust auf See?«, fragte er. »Wie wär's mit Starnberg? Ich zeig dir meinen Lieblingsplatz am Starnberger See, okay?«

Er hätte mich auch fragen können, ob ich mit ihm nach Buxtehude ins Dorfgemeinschaftshaus fahren wolle, ich hätte ja gesagt. Ich hatte keinen blassen Schimmer, wo dieses Starnberg lag, doch wenn ein See im Spiel war, musste ich hoffentlich keinen Berg hochlaufen, und das war gut so. Sobald es bergauf geht, verhagelt es mir nämlich die Laune, und je steiler der Anstieg, desto heftiger der Sinkflug für mein Gemüt. Das ist bei mir erbbedingt, denn unsere komplette Familie gehört fraglos zur Spezies der Strandechsen, die stundenlang reglos in der Sonne liegen, und kann Steigungen von mehr als drei Prozent beim besten Willen nichts abgewinnen. Davon abgesehen war ich schuhtechnisch überhaupt nicht für derlei Unternehmungen ausgerüstet. Mein schier unerschöpfliches Reservoir an Fußbekleidungen beschränkte sich hauptsächlich auf elegante, schmale, schicke Exemplare, die nicht nur nicht zum Bergsteigen, sondern zum Großteil nicht mal dazu geeignet waren, Distanzen von mehr als dreißig Metern zurückzulegen. Natürlich besaß ich sicher auch irgendwo ein Paar Schuhe, in dem ich laufen konnte, doch im Grunde war ich eine bekennende Sitzschuhträgerin.

Starnberg klang jedenfalls nicht nach mehr als drei Prozent Steigung, also nickte ich nur und beschloss, einfach abzuwarten, was er vorhatte.

Im Nu waren wir auf der Autobahn, und Ben trat das Gaspedal durch. Offenbar hatte er es eilig, mich aus den Fängen der Stadt zu befreien und an einen romantischen Ort zu führen. Dass er die anderen Verkehrsteilnehmer per Lichthupe freundlich aufforderte, die Fahrspur für uns frei zu machen, fand ich sehr rücksichtsvoll von ihm. Schließlich hätte er auch einfach noch dichter auffahren können, aber dann wäre bei zweihundertzehn Stundenkilometern am Ende doch noch ein Kratzer in den glänzenden Lack gekommen, und das hätte ich nicht gewollt.

Während er mir von seinem verantwortungsvollen Job bei irgendeiner Privatbank erzählte, saß ich da und überlegte, wie es sich wohl anfühlte, ihn zu küssen. Als er vorhin mit seinen Lippen meine Wangen berührt hatte, hatte es mich durchzuckt wie ein Blitz, außerdem hatte er so gut gerochen, dass ich ihn am liebsten festgehalten und nie mehr losgelassen hätte. Während ich ihn also anstrahlte und zustimmend nickte, malte ich mir in den schillerndsten Farben aus, wie wir gleich engumschlungen am Seeufer stehen und in den Sonnenuntergang blicken würden. Natürlich war das Kitschromantik vom Feinsten, aber ich bin eben auch nur eine Frau.

Dann setzte Ben den Blinker und bog in eine kleine Stichstraße ab, die zum See führte. »Da vorne ist es gleich«, sagte er und deutete geradeaus, wo ich schon das Wasser in der Abendsonne funkeln sehen konnte.

»Wie schön!«, rief ich spontan begeistert aus. »Fast wie zu Hause.«

Auch wenn ich mich inzwischen in München ziemlich wohl fühlte, das Meer vermisste ich sehr. Die salzige Luft, das Rauschen der Wellen, der heiße Sand – all das hatte ich mir schon so manches Mal herbeigeträumt. Zum Glück war heute ein richtig schöner Spätsommertag, und selbst jetzt, am frühen Abend, war die Luft noch so warm, dass man gut draußen sitzen konnte.

Ben hielt an, stieg aus und hielt mir wieder formvollendet die Tür auf. Dabei deutete er auf eine unscheinbar aussehende Bretterbude ein paar Meter weiter, vor der eine kurze Schlange stand.

»Hier gibt's die beste Pizza Togo von ganz Südbayern. Die schlägt sogar jedes Szenerestaurant um Längen. Wegen der Romantik.« Er warf mir einen Blick zu, der meine Körpertemperatur spontan um ein Grad steigen ließ.

»Was ist das?«, fragte ich verwirrt. »Pizza alla Afrika?« Ich befürchtete schon eine neuerliche kulinarische Entgleisung im Stil von Pizza Hawaii und war entsprechend hellhörig.

Ben lachte lauthals los. »Nein, das war ein Scherz, *bella*. To go – zum Mitnehmen.«

Meine Euphorie bekam einen empfindlich schmerzenden Dämpfer, und ich wollte schon beleidigt sein, dass er mich mit einer schnöden *pizza al taglio* abzuspeisen gedachte. Wo blieb da bitte schön der versprochene Romantikfaktor? Aber dann musste ich mitlachen über meine Unwissenheit. Vielleicht haben die Deutschen einfach ein anderes Verständnis von Romantik als wir Italiener? Kein noch so mittelloser Kleinstadtgigolo käme je auf die Idee, seiner Angebeteten eine Pizza im Pappkarton und eine Flasche Bier beim ersten Date zu kredenzen. Egal, mit derlei Details würde ich mir heute nicht den Abend verderben. Ich bin offen für alles, redete ich mir ein, Hauptsache, er küsst mich nachher.

Als ich einen schönen Platz auf einem Mäuerchen entdeckte, steuerte ich direkt darauf zu. »Bringst du mir eine Margherita mit extra viel Käse mit?«, bat ich ihn und machte es mir mit Blick auf die untergehende Sonne gemütlich.

In gespielter Empörung stemmte er die Hände in die Hüften und fragte: »Wie heißt noch das Zauberwort?«

Was wollte er von mir? Ich zuckte fragend die Achseln. »Hokuspokus?«

Er grinste bloß. »Selbstverständlich. Ruhen Sie sich nur aus, *signorina*, die Fahrt hierher war anstrengend«, sagte er süffisant und wandte sich zum Gehen.

»*Stupido*.« Ich musste daran denken, dass Vale mal gesagt hatte, man könne ganz leicht erkennen, ob ich jemanden mag. Wenn ich ihn beschimpfe, seien definitiv Gefühle im Spiel, hatte sie zielsicher diagnostiziert. Ben schien mir demnach ziemlich gut zu gefallen, wenn ich ihn als Blödmann betitelte.

Gedankenübertragung beherrschten wir bis zur Perfektion, daher wunderte es mich nicht, als mein Handy klingelte, kaum dass ich mich wieder umgedreht hatte, und meine beste Freundin dran war.

»*Ciao cara,* alles klar bei dir?«, fragte sie.

»Total verklärt«, erwiderte ich schwärmerisch.

»Geht's dir gut?« Sie klang auf einmal ganz besorgt.

»Bestens, ich kann nur nicht lange reden, ich bin schon mit Ben unterwegs.«

»Und, küsst er so gut, wie er aussieht?« Vale konnte sich einen spöttischen Unterton nicht verkneifen.

Sie wusste, dass ich heute mit ihm verabredet war, hatte wohl nur nicht damit gerechnet, dass wir so früh unterwegs sein würden. Es war gerade mal sechs Uhr abends, da hat eine Italienerin, die etwas auf sich hält, noch nicht mal zu Ende überlegt, was sie am Abend fürs große Date anziehen wird. Ganz zu schweigen davon, dass sie um diese unchristliche Ausgehzeit schon geduscht, geföhnt, geschminkt, gezupft, enthaart, eingecremt, sprich bereit ist. Aber hier in Deutschland gehen die Uhren nun mal anders. Außerdem wurde es im Oktober schon relativ früh dunkel, und wir wollten ja unbedingt noch den Sonnenuntergang genießen.

»Hoffentlich. Ich werde dir morgen in allen Einzelheiten davon berichten«, sagte ich, und wir entwarfen sogleich eine ganze Reihe an Szenarien, die problemlos jeder Liebesschnulze das Wasser gereicht hätten.

Da bog Ben um die Ecke, und ich verabschiedete mich schnell von Vale, nicht ohne mir noch anhören zu dürfen, dass ich es diesmal ja nicht vermasseln sollte. »Na, dann werde ich mal mein Bestes geben«, versprach ich. »*Ciao cara, ciaociao.*«

Ich hatte gerade aufgelegt, da stand Ben wieder vor mir, in der Hand zwei Pizzakartons und eine Flasche Nebbiolo.

»Was ist das?«, fragte ich.

»Na, Pizza«, antwortete er verwirrt.

»Nein, das hier.« Ich deutete auf die Flasche und musste lachen. »In Italien trinkt man Bier zur Pizza, keinen Wein.«

»Ach.« Ben ließ sich nicht weiter von meiner Bemerkung aus dem Konzept bringen, sondern machte sich daran, den Korken mit dem Daumen in die Flasche zu drücken und den Wein in zwei Plastikbecher zu gießen. »Ist das nicht Romantik pur?«, fragte er und hielt mir einen der Becher hin.

Ich schluckte all meine unerfüllten Erwartungen, die weniger von Plastikbechern und Pizzakartons, sondern in erster Linie von einsamen, mit Damast und echtem Silberbesteck gedeckten Tischen samt Fünfgängemenüs auf der Terrasse eines Nobelrestaurants mit Seeblick geprägt waren, von Kerzenlicht und überflüssigen Accessoires wie Diamantringen ganz zu schweigen, mit einem großen Schluck Wein herunter und nickte brav. Zum Trübsalblasen kam ich jedoch gar nicht, denn Ben war so charmant, und wir hatten so viel Spaß zusammen, dass ich unser nicht ganz standesgemäßes Menü, das er mit einer aus dem Sakko hervorgezauberten Tüte Mini-Gummibärchen krönte, in vollen Zügen genoss.

Nach dem Essen schlenderten wir ein bisschen am See entlang und suchten uns ein schönes Plätzchen auf einem Steg gleich neben einem Bootshaus, wo wir den Rest des Weins trinken wollten. Vor uns waren mehrere Boote vertäut, die im Rhythmus der Wellen im Wasser schaukelten, während die Sonne allmählich im See versank. Wir lehnten uns an die Wand des Bootshauses, und es machte mir nicht das Geringste aus, dass wir ganz eng beieinandersitzen mussten, weil der Steg so schmal war.

Als ich fröstelte, streifte Ben ganz selbstverständlich sein Sakko ab und legte es mir um die Schultern. War die Sonne erst mal weg, wurde es schnell empfindlich kalt, worauf ich jedoch bei der Wahl meiner Garderobe leider keine Rücksicht hatte nehmen können. Selbst eine erneute Erkältung erschien mir als Preis für einen Abend mit Ben nicht zu hoch.

»Du bist echt süß«, sagte er nach einer Weile und zog mich an sich.

»*Grazie.*«

Ich hätte die ganze Welt umarmen können und schmiegte mich an ihn, woraufhin er mir einen Arm um die Schultern legte. Allmählich näherte sich der Abend meiner persönlichen Vorstellung von Romantik an, und ich war gewillt, ihm die Pizza und die Plastikbecher großmütig zu verzeihen, wenn ich heute nicht ungeküsst nach Hause fahren musste. Die Chancen stehen gut, sagte ich mir und zog den Bauch ein, damit sich unter dem Seidentop, das ich zu einer viel zu engen Jeans unter einer dunkelroten Bluse trug, nicht mein alles andere als süßer Rettungsring abzeichnete. Wenn ich auch nur im Entferntesten geahnt hätte, dass ich mich auf einen schmalen Steg würde quetschen müssen, hätte ich selbstverständlich etwas anderes angezogen, aber in der Jeans sah mein Hintern nun mal am besten aus. Egal: Wer geküsst werden will, der muss leiden.

Bald lagen wir nebeneinander auf dem Steg, schauten in den Abendhimmel und betrachteten die Sterne, die am klaren Himmel funkelten. Ben drehte sich zur Seite, stützte den Kopf auf eine Hand und näherte sich verdächtig meinem Gesicht. Ich hielt die Luft an und schloss die Augen, in der sehnsüchtigen Erwartung seiner weichen, warmen Lippen auf meinem Mund. Diesmal ging mein Wunsch in Erfüllung, und ich gab mich ganz der prickelnden Leichtigkeit hin, die mich durchströmte.

»Du küsst wunderbar«, sagte er, als er sich nach einer halben Ewigkeit von mir löste. »Deine Lippen schmecken süßer als Honig. Du kannst einen Mann echt um den Verstand bringen.«

»*Grazie*«, murmelte ich nur glückserfüllt.

Nur leider sollte mein Glück nicht von langer Dauer sein. Ich hatte Ben gerade die Hand auf den Nacken gelegt, um ihn wieder ein Stück näher zu mir hinzuziehen und ihn erneut zu küssen, da machte es leise pling.

»Hilfe, mein Geld«, sagte er, während immer mehr Münzen durch eine breite Ritze in den Planken ins Wasser fielen. Pling, pling, pling.

Ich spähte über den Rand ins dunkle Wasser, und wir fingen an zu lachen. Während Ben ein paar Münzen rettete und sie triumphierend in die Luft hielt, machte es, nein, nicht pling, sondern diesmal plong.

Er zuckte zusammen und erstarrte.

»Was war das?«, fragte ich kichernd. »Hast du etwa Riesenmünzen in der Hosentasche?«

Keine Reaktion.

»He!« Ich fand es immer noch total lustig. »Was ist da reingefallen? Dein Portemonnaie? Dein Handy?«

Wie vom Affen gebissen sprang er auf, hektische rote Flecken im Gesicht. Von Romantik keine Spur mehr. »Der Schlüssel«, stammelte er nur und fing an zu keuchen. »Das war der Schlüssel.«

»Dein Haustürschlüssel?«, fragte ich. »Gib's zu, das hast du mit Absicht gemacht, damit du bei mir übernachten kannst«, frotzelte ich, ganz auf die forsche italienische Art.

Ben war jedoch für Witze nicht zu haben, weder für forsche italienische noch für andere. »N-nein, der Autoschlüssel.« Kreidebleich hockte er sich an den Rand des Stegs, um angestrengt in die Tiefe zu starren. Da es inzwischen dunkel geworden war, konnte er natürlich nichts erkennen.

»Jetzt bleib mal ruhig«, sagte ich. »Den finden wir schon. Warte, ich mache dir Licht. Ich kniete mich neben ihn, zog ein Feuerzeug aus der Handtasche und hielt die kleine Flamme knapp über die Wasseroberfläche.

Zum Glück war es hier nicht tief und das Wasser sehr klar, so dass wir bis auf den Grund schauen konnten.

»Wo isser denn? Ja, wo isser denn?«, feixte ich, um meine Enttäuschung wegzualbern, dass ich nach gerade mal einem Kuss, der so gut und vor allem nach so viel mehr geschmeckt hatte, schon wieder eine herbe Niederlage hatte hinnehmen müssen. Dabei schwenkte ich den Arm wild hin und her.

»Das ist überhaupt nicht lustig«, fuhr Ben mich an. »Wenn der Schlüssel weg ist, dann ist der Teufel los.«

»Wieso das denn? Im schlimmsten Fall fahren wir mit der Bahn zurück nach München, und du holst deinen Ersatzschlüssel.«

»Pah!«, schnaufte er. »Das geht nicht.«

»Wieso? Ist der Wagen geklaut?« Noch immer wollte ich nicht von meiner guten Laune lassen.

»Nein, das Auto gehört meiner Fr...«

Dabei sah er mich so verzweifelt an, als könnte ich sie an seiner Stelle um den Zweitschlüssel bitten.

»Wie bitte?« Empört fuhr ich herum, wobei mir glatt das Feuerzeug aus der Hand fiel und ebenfalls mit einem satten Plopp im See landete. »Willst du etwa sagen, du hast vergessen zu erwähnen, dass du verheiratet bist?«

Ich war außer mir. Was hatte der Typ mir die ganze Zeit da nur vorgegaukelt? Allmählich passte alles zusammen. Dass er nie für mich zu erreichen war. Dass er mehrmals kurzfristig abgesagt hatte oder gar nicht gekommen war. Dass er angeblich ja so was von beschäftigt war. Alles nur Show!

»Du … duuuuu …« Weiter kam ich nicht.

»Kannst du bitte mal den Mund halten.« Sein Ton wurde schärfer. »Was mach ich denn jetzt? Himmel, wenn der Wagen nicht mehr anspringt. Das ist mein Ende.«

Ehe ich ihm eine scheuern konnte, hatte er die Jeans abgestreift und stand in der Unterhose vor mir. Die Socken, das Hemd und besagte Unterhose folgten auf dem Fuße, und er stand nackt vor mir.

»Was tust du da?« war alles, was ich hervorbrachte, da sprang er auch schon ins Wasser.

Bei seinem Anblick bekam ich auf der Stelle eine Gänsehaut. Ich hätte nicht mal den kleinen Zeh freiwillig in das mit Sicherheit empfindlich kühle Nass gehalten. Nun gut, von freiwillig konnte bei Ben ebenfalls keine Rede sein. Außerdem hatte ich auch niemandem so wichtige Informationen wie eine Ehe vorenthalten oder musste für irgendwelche anderen kleinen Sünden büßen. Oder war das jetzt etwa kleinkariert von mir?

Ein Ehepaar, das mit seinem Hund spazieren ging, blieb neugierig stehen und beobachtete das Geschehen, während ich mich um die Goldmedaille im Fremdschämen bemühte und hoffte, Ben möge doch wenigstens nicht gar so laut im Wasser herumplanschen. Ich machte einen Schritt auf ihn zu.

»Bleib, wo du bist«, rief er mir im besten deutschen

Kasernenhofton entgegen. »Beweg dich ja nicht. Ich muss wissen, wo ich suchen soll.«

Reglos verharrte ich, während es unter mir tobte, als wäre das Ungeheuer von Loch Ness am Werk. Immer wieder ging er in die Hocke, um im aufgewirbelten Schlamm im Trüben zu fischen, und richtete sich zwischendurch auf, um ständig neue Flüche auszustoßen.

Ich überlegte gerade, mich aus dem Staub zu machen, da ertönte unter mir ein lauter Schrei.

»Ha! Ich hab ihn!« Triumphierend schwenkte Ben den silbernen Schlüssel mit dem Porsche-Wappen in die Höhe. Die Haare hingen ihm ins Gesicht, und auf seiner Wange prangte ein brauner Schlammklecks.

Ein leichter und dennoch deutlich spürbarer Ekel überkam mich. Diesen Mann hatte ich noch vor wenigen Minuten geküsst?

»Super!«, rief ich dennoch und lächelte gequält.

Kaum an Land, schlüpfte er in seine Klamotten und hastete in Richtung Parkplatz. Er sah sich nicht mal nach mir um, sondern war völlig darauf fixiert, zu seinem Wagen zu rennen, um auszuprobieren, ob der Motor noch ansprang. Wie ferngesteuert.

»Addio«, sagte ich nur leise und machte mich auf den Weg zum S-Bahnhof, ehe Ben merkte, dass ich ihm nicht folgte. Ich hätte keinen Fuß mehr hineingesetzt, in das Auto seiner Frau.

Die Tränen der Enttäuschung schluckte ich auf der Rückfahrt nach München tapfer herunter, denn ich wollte auf keinen Fall mit verheulten Augen in der WG aufschlagen. Bei meinem Glück lief ich direkt Friedrich in die Arme, und dem gönnte ich den Triumph ganz bestimmt nicht.

Kaum hatte ich die Haustür aufgedrückt, fand ich mich tatsächlich in zwei kräftigen Männerarmen wieder und schrie erschrocken auf. Otto war gerade auf dem Weg zum Volleyball, jedenfalls trug er einen Trainingsanzug und hatte eine große Sporttasche dabei.

Entsetzt sah er mich an. »He, welche Laus ist dir denn über die Leber gelaufen?«, fragte er ernsthaft besorgt.

»Es war ein Trampeltier«, sagte ich nur und kämpfte die Tränen mit aller Gewalt zurück.

Otto hob den Arm, als wollte er ihn mir um die Schultern legen, doch er hielt mir nur die Tür auf, damit ich endlich in den Hausflur treten konnte. Schade eigentlich, dachte ich und schob mich an ihm vorbei.

Am liebsten hätte ich der neugierigen Frau Griesmayer, die prompt den Kopf aus der Tür steckte, mit einer ebenso typischen wie unanständigen italienischen Geste vermittelt, was ich von ihrer Neugierde hielt, aber ich besann mich eines Besseren und grüßte sie knapp im Vorübergehen. Sie nickte gnädig, nicht ohne mir einen misstrauischen – den wievielten eigentlich? – Blick zuzuwerfen. Es war mir egal, ich hatte gerade wahrlich andere Sorgen.

Nachdem ich den ersten Treppenabsatz im Laufschritt erklommen hatte, merkte ich, dass Otto mir folgte, und wunderte mich. Mit fragender Miene blieb ich stehen und drehte mich zu ihm um.

Er verstand meinen Blick sofort, denn er wurde sichtlich verlegen und fing an zu stammeln: »Ich ... äh ... dachte, du könntest jetzt ein bisschen Gesellschaft gebrauchen. Bei euch in der WG ist, glaube ich, niemand da. Vielleicht magst du mit zu uns rüberkommen, ich könnte 'nen Wein aufmachen ...« Abwartend stand er da, während ich nun wieder eine Stufe nach der anderen nahm.

»Danke, das ist sehr lieb von dir«, sagte ich über die Schulter und wandte mich schnell ab, damit er mich nicht weinen sah. »Aber ich will nur noch in mein Bett.«

Damit schlüpfte ich durch die Tür, schaffte es gerade noch, den M&Ms in der Küche ein »Hi« zuzuwerfen, und verbarrikadierte mich nach einem Blitzbesuch im Bad, was für mich mehr als ungewöhnlich war, in meinem Zimmer unter der Bettdecke, um meinem persönlichen Weltuntergang entgegenzusehen.

Als ich am nächsten Morgen aufwachte, kam es mir vor, als hätte ich nur schlecht geträumt, und das Erlebnis mit Ben erschien mir total unwirklich. Wie immer griff ich zuerst nach meiner Brille und dann nach meinem Handy, das mir vorwurfsvoll entgegenblinkte. Zwei Nachrichten von Vale und sage und schreibe fünf entgangene Anrufe von Ben.

Pah, geschieht ihm ganz recht, dachte ich wider Willen gebauchpinselt, der kann sich die Finger wund wählen, bis er so dicke Hornhaut bekommt, dass sein Ehering nicht mehr drüberpasst. Mein Selbstwertgefühl stieg augenblicklich in astronomische Höhen und überzog die nach wie vor gärende Wut mit einer dicken Schicht besänftigendem Balsam. Wenn er es noch mal so oft versucht, gehe ich vielleicht ran und jage ihn höchstpersönlich zum Teufel – aber nur dann, überlegte ich selbstgefällig.

Ich scrollte zu Vales letzter SMS zurück, tippte schnell »*grande disastro* – mehr erzähle ich dir später« und drückte auf »Senden«, ehe ich unter die Dusche sprang und einen neuen Geschwindigkeitsrekord im Haareföhnen aufstellte. Beate und ich wollten heute mal wieder gemeinsam zur Uni fahren, und ich wollte mir nicht den

Ruf erwerben, eine typisch unzuverlässige und notorisch unpünktliche Italienerin zu sein.

Tatsächlich schaffte ich es, und nachdem ich ihr in der U-Bahn von meinem Romantik-Waterloo erzählt hatte, nicht ohne ihren triumphierenden Hab-ich's-doch-gewusst!-Blick zu ignorieren, gab sie mir noch ein »Um den Typen ist es echt nicht schade« mit auf den Weg, ehe sie in ihren Seminarraum hastete. Mein Stundenplan war inzwischen auch ganz gut gefüllt, ich hatte zum Glück doch noch einige Seminare und Vorlesungen belegen können und war ganz zufrieden mit mir. Nur den Professor, der die literaturwissenschaftliche Einführungsveranstaltung hielt, hatte ich bisher nicht erwischt, um mir den Platz in seinem Seminar noch rechtmäßig zu erflirten. Bisher hatte ich mich nur reingeschmuggelt, was bei der übervollen Veranstaltung nicht weiter auffiel, aber um die Klausur mitschreiben zu können, musste ich auch offiziell auf der Teilnehmerliste stehen.

Das wollte ich gleich nach der Mittagspause erledigen, nun stand erst mal *Der Zauberberg* von Thomas Mann auf dem Plan, und ich freute mich schon darauf, Elin wiederzusehen, die nette Schwedin, die mich an meinem ersten Tag an der Uni aus meiner Semesteranfangsdepression befreit hatte. Sie hatte mir tatsächlich einen Platz frei gehalten, und ich konnte gerade noch rechtzeitig auf den Stuhl rutschen, ehe der Professor den Raum betrat.

Seite an Seite diskutierten wir in den folgenden neunzig Minuten den Roman des berühmten Schriftstellers als »Geschichte einer erotisch-geistigen Steigerung unter hermetischen Bedingungen« sowie das Spannungsfeld zwischen Hermeneutik und Dekonstruktion, was mich bisweilen überforderte. Elin quittierte meine hilflosen bis verzweifelten Seitenblicke beharrlich mit einem aufmunternden Lächeln, um die drohende Panikattacke abzuwenden.

»Keine Sorge, den Schein am Ende des Semesters schaffst du schon«, beteuerte sie nach dem Seminar, als ich mit mehreren Fragezeichen auf der Stirn dasaß.

Völlig konsterniert starrte ich den anderen Studenten nach, die ausgelassen plaudernd an uns vorbeischlenderten, nicht im mindesten beeindruckt von der Schwere der soeben verabreichten Kost, die mir wie ein Backstein im Magen lag.

»Na, ich weiß nicht«, erwiderte ich leicht resigniert. »Vielleicht sollte ich doch erst mal eine deutsche Grundschule besuchen und mit dem großen A anfangen? Meinst du, ich passe mit meinem Hintern auf einen von diesen winzigen Stühlen?«

»Zur Not nimmst du eben zwei«, meinte Elin trocken, und bei der Vorstellung mussten wir beide lachen.

Wir verabredeten uns für die Mittagspause zum Essen, danach eilte ich weiter in den nächsten Seminarraum, um mich der Wortbildung im Deutschen zu widmen – geradezu erholsam im Vergleich zu Manns hermetisch-hermeneutischen Spannungsfeldsteigerungen.

Um exakt drei Minuten vor zwölf stand ich in der Eingangshalle des Schweinchenbaus, wo Elin, Beate und Isabelle schon auf mich warteten. Meine beiden Nachbarinnen hatten sich unbedingt schon so früh treffen wollen, weil es sonst zu voll war, und wie erhofft hielt sich der Andrang in Grenzen.

Ich hätte mir nie träumen lassen, dass ich jemals um diese Uhrzeit etwas zu mir nehmen würde, was sich Mittagessen nennt, noch dazu von einem einzigen Tablett mit unterschiedlich großen Vertiefungen, in die aus riesigen Schöpfkellen das Essen geklatscht wurde. Ich verstand nicht ganz, warum die Studenten hier nicht von Tellern essen durften, und hatte nach meinem ersten Mensabesuch letzte Woche allen Ernstes überlegt, deshalb eine Petition bei Amnesty International einzureichen. Oder vielleicht doch lieber beim Tierschutzbund?

Das Thema ließ mir keine Ruhe, und auch diesmal war ich darüber so entsetzt, dass ich Isabelle fragte: »Wieso müssen wir hier essen wie die Schweine aus dem Trog? Protestiert denn niemand dagegen? Ihr demonstriert doch sonst gegen alles und jeden.«

Sie lachte nur. »Nein, da gewöhnt man sich dran. Wirst schon sehen.«

»Nie im Leben!«

»Der Hunger treibt's eben rein«, beteiligte sich Beate an der Diskussion. »Für das Geld darf man nicht mehr erwarten.«

»Ich erwarte grundsätzlich das Beste«, sagte ich nur empört und fügte nach einer kurzen Pause hinzu: »Hoffentlich gibt's diesmal wenigstens Besteck.« Beim letzten Mal hatte die Studentin vor mir in der Schlange nämlich das letzte Messer ergattert, und ich hatte so lange auf Nachschub warten müssen, bis mein Essen kalt war. Und ich hasse nichts mehr als kaltes Essen.

»Keine Sorge«, meinte Elin, »heute sind wir früh genug dran, da passiert das nicht.«

Da heute Freitag war, gab es als Tagesgericht entweder Fisch oder eine Süßspeise, und ich entschied mich nach einem Blick auf die Bildschirme für Kaiserschmarrn mit Vanille-Apfel-Kompott – offenbar das beliebteste Gericht des Tages, da an diesem Aufgang zumindest eine kurze Schlange stand. Die anderen drei bevorzugten alle das Pangasiusfilet mit Spinat-Kartoffel-Gratin, daher konnten sie gleich durchgehen und versprachen, uns oben einen schönen Fensterplatz zu sichern.

Als ich mich hinten anstellte, drehte sich der Typ vor mir, der mich gut um einen Kopf überragte, zu mir um und musterte mich von oben bis unten. Offenbar war er sehr zufrieden mit dem, was er da sah, denn ein Grinsen überzog sein Gesicht. Ein unsicheres Grinsen. Mir schwante Böses.

»Naaaa«, begann er wie befürchtet ein Gespräch auf höchstem intellektuellem Niveau. »Heute auch süß unterwegs?«

Ich nickte nur stumm, wobei ich den Blick nicht von seiner Frisur abwenden konnte, denn selten hatte ich einen Mann mit derart vollen, zerzausten Locken gesehen. Meine Haare waren ja schon kaum zu bändigen, aber er schoss wahrlich den Vogel – oder vielmehr das Vogelnest – ab. Pikiert zog ich eine Augenbraue hoch, da mir ganz und gar nicht nach Unterhaltung zumute war, und ging davon aus, dass er dank dieses Winks darauf verzichtete, das Wort an mich zu richten.

Ein Italiener hätte angesichts des nonverbalen Zaunpfahls entweder sofort die Segel gestrichen, mir einen schönen Tag gewünscht und den Rückzug angetreten. Oder er wäre, was ehrlich gesagt durchaus häufiger vorkommt, zu verbaler Höchstform aufgelaufen und hätte mit wahrhaft unwiderstehlichem Charme den Sieg nach Hause geholt. Was nicht zuletzt am unerschütterlichen Selbstbewusstsein und der ebenso unerschütterlichen Überzeugung des italienischen Mannes als solchem liegt, dass er jede Frau rumkriegen kann, selbst die unnahbarste und sprödeste. Nichtsdestotrotz wissen meine in dieser Hinsicht äußerst sensiblen Landsmänner genau einzuschätzen, wann eine Frau selbst für das beste Kompliment nicht empfänglich ist und sie sich ihr salbungsvolles Gesäusel besser sparen können. Das macht die jahrelange Erfahrung. Sie sind eben Profis.

Nicht so mein Gegenüber. Zielsicher strebte er die nächste verbale Entgleisung an und öffnete den Mund, um erst mal Luft – und vermutlich Mut – zu schöpfen.

Verzweifelt beschloss ich, die Flucht nach vorne anzutreten und so zu tun, als hätte ich weiter oben auf der Treppe einen Bekannten entdeckt. Doch wir steckten fest. Wieso geht das denn hier nicht vorwärts?, schimpfte ich innerlich vor mich hin. Mussten die den Kaiserschmarrn etwa noch anrühren? Oder die Äpfel fürs Kompott vom Baum pflücken?

»Haben wir uns nicht schon mal irgendwo gesehen?«, fragte er schließlich nach längerem Überlegen. Die Originalität seiner Frisur stand offenbar in diametralem Gegensatz zu seinem Repertoire an Anmachsprüchen. Himmel, diese Deutschen waren aber auch wirklich phantasielos und begriffsstutzig obendrein. Merkte er denn nicht, dass jede Silbe seiner ebenso kunstvoll formulierten wie wohlüberlegten Sätze an mich verschwendet war?

»Ganz sicher nicht«, gab ich kurz angebunden zurück, kramte demonstrativ in meiner wie immer übervollen Tasche nach meinem Handy und fing an, eine SMS an Vale zu tippen.

Mein Gegenüber, einmal mutig geworden, ließ jedoch so schnell nicht locker und startete einen neuen Versuch. »Wie machst du eigentlich Apfelmus?«

Mir wäre fast das Handy aus der Hand gefallen, und

ich starrte ihn an, als hätte er mich gerade gefragt, ob ich ihm meine BH-Größe nennen könne. »Was?«, sagte ich nur, den Blick auf seinen Dreitagebart gerichtet, damit ich ihm ja nicht in die Augen sehen musste.

»Na, Apfelmus. Das gibt's doch heute zum Kaiserschmarrn.« Er deutete zaghaft die Treppe empor, wo das Essen mit Schwung serviert wurde.

»Äh, gar nicht.«

»Ach so.«

Ich schwieg und tippte einfach weiter.

»Na dann …« Damit drehte er sich um und stürmte mit hochrotem Kopf die Treppe hinauf, wobei er sich an einigen Wartenden vorbeidrängelte. Die empörten Rufe ignorierend, schnappte er sich ein Tablett und zog mit seinem Kaiserschmarrn von dannen.

Kurz darauf war ich an der Reihe und untersuchte erst mal das Tablett, das ich aus dem Stapel zog, auf Essensreste von der Mahlzeit meines Vorgängers. Nachdem ich es als verwendbar eingestuft hatte, klatschte mir die Angestellte eine Schöpfkelle Apfelmus und eine Miniportion Kaiserschmarrn in die Kuhlen des Tabletts. Offenbar war der Andrang größer als erwartet, und sie musste haushalten. Dann deutete sie mit einem unwirschen Winken an, dass ich mich hier keine Sekunde länger als nötig aufzuhalten hätte, und ich beschloss, der Aufforderung um des lieben Friedens willen unverzüglich Folge zu leisten.

An der Kasse hielt ich routiniert und lässig mein Portemonnaie auf das Lesegerät. Otto hatte mir mal wieder seine Legic-Karte geliehen, auf der angeblich noch genügend Guthaben war, außerdem wusste ich inzwischen, wie die Chose funktionierte. Von wegen: Es geschah nichts. Eigentlich hätte der Preis für den Kaiserschmarrn einfach abgebucht werden müssen, doch der Piepton für die erfolgte Transaktion ließ auf sich warten. Leicht nervös startete ich einen zweiten Versuch. Wieder nichts. Hektisch öffnete ich meine Geldbörse, als mir einfiel, dass ich die Karte einfach in meine Handtasche geworfen hatte. Mit hochrotem Kopf fing ich an, in der riesigen Tasche zu wühlen. Meine Güte, was war da bloß alles drin? Kein Wunder, dass mir ständig die Schultern weh taten. Wieso schleppte ich eigentlich seit Wochen den Schlüsselbund für die Wohnung in Riccione mit mir herum? Die riesige Dose Haarspray, die die halbe Tasche einnahm, war auch schon seit letztem Dienstag leer. Zwischen Wimperntusche, Tempos, Handy, Heftpflaster, Ersatzunterhose (ich ging nie ohne aus dem Haus), einer Notration Gummibärchen, Taschenlampe, Notfalldecke, Minideo, diversen Kugelschreibern, Kondomen (man kann nie wissen), Kaugummis, meinem Adressbuch, Lippenstift, Lipgloss, Lippenkonturenstift, Kajalstift, zwei Haarbürsten (wieso eigentlich zwei?), Tesafilm, Nähset, Tränengas, Handcreme und Taschenmesser fand ich die Legic-Karte – nicht.

Madonna mia, Otto würde mir den Hals umdrehen.

In der Schlange hinter mir wurden die ersten Unmutsäußerungen laut, und auch die Dame in dem weißen Kittel hinter der Kasse hatte zunehmend Mühe, ihre Gesichtszüge unter Kontrolle zu behalten. Ich wäre am liebsten einfach nur im Erdboden versunken, doch wie immer, wenn Holland in Not war, wollte sich der dämliche Spalt einfach nicht auftun. Da fiel mir ein, dass ich vorhin auf der Treppe hektisch mein Handy hervorgekramt hatte, um dem seltsamen Anmachversuch von Herrn Ganz Originell zu entkommen. Vielleicht war die Karte ja dabei herausgefallen? Ich ließ mein Tablett einfach stehen und drängte mich durch die hungrige Meute hinter mir.

»He!«, rief die Kassiererin, »Sie müssen noch bezahlen.«

Ich ließ sie rufen und kämpfte mich Stufe um Stufe nach unten, den Blick auf den Boden gerichtet. Und siehe da: Zwischen Turnschuhen, Sandalen, High Heels und Chucks entdeckte ich die vermisste Karte. Erleichtert ging ich in die Hocke, um sie aufzuheben, und stürmte die Treppe wieder hoch. Mein Tablett mit dem Kaiserschmarrn stand noch an Ort und Stelle, vermutlich inzwischen lauwarm. Am liebsten hätte ich mir einfach einen neuen geben lassen, aber das traute ich mich nicht. Kurz überlegte ich, ob ich theatralisch stolpern und das Tablett dabei fallen lassen sollte, um mir eine neue Portion zu erschleichen, doch dann entschied ich mich für einen stilvollen Abgang. Nachdem ich mir noch in aller Ruhe eine Serviette und Besteck aus dem bereitstehenden Wagen genommen und den drei Meckersäcken hinter mir so freundlich wie eben möglich klargemacht hatte, dass ich mich keineswegs noch mal ganz unten anstellen, sondern jetzt einfach nur bezahlen und dann endlich essen wollte, suchte ich nach den anderen. Zum Glück entdeckte ich die drei gleich und ließ mich mit einem tiefen Seufzen auf den letzten freien Stuhl fallen.

»Was ist los?«, fragte Beate. »Du bist ja total gestresst.«

Elin grinste. »Hast du wieder deinen italienischen Charme versprüht und dich mit der Küchenhilfe angelegt?«, feixte sie. Offenbar kannte sie mich inzwischen besser als ich sie.

»Ihr glaubt ja nicht, was mir eben passiert ist«, fing ich an. Dann erzählte ich ihnen mein peinliches Erlebnis mit der Legic-Karte in allen Einzelheiten, nicht ohne darauf hinzuweisen, dass der Lockenkopf auf der Treppe der Grund allen Übels war. Dabei schmückte ich, klassisch italienisch, die Geschichte noch ein bisschen aus, indem ich mich über den Flirtkünstler so richtig schön lustig machte. Ich war gerade voll in Fahrt und bei der idiotischen Frage nach dem Apfelmusrezept angelangt, da blickte ich kurz von meinem inzwischen eiskalten Kaiserschmarrn auf.

Mit vor Schreck geweiteten Augen starrte ich direkt in ein Gesicht. Ein Gesicht, das vermutlich genauso entsetzt aussah wie meines. Der Blickkontakt dauerte gefühlte drei Stunden, dabei waren es vermutlich höchstens drei Sekunden – wenn überhaupt. Ich spürte, wie mir die Röte in die Wangen kroch und mich zu versengen drohte. Spürte, wie mir die Gesichtszüge entgleisten. Wie ich anfing zu zittern. Erdboden, tu dich auf, dachte ich zum zweiten Mal an diesem Tag. Aber das hatte vorhin ja auch schon nicht geklappt. *Porca madonna e tutti santi,* wieso hatte ich das nicht vorher gemerkt? Hatte ich denn Apfelmus auf den Augen?

»Was ist?«, fragte Isa amüsiert. »War der Kaiserschmarrn so matschig, dass er dir die Stimmbänder verklebt hat?« Dann stutzte sie und folgte meinem Blick.

Das Gesicht unseres Gegenübers glich einem Ferrari Testarossa, und das Grollen, das aus seiner Kehle drang, entsprach in etwa dem Röhren des Boliden, wenn man im ersten Gang auf achtzig Stundenkilometer beschleunigt.

Beschwichtigend wedelte ich mit beiden Händen und fing an zu stottern: »Das war bloß ein Scherz …«

Zu spät. Wortlos stand er auf und rannte davon, wobei er fast seinen Stuhl umgerissen hätte. Das noch halbvolle Tablett ließ er einfach stehen, offenbar war ihm meine Schilderung auf den Magen geschlagen. Während wir ihm nachsahen, machte es bei Elin plötzlich klick, und sie brach in schallendes Gelächter aus.

»Das war doch nicht etwa …«, begann sie.

Sie brauchte den Satz nicht zu vollenden. »Doch«, sagte ich nur, stand ebenfalls auf und sah zu, dass ich mich in die nächstbeste fettnäpfchenfreie Zone rettete – wo immer die auch sein mochte.

6.

»Gioca con me«

Wieder zu Hause, in den schützenden Wänden meines Zimmers, telefonierte ich erst mal mit Valeria und ließ mich von ihr trösten. Ich hätte glatt den schicken neuen Femme-Rouge-Lippenstift von Hourglass, den ich mir erst neulich bei Hautnah von Ludwig Beck gekauft hatte, dafür gegeben, wenn sie nur bei mir gewesen wäre. Doch leider war sie in der Agentur und konnte nur schnell auf eine Zigarette nach draußen gehen, um kurz mit mir zu reden.

Am liebsten hätte ich mich in den nächstbesten Zug gesetzt und wäre zurück nach Hause gefahren – zu meiner *famiglia*. Ich vermisste sie alle schrecklich, meine *mamma*, die jeder noch so aussichtslosen Situation etwas Positives abzugewinnen vermochte, *babbo*, der für alles eine Lösung wusste und mir bisher noch jedes Mal den Hintern gerettet hatte, und erst recht meine *nonna*, die alle Sorgen und Nöte einfach wegkochte. Selbst die nervigen Zwillinge und ihre ständigen Streitereien fehlten mir.

In der WG war es immer so still, oft waren die Türen der Zimmer zu, und jeder machte so sein Ding. Bei Friedrich war ich um jedes Zusammentreffen froh, das um Haaresbreite nicht stattfand, und ging ihm oft genug sogar bewusst aus dem Weg. Aber auch die M&Ms sah ich manchmal tagelang nicht, und wenn, dann oft nur zwischen Tür und Angel. Sie waren wirklich sehr nett, aber mit ihrem Blumenladen und sonstigen Aktivitäten extrem eingespannt und kaum zu Hause. Ein jeder hatte eben genug mit sich zu tun und scherte sich nicht weiter um die anderen. Zwar hatte ich mich anfangs sehr über die Unkompliziertheit von Marcus und Mike gefreut, der ich letztlich auch Jans Zimmer und diese schicke WG zu verdanken hatte, doch nun hatte ich an der Kehrseite der Medaille ordentlich zu knabbern.

Gemeinschaftssinn gab es hier nicht, da musste ich schon rüber zu Isabelle, Beate und Otto gehen. Dort war's zwar unordentlich, chaotisch und vor allem dreckig – der Putzplan, den Isabelle irgendwann mal aufgestellt hatte, hing, glaub ich, nur zur Deko im Flur –, aber dafür menschelte es nebenan. Die drei saßen oft noch abends zwischen dreckigen Geschirrstapeln und überquellenden Mülleimern in der Küche zusammen, wo die vielen leeren Flaschen Augustiner Edelstoff und der übervolle Aschenbecher von den hitzigen nächtlichen Diskussionen zeugten. Vielleicht wirkt sich Ordnung ja negativ auf Eigenschaften wie Mitgefühl, Anteilnahme, Wärme und damit auf das gesamte Seelenleben aus?, überlegte ich. Denn so schön und perfekt dagegen unsere Wohnung eingerichtet war, so steril und kalt war sie auch. Kalt, steril und leblos.

Wie lebendig ging es dagegen bei uns zu Hause in Riccione zu. Da war immer was los, ständig hockten alle aufeinander, jeder kümmerte sich mehr um die Belange der anderen als um die eigenen, und zweimal am Tag saß die komplette Familie beim Essen zusammen, damit alle schön gepflegt durcheinanderreden konnten. Sosehr mich all das und vor allem die Fürsorge meiner Eltern immer gestört hatten, so sehr wünschte ich mir nun ihre Aufmerksamkeit, ihren Schutz und ihren Rat – auch wenn ich in Italien selbst für Geld nicht gemacht hätte, was sie mir sagten.

Hätte es doch bloß mit *zia* Ivana und *zio* Fabio in Berlin geklappt, ich wollte ja von Anfang an nicht in dieses München, schimpfte ich stumm vor mich hin. Mein Blick fiel auf die Postkarte, die ich letzte Woche aus einer Kneipe mitgenommen und über dem Schreibtisch aufgehängt hatte. »München ist immer noch besser als Stuttgart«, stand schwarz auf orange darauf. Wenn das stimmte, wollte ich lieber mal nicht wissen, wie es den armen Leuten in Stuttgart erging. Toller Trost, dachte ich und holte ein neues Päckchen Taschentücher aus dem Schrank, um mir kräftig die Nase zu schnäuzen und die trüben Gedanken gleich mit im Papierkorb zu entsorgen. Zwar konnte ich danach, mal abgesehen von meiner leichten Erkältung, wieder frei atmen, doch das mit den trüben Gedanken sollte ein frommer Wunsch bleiben.

Bei Berlin musste ich sofort auch wieder an Ben denken, diesen miesen verheirateten Finanzjongleur, der ganz offenbar nicht nur mit dem Geld anderer Leute, sondern auch mit Frauenherzen sehr leichtfertig umging. Er gab einfach nicht auf und versuchte mich immer wieder zu erreichen, doch ich hatte keine Lust auf neue billige Ausreden von der Stange und ignorierte seine Anrufe.

»Ach Ben«, seufzte ich. »Wenn du doch bloß nicht so ein Riesenarschloch wärst.«

Die winzige Spur Wehmut, die sich in meine Gedanken mischte, ließ mir sofort die Tränen in die Augen steigen. Ich fühlte mich hundeelend, und zu allem Übel schlich sich, als ich kurz zur Toilette ging, auch noch das dicke Katzentier in mein Zimmer und versteckte sich wohl zum x-ten Mal hinterm Kleiderschrank. Es war, als würde meine Abneigung Joe Kugel geradezu magnetisch anziehen, oder hatte Friedrich ihm etwa einen Chip eingebaut? Jedenfalls hatte ich nicht die Kraft, ihn wieder aus dem Zimmer zu verscheuchen, und ergab mich in mein Schicksal – samt Katze. Das Leben im kalten Deutschland ersparte mir echt gar nichts.

So hatte ich mir die große, weite Welt nicht vorgestellt. In meinen Träumen war ich in München von einer Party zur nächsten gestolpert, hatte viele nette Leute kennengelernt, das Nachtleben in vollen Zügen genossen, die deutschen Jungs an der Nase herumgeführt und nebenbei ein bisschen studiert – wenn mir danach war. Stattdessen fanden die coolen Partys ohne mich statt, mein Nachtleben verbrachte ich auf Jans Kopfkissen, und die deutschen Jungs benutzten mich als Spielball. Na ja, zumindest das mit den netten Leuten hatte doch schon ganz gut geklappt. Elin, Isabelle und Beate mochte ich wirklich gern, und auch Otto war ein richtig lieber Kerl.

Ich kramte in der Schreibtischschublade nach den Heimwehpillen, die er mir letztens als Nachtisch zum Risotto mitgebracht und die ich – *che vergogna!* – erst am Tag danach entdeckt hatte. Die Pfefferminzpastillen mit Schokogeschmack waren wirklich super lecker und auch der Zettel, den Otto dazu geschrieben hatte, war echt süß: »Für Angela – als vorbeugende Maßnahme. Nicht dass du zu deiner Erkältung auch noch an Heimweh erkrankst. Gute Besserung!«

Otto war echt ein Schatz, er konnte nicht nur gut kochen, sondern hatte auch immer ein offenes Ohr für die Probleme anderer, war obendrein hilfsbereit, witzig, intelligent, und als hässlich konnte man ihn auch nicht gerade bezeichnen, nur irgendwie war er viel zu … nett. Harmlos. Wie ein großer Bruder.

Wenn ich mich doch nur in Otto verliebt hätte anstatt in Ben, dachte ich. Ich konnte mir ja auch nicht erklären, warum ich eher auf Arschlochtypen wie Ben stand als auf nette Jungs wie meinen Nachbarn. Ich seufzte. So sind wir Frauen nun mal: total schizophren!

»Jetzt aber Schluss mit diesen trübsinnigen Gedanken«, sagte ich laut und erschrak, weil ich schon wieder Selbstgespräche führte. Das muss an dem Wetter hier liegen, sagte ich mir und stand mit Schwung auf. Jeden Tag mit einem Lächeln beginnen, ermahnte ich mich und übte sicherheitshalber ein paar Grimassen vor dem kleinen Spiegel, der gleich neben dem Bett hing. Nur damit ich morgen früh wusste, wie das Ganze auszusehen hatte, und ich ab sofort nur noch Glück und Freude erntete, statt immer nur Chaos zu säen.

Ich beschloss, ein paar Entspannungsübungen zu machen, um mich auf andere Gedanken zu bringen, und obwohl mein inneres Gleichgewicht in den letzten Wochen erheblich zu kurz gekommen war, klappte es nicht ganz so schlecht wie befürchtet. Ich war durchaus mit mir und dem Ergebnis zufrieden, schließlich war ich nicht der Dalai Lama und musste meinem Ruf als Ikone der Gelassenheit in jeder Lebenslage gerecht werden.

Danach legte ich mich noch in die Badewanne und gönnte meinem Körper eine Rundumerneuerung. Dass ich deshalb leider das Bad für knapp zweieinhalb Stunden blockieren musste, focht mich nicht weiter an. Friedrich, der in immer kürzeren Abständen an die Tür klopfte und ebenfalls Bedarf an Körperpflege anmeldete, musste eben warten. Als ich das Bad verließ, achtete ich sorgsam darauf, dass noch genügend Haare im Abflusssieb und nasse Fußtapser auf den teuren Fliesen zurückblieben, damit er sein schlechtes Bild von mir nicht überraschend korrigieren musste.

Danach rief ich bei meinen Eltern an und quatschte ausgelassen mit Laura und Paola, bis *babbo* ihnen nach fünf unbeachtet gelassenen Ermahnungen das Telefon wegnahm und unserer fröhlichen Dreierrunde ein unfröhliches Ende bereitete. Zum Glück wollte er weder Signor Colluti sprechen noch stellte er mir sonst irgendwelche unangenehmen Fragen, ehe er den Hörer kurz an *mamma* weitergab, die mir binnen einer Minute den kompletten Dorfklatsch berichtete, nicht ohne vorwurfsvoll anzumerken, dass ich wieder mal gar nichts von mir erzählte.

Alles in allem nahm dieser chaotische Tag damit doch noch ein gutes Ende, und ich sank am Abend todmüde ins Bett.

Danach war erst mal Wochenende, und ich beratschlagte mit Elin am Telefon, wann und wo wir um die Häuser ziehen wollten. Wir wollten am Freitag ins Kino und am Samstag in einen von diesen neuen Clubs gehen, die überall in der Innenstadt wie Pilze aus dem Boden schossen.

»Ich hab da von einem total coolen neuen Laden gehört, der soll besser sein als das P 1«, schwärmte sie. »Da kommt man allerdings nur mit Fingerabdruck rein.«

»Was?«, entfuhr es mir. »Das ist ja wie bei der Einreise in die USA!« Das Telefon, das ich zwischen Kinn und Schulter geklemmt hatte, um mir nebenbei die Fingernägel zu lackieren, rutschte bedenklich weit nach hinten. Zum Glück bekam ich es in letzter Sekunde noch zu fassen.

»Hallo, bist du noch dran?« Elin klang besorgt.

»Ja, alles klar. Und wie geht das? Da haben wir doch gar keine Chance. Oder steht da der Türsteher mit 'nem Scanner auf der Straße und sucht sich die Leute raus, die ihre Finger dann da draufhalten dürfen?«

Sie lachte. »Nein, nein. Lass mich mal machen, das klappt schon«, sagte sie fröhlich und verabschiedete sich.

Es klappte tatsächlich, denn zum Glück ist München, das sich zwar »Großstadt« nennt, letztlich nur ein Dorf, in dem so gut wie jeder jeden kennt. Und so kannten wir jemanden, der von jemandem wusste, der jemanden getroffen hatte, der öfter dort hinging, der uns mit reinnahm. Ich kam mir vor wie in Italien, wo das gesamte Leben nach diesem Prinzip funktioniert, und auf einmal bekam die Stadt sogar sympathische Züge. Zwar hatten die meisten Gäste in dem total hippen Club wieder mal nichts anderes zu tun, als herumzustehen und dabei möglichst gut auszusehen, aber das war vielleicht auch besser so. Der deutsche Hüftschwung ist ja bekanntlich eher weniger sehenswert und rangiert auf der Liste der Hottest Sexy Movements eher auf den fünfstelligen Rängen. Elin und ich tanzten jedenfalls die halbe Nacht durch, tranken die Cocktailkarte einmal rauf und runter, und ich hatte endlich mal wieder so richtig Spaß – wie früher mit Vale. Vielleicht war München ja tatsächlich nicht nur besser als Stuttgart, sondern grundsätzlich gar nicht so schlecht …

Entsprechend gutgelaunt und motiviert war ich nach dem gelungenen Wochenende, als ich am Montagmorgen in der Uni an die Bürotür des Professors für Literaturwissenschaften klopfte, in dessen Seminar ich unbedingt noch reinwollte.

Auf das freundliche »Herein« hin öffnete ich schwungvoll die Tür, um den sympathischen grauhaarigen Mittfünfziger mit einem echt bayerisch-italienischen »Grüß Gott« für mich einzunehmen. Ich hatte mich heute früh besonders sorgfältig geschminkt und mich trotz des regnerischen Wetters für einen Rock und hochhackige Stiefel entschieden, damit ich mir hinterher nicht vorwerfen konnte, ich hätte nicht alles versucht.

Doch so weit kam ich gar nicht, denn mitten in der Bewegung blieb mein Blick an dem dunklen Lockenkopf hängen, der über einen Berg Bücher gebeugt an einem alten Holzschreibtisch saß und »Moment bitte« murmelte. Das Blut gefror mir in den Adern, als ich mitten in der Bewegung innehielt und verzweifelt innerhalb von Sekundenbruchteilen einen Fluchtplan auszuarbeiten versuchte, woran ich kläglich scheiterte. Diese Locken hatte ich schon mal gesehen. Vor nicht allzu langer Zeit. An einem Ort, mit dem ich nicht nur positive Erinnerungen verband. Oje, durchzuckte es mich, das Vogelnest.

Da blickte er auch schon auf, und das »Guten Morgen«, das er auf den Lippen hatte, blieb ihm deutlich sichtbar im Halse stecken. Denn auch er hatte mich sofort erkannt. Wer von uns beiden den Wettbewerb mit dem Titel »Wer hat die schönste Paprikaschote auf dem Hals sitzen?« am Ende gewann, vermochte ich nicht zu sagen, jedenfalls war der Verlegenheitsquotient auf beiden Seiten in etwa gleich hoch.

»Es … tut … mir … leid«, wagte ich den ersten Schritt. »Ich hab mich in der Mensa wie eine Idiotin benommen, bitte entschuldige.« Nervös trat ich von einem Fuß auf den anderen und spähte in Richtung der hinteren Tür des Vorzimmers, wo ich den Professor vermutete.

»Er ist nicht da«, sagte mein Gegenüber nur knapp,

anstatt auf meine Abbitte einzugehen »Kann ich Ihnen vielleicht weiterhelfen?«

Jetzt siezte mich der Kerl auch noch. *Mamma mia,* war das alles peinlich. »Ich wollte eigentlich den Professor sprechen, wegen der Einführung … Aber wenn er nicht da ist, komme ich lieber noch mal wieder.«

»Worum geht's denn genau?« Immerhin schaute er mich nun nicht mehr ganz so grimmig an.

»Na ja«, ich fing an rumzueiern und spielte mit meinen Haaren, »ich wollte fragen …« Wenn ich ihm jetzt sagte, dass ich mich nachträglich auf die Liste schummeln wollte, hatte er mich in der Hand. Dann konnte ich das Seminar gleich abschreiben.

»Möchten Sie sich nachträglich auf die Liste setzen lassen?«, fragte er.

Ertappt!

Ich nickte bloß und wagte es nicht, ihn anzusehen. Wahrscheinlich wuchsen mir vor Verlegenheit schon Gänseblümchen aus den Ohren.

Offensichtlich durchdrang mein gequälter Gesichtsausdruck den harten Kern um sein weiches Herz, denn nach einer langen, nicht enden wollenden Pause sagte er allen Ernstes mit einem keineswegs ironischen Lächeln: »Okay, das lässt sich machen.«

»Was? *Grazie!*« Ich war völlig aus dem Häuschen und wäre ihm am liebsten spontan um den Hals gefallen, konnte mich jedoch gerade noch beherrschen.

»Aber nur, wenn du mir noch verrätst, wie du Apfelmus machst. Ich bin übrigens Rainer.«

»Angela.« Nun musste auch ich grinsen. Nachtragend war er offenbar nicht, und dafür war ich ihm sehr dankbar. Ich an seiner Stelle hätte mir garantiert was gehustet. Mir fiel ein Stein, ach was, eine komplette Felswand vom Herzen, als er auf den freien Holzstuhl vor seinem Schreibtisch deutete und ich mich gefühlte fünf Tonnen leichter darauf sinken ließ. »Gar nicht. Apfelmus kennen wir in Italien nämlich nicht«, schob ich die gewünschte Erklärung noch hinterher.

Den Kaffee, den er mir daraufhin spontan anbot, nahm ich gerne an, und wir hatten schnell ein gemeinsames Gesprächsthema gefunden, nachdem wir einmal festgestellt hatten, dass wir beide große Anhänger von Amedeo Modigliani waren und uns bei der Werksausstellung im Vittoriano in Rom im letzten Jahr zumindest theoretisch über den Weg hätten laufen können. Als ich eine halbe Stunde später den langen Flur auf dem Weg zum nächsten Seminar entlangging, hätte ich tanzen können vor Freude und Erleichterung. Und ich war erstaunt darüber, dass sich der vermeintliche Tollpatsch als nett entpuppt hatte. Vielleicht sollte ich die Menschen doch nicht immer gleich in den ersten fünf Minuten aburteilen, überlegte ich, als ich den Raum betrat und Elin freudig zuwinkte, die schon auf mich wartete und mir wie so oft einen Platz frei gehalten hatte.

Am Abend klingelte ich in der Nachbar-WG, eine Flasche Prosecco und meine letzte Packung *Baci di Dama* unterm Arm. Ich hütete meine italienischen Schätze wie einen Augapfel, vor allem das Olivenöl von meiner *nonna* und meine Lieblingskekse, und war dementsprechend furchtbar stolz, dass sie so lange gehalten hatten. Normalerweise konnte ich den Dingern keine Stunde widerstehen, wenn ich wusste, dass sie im Schrank auf mich warteten. Mürbeteig macht per se süchtig, und die Schokocreme zwischen den beiden runden Kekshälften lässt mich jedes Mal vollends die Fassung verlieren. So was Leckeres gehört glatt verboten, allein aus figurtechnischen Gründen. Oder gibt es etwa auch Menschen, die davon nicht dick werden?

Otto bestimmt, der mir im nächsten Moment in einem engen schwarzen T-Shirt öffnete und meinen anerkennenden Blick auf seine Brustmuskeln sichtlich irritiert zur Kenntnis nahm.

»Ciao«, sagte ich, bevor die Situation peinlich werden konnte. »Ich hab dir was mitgebracht. Wie wär's mit 'nem Gläschen?« Ich hielt die Proseccoflasche auffordernd in die Höhe.

»Gerne«, sagte er und küsste mich zur Begrüßung auf die Wangen. »Ich koche gerade Risotto. Magst du vielleicht mitessen?«

»Oh, ganz was Neues«, erwiderte ich keck und schob mich an ihm vorbei in die Wohnung. »Ich bin dabei.«

Risotto mit Zucchini und Salsiccia

– für 2 Personen –

Zutaten

1 kleine Zwiebel
700 ml Wasser
2–3 EL Gemüsebrühe
2 EL Olivenöl extravergine
2 kleine Zucchini
150 g italienische Salsiccia
140 g Risottoreis
50 ml Schlagsahne
½ Tütchen Safranfäden

Salz
Pfeffer
1 EL Butter
glatte Petersilie

Zubereitung
Das Wasser zum Kochen bringen und die Gemüsebrühe einrühren. Die Zwiebel schälen, in feine Würfel schneiden und in dem vorher erhitzten Olivenöl in einem breiten Topf andünsten. Risottoreis dazugeben, glasig dünsten und anschließend mit einem Schöpflöffel von der vorbereiteten Brühe ablöschen. Sobald die Flüssigkeit eingekocht ist, jeweils so viel von der Brühe nachgießen, bis der Reis gerade eben bedeckt ist. Unter stetigem Rühren gut 20 bis 25 Minuten kochen und dabei immer wieder Brühe nachgießen. Zwischendurch die Zucchini waschen, putzen und in dünne Scheiben sowie die Salsiccia in fingerbreite Stücke schneiden. Beides in einer Pfanne in etwas Olivenöl von allen Seiten anbraten und warm stellen. Die Petersilie feinhacken, den Safran in etwas Brühe einrühren und gut vermischen.

Wenn der Reis noch leichten Biss hat, mit Salz und Pfeffer abschmecken, die Safranbrühe und die Sahne dazugeben. Anschließend Zucchini und Salsiccia unterheben. Sobald die restliche Flüssigkeit verdampft ist, auf Tellern anrichten und reichlich mit der Petersilie bestreuen.

Beate und Isabelle waren mit Freunden unterwegs. Ich wunderte mich, dass Otto für sich alleine kochte, aber mir sollte es recht sein, denn als ich in die Küche kam, in der es wieder mal aussah wie auf einem Schlachtfeld, duftete es verführerisch nach Salsiccia.

Kurz darauf hatten wir jeder zwei Portionen Risotto verdrückt und fast die ganze Flasche Prosecco geleert. Ich war davon total betüdelt und hätte meinen schüchternen Nachbarn am liebsten ein bisschen auf die Flirtprobe gestellt, doch das Gespräch lief in eine Richtung, die mir ganz und gar nicht behagte.

»Sag mal«, meinte Otto, und eine kritische Falte bildete sich zwischen seinen Augenbrauen. »Wer ist eigentlich dieser seltsame Signor Colluti?«, fragte er und bohrte zielsicher in einem von meinen wunden Punkten. »Beate hat mir da neulich etwas erzählt, und ich werde nicht ganz schlau daraus.«

Da meine Eltern sich mit meinen lapidaren Ausreden zufriedengegeben oder ihre ständigen Nachfragen aus sonstigen Gründen eingestellt hatten, war der alte Herr fast völlig aus meinem Gedächtnis verschwunden. Wie ausradiert sozusagen. Ich war Otto nicht gerade dankbar dafür, dass er das Thema aus den Tiefen meines Unterbewusstseins wieder hervorholte.

»Wie war eigentlich dein Tag heute? Läuft's gut beim Maschinenbauen?«, fragte ich. Zugegeben, der Satz zählte nicht zu meinen klügsten Äußerungen, aber auf die Schnelle wollte mir partout kein besseres Ablenkungsmanöver einfallen. Wieso interessierte Otto sich überhaupt dafür? Es war doch alles in Ordnung, solange *babbo* Ruhe gab. Noch während ich den Satz dachte, wusste ich jedoch, dass es nur die halbe Wahrheit war.

Er nahm den Espressokocher vom Herd, schenkte mir unaufgefordert einen Kaffee ein und sah mich abwartend an.

»Otto, *per favore*«, sagte ich, halb quengelnd, halb lockend, und legte die Handflächen aneinander, um sie demonstrativ zu schütteln. »Bitte! Können wir von was anderem reden?«

»Wo ist das Problem?«, hakte er nach. »Warum zierst du dich so? Ist irgendetwas nicht in Ordnung?«

»Okay.« Ich kapitulierte und erzählte ihm von meiner Ankunft in München, von dem furchteinflößenden Mafioso am Bahnhof, von meinem Besuch bei dem alten Herrn in der miefigen Wohnung und davon, dass meine Eltern immer noch davon ausgingen, dass ich bei ihm wohnte.

Otto hätte fast seinen Kaffee wieder ausgespuckt und sah mich entsetzt an. »Wie jetzt? Die denken, du wohnst bei dem? Dann zahlen sie doch sicher auch noch Miete an ihn! Willst du damit etwa sagen, dass der alte Sack seit vier Monaten die Kohle einstreicht, ohne dass du auch nur einen Tag bei ihm gelebt hast? Das ist doch wohl nicht dein Ernst?«

Was hatte er denn? Das war doch nicht mein Geld. Und wenn meine Eltern mich dafür in Sicherheit wähnten, war es mir den Preis wert. Schließlich hätte die Hölle gebrannt, wenn meine Mutter gewusst hätte … Egal, das ging Otto doch gar nichts an. Das war meine Sache.

Genau das sagte ich ihm auch. »Halt dich gefälligst da raus, ich komme schon klar.«

Diesmal ließ er sich von meiner hochnäsigen Miene und dem schnippischen Tonfall jedoch nicht beeindrucken. »Willst du dem Kerl das Geld etwa schenken? Das ist doch auch deinen Eltern gegenüber nicht fair. Du musst dich darum kümmern, Angela. Dringend! Er muss dir die Kohle zurückgeben.«

»Vielen Dank auch für das schlechte Gewissen«, begehrte ich auf.

»Bitte, das macht dann vier Euro fünfzig.« Er grinste.

Er hatte ja recht, aber: Musste das sein? Ich wusste genau, wenn ich diese Angelegenheit noch länger vor mir herschob, würde sie irgendwann hochgehen wie eine Zeitbombe. Ich hatte schon viel zu lange Glück gehabt, dass meine Aktion nicht aufgefallen war, und weil das Ganze schon so lange gutging, war es auf meiner Prioritätenliste eben auf die hinteren Ränge abgerutscht.

Ich übe mich nicht selten darin, Probleme durch konsequentes Aussitzen aus der Welt zu schaffen, und habe mich bisher von der geringen Erfolgsquote auch noch nicht eines Besseren belehren lassen. Doch wer tut schon immerzu brav das, was er dringend tun sollte? Die Deutschen vielleicht, aber ich ganz bestimmt nicht. Unter Druck verfalle ich grundsätzlich erst einmal in Angststarre, und das Wörtchen »müssen« löst in mir einen allergischen Schock aus, dem nicht mal mit Hypersensibilisierung oder hochdosierten Cortisongaben beizukommen ist.

Da ich nichts weiter gesagt hatte, fügte er noch schnell hinzu: »Wenn du willst, komme ich mit und unterstütze dich.« Das war wieder ganz der Otto, den ich kannte, auch wenn er mich gerade ein bisschen zu besorgt musterte.

»Danke, das schaffe ich schon. Ich werde Signor Colluti nächste Woche kurz besuchen. Mal sehen, was er meint.«

»Wie bist du überhaupt mit Jan verblieben?«, fragte er weiter nach, als hätte er mich noch nicht genug gequält. »Musst du für das Zimmer denn nichts zahlen?«

Was war denn mit dem heute los? War heute der Tag der Altruisten? Oder arbeitete Otto da irgendeinen Vater- oder Großer-Bruder-Komplex an mir ab? Erbost legte ich die Fingerspitzen aneinander und schüttelte die Hand, dass meine Bettelarmbänder nur so klirrten. *»Ma che vuoi?«*, brauste ich auf. »Was willst du von mir? Ich bin alt genug und kann mich alleine um meinen Kram kümmern.«

Kaum gesagt, tat's mir auch schon wieder leid, weil ich wusste, dass er es im Grunde nur gut meinte. Aber wie sagen die Deutschen immer so schön? Gut gemeint ist noch lange nicht gut gemacht. Da ist was dran!

»Nein, bisher zahle ich nichts«, schob ich in deutlich versöhnlicherem Tonfall hinterher. »Jan wollte vorbeikommen und alles mit mir bereden, aber er hat sich noch nicht wieder gemeldet. Ehrlich gesagt war ich einfach nur froh und hab mich nicht weiter darum gekümmert.«

Da klingelte mein Handy, ich stand schnell auf und angelte in der Hosentasche meiner DKNY-Jeans danach. Nachdem ich mit einem erschrockenen Blick aufs Display festgestellt hatte, dass es Ben war, drückte ich das Gespräch weg. Verlegen lächelte ich Otto an, während ich das Telefon wieder verschwinden ließ. Je lockerer ich wirken wollte, desto verkrampfter wurde ich auf einmal, und als er mich fragend ansah, war's mit meiner Beherrschung vorbei, und mir traten Tränen in die Augen.

Ich hatte mich noch nicht wieder hingesetzt, da ertönte noch einmal die Titelmelodie von Diabolik, meiner Lieblingsserie im italienischen Fernsehen.

»Willst du denn nicht rangehen?«, fragte Otto.

Ich schüttelte nur stumm den Kopf und versuchte, die Tränen wegzublinzeln, ohne dass die Wimperntusche komplett verlief. Ich sah sicher ohnehin schon schlimm genug aus. »Danke für das leckere Essen«, sagte ich und wandte mich zum Gehen.

Otto sprang ebenfalls von seinem Stuhl auf und stand

auf einmal so dicht vor mir, dass mir ganz schwindlig wurde. Er roch nach Le Male von Gaultier, nach Sicherheit und nach Geborgenheit, und am liebsten hätte ich mich einfach gegen ihn sinken lassen. Etwa eine halbe Minute lang blieben wir so stehen, ohne etwas zu sagen oder zu tun, dann griff ich nach der Türklinke.

»Was ist denn los?«, fragte Otto. »Ist was Schlimmes passiert?«

»Nein – doch. Ach, die Sache ist kompliziert«, sagte ich ausweichend.

Sanft fasste er mich an den Schultern und drückte mich auf den Küchenstuhl zurück, ehe er mir einen doppelten Grappa einschenkte. Als mein Handy zum dritten Mal klingelte, nahm er es mir einfach aus der Hand und schaltete es aus, ehe er es mir zurückgab. »Erzähl«, sagte er und hielt mir das Schnapsglas hin.

Anfangs wollte ich nicht, aber dann sprudelte die ganze Geschichte mit Ben nur so aus mir heraus. Ich redete und weinte und weinte und redete, und Otto saß die ganze Zeit über da, hörte mir zu, streichelte mir über den Arm und reichte mir neue Taschentücher. Es tat so unendlich gut, dass er mich einfach erzählen ließ, ohne die Ereignisse zu kommentieren oder mir irgendwelche Ratschläge zu geben, und ich war sehr froh, ihn als Freund zu haben.

Nachdem ich geendet hatte, saßen wir noch eine ganze Weile stumm da, ein jeder in seine Gedanken versunken. Dann nahm er mich ganz vorsichtig in den Arm, so als wäre er nicht sicher, ob ich das überhaupt wollte, und sagte: »Komm, geh rüber und leg dich ins Bett. Morgen kannst du wieder lachen.«

»Danke«, sagte ich ungewohnt kleinlaut, stand auf und ging in den Flur. Vor der Tür hauchte ich ihm einen

Kuss auf die Wange. »*Grazie mille,* du bist ein toller Mensch«, sagte ich.

Den sehnsuchtsvollen Blick, den er mir dabei zuwarf, bemerkte ich nicht.

Er öffnete mir die Tür, und nachdem ich auf den Lichtschalter im Treppenhaus gedrückt hatte, drehte ich mich noch mal zu ihm um. »*Buona notte,* schlaf gut.« Da bemerkte ich, dass er völlig entgeistert an mir vorbeistarrte und die Zornesfalte wieder zwischen seine Augenbrauen trat. »Was ist?« Ich drehte mich ebenfalls um und sah …

… Ben.

Er lag zusammengesunken auf der Fußmatte vor unserer WG-Tür, einen riesengroßen Strauß roter Rosen im Arm, und schlief. Entsetzt und entzückt zugleich schlug ich die Hände vors Gesicht und gab einen unterdrückten Laut von mir. Dieser Mistkerl!, dachte ich im ersten Moment. Wie süß!, im zweiten. Im Schlaf wirkte er unschuldig wie ein kleines Kind, und meine Wut auf ihn löste sich augenblicklich in Luft auf.

Da fiel mir ein, dass Otto noch immer hinter mir stehen musste, und ich drehte mich zum ihm um. »Du musst ver…«, setzte ich an, doch als ich feststellte, dass ich gerade mit der geschlossenen Tür redete, verstummte ich. Er musste sie lautlos zugezogen haben. Ich überlegte kurz, ob ich noch mal klingeln und ihm eine Erklärung liefern sollte, doch da schlug Ben die Augen auf und blinzelte mich im grellen Licht der Neonröhre verdattert an.

»Angela!«, rief er und sprang auf die Füße. »Da bist du ja. Seit Tagen …«

»Ich weiß«, antwortete ich nur.

Kaum stand er, ließ er sich schon wieder auf die Knie

fallen und hielt mir den Rosenstrauß entgegen. »Faszinierendste aller Frauen, du musst mich anhören«, flehte er. »Das war alles ein schreckliches Missverständnis. Du …«

»Ach!« Ich verzog spöttisch die Lippen. »Du bist also gar nicht verheiratet und wolltest an dem Abend am See nur mal testen, wie ich darauf reagiere? Toller Scherz!«

»Nein, aber meine Ehe besteht schon seit zwei Jahren nur noch auf dem Papier. Du musst mir glauben, meine Frau und mich verbindet nichts mehr, jeder macht im Grunde sein Ding. Wir reden ja nicht mal mehr miteinander.«

»Aha, und ihr Auto leihst du dir dann ohne Worte, oder wie?« Ich hatte selten etwas Abgedroscheneres gehört. Das klang ja fast wie aus der *Lindenstraße* oder wie diese Fernsehserie hieß, die Beate, seit sie zehn war, sonntags abends wie hypnotisiert verfolgte.

Ben ignorierte meine Frage und sagte stattdessen: »*Bellissima,* bitte gib mir noch eine Chance.«

»Wieso sollte ich?« Nach außen hin blieb ich völlig cool, dabei schlug mir das Herz bis zum Hals – vor Aufregung und weil ich mir gerade vorstellte, dass Otto hinter der Wohnungstür stand und die Show hier gerade live und in Farbe verfolgte.

»Weil du die aufregendste Frau bist, der ich je begegnet bin, und ich mich in dich verliebt habe.«

Bum! Das saß. So etwas hatte schon lange kein Mann mehr zu mir gesagt. Ganz sicher nicht seit meiner Ankunft in Deutschland, und die lag inzwischen mehrere Monate zurück.

Mein Schutzwall geriet ins Wanken. Wenn er mich doch bloß nicht so ansehen würde. Diese grünen Augen machten mich noch ganz verrückt. Und dieses schüchterne Lächeln, das so gar nicht zu ihm passen wollte und ihn zugleich so unendlich sexy aussehen ließ. Wenn heute nicht der Tag der Altruisten war, dann war vielleicht der Tag der Vergebung? Mein Herz erweichte mit jedem Wort, das Ben von sich gab, und schließlich nahm ich ihm den Rosenstrauß ab.

»Okay«, sagte ich so gnädig, wie ich nur konnte. »Eine allerletzte. Lass dir was einfallen und ruf mich an.« Damit schloss ich die Tür auf, und noch ehe er etwas darauf erwidern konnte, war ich in der Wohnung verschwunden und hatte die Tür hinter mir zugeknallt. Ein echt italienischer Abgang.

Was dagegen meinen echt italienischen Stolz betraf, so verschob ich die Suche danach erst mal auf später. Oder vielmehr auf unbestimmte Zeit. Wahrscheinlich hatte ich mein Hirn bei der Einreise nach Deutschland an der Grenze abgegeben, anders konnte ich mir mein Verhalten nicht erklären. Wenn das Beate erfuhr, die würde mir garantiert nie mehr ihre sensationelle Haarkur von Aveda leihen, von der man so wunderbar seidenweiche Haare bekommt.

Kaum in meinem Zimmer, rief ich sofort Vale an, um mich mit ihr zu beraten, und erzählte ihr in allen Einzelheiten, was passiert war.

Sie hörte aufmerksam zu und überlegte kurz, ehe sie antwortete. »Aber lass ihn eine Weile schmoren. Mach dich rar, geh viel mit anderen weg und vertröste ihn ein paarmal hintereinander. Dann merkst du, ob er ernsthaft Interesse an dir hat«, riet sie mir schließlich.

»Meinst du?« Ich war mir nicht sicher, ob das die richtige Strategie war.

»Doch, doch! So läuft der Hase, glaub mir. Außerdem

bist du Italienerin. Du willst erobert werden, *capito*?« Ich sah sie regelrecht gestikulieren am anderen Ende der Leitung.

»Will ich das? Wirklich?«

»*Ma certo!*«, rief sie und zerstreute alle meine Zweifel auf der Stelle. »Na klar! Und wenn er die Rechnung zahlt, wovon wir jetzt einfach mal ausgehen, obwohl er Deutscher ist, dann lass dich von ihm zum Essen ausführen«, sagte sie in ihrer typisch pragmatischen Art. »Such dir das teuerste Restaurant in ganz München aus, mach ihm den ganzen Abend schöne Augen und Hoffnungen, und dann lass ihn einfach stehen. Der kann ruhig ein bisschen bluten.«

»Geht klar«, erwiderte ich und erwärmte mich allmählich für Vales Vorschläge. Auf einmal war auch meine gute Laune wiederhergestellt. »Ich freu mich jetzt schon auf sein belämmertes Gesicht.«

Wir quatschten noch ein bisschen über unsere Freunde in Riccione, und sie erzählte mir die neuesten Storys, damit ich wieder im Bilde war. Nachdem ich sie gebeten hatte, alle von mir zu grüßen und ihnen zu sagen, dass ich über Weihnachten und vielleicht sogar Silvester nach Hause kommen würde, legten wir auf.

Ich ging zur Fensterbank hinüber, wo ich den Rosenstrauß abgestellt hatte, und roch mit geschlossenen Augen daran. Selbst die M&Ms waren schwer begeistert von dem üppigen Strauß und hatten spontan ihre beste Vase dafür rausgerückt. Männer, die so schöne Blumen schenken können, gibt es wahrlich nicht viele, schon gar nicht hier in Deutschland.

»Du darfst mir gerne noch ein paar davon mitbringen, bevor du mich wiedersiehst, Ben«, murmelte ich und beschloss, heute etwas früher ins Bett zu gehen, da ich an diesem Tag wahrlich genug erlebt hatte. Das reichte ja für drei!

Die Tage vergingen, und ehe ich mich auch nur annähernd um meine Baustellen hatte kümmern können, war die Stadt in ein vorweihnachtliches Lichtermeer getaucht. Zwar war die Via Dante in Riccione inzwischen sicher ebenfalls mit Lichterketten geschmückt und die Schaufenster der Geschäfte waren weihnachtlich dekoriert, aber der Schnee, der wie bestellt am ersten Adventswochenende fiel, die unzähligen Weihnachtsmärkte, die in der ganzen Stadt verteilt waren und an denen ich mich nicht sattsehen konnte, die Eisbahn, auf der am Karlsplatz die Leute ausgelassen ihre Runden drehten, und der Duft nach Esskastanien, Zimt und Glühwein, der in der Luft lag, machten die Vorweihnachtszeit in Deutschland zu etwas Besonderem.

Überall hängten die Menschen Lichterketten auf, in ihren Fenstern, an den Balkongeländern, im Garten. Sogar einen riesigen Rentierschlitten mit Santa Claus entdeckte ich in einem Vorgarten und konnte mich kaum von dem Anblick losreißen. Als ich die vielen Adventskränze in den Blumenläden und Supermärkten zum ersten Mal sah, hielt ich sie zunächst für Friedhofsgestecke, bis Beate mich amüsiert aufklärte. Die Idee, an jedem Adventssonntag eine Kerze mehr anzuzünden und auf das große Fest zu warten, gefiel mir extrem gut. Ungefähr so gut wie die geniale, wenngleich teuflische Idee, Schokolade in allen Größen und Formen in Plastikmulden hinter eingestanzten Papptürchen zu verstecken, von denen man dann jeden Tag eins öffnen durfte, um sich die Wartezeit auf Weihnachten zu verkürzen. Sachen gab's hier …

Allerdings hatte ich den Eindruck, dass die Deutschen es sich mit allen Mitteln der Kunst – und vermutlich viel Geld – zwar schön machten, um ihre berühmt-berüchtigte Gemütlichkeit auszuleben, dass es aber mit der Umsetzung ein bisschen haperte. Je länger die Schlangen vor den Kassen und an den Weihnachtsmarktständen wurden, desto rauer wurde auch der Umgangston. Die Menschen hasteten mit verkniffenen Lippen hektisch durch die Fußgängerzone, die Autofahrer überholten und schnitten einander noch aggressiver als sonst, was kaum möglich war, und ich bekam mehr als einmal auf dem Weg ins Kaufhaus eine Tür an den Kopf, weil ich in meiner grenzenlosen Naivität davon ausgegangen war, dass der Mensch vor mir die halbe Sekunde Zeit hatte, um sie mir aufzuhalten.

Die Supermärkte quollen ohnehin schon seit Ende September über von Lebkuchen, Printen, Spekulatius, Weihnachtsmännern, Dominosteinen und unzähligen anderen Leckereien, die meines Erachtens allesamt verboten gehörten. Gemeinsam mit den M&Ms probierte ich mich durch das komplette Weihnachtssortiment und kam zu dem Schluss, dass die Deutschen, was das Konditorhandwerk anging, einfach unschlagbar sind. Ich entwickelte eine für mein Körpergewicht äußerst bedrohliche Vorliebe für Dresdner Christstollen und hätte darüber fast vergessen, wie lecker der italienische *panettone* ist. Doch zum Glück – oder Unglück – versorgten mich *mamma* und *nonna,* obwohl ich in nicht mal zweieinhalb Wochen nach Hause fahren wollte, mit einem Carepaket und wendeten so den drohenden Gedächtnisschwund ab. Mit dem Inhalt hätte ich halb München verköstigen können. Damit die Zuckerbomben nicht alleine auf meinen Hüften landeten, verteilte ich sie im ganzen Haus und stellte sogar Frau Griesmayer einen Mini-*panettone* mit einem Kärtchen vor die Tür. In der Absicht, unser interkulturelles nachbarschaftliches Verhältnis auf stabilere Füße zu stellen.

Leider brachte ich eben jenes durch die nett gemeinte Aktion am Ende erst recht ins Wanken, woran die gute Frau Nachbarin allerdings nicht unbeteiligt war. Sie stand nämlich am nächsten Nachmittag bei uns vor der Tür, um sich für die großzügige Gabe zu revanchieren.

»Grüß Gott«, sagte sie ungewohnt freundlich und wie es sich für eine anständige katholische Hausfrau gehörte, nicht ohne den Allmächtigen einzubeziehen. »Ich wollte mich für den Kuchen bedanken und habe euch auch was mitgebracht.« Damit drückte sie mir eine Zellophantüte mit selbstgebackenen Plätzchen in die Hand und ging wieder.

»Vielen Dank«, rief ich ihrem Rücken noch hinterher und schloss die Tür.

Das allein wäre ja nicht weiter schlimm gewesen, nur leider hatte Frau Griesmayer ihren Backofen offenbar nicht mehr ganz im Griff, denn die Vanillekipferl und Zimtsterne waren härter als der berühmte Marmor aus Carrara. Nachdem selbst Joe Kugel die Annahme verweigert hatte, entsorgte ich die Kieselsteine kurzerhand im Hausmüll – in der Originalverpackung, da ich Friedrich bei seinen wahrlich zahlreichen Ausführungen über die Themen Mülltrennung und -vermeidung in den letzten Monaten bedauerlicherweise nicht richtig zugehört hatte. Ich dachte mir nichts weiter dabei und hatte auch nicht mit den Stasimethoden gerechnet, mit denen die gute alte Dame unser Haus – offensichtlich inklusive sämtlicher zur Verfügung stehender Abfallbehälter – im

Griff hatte. Ich sollte jedoch nicht lange dumm und unwissend bleiben.

Ganze sechsundzwanzig Stunden später stand Frau Griesmayer erneut bei uns vor der Tür. Erst dachte ich, es handele sich um ein Déjà-vu, doch dann fiel mir auf, dass ihr Gesichtsausdruck nicht mehr ganz so freundlich wirkte wie am Tag zuvor. Bei genauerem Hinsehen wirkte er sogar alles andere als freundlich.

»Haben Sie das hier etwa weggeworfen?«, sagte sie im Ton einer Anklägerin vor dem Bundesverfassungsgericht und hielt mir eine leicht derangierte Tüte unter die Nase, bei deren Anblick meine Körpertemperatur augenblicklich um fünf Grad stieg. Es war eine Zellophantüte. Mit Vanillekipferln und Zimtsternen.

»Äh … also …«

»Aha! Erwischt! Ich hätte es mir ja denken können. So was Undankbares habe ich ja schon lange nicht erlebt.« Empört stemmte sie die Hände in die hageren Hüften und schleuderte mir aus ihren grauen Augen Blitze entgegen, dass mir angst und bange wurde.«

»Das ist ein bedauerliches Missverständnis«, versuchte ich, gut Wetter zu machen, doch sie wollte meine Erklärungen gar nicht hören.

Frau Isolde Griesmayer wandte sich ohne ein weiteres Wort auf dem Absatz um und machte sich schimpfend und keifend an den Abstieg ins Erdgeschoss. Sobald sie außer Reichweite war, fing sie in schönstem Bayrisch an loszuwettern. »So a Aas«, hörte ich sie murmeln. »Luada! Mistgurgl! Gschlamperte Urschl, gschlamperte.«

Betreten schloss ich die Tür und beichtete den M&Ms in der Küche, was gerade passiert war.

»Liebelein«, sagte Mike und nahm mich in den Arm, »das kriegen wir schon wieder hin. Du kommst einfach morgen zu uns in den Laden und nimmst ihr zwei oder drei schöne, große rote Amaryllis mit. Das sind ihre Lieblingsblumen. Danach ist sie dir bestimmt wieder gut, wirst schon sehen.«

Auch Marcus war zuversichtlich. »Die alte Griesmayer ist eine liebe Seele, manchmal ein bisschen aufbrausend, aber im Grunde ihres Herzens ein sehr netter Mensch. Man muss sie nur zu nehmen wissen.«

»Wenn ihr meint«, sagte ich nur zögerlich.

»Mach dir keine Sorgen, mit deinem italienischen Charme hast du hier doch noch jeden um den Finger gewickelt.« Mike drückte mir einen Kuss auf den Scheitel.

Friedrich, der gerade reingekommen war, um sein Kühlschrankfach zu inspizieren, hatte die letzten Worte gehört und meinte nur: »Das gilt vielleicht für euch und Otto, aber nicht für mich. Ich bin dagegen immun.« Nachdem er seine Joghurts gezählt hatte, nahm er einen heraus und ging wieder.

Kaum war er draußen, fuhr ich mir mit der flachen Hand mehrmals unterm Kinn entlang. »Mir doch egal!«

»Ihr beide habt's irgendwie nicht miteinander, was?« Mike musterte mich mitleidig. »Oder ist heute einfach nicht dein Tag?«

»Heute?«, fragte ich zurück und musste schon wieder lachen.

Eine Woche später fragte ich mich erneut, was ich dieses Jahr eigentlich falsch machte, weil mir seit meiner Ankunft in Deutschland so viele Missgeschicke passiert waren wie anderen Menschen nicht in zehn Jahren. Warum auch immer: Es war der Wurm drin in meinem Auslandsaufenthalt.

Ausgerechnet an dem Samstag, an dem ich mit Isabelle zum Shoppen in der Stadt war und mein Handy zu Hause vergessen hatte, kam Jan vorbei, um seine Sachen abzuholen. Da er seinen Besuch eigentlich hatte ankündigen wollen, hatte ich überhaupt nicht mit ihm gerechnet und das Zimmer auch nicht wieder in seinen ursprünglichen Zustand versetzt.

Als ich nach Hause kam und Friedrich mir erzählte, dass Jan vor knapp zehn Minuten das Haus verlassen hatte, schrammte ich knapp am Herzinfarkt vorbei.

Sofort stürmte ich in mein Zimmer, doch es sah alles noch genauso aus, wie ich es verlassen hatte: Der Boden war übersät mit Büchern und Mitschriften von der Uni, da ich demnächst ein Referat halten sollte und daher dringend meine Unterlagen sortieren musste, auf dem Schreibtisch standen ein Teller voller Kekskrümel und eine halb ausgetrunkene Tasse Tee. Mein Blick wanderte ängstlich zu dem Kleiderstapel über dem Sessel hinüber, doch zum Glück hatte ich die Unterwäsche bereits in meinen Wäschesack gesteckt. Die Schmach hätte ich, glaube ich, nicht lebend überstanden, auch wenn ich Jan gar nicht unter die Augen treten musste.

Auf dem ungemachten Bett entdeckte ich einen Zettel, auf dem in Großbuchstaben mein Name stand. Erst traute ich mich gar nicht, ihn auseinanderzufalten, doch meine Neugier war größer als die Angst vor einer unangenehmen Nachricht.

Liebe Unbekannte,
wir kennen uns zwar nicht persönlich, aber ich sehe, Sie haben sich hier schon sehr gut eingelebt. Ich hoffe, es gefällt Ihnen in meinem Zimmer, nach Ihrem Geschmack umgestaltet haben Sie es ja schon.

Ich gehe mal davon aus, dass Sie meine Motorradposter nicht bei eBay versteigert haben, sondern sie an einem ebenso gut versteckten Ort liegen wie meine Klamotten. Ich habe echt eine Weile gebraucht, bis ich die Winterpullis in Ihrem Koffer unterm Bett entdeckt hatte ☺.

Wirklich schade, dass wir uns bisher nicht persönlich begegnet sind. Ich würde mir gerne ein Bild von der Frau machen, die lila Stringtangas trägt und sich für Archäologie interessiert. Klingt irgendwie spannend.

Aber jetzt mal im Ernst: Liebe Angela, da wohnt schon mal eine waschechte Italienerin in meinen Sachen, und ich laufe ständig an ihr vorbei. Aber es hat sich erst sehr kurzfristig ergeben, dass ich heute nach München kommen konnte, und ich habe dich trotz mehrerer Versuche leider nicht erreicht.

Ach ja, wegen der Miete haben wir ja nun auch schon wieder nicht gesprochen. Es wäre toll, wenn du den M&Ms ab dem 01.01. deinen Anteil an den Nebenkosten geben könntest. Ich glaube, das sind um die hundertfünfzig Euro im Vierteljahr. Die Monate davor kannst du ja im Blumenladen abarbeiten – wenn sie dich lassen.

Ich hoffe, wir treffen endlich bald mal aufeinander.

Un caro saluto

Jan

Aiuto, der Brief klang zwar sehr nett, und Jan schien wegen meiner Umräumaktion auch nicht groß sauer zu sein, aber er wollte fünfzig Euro pro Monat von mir haben. Das war zwar glatt geschenkt für dieses tolle Zimmer, vor allem bei den Münchner Mietpreisen, doch wo sollte ich das Geld hernehmen? *Babbo* konnte ich unmöglich fragen. Das hieß, ich musste wohl oder übel Signor Colluti noch mal einen Hausbesuch abstatten und um Verständnis für meine Situation werben. Und um die Herausgabe des Geldes bitten, das mein Vater ihm noch immer schickte. Wenn ich dem netten alten Herrn sagte, dass er das, was er bisher bekommen hatte, behalten durfte, sozusagen als Schweigegeld, war er sicher einverstanden. Ich nahm mir vor, gleich morgen hinzufahren und die Sache zu klären. Oder übermorgen. Oder doch erst im neuen Jahr. Schließlich war das alte wahrlich stressig genug.

Na ja, ich wollte nicht undankbar sein, denn wenigstens an der Uni lief alles glatt. Dank Rainer hatte ich den Platz in der Einführung in die neuere deutsche Literaturwissenschaft sicher und konnte am Ende des Semesters an der Prüfung teilnehmen. Auch sonst fand ich mich inzwischen auf dem Campus und den anfangs so unübersichtlich wirkenden langen Gängen immer besser zurecht.

Mit den netten Leuten von TutoRIA verbrachte ich einen echt lustigen Abend auf dem größten Weihnachtsmarkt der Stadt, dem Tollwood auf der Theresienwiese. Mit zwölf anderen Leuten aus aller Herren Länder schlenderte ich begeistert durch die überfüllten Gänge, drängte mich um die alternativ angehauchten Stände, an denen es neben selbstgenähten Taschen, Wollsocken, leckerem selbstgemachten Likör bis hin zu Kunsthandwerk und marokkanischen Lampen einfach alles zu kaufen gab. Das kulinarische Angebot war ebenso groß, und wir krönten unseren Besuch mit mehreren Runden

Feuerzangenbowle, einem Glühwein mit einem Stück Zucker, das mit Rum übergossen und angezündet wird. Ich machte sofort ein Foto davon und schickte es Vale per MMS, damit sie mir die Story auch tatsächlich glaubte.

Die Weihnachtsstimmung erfasste jedenfalls die ganze Stadt, und selbst auf dem Speiseplan der Mensa machte sich das nahende Fest bemerkbar, denn zu den manchmal zähen oder nicht durchgebratenen Hühner- und Putenbrüsten gesellten sich immer häufiger auch Ente und Gans. Meist war das Essen aber ganz genießbar, nur einmal hatte ich gestreikt, als es »Gabelspaghetti« gab. Allein das Wort klingt wie ein mittelschweres Verbrechen. Ich hatte Elin gebeten, mir eine Portion mitzubringen, da ich dringend zur Toilette musste und mich nicht noch mal hinten anstellen wollte. Wenn ich die Dinger vorher gesehen hätte, dann hätte ich mir die auf Kaugummilänge gekürzten Pappkameraden, die eher einer undefinierbaren Mehlspeise als italienischen Teigwaren ähnelten, niemals aufs Tablett klatschen lassen.

Ich verweigerte die Nahrungsannahme komplett und sah Elin mit knurrendem Magen dabei zu, wie sie verzweifelt versuchte, die aufgedunsenen Nudeln mit der Gabel aufzuspießen, was ihr jedoch nicht gelang.

»Komm, ich spendiere uns eine *cioccolata calda* und ein Stück Kuchen bei den alten Damen«, schlug ich vor. »Dann können wir auch gleich besprechen, wer von uns welche Klausur für die Vorlesungen vorbereitet, damit wir später zusammen lernen können und nicht alles doppelt abschreiben und zusammenfassen müssen.«

Elin ließ sofort die Gabel fallen. »Au ja, super Idee. Los, gehen wir.«

Sie stand schon an der Tür, da hatte ich noch nicht

meine Mütze aufgesetzt, und tippte ungeduldig mit der linken Fußspitze auf den Boden.

Eine Viertelstunde später saßen wir in unserem Lieblingscafé, zwei dampfende Tassen mit heißer Schokolade und jede ein Riesenstück Kuchen vor uns. Nachdem wir den Stoff untereinander aufgeteilt hatten, kamen wir noch auf die glorreiche Idee, je einen Brief ans Christkind zu schreiben. Wir hatten uns über Weihnachten und die unterschiedlichen Bräuche ausgetauscht, und Elin war total erstaunt, als ich ihr erzählte, dass es in Italien eigentlich erst am sechsten Januar Geschenke gibt, die von der *befana,* einer guten Hexe auf einem fliegenden Besen, gebracht werden.

Ich überlegte hin und her, was ich schreiben könnte, und gerade als ich den Stift aufs Papier setzte, klingelte mein Handy, und Ben versuchte mich zum x-ten Mal zu erreichen. Zufrieden mit meiner Selbstdisziplin, da ich bisher tatsächlich weder auf seine Anrufe noch auf die unzähligen SMS reagiert hatte, steckte ich das Handy einfach wieder in die Tasche. Im Hinblick auf die Tatsache, dass ich ab Januar das Geld für die Nebenkosten auftreiben musste, und beim Gedanken an Ben, schrieb ich: »Ich wünsche mir einen Mann, der mich nicht belügt und auch keine Geldsorgen hat, am besten einen ehrlichen Millionär.«

Dass die Wünsche realistisch sein sollten, davon hatte das Christkind schließlich nichts gesagt.

7.
»Dillo alla luna«

Am zweiundzwanzigsten Dezember war der letzte Vorlesungstag für dieses Jahr, und ich konnte es kaum erwarten, nach Italien zu kommen, da ich die Ferien bis zum letzten Tag in Riccione auskosten wollte. Ich nutzte den dreiundzwanzigsten, um alle Geschenke auf einmal einzukaufen, und schob mich den ganzen Tag mit etwa einer Million anderer Menschen durch die Schneemassen in der Kaufingerstraße. Pünktlich zum Fest, wie die Deutschen es mögen, hatte der Himmel die Schleusen geöffnet und ungefähr hundert Millionen Tonnen Schnee über ganz Bayern ausgeschüttet. In Riccione war es im Winter auch schon mal kalt, und ich hatte in meinem Leben durchaus schon die eine oder andere Schneeflocke gesehen, aber solche Mengen – ich fand's einfach nur herrlich. Alles war weiß, selbst abends war es noch hell, weil die geschlossene Schneedecke das Licht so schön reflektierte, und alle Geräusche waren wie gedämpft. Bei mir kam eine ganz andere Weihnachtsstimmung auf als all die Jahre zuvor.

Nach dem Einkaufen traf ich mich noch mit Elin auf einen *aperitivo* in einer kleinen netten Bar in der Innenstadt, bevor ich den Abend mit dem Einpacken der Geschenke verbrachte. Am Heiligen Abend wollte ich den EC um 07.31 Uhr nehmen, damit ich am Spätnachmittag in Bologna ankam, wo mich meine Eltern vom Bahnhof abholen wollten. Nach dem Abendessen wollten wir dann alle zusammen in die Mitternachtsmesse, die das Weihnachtsfest einläutete. *Nonna* wollte wie immer die vom Papst in Rom gehaltene Messe live im Fernsehen verfolgen, das ließ sie sich einfach nicht nehmen.

Wir freuten uns alle riesig auf das Wiedersehen, ich konnte es kaum erwarten, meine *famiglia* und vor allem auch Vale wieder in die Arme zu schließen. So schön das Studentenleben in München war, ich vermisste die Geborgenheit und Sicherheit, die meine Eltern und *nonna* mir gaben. Hier in Deutschland waren mir zu viele Einzelgänger und -kämpfer unterwegs, die alles mit sich ausmachten. Ich dagegen brauchte emotionalen Halt und Zuspruch. Mit am meisten freute ich mich daher auf die große *mangiata* an den Weihnachtsfeiertagen, wenn wir alle gemeinsam um den großen Tisch saßen und stundenlang tafelten und jeder von sich erzählte. Meine beste Freundin, die mit ihrer Mutter schon seit Jahren die Weihnachtsfeiertage bei uns zu Hause verbrachte, und ich würden die zehn Tage, die ich in Riccione war, bestimmt am Stück durchquatschen, so viel gab es zu erzählen. An Silvester wollten wir mit der kompletten Clique tanzen gehen, in eine coole, total angesagte Riesendisco in Misano, in der ein cooler, total angesagter DJ aus London auflegen sollte.

Beim Kofferpacken verbrauchte ich ungefähr zweieinhalb Päckchen Taschentücher, da mich über Nacht eine Erkältung heimgesucht hatte, die nicht von schlechten Eltern war. Sie hatte sich diesmal nicht wie sonst mit einem leichten Kratzen im Hals angekündigt, sondern war gleich mit einer Stirnhöhlenvereiterung samt mittelschwerer Bronchitis über mich hereingebrochen. Ich hustete und schniefte also vor mich hin, während ich meine Kleider gefühlte achtmal ein- und wieder auspackte, um sie neu zu drapieren, bis der Koffer endlich zuging. Ich fragte mich schon, ob sie genauso zugenommen hatten wie mein Körperumfang, aber das konnte kaum sein, denn ich hatte – für meine Verhältnisse – so gut wie nichts neu gekauft. Bis auf die dreitausend Geschenke für meine Lieben daheim, aber die kamen ja in die Reisetasche, von der ich noch nicht wusste, wie ich sie tragen sollte.

Nachdem ich sowohl die M&Ms und Friedrich als auch die drei von nebenan bei unserer vorgezogenen Bescherung am Vorabend mit je einer großen Schachtel Baci Perugina beglückt hatte, die ich mir extra von *mamma* hatte schicken lassen, war ich so aufgeregt, dass ich in der Nacht kaum schlafen konnte.

Am nächsten Morgen stand ich, ganz entgegen meiner inneren Überzeugung, zu einer absolut unchristlichen Zeit auf, um mich unter dem starrenden Blick von Joe Kugel mitsamt meinem Koffer, einer Reisetasche und meiner Handtasche durch die Tür zu wuchten. Im Winter, zumal bei so viel Schnee, kam die S 7 gerne mal zu spät, daher wollte ich, ganz unitalienisch, lieber mal eine Bahn früher nehmen.

Der Kater hatte sich als Einziger die Mühe gemacht, mit mir aufzustehen, was ich wirklich anerkennenswert fand, doch ich gab mich keinerlei Illusionen hin. Es geschah ganz sicher nicht aus Solidarität mit meiner Person, sondern in der Hoffnung auf ein vorgezogenes erstes Frühstück, dem zur üblichen Stunde ein zweites folgen würde – schließlich gab es außer mir keine weiteren Zeugen. Da ich heute meinen großzügigen Tag hatte und Weihnachten das Fest der Nächstenliebe und Vergebung war, leerte ich ihm noch schnell eine Dose Hühnchen in Gelee in den Napf, wofür er sich prompt erkenntlich zeigte. Schnurrend und mit freudig in die Luft gestrecktem Schwanz strich er mir um die Beine und signalisierte vorbehaltlose Dankbarkeit.

»He, was ist denn mit dir los?«, fragte ich ihn erstaunt und ließ mich sogar dazu hinreißen, ihm über den Rücken zu streicheln. Wenn ich nicht aufpasste, wurden wir noch gute Freunde.

Am Bahnhof war trotz der frühen Stunde schon die Hölle los, und ich war heilfroh darüber, dass ich die zwei Euro fünfzig nach reiflicher Überlegung in einen Sitzplatz investiert hatte. Überall liefen schwerbepackte Menschen mit Taschen, Rucksäcken, Koffern und Tüten, aus denen kunstvoll verpackte Geschenke herauslugten, durch die Gänge, und ich musste aufpassen, dass ich nicht irgendwo hängenblieb.

Zum Glück fuhr der Zug in München los und stand daher schon am Bahnsteig bereit. So kaufte ich mir nur noch schnell an der italienischen Bar einen Cappuccino und ein *cornetto* und war überglücklich, dass es die leckeren Hörnchen auch in München gab. So stimmte ich mich gleich richtig auf meine Heimat ein, und es konnte nichts mehr schiefgehen.

Leider hatte ich die Deutsche Bahn unterschätzt, denn es ging von vorne bis hinten einfach alles schief. Es fing damit an, dass die elektronischen Reservierungsanzeigen über den Sitzen nicht richtig funktionierten. Als ich mich endlich im Zug durch die anderen Reisenden und ihr Gepäck gekämpft hatte, stand ich vor meinem Sitzplatz und las in Rot auf schwarzem Grund: München–Berlin.

Aiuto!, dachte ich, jetzt hab ich doch glatt den falschen Zug erwischt, und sah hektisch auf die Uhr. Wie immer war ich, obwohl ich extra früher losgefahren war, in letzter Minute an Bord gegangen, aber das war mir ganz recht. Erstens hatte es genau gereicht, und zweitens verbrachte ich meine kostbare Zeit nur ungern mit Warten auf zugigen Bahnsteigen – erst recht im Winter. Ich raffte meine Handtasche, den Koffer und die Reisetasche mit den Geschenken zusammen und verfluchte einmal mehr meine unpraktische Handtasche, um zurück in Richtung Tür zu stürmen. Da fing es laut an zu piepsen, die Türen schlossen sich mit einem satten Plopp, und der Zug rollte an.

»*Nooooooo!*«, rief ich. »Halt, ich bin hier falsch! Ich will nicht nach Berlin! Ich will nach Hause, zu meiner *famiglia*.«

Die anderen Fahrgäste schauten mich an, als hätten sie für die Nummer Eintritt bezahlt.

»Keine Sorge, junges Fräulein«, sagte der Mann direkt vor mir, der es sich mit der *Financial Times,* einer Butterbrezel und einem Weißbier schon mal bequem gemacht hatte, »der Zug fährt nicht nach Berlin, sondern nach Italien.«

»Aber da steht's doch.« Ungläubig deutete ich auf die elektronische Anzeige.

»Das Ding spinnt«, mischte sich nun eine junge Frau von gegenüber ein. »Das kommt häufiger vor. Wenn Sie nach Italien wollen, sind Sie hier schon richtig.«

Ich ließ mich auf meinen Koffer sinken. »Sind Sie sicher?«

Da nun auch die ältere Dame auf dem Sitz neben meinem bekräftigend nickte, war ich davon überzeugt und machte mich daran, mein Gepäck zu verstauen. Noch vor wenigen Monaten hätte ich mich nicht mal alleine zum Bahnhof getraut, aus lauter Angst, den falschen Zug zu erwischen, und dieser Schreck war nun der Dank für meine Emanzipation.

Als sich mein Herzschlag wieder beruhigt hatte und ich endlich auf meinem Sitz saß, bot ich den netten Ersthelfern um mich herum, die mich vor einem Nervenzusammenbruch bewahrt hatten, erst mal eine Runde von den Dominosteinen an, die ich eigentlich für Vale gekauft hatte. Aber wer, wenn nicht meine beste Freundin, hätte für diese Tat Verständnis.

Ich wollte ihr gerade eine SMS schreiben, da kündigte ein Piepton eine neue Nachricht an. Gedankenübertragung, dachte ich und öffnete sie, neugierig, was Vale mir mitzuteilen hatte.

Doch sie war von Ben. »*Ciao bellissima,* selbst in einer so klaren Winternacht wie gestern strahlen die Sterne am Nachthimmel nicht so hell wie deine schönen Augen, in die ich hoffentlich bald wieder blicken darf. Sag mir, wann! Fröhliche Weihnachten! Bussi, Ben.«

Ich musste bis über beide Ohren grinsen, als ich die Zeilen las, und schrieb ihm gutgelaunt zurück, dass ich auf dem Weg nach Hause sei. »Wenn du brav bist, darfst du mich im neuen Jahr zum Essen einladen – vielleicht nehme ich die Einladung ja an …«, schrieb ich keck und drückte auf »Senden«.

»Sind Sie denn Italienerin?«, fragte mich die freundliche Dame, nachdem ich mein Telefon in der Handtasche verstaut und dafür die italienische *Vogue* hervorgeholt hatte, mit einem Blick auf die Zeitschrift.

Ich nickte.

»Leben Sie in Deutschland?«

Daraufhin erzählte ich ihr von meinem chaotischen ersten halben Jahr in München und sie mir von ihrer

Tochter, die einen Mailänder geheiratet hatte und mit ihm seit fünf Jahren in Bologna lebte. Sie wollte Weihnachten gerne mit ihren Enkelkindern verbringen und fuhr nun schon zum vierten Mal nach Italien. Wir unterhielten uns bestens, und ich war total in meinem Element, weshalb mir anfangs gar nicht auffiel, dass der Zug auf offener Strecke stehen geblieben war. Erst als die anderen Passagiere unruhig wurden und jemand laut sagte: »Wieso kommt denn da keine Durchsage?«, wurde ich hellhörig.

Die Dame neben mir wandte sich über den Gang an einen jungen Mann im Anzug, der das Geschehen offenbar im Blick hatte. »Was ist denn passiert?«, fragte sie.

Als hätte er nur darauf gewartet, seinem Ärger Luft machen zu können, polterte er los und hätte sich beinahe die Brille von der Nase gefegt. »Das ist ja mal wieder typisch Bahn. Wir stehen hier seit über einer halben Stunde auf offener Strecke, und keiner erfährt, was los ist. Der Schaffner hat sich auch verkrümelt. Das ist ein solcher Saftladen! Und so was an Weihnachten.«

Die leichte Panik von vorhin stieg wieder in mir hoch, und ich wagte einen zögerlichen Blick auf meine Armbanduhr. Es war kurz vor halb zehn, und wir hätten eigentlich schon in Innsbruck sein müssen. Spontan holte ich mein Handy hervor, um zu Hause anzurufen, doch dann steckte ich es wieder weg. Was brachte es schon, wenn ich in Riccione die Pferde scheu machte, ich konnte momentan ohnehin noch nicht sagen, wann ich ankommen würde. Ich beschloss, mich auf die deutschen Tugenden zu verlassen, und ging ganz zuversichtlich davon aus, dass die Bahn das Problem in den Griff bekommen würde, schließlich zählte Pünktlichkeit zu den hervorstechendsten Eigenschaften in diesem Land.

Als der Zug sich eine weitere Stunde später immer noch keinen Zentimeter von der Stelle bewegt hatte, sank allmählich auch mein Mut. Die Dame neben mir hatte sich auf den Weg gemacht, um den Schaffner zu suchen, kam jedoch unverrichteter Dinge zurück. Immerhin rückten die Menschen im Großraumabteil durch den Zwischenfall ein wenig näher zusammen. Da die Heizung ausgefallen war, wurden Decken und Schals weitergereicht, wer noch Tee in der Thermoskanne hatte, bot den Umsitzenden großzügig eine Tasse an, und auch meine Großpackung Dominosteine fand reißenden Absatz.

Doch schneller, als mir lieb war, kam auch der Blues. Was, wenn dieser Zug nie mehr weiterfahren würde? Müsste ich dann zu Fuß nach Bologna laufen? Wann würde ich dann ankommen? Der Kloß in meinem Hals wuchs bedenklich, und ich zog nun doch wieder mein Handy hervor und wählte die Nummer meiner Eltern.

»*Mamma* …« Mehr brachte ich nicht hervor, da liefen mir auch schon die Tränen über die Wangen.

»Was ist los?«, hörte ich meine Mutter angsterfüllt rufen. »Wo bist du? Was ist passiert? Bist du verletzt?«

Ich riss mich zusammen, zog absolut unladylike die Nase hoch und berichtete von meiner Notlage.

»Sollen wir kommen und dich abholen?« Das war *babbo,* der im Hintergrund so laut sprach, dass ich ihn bis ins verschneite bayerische Nirwana hören konnte.

»Nein, nein.« Ich wollte ihn gerade beschwichtigen, da ertönte endlich die langersehnte Durchsage.

»Sehr verehrte Damen und Herren, wir mussten wegen eines umgestürzten Baumes außerplanmäßig auf freier Strecke anhalten. Bitte lassen Sie die Türen geschlossen und verbleiben Sie im Zug. Eine Ersatzlok, die den Zug zurück nach Raubling ziehen wird, ist bereits angefordert, die Fahrt wird in Raubling enden. Bitte wenden Sie sich vor Ort an das Servicepersonal, um ihre weiterführenden Verbindungen zu erfragen. Es kann aufgrund des hohen Schneeaufkommens zu erheblichen Verzögerungen kommen. Wir bitten um Ihr Verständnis.«

Im Waggon brach Tumult aus. »Das ist ja wohl die Höhe«, rief ein Fahrgast. »Unverschämtheit!«, schimpfte eine junge Frau, und schon redeten alle so wild durcheinander, dass ich *babbo* am anderen Ende der Leitung nicht mehr verstehen konnte.

Ich einigte mich mit ihm darauf, dass ich mich wieder melden würde, sobald ich Näheres wusste, und versuchte mich von den anderen Fahrgästen, die alle ganz unchristlich und ohne jedes Anzeichen von Nächstenliebe in Richtung Tür drängelten, nicht tottrampeln zu lassen.

Kaum stand ich kurz vor zwölf mit meinem gesamten Gepäck auf dem Bahnsteig und versuchte mich zu orientieren, klingelte mein Handy.

»*Babbo,* ich hab doch gesagt, ich melde mich«, brüllte ich in den Hörer.

Doch es war Otto, der mir noch mal eine gute Reise und frohe Weihnachten wünschen wollte, weil er fand, dass wir uns gestern in dem allgemeinen Trubel gar nicht richtig verabschiedet hatten.

»Die guten Reisewünsche kommen ein bisschen zu spät«, sagte ich sarkastisch und erzählte ihm, was passiert war. Wieder kämpfte ich mit den Tränen, doch diesmal rang ich sie nieder, schließlich wollte ich vor ihm nicht als Heulsuse dastehen. Zwar hatte ich beim besten Willen keine Ahnung, wie ich aus diesem Kaff jemals wieder wegkommen, geschweige denn nach Italien gelangen sollte, doch das wollte ich mir nicht anmerken lassen. »Ich werde heute Abend schon irgendwo landen«, sagte ich daher nur aufgesetzt fröhlich.

»Weißt du was, ich hole dich ab«, sagte er spontan.

»Aber du hast doch gar kein Auto. Willst du mit dem Fahrrad vorbeikommen? Und wie willst du da meine Koffer transportieren?« Beim Gedanken an mein Gepäck, das dem einer siebenköpfigen Großfamilie ganz sicher in nichts nachstand, musste ich schon wieder lachen.

»Ich kann mir den Wagen von Tobi leihen«, sagte er, »kein Problem. Nach Bologna kommst du heute eh nicht mehr rechtzeitig, da kannst du besser hierbleiben. Ich bin schon unterwegs.«

»Das musst du nicht.«

»Keine Widerrede, bleib einfach in der Wartehalle sitzen, in einer Stunde bin ich bei dir.« Er legte auf, bevor ich mich noch richtig bedanken konnte.

Was war denn mit dem los? An Weihnachten werden die Deutschen irgendwie seltsam, stellte ich fest und überlegte, ob ich Ottos großzügiges Angebot überhaupt annehmen wollte. Aber was blieb mir schon anderes übrig? Ich konnte ja schlecht erst abends um neun in Bologna eintreffen und erwarten, dass meine Eltern den Weihnachtsvorabend am Bahnhof verbrachten, um anschließend mit mir noch über die Autobahn zu gondeln und die Mitternachtsmesse zu verpassen. Vielleicht war es wirklich besser, Otto nahm mich mit zurück nach München und ich verbrachte den Abend dort. Nur mit wem? Und wie? So hatte ich mir das alles mal wieder nicht vorgestellt.

Zwölf Stunden später saß ich erschöpft, aber beseelt zusammen mit Otto an dem runden Glastisch in unserer verwaisten WG-Küche und hatte einen der schönsten Abende hinter mir, die ich je erlebt habe. Meinen Eltern hatte ich die bittere Pille verabreichen müssen, dass ich aufgrund des Schneechaos wohl über die Feiertage in München bleiben würde, und zum Glück hatte ich *mamma* davon abbringen können, *babbo* auf die Autobahn zu zwingen und herzufahren. Immerhin vermuteten sie mich immer noch bei Signor Colluti …

Meine Wehmut über die unvorhergesehene Programmänderung schwand schnell, denn Otto hatte mich einfach ins Münchner Hofbräuhaus mitgenommen, wo der Katholische Männerfürsorgeverein für gut eintausend Obdachlose eine Weihnachtsfeier inklusive Bescherung und einer Predigt des Münchner Weihbischofs ausrichtete. Otto war gemeinsam mit seinen Eltern und seiner Schwester nun schon zum vierten Mal dabei, und die Familie bewirtete die Obdachlosen mit einer Liebe, die mir ganz warm ums Herz werden ließ. Überhaupt waren die strahlenden Gesichter der vielen Gäste, die sich alle für Weihnachten richtig schickgemacht hatten, einfach nur überwältigend.

Wir bekamen zu fünft einen langen Tisch mit knapp vierzig Personen zugeteilt, an dem zu meiner großen Freude auch mehrere Italiener saßen. Als sie merkten, dass ich sie verstehen konnte, bereiteten sie mir einen großen Empfang, und am Ende des Abends ging ich mit drei Heiratsanträgen nach Hause. Zunächst brachten wir die Getränke an die Tische, und als es um die Essensausgabe ging, kam ich richtig ins Schwitzen, so schwer waren die riesigen Tabletts mit den halben Hähnchen darauf. Ich verteilte hier einen Teller und bekam dort ein Kompliment, und da wir uns mit den Leuten auch unterhalten sollten, erfuhr ich viele interessante Lebensgeschichten, die mich alle sehr berührten.

Den ganzen Abend über spielte ein Ehepaar an Zither und Akkordeon Weihnachtslieder, und als der Weihbischof vorbeikam, um seine Predigt zu halten, standen alle Leute im Saal auf, um gemeinsam ein Weihnachtslied zu singen. Ich war so ergriffen, dass mir sofort wieder das Wasser in die Augen stieg, und lächelte verlegen Otto zu, der neben mir stand und aus vollem Halse mitsang.

Während ich den Abend noch mal Revue passieren ließ, hatte Otto uns einen Glühwein gemacht. Er und die M&Ms waren über die Feiertage in München, die anderen waren alle ausgeflogen.

»Danke noch mal für den tollen Abend, den werde ich bestimmt nie vergessen«, sagte ich.

»Das ist doch viel sinnvoller, als sich gegenseitig mit unsinnigen Geschenken zuzumüllen, die man sowieso nicht braucht, weil man sich alles, was man will, besser selbst kaufen kann«, meinte er nur.

Ich dachte an die zum Bersten gefüllte Reisetasche mit den vielen unsinnigen Geschenken, mit denen ich meine Familie und Valeria hatte zumüllen wollen, und wurde nachdenklich. Wenn mir noch vor vier Monaten jemand gesagt hätte, dass ich Obdachlose bedienen und auch noch Freude daran haben könnte, ich hätte ihn für verrückt erklärt. Dabei hatte ich selten so eine tiefe Zufriedenheit gespürt, hatte an nichts, was ich mir je gekauft oder was ich geschenkt bekommen hatte, eine solche Freude gehabt.

In der Nacht zum 31. Dezember hatte es wieder geschneit, und da wir am Tag zuvor schon alle Einkäufe für unseren geplanten Mädelsabend erledigt hatten, beschlossen Isabelle, Beate und ich spontan, alle zusammen rodeln zu gehen. Die M&Ms und Elin schlossen sich ebenfalls an, und so fuhren wir vom Harras mit dem Bayernticket in Richtung Bayrischzell zum Sudelfeld. Da meine Garderobe auf derlei Unternehmungen nicht ausgerichtet war, statteten mich meine beiden Nachbarinnen von der Skimütze auf dem Kopf bis zu den wasserfesten Boots an den Füßen mit ihren Sachen einmal komplett aus. Ich sah zwar aus wie aus dem Zirkus, aber dann beschloss ich, mir einfach die Mütze tief ins Gesicht zu ziehen und darauf zu hoffen, dass weder Vale noch eine andere meiner modebewussten italienischen Freundinnen an diesem Tag zufällig einen Ausflug in die bayerischen Alpen machte und mich in diesem Aufzug sah.

Das Rodeln machte einen Heidenspaß, und bald war mein Outfit nebensächlich. Die M&Ms hatten es am besten drauf und fegten den Berg runter, als gäbe es kein Morgen, während ich und Elin, mit der ich mir einen Schlitten teilte, in fast jeder Kurve unsanft in einem Schneehaufen landeten. Auf einmal war ich heidenfroh um die unsexy lange Unterwäsche, in die ich mich nur nach längerem guten Zureden durch Beate gewagt hatte – ebenfalls in der Hoffnung, heute nicht so schwer verletzt zu werden, dass ich ins Krankenhaus kam, wo die Ärzte mich ausziehen und meinen unschönen Anblick ertragen mussten. *Mamma* hatte mir und den Zwillingen von klein auf eingeschärft, wie wichtig es war, ordentliche und saubere Unterwäsche zu tragen, da man nie wissen könne, in welche Situation man gerate.

Völlig durchnässt, durchgefroren und überglücklich landeten wir am frühen Abend wieder in München und stürzten uns in die letzten Vorbereitungen. Wir wollten in der Nachbar-WG feiern und fingen an, die Küche zu dekorieren. Isabelles Freund Paul und Otto feierten mit den Volleyballern, die M&Ms waren auf einem Schwulenevent, und der zurückgekehrte Friedrich wollte zu Hause bleiben und Joe Kugel um Mitternacht vor einem Herzinfarkt bewahren, was ich ungewohnt selbstlos von ihm fand.

Ein bisschen schade war es schon, dass Valeria und die anderen in Riccione dieses Jahr ohne mich feiern mussten – immerhin war ich die letzten zehn Jahre nicht ein einziges Mal ohne meine beste Freundin ins neue Jahr geschlittert, aber ich fühlte mich mit meinen super sympathischen Nachbarinnen inzwischen so wohl, dass für Traurigkeit und Wehmut gar kein Platz war.

Elin blieb gleich bei uns, und wenn Beates Freundin Simone gegen acht vorbeikam, wollten wir mit dem Raclette beginnen. Ich hatte den seltsamen Tischofen mit den winzigen Pfännchen anfangs recht kritisch beäugt, vor allem weil ich fand, dass der Raclettekäse durchaus etwas weniger »würzig« hätte riechen können. Aber die anderen hatten mich schnell überredet, und mir gefiel vor allem der Gedanke, dass sich das Essen über mehrere Stunden hinziehen und nicht wie sonst so oft in Deutschland innerhalb von einer Viertelstunde erledigt sein würde.

Mit dem Genießen haben es die Deutschen nicht so, vor allem nicht beim Essen. Im Gegensatz zu mir und meinen italienischen Landsleuten, die wir problemlos mehrere Stunden mit dem Verzehr einer einzigen Mahlzeit verbringen können, essen sie lieber schnell – und vor allem viel. Am liebsten ist ihnen, wenn das Schnitzel im Restaurant über den Tellerrand hängt und unter einem Berg Pommes frites, der mit der Zugspitze um den Rang des höchsten Berges im Land konkurrieren könnte, begraben ist – am besten unter knapp drei Litern Ketchup, ohne den hier so gut wie gar nichts geht.

Otto muss eine extrem seltene Ausnahme sein, dachte ich. Er konnte wirklich hervorragend kochen und war immer mit viel Hingabe bei der Sache. Nicht wenige Deutsche schlingen ihr Essen nämlich herunter, als winke dem, der als Erster fertig ist, ein Preisgeld in Millionenhöhe. Seltsamerweise würden die meisten von ihnen einen Großteil des gewonnenen Geldes stante pede in eine supermodern und mit allen Schikanen ausgestattete Einbauküche investieren. Eine supermoderne und mit allen Schikanen ausgestattete Küche, um darin Fertiggerichte von Feinkost Aldi und Co. in der Mikrowelle aufzuwärmen.

Viel Zeit zum Wundern blieb mir diesmal jedoch nicht, denn Elin schob mir einen Berg Zucchini, Auberginen, Paprika und Pilze zu und befahl: »Kleinschnippeln!«

»Wird gemacht!« Ich konnte dieses seltsame Wort mit den vielen Konsonanten nur schwer aussprechen, aber von der Umsetzung hielt mich das ja zum Glück nicht ab. Wir drehten die Musik schon mal voll auf, öffneten die erste Flasche Prosecco und wirbelten ausgelassen durch die Küche. Die Vorbereitungen gingen nahtlos in die Party über, und ehe ich mich versah, war es zehn Uhr, und wir saßen satt und mit glühenden Wangen um den Tisch. Es dauerte nicht lange, und wir kamen auf Männer und Dating zu sprechen. Beate, nach wie vor auf der Suche, war total begeistert von einem Münchner Online-Portal, über das sie schon viele nette Leute kennengelernt hatte, und schwärmte von ihrer jüngsten Eroberung, einem Musiker, mit dem sie seit einer Weile hin und her mailte und den sie demnächst treffen wollte.

»Ich halte da ja gar nichts von«, schaltete Elin sich ein. »Im Internet kannst du alles von dir behaupten. Da wird bestimmt gelogen, dass sich die Balken biegen.«

»Jetzt seid doch nicht so misstrauisch. Das sind sicher Einzelfälle, so sind doch nicht alle. Ein bisschen was muss man schon wagen«, hielt Beate dagegen, »sonst kann man sich gleich zu Hause einschließen und warten, bis man vermodert.«

Das war Simones Stichwort. »Pah«, sagte sie und strich sich die langen blonden Haare zurück, »lieber vermodere ich, als mich wochenlang an der Nase rumführen zu lassen. Wie oft hat man schon gehört, dass Leute sich deutlich jünger machen oder uralte Fotos verwenden, um ihre Marktchancen zu erhöhen.«

Beate nickte. »Eine Bekannte von mir ist mal über hundert Kilometer zu einem Treffen gefahren, nur um festzustellen, dass der Typ ihr ein Foto von seinem besten Kumpel gemailt hatte, weil er total übergewichtig war. Als sie sauer wurde, meinte er nur, sie solle sich nicht so anstellen; wenn er sich in sie verliebe, würde er sicher bald abnehmen.«

»So ein Idiot«, meinte Isabelle empört. »Dem hätte ich ja mal die Meinung gegeigt.«

»Männer sind eben Schweine!« Elin nickte, um ihre Aussage zu bekräftigen, und leerte ihr Proseccoglas. »Einer Freundin von mir ist auch schon mal so richtig fies reingefallen. Sie hat einen total tollen Typen kennengelernt, der einfach nur perfekt war: großzügig, romantisch, zärtlich, vermögend. Er lädt sie zu einem romantischen Wochenende nach Wien ein, mit allem Schnickschnack«, sie grinste, »inklusive sensationellem Sex natürlich.«

»Wow«, meinte Isabelle, »klingt erst mal gut, erzähl weiter.«

Elin machte eine Kunstpause. »Na ja«, meinte sie dann, »er hatte nur leider vergessen zu erwähnen, dass er seit drei Monaten verheiratet war und seine Frau Zwillinge erwartete, weswegen sie vorletzte Woche in ein Doppelhaus mit Garten umgezogen waren und einen Sharan gekauft hatten.«

»Ach«, sagte Simone nur und zuckte teilnahmslos die Achseln. »VW ist eh eine uncoole Marke.«

Beate, die neben mir saß, warf mir einen vielsagenden Blick zu und flüsterte nur: »Hieß der etwa Ben?«

Ich legte den Zeigefinger an die Lippen und sah sie beschwörend an. Wehe, sie breitete hier meine Story aus. Schnell gab ich ebenfalls eine Geschichte zum Besten, damit ja keine auf die Idee kam nachzufragen. »Manchmal wird aber auch den Männern übel mitgespielt. Habt ihr schon mal von dem Araber gehört, der wegen eines falschen Fotos sogar seine Ehe annullieren lassen wollte?«

Allgemeines Kopfschütteln.

»Der arme Kerl hatte seine Zukünftige immer nur mit Burka gesehen und konnte nichts als die Augen erkennen, und als er seine Braut nach der Hochzeit auspacken durfte, hatte sie einen Damenbart und kaum Zähne im Mund. Die Schwiegereltern in spe hatten ihm einfach ein Foto von ihrer hübschen jüngeren Schwester gezeigt.«

»Echt fies«, sagte Elin fast schon mitleidig. »Aber ich selbst hab auch schon mal einen echten Knüller erlebt. Ich hab mich abends mit 'nem Typen auf einen Kaffee getroffen. Leider eine totale Niete, Typ Realschullehrer. Ich bin mir vorgekommen wie beim Vorstellungsgespräch. Rauchst du? Nimmst du Drogen? Welche Partei wählst du? Ich dachte, ich hör nicht recht. Als es ans

Zahlen ging, hab ich gemerkt, dass ich mein Portemonnaie vergessen hatte. Es war mir superpeinlich, als ich ihn bitten musste, für mich mitzuzahlen. Und was glaubt ihr, was diese Obergranate getan hat?«

»Keine Ahnung, nun sag schon!«, rief Simone und schob sich einen Löffel von dem Tiramisu in den Mund, das ich gemacht hatte.

Auch wir anderen waren gespannt auf die Antwort und sahen Elin erwartungsvoll an.

»Er hat sich meinen Perso zeigen lassen, sich die Nummer aufgeschrieben und mir anschließend einen Zettel mit seiner Kontonummer zugeschoben. Ich solle ihm die 3,20 Euro für den Cappuccino doch bitte überweisen.«

»Was?« – »Wie?« – »Spinnt der denn?« Alle redeten durcheinander.

»Das kommt davon«, sagte ich, um Elin zu foppen, und zwinkerte ihr zu, »wenn man abends Cappuccino trinkt. In Italien wäre dir das nicht passiert.«

Jetzt brüllten erst recht alle los, und es hagelte Schimpftiraden auf die italienischen Machos. Wir lachten und überboten uns gegenseitig mit abstrusen Geschichten.

Ich war total begeistert von unserer geselligen Runde, und zum ersten Mal, seit ich in Deutschland war, empfand ich so etwas wie ein Gemeinschaftsgefühl, fühlte ich mich in *compagnia*. Italiener unternehmen nur ungern etwas zu zweit oder gar allein, weil das oft nur halb so viel oder gar keinen Spaß macht. Wenn man an einem Samstagabend nicht mindestens zu zehnt unterwegs ist und alle durcheinanderquatschen, während man am Treffpunkt aufeinander wartet, stimmt etwas nicht. Oft war es sogar so, wenn Vale und ich uns am Wochenende mit unseren Freunden trafen, dass die ersten zwischendurch schon wieder gingen, um noch schnell was zu erledigen, bis die letzten kamen, die dann wieder auf die ersten warten mussten. Bis sich alle geeinigt hatten, ob man nun eine Pizza essen oder doch lieber zum Mexikaner oder Chinesen gehen wollte, war meist der halbe Abend rum, und allen hing schon der Magen in der Kniekehle. Aber das gehört nun mal dazu, und keiner von uns hat dieses System je hinterfragt.

In Deutschland treffen sich vor allem Frauen am liebsten mit ihrer besten Freundin und unternehmen was zu zweit, um mal wieder so richtig quatschen und Probleme besprechen zu können. Ich finde, dazu muss man nicht vor die Tür gehen und sich in eine Kneipe hocken, wo andere Leute ausgelassen sein und Spaß haben wollen, das kann man viel besser zu Hause oder am Telefon erledigen. Ich fragte mich ohnehin, wozu die Deutschen ihre Handys hatten. Um sie als MP3-Player zu missbrauchen? Handys sind zum Telefonieren da! Oder womit sollen die armen Telefonanbieter ihr Geld verdienen? Per Telefon kann man Problemgespräche doch wunderbar nebenbei erledigen, etwa in der S-Bahn, in der Schlange beim Bäcker, im Zug oder beim Einkaufen im Supermarkt.

Da Isabelle und Beate mich regelmäßig zu allen möglichen Partys mitschleppten, zu denen sie so eingeladen waren, hatte ich schon an so mancher nächtlichen Gruppendiskussion teilgenommen, wenn auch nur als stumme Zuhörerin. Sobald ich nämlich mehr als einen Mojito intus hatte, was in solchen Situationen durchaus vorkam, war ich nicht mehr in der Lage mitzudiskutieren. Am liebsten hätte ich dann einfach eine CD von Green Day eingelegt und die Musik so laut gedreht, dass den Leuten gar nichts anderes übrigblieb, als zu tanzen.

Obwohl: Es gab da ja noch das Problem mit den deutschen Hüften.

Um die Stimmung ein bisschen anzuheizen und das Partyvolk aufzumischen, scrollte ich mich durch Isabelles iPod, wählte ein paar fetzige Songs aus und drehte den Lautstärkeregler ordentlich auf. Die Mädels grölten sofort mit, als die ersten Takte von »Basket Case« erklangen. Wir sprangen auf und fingen an zu tanzen und hätten darüber fast den Jahreswechsel verpasst.

»He, Leute«, rief Isabelle irgendwann. »Es ist gleich zehn vor zwölf!«

Allgemeine Hektik brach aus, eine jede wollte noch mal schnell aufs Klo, alle schnappten sich ihre Jacken und Schals, Elin holte den Korb mit den Proseccodosen vom Balkon, ich griff mir zwei leere Sektflaschen und die Raketen, Beate suchte verzweifelt nach den Riesen-Wunderkerzen, die sie extra gekauft hatte, und dann polterten wir alle gemeinsam die Treppe runter. Am Treppenabsatz im Erdgeschoss erwartete uns Frau Griesmayer, die uns neugierig beobachtete. Ich hatte ihr inzwischen die Blumen vorbeigebracht, und die Prophezeiung der M&Ms war in Erfüllung gegangen. Wir beide hatten eine Art Waffenstillstand geschlossen, und ich war nach Kräften bemüht, das Meinige zu tun, damit es dabei auch blieb.

»Na, wo soll's denn hingehen, die Damen?«, fragte sie fast schon ausgelassen.

»Wie jedes Jahr rüber in den Brudermühlpark, zu der Stelle, von der man einen so tollen Blick auf München hat.«

»Na, dann viel Spaß!«, rief sie uns hinterher. »Und guten Rutsch.«

Ich fragte mich, ob sie ihr Piccolöchen schon intus

hatte oder ob sie sich am Ende sogar vorgenommen hatte, im neuen Jahr etwas freundlicher zu ihren Mitmenschen zu sein.

»Ihnen auch alles Gute, ich hoffe, Sie haben rote Unterwäsche an. Die bringt nämlich Glück in der Liebe«, erwiderte ich und erntete prompt einen finsteren Blick. Es war also doch noch alles beim Alten.

»Unverschämtes Luder! Dir helf i«, rief sie mir nach, doch da war ich schon außer Reichweite.

Wir stapften, so schnell wir konnten, durch den Schnee in Richtung Park, überquerten ausgelassen johlend die vierspurige Ausfallstraße und erklommen den kleinen Hügel, auf dem außer uns halb Sendling unterwegs war. Oben standen schon knapp hundert Leute mit Tröten, Sektflaschen und einem Riesensortiment an Böllern und feuerten die ersten Raketen ab. Sofort legte ich einen Zahn zu, schließlich wollte ich nicht erst im neuen Jahr an dem kleinen überdachten Brunnen ankommen, und erreichte unser Ziel als Erste.

Schon kurz vor zwölf spielte mein Handy verrückt, weil eine SMS nach der anderen einging. Ich hatte die Raketen noch nicht in die Flaschen gesteckt, da fingen die Kirchenglocken an zu läuten. Ein Raunen ging durch die Menge, überall um mich herum knallte und explodierte es, und Beate fiel mir um den Hals.

»Alles, alles Gute fürs neue Jahr. Mögen all deine Wünsche in Erfüllung gehen«, brüllte sie mir ins Ohr.

»Danke, dir auch«, konnte ich gerade noch zurückbrüllen, da drückte mir ein wildfremder Typ ein Glas Sekt in die Hand und forderte mich auf, mit ihm Brüderschaft zu trinken.

Da ich nicht wusste, was er von mir wollte, hob ich mein Glas, um mit ihm anzustoßen, und ehe ich kapierte, was er vorhatte, griff er um meine Armbeuge, hakte sich bei mir ein, führte sein Glas an die Lippen, trank es in einem Zug aus und drückte mir einen Kuss auf den Mund. Oh mein Gott, dachte ich nur, will der mich heiraten? In Italien ist diese Geste nur unter Brautleuten üblich, wenn die Gäste sie lautstark auffordern, sich zu küssen. Na ja, immerhin würde ich im neuen Jahr viel Glück haben, da ich als Erstes einen Mann geküsst hatte, wie es die italienische Sitte erfordert.

Isabelle, die neben mir stand, amüsierte sich prächtig über mein dämliches Gesicht. »Jetzt schau nicht so, als hätte dich der Schlag getroffen. Das war der Tobi, ein guter Kumpel von Otto. Die feiern auch immer hier.« Dann entdeckte sie ihren Paul in der Menge und war verschwunden.

Nachdem ich auch den anderen Mädels ein *buon anno* gewünscht hatte, drehte ich mich um, da ich endlich meine Raketen zünden wollte. Ich blickte in ein Gesicht, das ich inzwischen nur zu gut kannte, und merkte, wie mir auf einmal ganz warm wurde, trotz der minus fünf Grad, die das Thermometer auf dem Balkon laut Elin angezeigt hatte.

»*Ciao,* Otto.« Ich lächelte ihn proseccotrunken an. »Ein gutes neues Jahr!«, sagte ich und nahm ihn spontan in den Arm.

»Dir auch«, murmelte er ganz dicht an meinem Ohr, und als er mich drückte, wurde mir ganz schwindelig – was natürlich auch am Alkohol liegen konnte.

»Guck mal, was ich gerade gelernt habe«, sagte ich, schnappte mir eine neue Dose Prosecco und besiegelte unsere Brüderschaft mit einem laut schmatzenden Kuss.

Danach standen wir uns gegenüber, als könnten wir nicht bis drei zählen. Ich sah ihn an, er sah mich an. Bis direkt neben meinem Ohr ein Böller explodierte und ich laut aufschrie.

»Ist dir was passiert?«, fragte Otto sofort besorgt und sah sich nach dem Übeltäter um.

»Nein, alles okay, ich habe mich nur erschrocken. Ich …«

Weiter kam ich nicht, denn Tobi packte Otto am Arm und zog ihn mit sich weg. »Los, die anderen warten«, sagte er. Mein neuer Bruder ließ sich verdattert abführen und winkte mir nur noch kurz über die Schulter zu. Dann war er in der Menge verschwunden.

Was bitteschön war das?, dachte ich. Doch jetzt war ganz bestimmt nicht der richtige Zeitpunkt, um über Otto und mich nachzudenken. Schließlich gab es da auch noch Ben. Den tollen Ben. Den verheirateten Ben. Den Ben, der jetzt wahrscheinlich gerade mit seiner Frau, mit der er angeblich nur noch auf dem Papier verbandelt war, ins neue Jahr rutschte.

Hoffentlich rutschte sie aus und brach sich ein Bein! Oder doch lieber er? Oder beide? Ich beschloss, die Entscheidung hinsichtlich meiner unfrohen Wünsche zu vertagen.

Mit diesem für mich ungewohnt herzlichen Wunsch auf den Lippen wandte ich mich endlich meinen Raketen zu und schoss mit ihnen all meine Sorgen und negativen Gedanken in die Luft.

Nach etwa einer halben Stunde hatte ich mein komplettes Sortiment in den sternenklaren Nachthimmel gejagt und war so durchgefroren, dass ich bibbernd von einem Bein aufs andere trat. Ich entdeckte die anderen ein paar Meter von mir entfernt, wo sie mit einer Gruppe Studenten zusammenstanden und sich ausgelassen unterhielten.

Da auch unsere Getränkevorräte restlos aufgebraucht waren, machten wir uns auf den Nachhauseweg und nahmen unsere neuen Freunde gleich mit, damit die Bude richtig voll wurde. Ich telefonierte noch kurz mit meinen Eltern und den Zwillingen, doch es war so laut und die Verbindung war so schlecht, dass ich sie kaum verstand, weshalb ich das Gespräch bald beendete – auch damit ich gar nicht erst sentimental werden konnte. Nachdem wir uns mit einem Riesentopf Mitternachtssuppe gestärkt hatten, läutete Isabelle die Schnapsrunde ein, und ab da gab's kein Halten mehr. Um halb acht wankte ich sturzbetrunken nach drüben und legte mich mal wieder in voller Montur aufs Bett, wo ich einschlief, noch ehe mein schwankender Körper das Laken berührte.

Als ich knapp drei Stunden später aufwachte, war mir speiübel. Ich war hundemüde und hätte noch stundenlang weiterschlafen können, dennoch schlug ich, ohne es zu wollen, die Augen auf. Weil ich wachgestarrt worden war.

Dieses Gefühl kann man nicht richtig erklären, es entsteht ganz allmählich und in einem Moment, in dem man noch nicht ganz Herr seiner Sinne ist. Langsam, aber beständig schleicht sich der Gedanke ins Bewusstsein, dass man beobachtet wird, bis man sich schließlich so unwohl fühlt, dass man davon wach wird.

Zu meinem Entsetzen bestätigte sich mein Verdacht, denn keine anderthalb Zentimeter von meiner Nase entfernt starrte ich in zwei hellgrüne Augen, die mich auffordernd musterten. »Gib mir Futter«, stand darin geschrieben, das erkannte ich selbst im Halbschlaf. Eine halbe Minute länger dauerte es, bis ich realisiert hatte, in wessen Pupillen ich da starrte, und als es mir klarwurde, fuhr ich mit einem Aufschrei hoch, nicht ohne mir sofort den schmerzenden Schädel zu halten.

»Joe, du Mistvieh!«

Die gut sechseinhalb Kilo Lebendgewicht, die bis zu diesem Moment auf meiner Brust gethront und mir die Luft zum Atmen genommen hatten, flogen in hohem Bogen und unter lautem Protestgeschrei durch den Raum. Kaum sicher auf allen vieren gelandet, drehte sich der Kater um und sprang mit Anlauf erneut auf mein Bett. Diesmal mitten in meinen Unterbauch, was ich mit einem schmerzerfüllten Stöhnen kommentierte. Noch ehe ich ihn erneut beiseitewischen konnte, fing Joe Kugel an zu schnurren und mir mit in freudiger Erwartung aufgerichtetem Schwanz abwechselnd mit den Vorderpfoten in den Bauch zu treten. Ja war denn jetzt alles zu spät?

»Vai via«, brüllte ich, »geh weg!« Dabei versuchte ich, ihn mit Nachdruck von mir herunterzuschieben. Vergeblich.

Mit seinem kompletten Gewicht stemmte sich der kleine Mistkerl gegen meine Hand, wobei er in eine bedenkliche Schieflage geriet. »Miau«, sagte er mit Nachdruck. Dazu der unverändert auffordernde Blick.

Mit einem Ruck drehte ich mich um, wobei der Kater von mir herunterfiel, nicht ohne die Krallen auszufahren, in dem Versuch, sich an mir festzuhalten. Ich biss die Zähne zusammen, als sich mir die spitzen Dinger in die Haut bohrten, und verbarg den Kopf unter dem Kissen. So geschützt, fühlte ich mich in Sicherheit und ausreichend gewappnet für weitere Attacken des von mir so sehr verachteten Mitbewohners. Doch leider war die Decke bei der Wendeaktion verrutscht, und mein linker Unterschenkel lugte darunter hervor. Das findige Tier, nicht dumm, nutzte die Gelegenheit und fing an, mich abzuschlecken. Die raue Zunge des Katers fühlte sich an, als wollte mir jemand mit Schleifpapier die Beine rasieren. Das war zwar durchaus dringend mal wieder nötig, aber ganz gewiss nicht so.

»Lass das. *Basta adesso!*« Ich zog das Bein zurück, woraufhin Joe Kugel den Kopf unter die Decke streckte und mich mit dem Kopf anstieß, damit ich ihm Platz machte.

»Was fällt dir ein! Weißt du eigentlich, wie spät es ist, du elende Kröte? Außerdem hab ich einen Brummschädel! Und zwar vom Feinsten.« Wütend starrte ich den Kater an, der mir mit Unschuldsmiene zu verstehen gab, dass er sich keines Vergehens bewusst war. Dabei stapfte er eifrig schnurrend um mich herum und unternahm erneut diverse Versuche, mich mit seiner Reibeisenzunge zum Aufstehen zu bewegen. Als das nichts fruchtete, machte er sich ganz flach, senkte den Kopf und rammte mir seinen Sturschädel so heftig in die Seite, dass ich schon dachte, er hätte mir eine Rippe gebrochen. Woher nahm der kleine Stinkstiefel bloß die Kraft?

Ein Blick auf meine Armbanduhr und ich war zum Mord bereit: fünf vor halb elf. Welcher Idiot hatte meine Zimmertür aufgemacht? Garantiert Friedrich, schoss es mir durch den Kopf. Er wollte mir bestimmt eins reinwürgen, weil ich mich beharrlich weigerte, den Eiskratzer für die Dusche zu verwenden.

Ich war mir todsicher, dass ich die Tür gestern Abend in weiser Voraussicht zugemacht hatte.

»Miau!« Joe Kugel gab nicht auf.

Mir egal. Ich wickelte mich so fest in die Decke, dass mich selbst die Feuerwehr mit dem Schneidbrenner nicht hätte befreien können, und stellte mich tot. Der

Kater jedoch, den ich zwischenzeitlich zum Mond und wieder zurück gewünscht hatte, war von der hartnäckigen Sorte und übte sich weiterhin fleißig im Turmspringen auf meinem müden Körper. Ich hielt genau siebenunddreißig Minuten durch. Danach sprang ich wie von der Tarantel gestochen auf, sprintete von einem erfreuten Schnurren begleitet in die Küche, zerrte eine Aluschale mit Katzenfutter aus dem Schrank, stülpte sie über den Napf, raste zurück in mein Zimmer, warf die Tür mit einem lauten Knall zu, drehte den Schlüssel zweimal rum und ließ mich aufs Bett sinken, um Sekunden später im Schlaf der Gerechten zu versinken.

Als ich gegen eins in die Küche kam, wo Friedrich friedlich mit einer Tasse Yogi-Tee das neue Jahr einläutete, stürzte ich mich sofort völlig außer mir auf meinen Mitbewohner.

»Wieso hast du heute Morgen meine Tür aufgemacht?«, fuhr ich ihn an.

»Wie wär's mit ›Guten Morgen‹ oder vielleicht sogar mit ›Ein frohes neues Jahr‹, die werte Dame?«, verpasste er mir erst mal eine verbale Ohrfeige.

Sie saß, und mein schlechtes Gewissen meldete sich. Allerdings nur für den Bruchteil einer Sekunde, denn bei einem Blutdruck von hundertachtzig zu hundertzehn konnte ich mich mit derlei Belanglosigkeiten nicht lange aufhalten. »Alles Gute«, murrte ich widerwillig, nur um gleich hinzuzusetzen: »Was hast du dir bloß bei der Aktion gedacht?«

»Was? Ich? Wie kommst du denn darauf?« Seine Empörung war nicht mal gespielt. »Worum geht's überhaupt? Hast du Angst, dass jemand zu dir unter die Decke kriecht? Keine Sorge …«

Ich hätte Friedrich die Gurgel umdrehen können, mit

Sicherheit war er der Schuldige. Letztlich brauchte er nur schief aus der Wäsche zu schauen, und schon hatte ich ihn in Verdacht. Natürlich könnte man das jetzt als ungerecht bezeichnen, aber erstens war ich nicht die Wohlfahrt, und zweitens hatte er sich das ganz und gar selbst zuzuschreiben.

»Weil heute Morgen um fünf vor halb sechs Joe bei mir in der Bude stand und mich wachgestarrt hat. Deshalb!«, keifte ich.

»Wer ist Joe?«, fragte er.

»Der dämliche Kater!«, schrie ich.

Friedrich fing an zu feixen. »Selber schuld«, sagte er mit süffisantem Grinsen, »Jarvis kann Türen aufmachen. Er springt einfach auf die Klinke. Hättest halt abschließen müssen.«

Wie bitte? Das Mistvieh konnte Türklinken herunterdrücken? War der Kater etwa aus dem Zirkus entlaufen? »Wer's glaubt«, erwiderte ich nur und stapfte wutentbrannt zurück in mein Zimmer.

Nach Frühstück war mir sowieso nicht zumute, bei dem Schädel, den ich heute hatte. Ich zog mir einfach die Decke über den Kopf und vergrub mich so tief in meinem Kissen, dass ich fast erstickt wäre. Egal, das war immer noch besser, als Friedrich bei der Zubereitung seines Apfelessigtrunks zuzuschauen, den er jeden Morgen trank, weil er mal gelesen hatte, dass es die Verdauung fördere und das Immunsystem stärke. Dem Mann konnte man echt alles erzählen. Wenn es so schlecht half, wie es roch, na, dann gute Nacht.

8.

»Ad ogni costo«

Der Januar war halb rum, und die Uni hatte mich mit Signor Mann und Co. wieder fest im Griff, als endlich das langersehnte Treffen mit Ben anstand. Ich war mehrfach kurz davor gewesen, endlich ja zu sagen, doch Vale hatte mich jedes Mal per Ferncoaching zurückgepfiffen, um die Spannung für Ben »bis ins Unerträgliche« zu steigern, wie sie so schön sagte. Irgendwann wurde es mir dann aber zu unerträglich, und ich sagte spontan zu.

Leider war die Völlerei über Weihnachten und Silvester meiner Figur nicht zuträglich, weshalb ich am Tag unserer Verabredung mit einer mittelschweren Panikattacke vor dem komplett überfüllten Kleiderschrank stand, um wieder mal festzustellen, dass ich einfach nichts anzuziehen hatte. Jedenfalls nichts, was meiner Mission, Ben den Kopf zu verdrehen und ihn dann stehenzulassen, dienlich war. Die Tatsache, dass er verheiratet war, würde ich, wie mit Vale besprochen, erst mal unter den Tisch fallen lassen, sonst kam am Ende keine Flirtstimmung auf, und mein ganzer Plan war Essig.

Per SMS trommelte ich ein Sondereinsatzkommando zusammen, bestehend aus Elin und Isabelle, die sich spontan bereit erklärten, mich gegen eine Einladung zum Kaffee in die Stadt zu begleiten und zu beraten.

Natürlich hätte ich lieber den Personal-Shopping-Service des Kaufhauses Beck gebucht, aber das gab mein strapaziertes Budget leider nicht her. Die Kosten für die Stilberaterin wurden nämlich erst ab einem Warenwert von 1 500 Euro übernommen – schade eigentlich! Mit zwei Latte macchiato und zwei Stück Käsekuchen für die Mädels kam ich da schon deutlich günstiger weg. Der Einsatz lohnte sich, denn in dem knielangen braunen Strickkleid mit riesigem Schalkragen, das Elin mir in die Umkleidekabine gebracht hatte, sah ich einfach wunderbar aus.

Genau das, gepaart mit den schönsten Komplimenten über meine Augen, die ich je bekommen hatte, sagte mir am Abend auch Ben, als er mich abholte. Er hatte sich ebenfalls schickgemacht, ganz nach meinem Geschmack, und trug einen trendigen Cordanzug mit passenden Boots. Als er mich zur Begrüßung nur auf beide Wangen küsste, war ich leicht irritiert, aber ich beschloss, die Sache nicht überzubewerten und den Abend so zu nehmen, wie er kam. Er würde schon gut werden, das hatte ich im Gefühl.

»Wohin geht es denn eigentlich?«, fragte ich, als ich merkte, dass wir in Richtung Schwabing unterwegs waren.

»Lass dich überraschen«, sagte er nur. »Du wirst ganz sicher nicht enttäuscht sein.«

Nachdem wir in der Nähe des Josephsplatzes geparkt hatten, führte er mich in eine kleine Seitengasse zu einem grün gestrichenen Altbau, in dem ein Laden im Erdgeschoss war. Im ersten Moment war ich irritiert, denn es sah aus wie beim Obsthändler, doch wir waren ganz offensichtlich am Ziel angekommen. Donna Susanna, stand in großen, geschwungenen Lettern auf einem handgemalten Schild überm Eingang, und noch ehe ich darüber enttäuscht sein konnte, dass er mich weder ins Tantris noch in den Königshof oder zu Mario Gambo ins Acquarello geführt hatte, öffnete er die Tür, und wir betraten einen kleinen, liebevoll eingerichteten Raum. Mittendrin befand sich eine einzige große, wunderschön mit Damastservietten, Silberbesteck und alten Gläsern gedeckte Tafel, auf der in angelaufenen fünfflammigen Kerzenleuchtern zu den Blumen passende Kerzen flackerten. Mein Blick wanderte zur rechten Seite, wo eine riesige Theke mit Antipasti stand, die mir sofort das Wasser im Mund zusammenlaufen ließen. Die Kellnerin, die uns sehr herzlich begrüßte, führte uns durch einen Flur, von dem aus wir einen Blick in die Küche erhaschen konnten, wo Donna Susanna hinterm Herd wirbelte, in eine Art Wohnzimmer mit Kamin. Dort stand noch mal der gleiche lange und festlich gedeckte Tisch, an dem knapp zwölf Leute Platz hatten. Eine richtige *tavolata,* dachte ich begeistert und fühlte mich spontan wie zu Hause.

An dem großen Tisch saßen bereits zwei ältere Herren, die ins Gespräch vertieft waren und nur kurz grüßten, als wir hereinkamen und uns setzten.

Nachdem die junge Frau uns hervorragend beim Wein beraten hatte und wir einige der edlen Tropfen sogar vorab probieren durften, konnten wir von einer kleinen grünen Tafel an der Wand eines der drei angebotenen Gerichte auswählen. Ich entschied mich für die Safran-Jakobsmuscheln vom Grill, Ben nahm das Lammfilet mit Granatapfelsauce, dazu gab es vorab einen Antipastiteller und danach wahlweise Käse oder *torta al limone,* die mich sofort in Erinnerungen an Riccione schwelgen ließ.

»Kompliment«, sagte ich zu Ben, nachdem ich die unverschämt leckere Fenchelsalami auf dem Vorspeisenteller fast komplett alleine verdrückt hatte. »Das hast du mal richtig gut ausgesucht.«

»Für eine besondere Frau wie dich musste ich mich ja ins Zeug legen.« Er verharrte mit der Gabel in der Luft und versuchte, meinen Blick einzufangen. Die anfängliche Fremdheit zwischen uns hatte sich schnell gelegt, und ich genoss den Moment in vollen Zügen.

Ehrlich gesagt musste Ben sich gar nicht so sehr ins Zeug legen, denn die Atmosphäre, der Wein und seine blumigen Worte taten ihre Wirkung schneller, als mir lieb war. Ich ließ es zu und hielt seinen Blick fest, so lange, bis ich es nicht mehr ertragen konnte. Meine Ohrläppchen glühten, und mir wurde ganz schwindelig, dennoch reizte ich die Situation noch ein bisschen mehr aus, indem ich mir die Haare zurückstrich und ihn anlächelte. Wir saßen recht dicht beieinander über Eck am Kopfende der langen Tafel, und als sich unsere Hände berührten, durchzuckte es mich, als hätte ich einen elektrischen Schlag bekommen. Wenn wir nicht hier beim Essen gesessen hätten, wäre jetzt genau der richtige Moment gewesen, um uns zu küssen. Ben nahm meine Hand, führte sie an seine Lippen, um einen Kuss daraufzuhauchen, und ich wollte gerade dahinschmelzen.

Da führte die junge Kellnerin drei Damen herein, und es war, als hätte man einen Kübel Eis über ein loderndes Feuer geschüttet. Die Raumtemperatur sank binnen Sekunden um zwanzig Grad, und nicht nur wir, sondern auch die beiden älteren Herren blickten instinktiv zur Tür.

»Also, ich weiß nicht«, sagte die langhaarige Mittfünfzigerin, die ihren beiden Begleiterinnen vorausging. »So eng mit fremden Menschen an einem Tisch zu sitzen – das mag ich eigentlich nicht.«

»Du wirst sehen«, beruhigte sie die Zweite, deren Augen sympathisch leuchteten. »Das wird sehr nett und gesellig. Jetzt setzen wir uns erst mal hin.«

Die Dritte, deutlich jünger als die beiden anderen, stand nur unschlüssig im Türrahmen und sagte erst mal gar nichts.

Ben und ich warfen uns einen vielsagenden Blick zu, denn die drei Grazien steuerten zielsicher auf unsere Ecke des Tisches zu.

»Che sfiga«, murmelte ich und konnte mein Pech kaum fassen. Offenbar war mir unter deutscher Sonne kein Glück in der Liebe beschert, oder warum wurde mir hier jeder Abend verdorben, sobald es auch nur annähernd romantisch wurde? Hatte *babbo* etwa im Himmel einen Aufpasser für mich engagiert? Oder war das nichts als pure Schikane? So langsam hat das Ganze System, oder bin ich jetzt etwa schon paranoid? Weiter kam ich mit meinen jede Romantik abtötenden Gedanken jedoch nicht.

»Nein, also hier kann ich unmöglich sitzen, da bekomme ich ja den ganzen Rauch ab. Wieso darf hier überhaupt geraucht werden? Das ist doch verboten!«, schreckte mich eine schrille Stimme direkt neben mir auf, was meinem Trommelfell sicher einen doppelten Riss bescherte.

»Dann nimm doch den Platz hier neben der jungen Dame«, sagte ihre Begleiterin, die ich bis eben noch sympathisch gefunden hatte, denn nun deutete sie unzweifelhaft auf mich.

»Nein, da zieht's bestimmt. Wieso ist überhaupt die Tür zum Nebenraum offen? Das ist doch viel zu kalt.«

Vom anderen Ende des Tisches ertönte verhaltenes Gebrummel, wie ein fernes Donnergrollen. »Die Bedienung kann ja wohl schlecht durch die Wand reinkommen«, meinte der eine der beiden Herren.

Ich warf Ben einen enttäuschten Blick zu, immerhin waren wir gerade mal bei der Vorspeise angelangt, und das hier konnte echt noch heiter werden.

»Sollen wir uns einfach in die Mitte nebeneinandersetzen?«, schlug die Jüngste der drei vor und zog schon mal einen Stuhl zu sich heran.

»Ja, ger…«, setzte die Zweite an, doch weit kam sie nicht.

»Auf gar keinen Fall!« Die Tonlage der Mittfünfzigerin wurde schriller. »Elisabeth, du weißt genau, dass ich schwerhörig bin, und wenn wir nebeneinandersitzen, können wir uns nicht unterhalten.«

»Schweigen ist eh Gold«, murmelte Ben und zwinkerte mir zu.

Nach weiteren zehn Minuten lautstarker Diskussion, die jedes Gespräch im Raum unmöglich machte, hatten die Dämlichkeiten ihren Platz eingenommen. Selbstverständlich hatte ich das große Los gezogen, und meine neue Freundin saß genau neben mir.

»Jetzt sag nicht, das da ist alles, was es hier zu essen gibt«, nahm die Tirade ihren Fortgang, kaum dass ich mich wieder Ben zugewendet hatte. »Da stehen ja gerade mal drei Sachen drauf«, keifte sie weiter. »Das gibt's ja wohl nicht!«

»Aber es schmeckt hier sehr lecker«, wagte die mittlerweile leicht verzweifelte Elisabeth einen zaghaften Beschwichtigungsversuch. »Und Susanna wird dir sicher auch was anderes kochen, falls dir nichts von der Karte zusagt. Das macht sie gerne.«

Die Dritte im Bunde war inzwischen verstummt und hatte ihr Handy herausgeholt, mit dem sie herumspielte. Sieht nach Verzweiflungstat aus, dachte ich mir, als ich beobachtete, wie sie eine SMS tippte, und schenkte ihr einen mitleidigen Blick.

Da kam die Kellnerin herein und wollte den drei Damen eine Flasche Wasser auf den Tisch stellen.

»Was soll das?«, fragte die Lady neben mir. »Das haben wir nicht bestellt, und überhaupt, bringen Sie uns erst mal die Weinkarte.«

»Wir haben keine Weinkarte. Ich berate Sie lieber persönlich und kann Sie gerne auch einzelne Weine probieren lassen. Wozu tendieren Sie denn? Lieber zu einem Roten oder zu einem Weißen?«, fragte die junge Frau unverändert freundlich, wofür ich sie sehr bewunderte.

»Woher soll ich denn wissen, welchen Wein ich trinken will, wenn Sie nicht mal eine Weinkarte haben. Also wirklich, was ist das denn für ein Lokal, Elisabeth? Das behagt mir aber alles gar nicht.«

Noch ehe die arme Elisabeth antworten konnte, war dem älteren der beiden Herren am anderen Ende ganz offensichtlich die Hutschnur geplatzt. »Jetzt ist aber mal Schluss!«, wetterte er los. »Wir wollen hier alle einen schönen Abend in angenehmer Atmosphäre verbringen, und wenn Sie verbitterte Gewitterziege dazu nicht in der Lage sind, dann gehen Sie doch zurück nach Hause und beschimpfen Sie Ihren Rauhaardackel.« Er schlug mit der Hand so fest auf den Tisch, dass die schönen alten Gläser bedrohlich wackelten.

Das saß! Entsetztes Schweigen machte sich unter den Damen breit, und auch Ben und ich sahen uns nur mit weit aufgerissenen Augen an.

Mit lautem Getöse sprang meine Stuhlnachbarin, ihres Zeichens verbitterte Gewitterziege, auf und stürmte hinaus. Im Gehen drehte sie sich noch mal um und keifte in die Runde: »Schönen Abend noch allerseits.«

»Ebenso«, erwiderten Ben und ich im Chor und sahen zu, wie Elisabeth und die Dritte im Bunde verlegen hinterherstürmten.

Keine Sekunde später stand Susanna in der Tür. »Was war los?«, fragte sie und wischte sich die Hände an dem weißen Leintuch ab, das sie sich um die ausladenden Hüften geschlungen hatte.

»Nichts.« Der ältere der beiden Herren rückte seine randlose Brille zurecht und musterte die Wirtin unschuldig.

»Stimmt«, bekräftigte sein Begleiter, »Hermann hat dich gerade vor einer typisch deutschen vertrockneten Pflaume bewahrt.«

»Benissimo«, sagte Susanna unbekümmert, »in meinem Lokal soll es vor Erotik knistern und nicht, weil hier irgendwelche vertrockneten Obstsorten rumsitzen.« Sie warf einen wissenden Blick in unsere Richtung. »So wie bei den beiden da drüben.«

Prompt fingen meine Ohrläppchen wieder an zu glühen, und Ben warf mir einen Blick zu, der besagte: An mir soll's nicht liegen …

Bis die Hauptspeise kam, war es restlos um mich geschehen, denn Ben verstand es einfach, eine Frau zu umgarnen. Mein Plan, mit ihm auf Teufel komm raus zu flirten, ging voll und ganz auf. Na ja, vielleicht bis auf die Tatsache, dass ich mit ein bisschen zu viel Elan bei der Sache war und mit steigendem Alkoholpegel den von mir und Vale ausgetüftelten Plan ein bisschen aus den Augen verlor. Daran konnte auch die mahnende SMS, die sie mir schickte, nichts ändern. »Denk dran, du lässt ihn nachher stehen!!!!!«, stand da, und die Zahl der Ausrufezeichen signalisierte mir, dass meine beste Freundin mir nicht traute.

Völlig zu Recht, denn zwei Stunden später lag ich mit Ben in einem Hotelbett und hatte den sensationellsten Sex meines Lebens. Immerhin die Rechnung war am Ende aufgegangen.

In den nächsten Tagen schwebte ich auf Wolke sieben. Ben küsste mich jeden Morgen per Telefon wach und ließ mich keinen Abend schlafen gehen, ohne mir noch süße Träume zu wünschen. Seine romantischen Nachrichten trösteten mich über die Tatsache hinweg, dass er nach wie vor verheiratet, wieder beruflich extrem eingespannt und viel unterwegs war, weshalb wir uns erst in zwei Wochen wiedersehen konnten. Statt mich deswegen zu grämen, gab ich mich in der Zwischenzeit meinen romantischen Tagträumen hin und war hin und weg von ihm. Vale erzählte ich wohlweislich nichts davon, sondern hielt mich über den Ausgang des Abends sehr bedeckt, und auch Beate, die nicht hatte glauben wollen, dass ich mich mit dem »fiesen Typen« überhaupt noch mal verabredet hatte, blieb uneingeweiht.

Jedenfalls war's komplett um mich geschehen: In der Uni konnte ich mich kaum konzentrieren, ich fuhr wie ferngesteuert mit der U-Bahn durch die Stadt und war jedes Mal froh, wenn ich an der richtigen Haltestelle ausstieg. Selbst Friedrich konnte meiner guten Laune nichts anhaben – zunächst jedenfalls. Doch dann geschah etwas, das mein feuriges italienisches Blut in Wallung brachte und mich zu einer Kurzschlusshandlung veranlasste, die ich mir selbst niemals zugetraut hätte.

Dabei hatte der Tag so gut angefangen: Als Dank für Ottos Weihnachtsrettungsaktion und weil ich Isabelle und Beate schon ewig versprochen hatte, mal italienisch zu kochen, wollte ich für uns alle sieben Tagliatelle al ragù nach dem Spezialrezept meiner *nonna* zaubern. Die Deutschen denken ja, Spaghetti bolognese seien neben Pizza und Lasagne das italienische Nationalgericht, wie auch immer es dazu gekommen sein mag. Ich wollte jedenfalls einen wichtigen Beitrag zur interkulturellen Verständigung unserer beiden Völker leisten, indem ich zumindest den Menschen in meiner nächsten Umgebung glaubhaft versicherte, in Bologna esse man zwar Spaghetti, und auch eine Soße namens ragù alla Bolognese sei uns Italienern durchaus bekannt. Aber von Nationalgericht konnte, zumal in der Kombination mit Spaghetti, keine Rede sein. Gerade in der Zeit, als ich so schlimm unter Heimweh gelitten hatte, hätte ich liebend gern eine Portion von der sensationellen Soße verdrückt, die stundenlang köcheln musste, bis sie sämig und eingedickt und einfach rundherum perfekt war, um Sorgen jeder Art zu vertreiben. Dass ich dabei so manches Mal eine Portion zu viel gegessen hatte, sah man mir leider an, aber wenn ich Trost brauchte, war mein Gewicht nun mal zweitrangig.

Ich war am Nachmittag extra durch halb München gelaufen, bis ich eine Metzgerei gefunden hatte, in der mir die Verkäuferin ein Stück *pancetta* durch den Wolf zu drehen bereit war. Keine Ahnung, warum man in Deutschland problemlos halbe Schweine und Rinder, nicht jedoch durchwachsenen Bauchspeck zu Hackfleisch verarbeiten kann. Verbietet das etwa das deutsche Reinheitsgebot für Fleischwölfe?, fragte ich mich. Oder gelten diese unsinnigen Vorschriften nur für Bier?

Marcus hatte erst neulich versucht, mir den Unterschied zwischen dem deutschen und dem bayerischen Reinheitsgebot auseinanderzusetzen, und mir nach mindestens sieben Halben und daher entsprechend nuschelnd erklärt, dass in einem deutschen Bier laut Verordnung nichts anderes als Wasser, Hopfen und Malz etwas zu suchen hätten. Ich hatte mich gefragt, ob genau das der Grund dafür war, dass mir diese Brühe einfach nicht schmecken wollte, wollte das Thema im Interesse aller aber nicht weiter vertiefen.

Jedenfalls hatte ich meinen durchgedrehten Bauchspeck bekommen, ebenso all die anderen Zutaten, die ich für meine Spaghettisauce brauchte, und ging voller Vorfreude mit meiner Einkaufstüte in die Küche.

Tagliatelle al ragú

– für 4 Personen –

Zutaten

1 Zwiebel
1 Karotte
1 kleines Stück Stangensellerie
100 g Bauchspeck (gehackt)
½ kleines Glas Olivenöl extravergine
300 g Rinderhack
½ Glas Rotwein
1 kleines Glas Fleischbrühe
5 EL Tomatenmark
1 Peperoncino (getrockneter Chili)
Salz

Pfeffer
600 g Tagliatelle
100 g Parmesan

Zubereitung
Für die Soße die Zwiebel und die Karotte schälen und den Stangensellerie putzen, anschließend alles raspeln oder mit der Küchenmaschine so klein wie möglich hacken.

Das Gemüse gemeinsam mit dem gehackten Bauchspeck in einem Topf in dem Olivenöl anbraten, bis die Zwiebeln glasig sind. Danach in kleinen Mengen das Rinderhack zugeben und auf mittlerer Flamme anbraten, bis es nicht mehr rot ist. Mit dem Rotwein ablöschen und, sobald dieser eingekocht ist, die Fleischbrühe, das Tomatenmark unterrühren und die zerbröselte Chilischote zugeben. Mit Pfeffer und Salz abschmecken und mehrere Stunden auf kleiner Flamme köcheln lassen, bis die Flüssigkeit verdampft ist und die Soße schön sämig wird.

Kurz vor dem Essen dann das Wasser für die Nudeln aufsetzen und die Tagliatelle al dente kochen. Die Nudeln abgießen, nicht abschrecken und mit der Soße verrühren. Dabei einen Rest Soße zurückbehalten, um ihn am Schluss über die Nudeln zu geben.

Mit dem geriebenen Parmesan bestreuen und heiß servieren.

Als Erstes bereitete ich die Sauce zu, damit sie schön vor sich hin köcheln konnte, und als sie weit genug eingekocht war, ließ ich Wasser in den großen Topf laufen. Gerade als ich ihn schon mal auf die Herdplatte setzen wollte, kam Friedrich herein.

»Ciao, Friedrich, willst du mir beim Tischdecken helfen?«, begrüßte ich ihn, so freundlich es mir möglich war.

»Wieso nimmst du nicht den Wasserkocher?«, fragte er statt einer Antwort und deutete auf den Topf. Natürlich hätte er auch sagen können: »Oh, das riecht aber lecker hier, ich freue mich schon auf das Essen«, aber dann wäre er nicht Friedrich gewesen.

»Warum sollte ich?«, erwiderte ich und nickte zu den Tagliatelle hinüber, die ich auf dem Tisch deponiert hatte. »Ich will uns Nudeln kochen und keinen Tee.«

Er seufzte. »Wie wär's, wenn du ab und zu auch ein bisschen Strom sparen würdest? Die nächste Rechnung kommt bestimmt.«

Unverständig sah ich meinen Mitbewohner an. »Du willst mir doch nicht etwa erzählen, dass ich mit dem einen Topf Tagliatelle hier unser Haushaltsbudget überstrapaziere.«

»Der Stromverbrauch eines deutschen Durchschnittshaushaltes liegt bei …«, fing er an zu dozieren.

»Kochst du, oder koche ich heute?«, unterbrach ich ihn, und mein Tonfall näherte sich der Schärfe des getrockneten *peperoncino* an, mit dem ich die Soße verfeinert hatte.

Friedrich zuckte daraufhin nur ergeben die Achseln. »Aber mach beim Kochen bitte den Deckel drauf, ja?«, sagte er noch, nahm sich einen der abgezählten Joghurts aus dem Kühlschrank und wandte sich zum Gehen.

»Auf die Soße?«, fragte ich vorsichtig nach, obwohl ich ahnte, dass er etwas anderes meinte.

»Nein, auf die Nudeln natürlich«, lautete die empörte Antwort.

»Bitte erzähl einer Italienerin nicht, wie sie Nudeln zu kochen hat«, entfuhr es mir. »Schlimm genug, dass ihr sie so lange im Wasser liegen lasst, bis sie endgültig tot und so weich wie Grießbrei und damit ab-so-lut ungenießbar sind, aber mit Deckel – *no* und noch mal *no*!«

Ich war wirklich ein gutmütiger, flexibler, kompromissbereiter Mensch, aber auch ich hatte meine Grenzen. Und die lagen, abgesehen von der Bissfestigkeit, unter anderem bei der Freiheit von Tagliatelle und Konsorten, bei geöffnetem Topf in sprudelndem, leicht gesalzenem und keinesfalls mit Öl versetztem Wasser vor sich hin zu kochen. Wenn meine *nonna* erfuhr, was die Deutschen mit ihrer geliebten Pasta veranstalteten, dass sie manchmal sogar eine doppelte Portion Nudeln kochten, um sie anschließend aufzuwärmen, die arme Frau würde sich auf der Stelle das Leben nehmen.

»Weißt du, wie viel Energie du dabei verschwendest?«, fragte Friedrich, der einfach nicht lockerlassen wollte.

»Ist mir echt egal«, hielt ich dagegen. »Wenn's euch hilft, gucke ich dafür eine Woche lang kein Fernsehen oder zünde abends in meinem Zimmer Kerzen an, statt das Licht anzuschalten. Meinetwegen gebe ich euch auch das Geld, wenn's sein muss.«

»Darum geht es doch gar nicht. Es geht um die Umwelt. Wenn alle so verschwenderisch leben würden wie du, dann bräuchten wir sieben Welten und nicht eine.« Mein Mitbewohner hatte augenscheinlich Feuer gefangen, so engagiert, wie er auf einmal zur Sache ging. Er stellte den Joghurt ab und blieb mit vor der Brust verschränkten Armen stehen, um mein Treiben kritisch zu verfolgen.

»*Per favore* – bitte«, versuchte ich, wieder gut Wetter zu machen, und lächelte ihn mit meiner schönsten südländischen Unschuldsmiene an. »Lass uns nicht streiten, so kurz vorm Essen, das ist nicht gut.« Ich beschloss, mich auf keine weitere Diskussion einzulassen, und versuchte ihn stattdessen zu ködern. »Komm schon«, lockte ich, während ich mich über den Topf beugte, um an der Soße zu riechen, »ich spendiere auch einen Schuss von meinem leckeren Öl, das ist mindestens so kostbar wie euer Strom.«

Jeder in der WG wusste, dass ich das handgepresste Olivenöl meiner *nonna* nur in mikroskopisch kleinen Mengen benutzte. Ich hatte die Flasche absichtlich nicht in der Küche deponiert, damit nicht jeder sich daran bediente, sondern in meinem Zimmer gelagert. Im Dunkeln, wie es sich gehört, stand sie unten in meinem Kleiderschrank und wurde nur zu besonderen Gelegenheiten hervorgeholt. Schließlich sollte das kostbare Öl ein ganzes Jahr lang halten.

Als ich mich umdrehte, war Friedrich einfach verschwunden, woran ich mich jedoch nicht weiter störte, denn in einer Viertelstunde würden die anderen aufkreuzen, und nach wie vor war noch nicht mal der Tisch gedeckt. Also verteilte ich im Schnelldurchlauf Teller, Gläser und Besteck auf der Tafel, die ich mit Efeuranken geschmückt hatte, warf die Tagliatelle in das sprudelnde Wasser und ging in mein Zimmer, um das Öl zu holen. Wenn man es kurz vor dem Servieren über die Nudeln gab, schmeckten sie noch mal so lecker.

Mit Schwung machte ich die Schranktür auf, streckte die rechte Hand aus – und erstarrte in der Bewegung. Die Flasche mit dem Öl. Sie war da. An ihrem angestammten Platz. Aber sie war leer.

»Aaaaaaaaaaaaaaaaaaahhhhhhhhhhhhhhhh!«

Mein Urschrei trommelte im Nu sämtliche WG-Bewohner sowie Beate und Isabelle zusammen, die gerade eingetroffen waren. Sie kamen alle in mein Zimmer gestürzt – bis auf Joe Kugel, der sich, ganz kluges Tier, das er war, angesichts der drohenden Gefahr in den letzten Winkel verzog.

Ich kniete unterdessen, einem kompletten körperlichen und seelischen Zusammenbruch nahe, vor meinem Kleiderschrank und rang mit den Tränen.

»Angela!«, rief Isa.

»Was ist?« Mike klang besorgt.

»Hast du dir weh getan?, fragte Beate.

»Blutest du?«, wollte Marcus wissen.

Einzig Friedrich sagte nichts und stand wie erstarrt da. Durch den Schleier meiner Tränen hindurch bildete ich mir ein, einen schuldbewussten Zug um seine Mundwinkel wahrgenommen zu haben, und ließ einen erneuten Schrei los, bei dem alle zusammenfuhren. Vermutlich auch der dicke Kater in seinem Versteck.

»Duuuuuuuuuuuuuuuuuuuuuuuu«, brüllte ich. »Das kannst nur du gewesen sein!« Mein ausgestreckter Zeigefinger, Ausdruck meiner Anklage, wies auf seine Brust.

Mein Mitbewohner zuckte nur lässig die Achseln und sagte: »Worum geht's?«

»Das weißt du genau!«, keifte ich und hielt die leere Ölflasche theatralisch in die Höhe.

»Mein Gott, die Nudeln.« Beate sprintete in die Küche, um zu retten, was vermutlich nicht mehr zu retten war.

»Du Schuft, *canaglia, pezzo di merda, testa di c…«* Einmal in Fahrt, war ich nicht mehr zu bremsen und gab eine Tirade an italienischen Schimpfwörtern von mir, die sich gewaschen hatte. Dabei saß ich noch immer vor dem Schrank auf dem Boden, die Glasflasche demonstrativ in die Luft gestreckt, wehklagend wie Elektra, als sie vom Tod Agamemnons erfuhr.

»Ich versteh hier nur Bahnhof«, meinte Marcus. »Was ist mit der Flasche? Hast du dich geschnitten?« Nachdem er sich davon überzeugt hatte, dass keine Erste Hilfe zu leisten war, hielt er seine Anwesenheit am Ort des Dramas offenbar nicht für dringend erforderlich und verzog sich kopfschüttelnd in die Küche, um Beate zu assistieren.

»Oje, Omas Öl.« Mike dagegen schien das Ausmaß meiner Verzweiflung zwar immerhin erfasst zu haben, rührte sich aber nicht vom Fleck.

Einzig Isabelle sah mich mitfühlend an, kam auf mich zu und nahm mich in den Arm. Deutsche Männer waren also ähnlich unsensibel wie die italienischen, was weiblichen Schmerz anging – egal ob sie schwul waren oder hetero. Unter Frauen hingegen herrschten zum Glück auch hierzulande noch so etwas wie Solidarität, Mitgefühl und Anteilnahme.

Ich warf mich ihr in die Arme und schluchzte hemmungslos. Dabei ging es nicht allein um das Öl, sondern um die Tatsache, wie rücksichtslos in diesem Land mit dem Eigentum anderer umgegangen wurde. Ich fühlte mich nicht geachtet, nicht respektiert, nicht …

In meinem Schmerz bekam ich erst gar nicht mit, dass Friedrich sich auf leisen Sohlen ebenfalls aus dem Staub gemacht hatte, aber als ich es merkte, sprang ich wie in Sekundenschnelle auf. »Wo ist er?«, rief ich, ließ die Flasche fallen, sprang auf und stürzte aus dem Raum auf seine Zimmertür zu.

Ich hatte nicht schlecht Lust, in die Küche zu stürmen und den sündhaft teuren Umkehrosmose-Wasseraufbereiter, den er sich erst letzte Woche angeschafft hatte, in seine Einzelteile zu zerlegen und vor seiner Zimmertür zu deponieren. Friedrich hatte einen halben Tag lang die Küche blockiert, um das Gerät anzuschließen, nicht ohne uns ausführlich über die Unterschiede zwischen Permeat, Konzentrat und Rohwasser sowie deren strikt zu beachtende Verwendungsmöglichkeiten aufzuklären. Doch die Aktion war mir jetzt zu kompliziert.

Wohlweislich hatte der Übeltäter sich eingeschlossen und gab keinen Mucks von sich, während ich wie von Sinnen gegen seine Tür trommelte und ihn erneut mit den schillerndsten Ausdrücken in meiner Muttersprache beschimpfte. Mein Repertoire war dank jahrelanger Übung mit den Zwillingen schier unerschöpflich.

Das rief Marcus wieder auf den Plan, der mit einem Sieb in der Hand aus der Küche angelaufen kam und meinte: »Also italienisches Temperament ist ja gut und schön, und hübsch seid ihr Südländerinnen auch fast alle, aber das hier erscheint mir dann doch ein bisschen übertrieben.«

»Wer hat dich um deine Meinung gebeten?«, fuhr ich nun ihn an, glücklich darüber, endlich einen Blitzableiter für meine unkanalisierte Wut gefunden zu haben.

»Komm schon«, versuchte Beate einzulenken, »wir essen jetzt erst mal die Nudeln. Danach sieht die Welt schon wieder anders aus.«

»Nudeln, welche Nudeln? Die verkochte Pampe kannst du in den Müll werfen. Und die Sauce gleich hinterherkippen. *Porca mis*... Ach, egal. Ich ziehe hier sowieso aus. Aber erst, wenn ich aus Friedrich Hackfleisch gemacht habe.« Wieder trommelte ich an seine Tür. »Mach endlich auf, du feiger Hund!«, schimpfte ich und ging dazu über, an der Klinke zu rütteln.

»Stell dich nicht so an wegen dem bisschen Öl«, ertönte es durch das weiß lackierte Holz. »Ich kauf dir eben bei Aldi ein neues.«

»Ha, dann gibst du es also zu!« Triumphierend blickte ich ins versammelte Publikum und wartete auf den Beifall – vergeblich. Ein gewisser Hang zum großen Auftritt war mir nicht abzusprechen, aber so sind wir Italienerinnen nun mal: impulsiv, emotional, laut, ungefiltert authentisch. Davon kann sich so manche deutsche Schlaftablette, die dreimal darüber nachdenkt, ob sie andere an ihrem Gefühlsleben, egal ob Freude oder Unheil, teilhaben lässt, eine Scheibe abschneiden. Egal, so leicht wollte ich Friedrich nicht davonkommen lassen. »Was hast du damit gemacht?«, fragte ich, und meine Stimme überschlug sich fast vor Empörung.

»Meine Fahrradkette geölt«, kam es durch die geschlossene Tür zurück. »Die Flasche in der Küche war leer, und die Läden hatten schon zu. Ich hätte sonst nicht losfahren können. Die Kette hat geklemmt.«

Diese bodenlose Ignoranz, die nur ein deutscher Mann an den Tag legen konnte, schlug nun wahrlich dem Fass den Boden aus. Dieser Typ hatte doch nicht alle Tassen im Schrank. Als hätte mir jemand den Boden unter den Füßen weggezogen, ging ich erneut in die Knie und fing an zu weinen wie ein Schlosshund. »Das gi-hi-hibt's doch ni-hi-hicht«, heulte ich ohne Rücksicht auf Verluste, »meine *no-ho-honna*!«

Zehn Minuten später saßen wir zu sechst in der Küche, und ich hatte mich wieder einigermaßen in der Gewalt. Otto war inzwischen auch eingetroffen und über das Ausmaß der Katastrophe informiert. Mit tränenverschleiertem Blick sah ich den anderen dabei zu, wie sie einen Teller total verkochte Nudeln mit meiner leckeren Sauce o-h-n-e *nonnas* Öl aßen. Der Hunger war mir vergangen, was wahrlich nicht oft vorkam. Joe Kugel hatte sich zu uns gesellt und die Allgemeinheit laut maunzend darauf hingewiesen, dass er ebenfalls etwas zu essen vertragen könnte, woraufhin ihm Isabelle eine Extraportion gegen den Schreck verabreicht hatte. Friedrich hatte sich bisher nicht aus seinem Zimmer herausgetraut, und ich an seiner Stelle würde es noch eine ganze Weile dabei belassen.

»Hast du das vorhin etwa ernst gemeint, mit dem Ausziehen?«, fragte Isabelle und schob sich eine Gabel mit Tagliatelle in den Mund. »Hm, lecker!«

Ich verzog unwillkürlich das Gesicht. »Ehrlich gesagt ja. Nichts gegen euch beide«, ich sah die M&Ms entschuldigend an, aber Friedrich könnte ich vierteilen, sobald ich ihn nur aus der Ferne sehe. Wenn ich mir vorstelle, dass ich noch über ein halbes Jahr mit ihm zusammenleben soll, dann bekomme ich augenblicklich Plaque. Und zwar die pathogene Form.«

»Jetzt übertreibst du aber«, wandte Beate mit vollem Mund ein.

Isabelle nickte. »Find ich auch. Schlaf mal eine Nacht darüber, dann kommt es dir bestimmt nicht mehr so schlimm vor.«

»Ich fänd's sehr schade, wenn du das tatsächlich tun würdest«, meldete sich nun auch Otto zu Wort.

»Wir wohnen immerhin auch noch hier«, meinte Mike halb verschnupft. Du dagegen tust geradeso, als wärst du Friedrich alleine ausgeliefert. Er ist zwar ein komischer Kauz, aber er hat auch seine guten Seiten. Natürlich ist das extrem blöd mit dem Öl von deiner Oma, aber die Welt geht davon nun wirklich nicht unter. Spätestens nächste Woche kommt doch sowieso wieder ein Carepaket von deiner Mutter an, dann soll sie dir eben eine Flasche davon mit reinstecken.« Er hob sein Weinglas und lächelte mich aufmunternd an. »Prost – und jetzt Schwamm drüber.«

Erst wollte ich erbost aufbrausen, weil er der Sache nicht das nötige Gewicht beimaß, aber dann griff ich ebenfalls nach meinem Glas und lächelte tapfer zurück. »*Cincin*. Danke, ihr zwei seid echt lieb.« Damit stürzte ich den Wein in einem Zug herunter und beschloss, die Sache auf sich beruhen zu lassen. Für heute.

Fünf Tage später hatte ich mehrere Besichtigungstermine für Studentenbuden und WG-Zimmer ausgemacht. Sogar über die Option, doch noch bei Signor Colluti einzuziehen, dem ich ohnehin noch einen Besuch schuldig war, hatte ich noch mal nachgedacht, sie dann aber als den absoluten Worst Case verworfen. Lieber würde ich mir einen Schlafsack und eine Isomatte kaufen, obwohl ich grundsätzlich eher Fünfsternehotels mit anständigem Room Service favorisiere, und in der Bahnhofsmission Unterschlupf suchen.

Als Tochter meiner Mutter, die über wahrlich explosives Temperament verfügt, neige ich nicht nur zu spontanen Wut- und Tränenausbrüchen, sondern auch dazu, einmal gefasste Entschlüsse nicht allzu lange zu überdenken. Im Affekt getroffene Entscheidungen haben nun mal einen wahren Kern, der sich nicht aus der Welt reden lässt, sosehr man das manchmal vielleicht möchte.

Daher hatte ich meinen Worten nach einer schlaflosen Nacht Taten folgen lassen und mich nach Alternativen umgesehen. Auf einen Wohnheimplatz durfte ich gar nicht erst hoffen, zumal ich wegen meines inzwischen überschaubar kurzen Aufenthalts bloß das Zimmer von jemandem hätte übernehmen können, der gerade nicht in München war. Also blieben nur die Privatzimmervermittlung des Studentenwerks in der Leopoldstraße oder der freie Wohnungsmarkt. Über die Zeitung etwas zu finden, war jedoch utopisch, und einem von diesen windigen Immobilienmaklern, die den privaten Wohnungsmarkt fester im Griff hatten als die Mafia ihre Gläubiger, fürs Nichtstun Geld in den Rachen zu werfen, sah ich auch nicht ein. *Babbo* schon wieder um Geld anzuhauen, kam definitiv nicht in Frage, zumal ich sowieso ein unglaublich schlechtes Gewissen hatte wegen des Geldes, das er Signor Colluti völlig umsonst zahlte und das ich mir endlich wiederholen musste.

Ich fand es ganz schön anstrengend, mich um all die Dinge selbst kümmern zu müssen, aber es erfüllte mich auch mit einem gewissen Stolz. Seit meiner Ankunft in Deutschland hatte ich einiges gelernt und war viel selbstbewusster und offener geworden. Ich telefonierte längst nicht mehr so häufig mit meinen Eltern wie zu meiner Anfangszeit in München, und auch mit Vale tauschte ich mich nur noch aus, wenn etwas wirklich Dramatisches geschehen war. Sie wusste natürlich Bescheid über meine Umzugspläne, über die ich *mamma* und *babbo* selbstverständlich im Unklaren gelassen hatte.

Leider verliefen meine Anstrengungen im Hinblick auf eine neue Unterkunft nicht so erfreulich wie erhofft. Zwei der Unterkünfte lagen direkt am Mittleren Ring – für eine Frischluftfanatikerin wie mich absolut undiskutabel, ein Vermieter hatte es sich in letzter Minute anders überlegt und wollte nun doch keine Ausländerin in seinem Eigentum dulden, und bei zwei Terminen hatte ich die deutsche Pünktlichkeit unterschätzt. Als ich eintraf, waren die Zimmer schon vergeben. Blieb noch die WG in Neuhausen: zwei junge Frauen in meinem Alter, eine Krankenschwester in der Klinik gleich am Rotkreuzplatz, die andere Steuerfachgehilfin, ein Zimmer von dreizehn Quadratmetern mit Fenster zum Hof, ein kleiner Balkon, gemeinsames Bad und Küche. Das klang erst mal gut. Diesmal war ich offenbar die Erste, als ich fünf Minuten früher als vereinbart gegen vier Uhr nachmittags eintraf. Außer mir war noch niemand da, und ich drückte erleichtert auf den Klingelknopf. Das war doch sicher ein gutes Zeichen, hoffte ich in meinem grenzenlosen Optimismus.

Doch der sollte mir schneller vergehen, als mir lieb war. In der recht geräumigen Diele, in der sich außer einer sehr ordentlichen Garderobe nur ein kleiner silbergrauer Schuhschrank befand, standen drei Stühle – zwei nebeneinander und einer gegenüber. Mit je einem Klemmbrett bewaffnet, boten die beiden Frauen mir nach einer knappen Begrüßung den einzelnen Stuhl an, setzten sich ebenfalls hin und begannen mit der Fragestunde. Meine Bitte, mir doch zuerst die Wohnung zu zeigen, schmetterten sie mit dem Gegenargument ab, dass sie sich dies für jene Kandidaten vorbehalten wollten, die es in den »Recall« schafften. Schließlich wollten sie nicht jeden durch ihre Zimmer führen, dafür hätte ich doch sicher Verständnis.

Sicher!

»Wie oft duschst du?«, fragte die Krankenschwester mit kritischem Blick auf das Vogelnest auf meinem Kopf.

Ich fuhr mir nervös durch die Haare und versuchte sie zurechtzuzupfen. »Einmal pro Tag?« Da ich mir nicht sicher war, ob dies einem mittelschweren Verbrechen gleichkam, ließ ich den Satz lieber mal wie eine Frage klingen.

Die Antwort verschaffte mir auf jeden Fall einen Strich auf der Liste meiner Inquisitorinnen, ob auf der Positiv- oder der Negativseite, konnte ich von meinem Platz aus nicht sehen.

»Wie lange brauchst du morgens im Bad?«

»Na ja«, erwiderte ich, »für eine Italienerin bin ich mit eineinhalb Stunden ziemlich schnell.«

Wieder ein Strich, diesmal auf der anderen Seite.

»Rauchst du?«

»Nein.«

»Wir schon.« Noch ein Strich.

»Bist du Vegetarierin?« – »Kaufst du Bioprodukte?« – »Benutzt du Zahnseide?« – »Rasierst du dir die Beine?« – »Hast du einen Freund?« – »Wann gehst du abends ins Bett?« – »Hast du irgendwelche Allergien?«

Ich fand, die Fragen wurden immer unverschämter. He, Leute, empörte ich mich im Stillen über die vielen Intimitäten, die ich offenbaren sollte. Ich will schließlich nicht etwa die deutsche Staatsbürgerschaft beantragen oder mich um einen Posten im Innenministerium bewerben, sondern bloß für sechs Monate ein Zimmer mieten.

Am Ende sagten sie zu mir: »Du erfährst dann per Mail, ob du es in die Endrunde geschafft hast. Schickst du bitte gleich den nächsten Kandidaten rein? Laut unserer Liste heißt er Lars und studiert auf Lehramt. Danke, mach's gut.«

»Ciao.« Endrunde? War ich hier bei *Deutschland sucht den Superdeppen,* oder was?

Als ich nach draußen stürmte, weil ich das Gefühl hatte, hier drin vor lauter unangenehmen Fragen keine Luft mehr zu bekommen, stand tatsächlich ein Typ mit langen braunen Haaren und Lederjacke vor mir.

»Lars?«, fragte ich nur.

Er nickte verwundert.

»Viel Erfolg bei den Erinnyen«, sagte ich nur und wusste, dass ich diese Wohnungstür garantiert nicht noch mal von innen sehen würde.

Auf dem Weg zurück zur U-Bahn-Haltestelle versuchte ich mir einzureden, dass Friedrich doch nicht so übel war. Vielleicht sollte ich ihm die Sache mit dem Öl großmütig verzeihen? Wenn ich ehrlich war, fände ich es sehr schade, aus der WG auszuziehen, denn eigentlich fühlte ich mich bei den M&Ms sehr wohl, ebenso bei Beate und Isabelle – und bei Otto.

Während ich so über meine Lage nachdachte, kam ich an einer Bäckerei vorbei. Im Gehen warf ich einen Blick in das Schaufenster, und obwohl ich nur aus dem Augenwinkel wahrnahm, was da so verführerisch gestapelt war, reagierte mein Körper binnen Sekunden. Sofort lief mir das Wasser im Mund zusammen, und wie auf Kommando fing mein Magen an zu knurren, als ich die vielen Köstlichkeiten betrachtete.

Eins muss man den Deutschen echt lassen: Was Wurst- und Backwaren angeht, kann ihnen so schnell keiner was vormachen. Derart viele verschiedene Brotsorten gibt es in keinem anderen Land der Welt, von den süßen Sachen und Kuchen ganz zu schweigen. So viel Sport kann ein Mensch gar nicht machen, sagte ich mir, um das alles wieder abzutrainieren. Ein Volk von Masochisten ist das hier! Oder sollen damit etwa die sprichwörtliche deutsche Disziplin und Selbstbeherrschung auf eine Art Dauerprobe gestellt werden?

Sosehr ich mich auch innerlich wehrte, mein schwer gebeutelter, zur Enthaltsamkeit verdammter Organismus meldete nicht nur Hunger, wie es mehrmals täglich der Fall war, sondern GIER. Dagegen war ich machtlos. In einem Weidenkorb türmten sich frische *cornetti,* die mich geradezu magisch anlockten. »Na, komm schon«, schienen sie zu flüstern, »kauf uns. Wir sind auch ganz klein und haben ganz sicher weniger als tausend Kalorien das Stück. Die baust du bei der Kälte locker wieder ab, wenn du deine Mütze absetzt, denn dann brauchst du Unmengen an Energie, um deine Körpertemperatur zu halten.«

Meine bis eben noch ach so stabilen Schutzschilde bröckelten verdächtig, und ehe ich auch nur *»No!«* denken konnte, lagen die krümeligen Überreste vor mir auf dem Gehsteig. Wie auf Schienen zog es mich in die Bäckerei, und nachdem ich mich vergewissert hatte, dass mich niemand sah – jedenfalls niemand außer mir selbst, und ich zählte in dem Fall nicht –, drückte ich die Ladentür auf.

Ein verführerischer Duft schlug mir entgegen, und ich hätte spontan die gesamte Auslage aufkaufen und essen können, doch da ich ohnehin ein schlechtes Gewissen hatte, blieb ich zumindest in einer Hinsicht eisern: Es gab einen *cornetto,* mehr nicht.

»Guten Abend«, grüßte ich freundlich, schließlich war es schon nach drei Uhr, und in Italien sagt man ab dem frühen Nachmittag ganz selbstverständlich *»Buona sera«.* Irgendwie war mir bisher noch nicht aufgefallen, dass in Deutschland da andere Gepflogenheiten herrschten.

Die Bäckereifachverkäuferin musterte mich, als müsste sie an meinem Verstand zweifeln, wovon ich mich jedoch nicht aus der Ruhe bringen ließ. Vorerst jedenfalls. Weitaus mehr irritierte es mich, dass sie mir nach einem vertrauten »Griasgod« noch ein lautes »Grias Eana« entgegenschleuderte, als ich ihren Gruß nicht ihren Vorstellungen gemäß erwiderte.

Auf »Griasgod« war ich seit meinem Wies'n-Sprachkurs bei den M&Ms und Otto bestens vorbereitet, daher dachte ich auch nicht, dass ich hier versehentlich in die als Bäckerei getarnten Räume einer christlich-fundamentalistischen Organisation geraten war – was ich vor wenigen Monaten sicher noch angenommen hätte. Auch war ich mir sicher, dass die fromme Frau mir die Sünde, die ich zu begehen drohte, nicht ansah, weswegen sie gewiss auch nicht vorhatte, mich mit ihrer Grußformel auf den rechten Weg zurückzuholen.

Aber Erna? Verwechselte die Bäckereifachverkäuferin mich etwa mit jemandem und glaubte, mich entgegen der sonst vorherrschenden Gepflogenheit des Siezens, an die ich mich fast schon gewöhnt hatte, mit meinem Vornamen ansprechen zu müssen?

Leicht verunsichert, was ich durch eine besonders hochnäsige Miene wettzumachen versuchte, deutete ich auf die leckeren Hörnchen im Schaufenster und sagte so selbstbewusst wie nur möglich: »Einen *cornetto* bitte.«

»Eis hamma ned«, lautete die Antwort.

Das stellte mich vor ein schier unlösbares Problem: Was hatte die gute Frau da gerade zu mir gesagt? Ich hatte »Eis« verstanden, aber was hatte ein Hörnchen damit zu tun? Und wer bitte schön kaufte bei diesen Temperaturen Eis? Wir hatten Januar. Spontan und flexibel, wie ich nun mal bin, wechselte ich binnen einer Sekunde von hochnäsig in den Bedürftig-Modus und blickte die Bäckereifachverkäuferin mit möglichst großen, bittenden Augen an. Bei Männern funktioniert die Masche immer. In Italien jedenfalls. Während mein Unterbewusstsein mir zufunkte, dass ich gerade weder in meinem Heimatland war noch vor einem Mann stand, schien die gute Frau zu merken, dass ich sie nicht verstanden hatte.

»Eis hamma ned«, wiederholte sie, ein wenig unwillig um ihre seltsame Kundschaft bemüht. Zwar redete sie nicht deutlicher, dafür aber deutlich lauter und mit leicht genervtem Unterton und fügte vorsichtshalber noch eine unmissverständliche Geste hinzu, die mich ganz offenbar zur Eile antreiben sollte. Sofort fiel mir die Szene mit der unfreundlichen Angestellten in der Mensa von neulich wieder ein – offenbar versuchten die Bayern, ihre sprichwörtliche angeborene Wortkargheit mittels Gesten zu kompensieren.

Jedenfalls sah ich mich in dem Laden um, ob hinter mir weitere Kunden standen, die dringend etwas kaufen wollten und womöglich ungeduldig warteten, doch da war niemand. Mein schlechtes Gewissen erkannte die einmalige Chance und quatschte sogleich dazwischen: »Siehst du, es soll nicht sein. Du bist eh zu dick. Lass es und geh wieder.« Auf gar keinen Fall, dachte ich und startete hartnäckig einen zweiten Versuch, diesmal in Zeichensprache. Mit dem Zeigefinger deutete ich zuerst auf den Stapel mit den Hörnchen und hielt ihn dann in die Höhe, um wie in meiner Heimat üblich eine Eins zu symbolisieren.

Diese Zählweise schien in Deutschland nicht verbreitet zu sein, denn die Verkäuferin zeigte zwar nun ihrerseits mit der Gebäckzange auf die leckeren *cornetti,* fragte jedoch unwirsch: »Wie viele?«

»Einen«, erwiderte ich mit Unschuldsmiene, in der Hoffnung, den Kaufvorgang damit abschließen zu können.

»Wenn's drei nehma, san's im Angebot.«

Gänzlich überfordert ob dieser großzügigen Offerte, was auch immer sie beinhalten mochte, schüttelte ich vorsichtshalber den Kopf und zückte mein Portemonnaie, um zu demonstrieren, dass ich den Einkauf nun zu beenden gedachte. Hätte ich auch nur im Entferntesten geahnt, was mich hier drin erwartete, ich hätte meinen knurrenden Magen ohne jedes Zögern ignoriert und wäre einfach weitergelaufen. Dieses Theater waren mir die Rettungsringe auf meinen Hüften ganz bestimmt nicht wert. Doch zu spät, nun hing ich in der Sache drin. Eine Sache, die leider noch nicht beendet war.

»Ois?«, lautete nämlich die nächste Frage der Bäckereifachverkäuferin, die den *cornetto* auf ihre Theke gelegt hatte und bisher keine Anstalten machte, ihn in eine Tüte zu packen.

»Wie bitte?«, fragte ich höflich. Hatte sie nicht eben noch behauptet, es gebe hier kein Eis? Nur um mir jetzt eines anzubieten? War ich etwa im Fernsehen gelandet? In einer von diesen Pannenshows? Oder gab's so was in Deutschland nicht? Ich sah mich unsicher um, konnte jedoch nichts Verdächtiges entdecken.

Auch diesmal war die Antwort zwar nicht deutlicher, dafür aber deutlich lauter: »Ois?«

Wieso gingen diese Bayern bloß immerzu davon aus, dass man schwerhörig war, wenn man sie nicht verstand? Kamen die denn nicht auf die Idee, dass es an ihrer Aussprache liegen könnte? Offensichtlich hatte man den Angehörigen dieses Volkes bei der Geburt eine Extraportion Selbstbewusstsein in die Wiege gepackt, und sie kamen gar nicht auf die Idee, dass es an ihnen liegen könnte. Egal. Da ich vermutete, dass sie mir gerade ein weiteres tolles Angebot gemacht hatte, das ich nicht wahrnehmen wollte, schüttelte ich beherzt den Kopf und sagte: »Nein.«

Mein Gegenüber hob sichtlich genervt die Augenbrauen und sagte: »Was derfs denn no sei fer Eana?«

Wer um Himmels willen war diese Erna? Meine Verzweiflung wuchs. Die Panik in mir auch. Dieser rüde Ton machte mir schwer zu schaffen, immerhin war ich es gewohnt, als Kundin zuvorkommend und höflich behandelt zu werden. Aber was sollte ich schon von einem Volk erwarten, das allen Ernstes von sich behauptete, Fragen wie »Spinnst du?« seien nichts weiter als ein Ausdruck gegenseitiger Zuneigung. Ich kapitulierte.

»Okay, eins zu null für dich, ich esse nichts«, murmelte ich meinem schlechten Gewissen zu und stürmte ohne eine Reaktion auf die Frage, die mein Sprachzentrum nachhaltig irritiert hatte, unter dem erstaunten Blick der Verkäuferin aus dem Laden.

Um der Sache noch etwas Positives abzugewinnen, betrachtete ich das Erlebnis vor allem unter dem schlankmachenden Nebeneffekt und fuhr zurück nach Mittersendling.

Als ich in der WG meine Entscheidung verkündete, freuten sich alle ehrlich, dass ich bleiben wollte. Sogar Friedrich kam am Abend noch in mein Zimmer, um sich mit einem Blumenstrauß bei mir zu entschuldigen. Ich wusste genau, dass die M&Ms ihn dazu verdonnert hatten, denn der Strauß stammte eindeutig aus ihrem Laden, aber Blumen waren Blumen, und die beiden hatten einfach Geschmack.

Mir soll's recht sein, dachte ich nur und ging ins Bad, um es ein bisschen zu verwüsten.

9.

»C'è chi dice no«

In der zweiten Februarwoche machte ich mich endlich auf den Weg zu Signor Colluti, wenn auch mit einem unguten Gefühl im Magen. Sein Verhalten und die Tatsache, dass er in all den Monaten nie meine Eltern informiert hatte, waren schon mehr als merkwürdig. Als ich ihn angerufen hatte, um meinen Besuch anzukündigen, war er wie immer sehr freundlich gewesen, aber das war auch kein Wunder, angesichts der Hunderte von Euro, die er monatlich an mir verdiente. Für nichts!

Je länger ich über Ottos Worte nachdachte, die ich ja am liebsten gar nicht hatte hören wollen, desto wütender wurde ich auf diesen angeblich ach so seriösen italienischen Herrn, in dessen Obhut mich *babbo* vertrauensselig gegeben hatte. Wenn ich daran dachte, dass ich die Reise nach München überhaupt nur wegen diesem Betrüger hatte antreten dürfen …

Dementsprechend entschlossen setzte ich mich am frühen Nachmittag in die Bahn und redete mir auf dem Weg bis zum Tizianplatz Mut zu. Ich war seit einer ganzen Weile nicht mehr bei dem alten Herrn gewesen und dachte beim Anblick der gepflegten Anlagen und wie aus dem Ei gepellten Häuser, dass München wahrlich viele Gesichter hatte. Es gibt hier traumhaft schöne und für Menschen wie mich unbezahlbare Ecken, etwa in Bogenhausen,

Schwabing oder Grünwald, ein paar Szeneviertel wie am Glockenbach oder Haidhausen, wo vor allem junge Familien leben, Arbeiterviertel wie Sendling und Giesing, in denen man völlig anderen Leuten begegnet, und dann die weniger schönen Gegenden mit riesigen Wohnblocks wie Perlach, Milbertshofen oder die alten Militärgelände, auf denen die Stadt in den letzten Jahren ganze Viertel neu hochgezogen hat. München explodiert, es wollen immer mehr Menschen hier leben, der Wohnraum ist knapp, und die Mieten sind entsprechend teuer.

Ich habe nichts zu verschenken, dachte ich und drückte energisch auf den Klingelknopf neben dem Schild mit Signor Collutis Initialen.

Diesmal öffnete mir der alte Herr persönlich, wie immer in eleganter Hose, Hemd, Strickweste und Krawatte, ganz italienischer Signore. Der Mafioso hatte offenbar Freigang oder trieb gerade ein paar Schutzgelder ein, denn es war niemand sonst im Haus. Formvollendet bot der alte Herr mir einen Kaffee und ein paar Kekse an und begann, mit mir über die Heimat zu plaudern. Er verwechselte mich wohl gerade mit der Gesellschafterin, als die mein Vater mich ihm angedient hatte, doch in dieser Rolle gefiel ich mir ganz und gar nicht.

»*Scusi*«, begann ich das kritische Gespräch, ohne zu wissen, wofür ich mich da gerade entschuldigte, »aber ich müsste dringend mit Ihnen über etwas reden.«

»Nur zu«, sagte er und sah mich auffordernd an. Offensichtlich war er sich keines Unrechts bewusst.

»Also, meine Eltern zahlen Ihnen doch noch jeden Monat Miete«, ich zögerte, »dabei wohne ich gar nicht hier.« So, nun war es heraus. Erleichtert atmete ich auf und trank einen Schluck Kaffee, wobei ich mein Gegenüber nicht aus den Augen ließ.

»Aaaaaah«, meinte er gedehnt, »daher weht der Wind.«

Weiter sagte er nichts, was mich völlig aus dem Konzept brachte. Wir musterten uns schweigend, und ich hatte das Gefühl, er taxierte mich eingehend, um seine Chancen abzuwägen. So seriös und freundlich er auf den ersten Blick wirkte, irgendwie hatte er jedoch auch etwas Verschlagenes an sich, und auf einmal war es mir unangenehm, mit ihm alleine zu sein. Vorsichtig spähte ich in den Flur, nicht dass der Mafioso doch vor der Tür lauerte, bereit, mir auf den kleinsten Wink des Alten mehr oder minder sanft klarzumachen, wer hier die Bedingungen stellte.

Hätte ich doch bloß Otto mitgenommen, schoss es mir durch den Kopf. Ihm gegenüber würde Signor Colluti sich ganz bestimmt nicht so siegesgewiss geben. Aber ich hatte die Sache ja mal wieder im Alleingang lösen wollen

Mit zitternden Knien straffte ich die Schultern und setzte mich aufrecht hin, in der Hoffnung, dass der alte Herr mich dann ernster nehmen würde. »Also ich finde das alles nicht in Ordnung«, sagte ich und wartete ab. Im Schweigen bin ich geübt, denn *babbo* kann man mit dieser Methode immer erweichen, und ich habe es mehr als einmal geschafft, ihn so aus der Reserve zu locken. Darauf vertraute ich auch jetzt.

»Was hast du dir denn vorgestellt, mein Kind?« Er war noch immer sehr freundlich. Irgendwie zu freundlich.

Okay, das war nicht ganz die Reaktion, mit der ich gerechnet hatte, aber immerhin schien er verhandlungsbereit.

»Wo ist eigentlich Ihr …«, versuchte ich mir ein bisschen Luft und damit Zeit zu verschaffen.

»Du meinst Salvatore? Er übernimmt nur ab und zu

Aufgaben für mich, die ich nicht mehr oder nur noch schwer selbst erledigen kann. Er ist nicht jeden Tag hier.«

Hatte ich's doch gewusst! Das klang verdächtig nach Schutzgeld und Co. Vorsichtig tastete ich in meiner Jeans nach meinem Handy und überlegte fieberhaft, wie und an wen ich einen Notruf absetzen konnte. Meine Eltern fielen raus, die waren zu weit weg. Warum war nur Otto nicht hier?

Signor Colluti seufzte. »Aber zurück zu meiner Frage.«

»Na ja, Sie könnten mir das Geld von meinen Eltern einfach geben«, schlug ich vor und wartete gebannt auf seine Reaktion.

Er lachte leise, bis er anfing zu husten. Nachdem er sich ausgiebig geräuspert hatte, sah er mich an, als hielte er mich für leicht minderbemittelt. »Wieso sollte ich das tun?«

»Immerhin gehört es meiner Familie« war alles, was ich vorbringen konnte.

Ich hatte ihm sagen wollen, dass es eine Unverschämtheit war, das Geld zu behalten, ohne dass ich bei ihm wohnte. Dass sich so etwas für einen italienischen Ehrenmann nicht gehörte. Dass es waschechter Betrug war, was er da tat. Doch so selbstbewusst ich im Umgang mit Gleichaltrigen war, etwa wenn Friedrich mir mal wieder das Leben schwermachte, und so groß meine Klappe manchmal sein konnte, vor allem wenn ich mich sicher fühlte, so klein mit Hut war ich jetzt. Was sollte ich tun? Ich war komplett überfordert, denn ich war noch nie in einer solchen Situation oder gar ernsthaft in Gefahr gewesen. Da meine Eltern mir zeit meines Lebens alle Schwierigkeiten vom Hals gehalten hatten, hatte ich mich bisher höchstens mit den Zwillingen, was so gut wie immer zu meinen Gunsten ausging, oder mit meinen Freunden auseinandersetzen müssen. Mich gegenüber Signor Colluti zu behaupten und mein Recht einzufordern, fiel mir in etwa so schwer, als müsste ich mich gegen eine Horde großer Jungs zur Wehr setzen, die mir auf dem Pausenhof mein Taschengeld abgeknöpft hatten. Ich saß da wie ein Schulmädchen, was dem alten Herrn ganz gewiss nicht entging, und natürlich war er gerissen genug, seinen Vorteil zu nutzen.

Ohne eine Miene zu verziehen und mit der Nonchalance eines Don Vito Corleone, sagte er nun: »Mein Kind, was glaubst du? Meine Verschwiegenheit gegenüber deinen Eltern ist nicht für umsonst zu haben.« Sein hintergründiges Lächeln ging mir durch Mark und Bein, als er ungerührt hinzufügte: »Wir wollen doch beide nicht, dass dieses aufregende Jahr in München vorschnell für dich zu Ende geht, oder?«

Mir blieb die Spucke weg. Wollte der Kerl mich etwa erpressen? Es sah ganz danach aus. »Aber ... aber ... das können Sie doch nicht machen. Sie müssen ...«, stammelte ich.

Signor Colluti legte den Finger an die Lippen, als wollte er ein kleines, ungezogenes Kind dazu ermahnen, leise zu sein. »Na, na, na, du als junges Mädchen wirst doch wohl einem erwachsenen Mann nicht sagen wollen, was er zu tun und zu lassen hat? Ich schlage vor, du fährst jetzt zurück in deine WG, und wir lassen alles so, wie es ist. Danke für deinen Besuch, ich bringe dich dann noch zur Tür.«

Eine Viertelstunde später saß ich noch immer völlig sprach- und hilflos in der U-Bahn und war der Muttergottes und all ihren Helfershelfern zutiefst dankbar, dass mir nichts weiter passiert war. Instinktiv hatte ich sofort *babbo* anrufen wollen, um ihn zu Hilfe zu rufen, aber das wäre mehr als kontraproduktiv gewesen. Vale hatte leider auch keinen besseren Rat für mich als den, meinen Eltern reinen Wein einzuschenken und auf ihr Verständnis zu hoffen, doch das konnte ich unmöglich machen. Ich wollte auch nach wie vor nicht glauben, dass Colluti allen Ernstes beabsichtigte, meinen *babbo* zu informieren. Schließlich schoss er sich damit selbst ins Knie, denn dann musste er das Geld auf jeden Fall zurückgeben. Irgendwie wurde ich nicht schlau aus dem Ganzen, dennoch oder vielleicht gerade deswegen wollte das dumpfe Gefühl der Bedrohung einfach nicht weichen.

Kaum zu Hause angekommen, klingelte ich in der Nachbar-WG, in der Hoffnung, mit Otto über den Erpressungsversuch des fiesen Alten reden zu können, doch vergeblich. Ben rief ich gar nicht erst an, ihm konnte ich unmöglich mit meinen Kleinmädchensorgen kommen. Er war beruflich mal wieder so sehr im Stress, dass wir uns seit dem Treffen, bei dem er mir vollends den Kopf verdreht hatte, nur einmal gesehen hatten. Zwar war es wie beim letzten Mal wunderschön; Ben trug mich auf Händen, war ein toller Liebhaber und verstand es, selbst eine anspruchsvolle Italienerin nach allen Regeln der Kunst zu betören und zu verführen, doch im Alltag konnte ich nicht auf ihn zählen. Er war für die angenehmen Stunden in meinem Leben zuständig, mehr durfte und wollte ich nicht von ihm erwarten. Auch dass er noch verheiratet war, klammerte ich inzwischen einfach aus. Frei nach dem Motto »Was ich nicht weiß, macht mich nicht heiß« genoss ich das Zusammensein mit ihm, ohne weitere Fragen zu stellen. Das machte mich zwar nicht glücklich, jedoch auch nicht gerade unglücklich. Vor allem aber fühlte ich mich durch ihn attraktiv und begehrenswert, und allein das war mir die Sache wert.

Inzwischen ging es auf halb vier zu, und ich musste zum Lernen in die Unibibliothek, da ich unbedingt an allen Prüfungen teilnehmen wollte, um das Semester, das in der kommenden Woche zu Ende gehen würde, möglichst erfolgreich abzuschließen. Also vertagte ich das Problem wie so oft im Leben erst mal auf später. Sonderlich wohl war mir aber nicht dabei.

Am nächsten Tag war ich immer noch nicht weitergekommen. Zwar hatte ich in der Nacht kaum geschlafen, und statt an meiner Hausarbeit über Thomas Mann zu arbeiten, hatte ich Mordpläne für den miesen alten Erpresser geschmiedet. Mir wollte jedoch keine Methode einfallen, die mit den Mitteln der modernen Kriminaltechnologie nicht sofort entlarvt worden wäre, weshalb ich überlegte, Otto zu bitten, mit mir noch mal zu Signor Colluti zu fahren. Doch dazu musste ich ihn erst mal erwischen. Er war ständig unterwegs, und Beate machte in der Mensa eine zweideutige Bemerkung, dass er sich verliebt hätte. Ihre Worte versetzten mir einen schmerzhaften Stich, vermutlich weil ich mich übergangen fühlte. Schließlich hätte er mir ruhig davon erzählen können, er wusste ja auch über Ben Bescheid. Oder war das etwa Eifersucht, was ich da spürte? Unmöglich!, sagte ich mir und schob den Gedanken ganz schnell wieder zur Seite.

Schweren Herzens kehrte ich nach dem gemeinsamen Mittagessen mit Beate und Elin nach Hause an meinen Schreibtisch zurück. Am Abend wollte ich mich um halb acht mit Ben treffen, daher musste ich alle verfügbaren Gehirnzellen mobilisieren, um mich auf die thematischen und erzähltechnischen Dimensionen von Thomas Mann zu konzentrieren, der mir zunehmend auf den Geist ging mit seiner ausschweifenden Art. Bis um fünf wollte ich arbeiten, danach würde ich mich den Restaurationsarbeiten an meiner Person widmen, damit ich dann auch tatsächlich um kurz nach acht in der Bar Cardinal sein konnte. Eine halbe Stunde sollte er mindestens auf mich warten, das gehörte sich so für eine anständige Italienerin. Ben wollte von einem Geschäftstermin direkt dorthin kommen, weshalb ich schon um kurz nach halb acht fertig sein musste, damit ich die S-Bahn noch erwischte.

Ich machte mir noch schnell eine heiße Schokolade – ausnahmsweise ohne Sahnehaube, damit ich heute Abend auch ja in mein neues Lieblingskleid passte – und stürzte mich in die Arbeit.

»Ma noooo!«, rief ich nach etwa drei Stunden. Jetzt gab doch tatsächlich dieser *cretino* von einem Laptop den Geist auf. Mitten in meinen geistigen *Zauberberg*-Ergüssen, die ich mir mühsam aus den Fingern gesogen hatte. Wenigstens die eine Hausarbeit wollte ich neben den vielen mündlichen Prüfungen dieses Semester hinbekommen, um meine Daseinsberechtigung an der LMU auch schriftlich für die Nachwelt zu dokumentieren. Doch statt meiner klug formulierten Sätze las ich nur: »Microsoft Office Word hat ein Problem festgestellt und muss beendet werden. Informationen, an denen Sie gearbeitet haben, sind möglicherweise verlorengegangen. Microsoft kann versuchen, diese für Sie wiederherzustellen. Informieren Sie Microsoft über dieses Problem.«

Na danke, liebes Word, dachte ich wütend, ich habe auch ohne dich schon Probleme genug. Verzweifelt hämmerte ich abwechselnd auf die Return- und die Escape-Taste und redete dem technischen Gerät gut zu. »Braver Computer«, säuselte ich, als wollte ich einen gutaussehenden Mann becircen, »komm, sei ein lieber Kerl und häng dich nicht auf.« Er hustete mir was, und als mir mitten in meiner waschechten italienischen Schimpftirade die Hand ausrutschte und ich ihm einen ungezielten Tastaturhaken verpasste, machte es plopp – und der Bildschirm war schwarz.

Aiuto! Nackte Panik erfasste mich, und da besondere Situationen besondere Maßnahmen erfordern, ließ ich meinen Stolz kurzerhand Stolz sein, stürmte aus dem Zimmer und rief laut: »Friedrich, Friiiieeeedrich! Kommst du bitte mal, ich brauche deine Hilfe.«

Keine Antwort. Ich rannte durch alle Räume, doch er war offensichtlich aus dem Haus gegangen, ohne dass ich es gemerkt hatte. Und jetzt? Otto!, war mein nächster Gedanke, und ich hatte ihn noch nicht zu Ende gedacht, da stand ich schon vor der Tür zur Nachbar-WG und klingelte Sturm. Es war inzwischen kurz nach vier, und ich betete zu allen Heiligen, die ich kannte, dass mein Retter für alle Lebenslagen schon zu Hause war. *Tutti santi* waren mir offensichtlich hold, denn die Tür ging auf.

»*Ciao,* Otto«, redete ich drauflos, ehe er auch nur fragen konnte, was ich von ihm wollte. »Du musst mir helfen. Ich habe den ganzen Nachmittag geschuftet wie eine Wahnsinnige, dabei hat dieser Thomas Mann total einen an der Klatsche. Und jetzt spinnt auch noch mein Laptop, das Ding hat sich einfach mittendrin ausgeschaltet, dabei hab ich gar nichts getan, außer … na ja, vielleicht ein bisschen draufgehauen, und wenn die Datei jetzt tatsächlich weg ist, dann fahre ich auf der Stelle zurück nach Italien.«

Er sah mich an, als hätte ich ihm gerade Einsteins Relativitätstheorie erklärt, ein amüsiertes Zucken um die Mundwinkel. »Na, so schlimm, dass du gleich abreisen musst, wird es hoffentlich nicht sein. Ich sehe mir deinen Rechner gerne mal an.«

»Super, vielen Dank«, sagte ich, wandte mich um – und wunderte mich, als er stehen blieb. »Kommst du?«, fragte ich so freundlich und beiläufig wie möglich und versuchte, meine Nervosität vor ihm zu verbergen. Nur noch dreieinhalb Stunden bis zu meiner Verabredung mit Ben, und ich hatte mir noch nicht mal die Augenbrauen gezupft.

»Ja, gleich. Ich muss nur eben noch schnell die Spülmaschine zu Ende einräumen. Ich klingele dann bei euch, okay?«

»O-kay«, sagte ich mit gequältem Lächeln und unter Aufbietung all meiner Beherrschung. Am liebsten hätte ich nämlich, so laut ich nur konnte, geschrien: »Beweg gefälligst deinen Hintern in mein Zimmer und kümmere dich um meinen Laptop, und zwar SOFORT! Ich will heute noch mit Ben sensationellen Sex haben, und wenn ich mein Beautyprogramm nicht durchziehen kann, dann wird das nix.« Aber das konnte ich ihm schlecht sagen. Schon gar nicht in dem Ton.

Als hätte er einen sechsten Sinn, fragte er: »Oder hast du noch was vor? Pressiert's dir etwa?«

»Nein, nein«, beeilte ich mich zu beteuern, nicht ohne auf die echt bayerische Frage ein echt bayerisches »Passt scho« zu erwidern, und trollte mich nach Hause.

In meinem Zimmer angekommen, lief ich wie ein Panther im Käfig von der Tür zum Fenster und wieder zurück und hätte mich selbst ohrfeigen können. Wie kam ich nur auf die bescheuerte Idee, zu behaupten, ich hätte nichts vor? Hatte mich der Schweinchenbau-Leberkäse, in dem zu meinem Erstaunen gar keine Leber, dafür aber jede Menge geschreddertes Separatorenfleisch drin war, von heute Mittag etwa komplett durchdrehen lassen? Oder was sollte das? Na ja, wenn ich ehrlich war, wusste ich die Antwort nur zu genau. Ich hatte ein furchtbar schlechtes Gewissen, Otto gegenüber zuzugeben, dass ich seit einer ganzen Weile wieder Feuer und Flamme für Ben war. Obwohl: Wenn er selbst tatsächlich auch verliebt war, wovon ich bisher immer noch nichts mitbekommen hatte, konnte es ihm ja egal sein. In wen war er wohl verliebt? Und seit wann?

Aufgewühlt stürmte ich in die Küche, um mir blutdrucksenkende Nahrungsmittel zuzuführen, und stolperte dabei über meine Schuhe, die ich am Mittag hastig ausgezogen und einfach im Flur liegen gelassen hatte. Durch den Lärm schreckte Joe Kugel hoch, der zusammengerollt auf seiner Decke im Flur gelegen und geschlafen hatte. Nachdem er festgestellt hatte, dass Leib und Leben nicht in Gefahr waren, saß er wie zur Salzsäure erstarrt da, die beiden Vorderpfoten so akkurat nebeneinander, als hätte er sie entlang einer unsichtbaren Linie aufgesetzt. Mit seinen großen, kugelrunden grünen Augen starrte er mich unverwandt an, als zweifelte er an meinem Verstand, während ich die Süßigkeitenkiste nach etwas Verwertbarem durchkramte. Keine Gnade und auch kein Mitleid, schien sein Blick zu sagen, die Suppe kannst du ohne mich auslöffeln. Was zu essen könntest du mir natürlich trotzdem geben, morste er noch schnell hinterher.

»Du bist eh zu dick«, zischte ich ihm zu. Pah, wer wollte schon Mitleid von einer Katze? Ich nicht!

Unbeeindruckt von meiner Beleidigung und ohne

mich eines weiteren Blickes zu würdigen, fing er an, mit geschlossenen Augen und äußerst genüsslich seine linke Vorderpfote abzuschlecken und sich damit immer wieder über den Kopf zu fahren, um sich hinter den Ohren zu putzen.

Der hat echt die Ruhe weg, dachte ich nur. Beneidenswert. Die Minuten verrannen, ich spähte in immer kürzeren Abständen auf die Uhr, und nachdem eine Dreiviertelstunde vergangen war, fragte ich mich, ob Otto das Geschirr vom ganzen Haus in seine altersschwache Spülmaschine räumte. Nach weiteren fünf Minuten hielt ich es nicht länger aus und stürzte aus der Wohnung, um nebenan Sturm zu klingeln.

Ich riss die Tür auf und prallte gegen eine muskulöse Männerbrust. Ottos muskulöse Männerbrust. Außerdem roch er wieder mal verdammt gut.

»He, wohin des Wegs? Hast du's eilig? Jetzt wollte ich gerade klingeln und mir deinen Laptop vorknöpfen. Musst du doch weg?«, fragte er leicht besorgt.

Ich wedelte mit beiden Händen gleichzeitig durch die Luft. »Nein, nein, wo denkst du hin. Ich wollte nur schnell den Müll runterbringen, aber das hat Zeit bis später.«

»Wo ist er denn?«

»Der Laptop? In meinem Zimmer natürlich«, erwiderte ich verwirrt.

Otto grinste. »Nein, der Müll.«

»Ach, der …« Ich blickte kurz auf meine leeren Hände. Tja, lügen war noch nie meine Stärke.

Kurz entschlossen entschied ich mich mal wieder für die bewährte Ignoriertaktik und führte Otto ohne die gewünschte Auskunft zu meinem Schreibtisch. Nachdem er den Laptop hochgefahren hatte, machte er sich auf die Suche nach der verlorenen Datei, die ich offenbar irgendwo im Nirwana abgespeichert hatte. Leider erwies sich die Angelegenheit als ziemlich kompliziert, und Otto versuchte mir nebenbei was von automatischer Speicherung, Überschreibung von Dateien und sonstigem technischem Firlefanz zu erklären, von dem ich kein Wort verstand. Während ich zumindest so tat, als hörte ich ihm aufmerksam zu, raste die Zeit unaufhörlich weiter, und als ich einen verstohlenen Blick auf meine Armbanduhr warf, war es 17.45 Uhr.

Porca miseria! Wenn ich nicht allmählich ins Bad kam, konnte ich die Verabredung absagen. Das hatte ich ja mal so richtig gut eingefädelt. Wie sollte ich aus der Nummer nur wieder rauskommen? Ich war kurz davor, zu verzweifeln, da bot mir Otto die Lösung auf dem Silbertablett an.

»Deine Internetverbindung bricht immer wieder zusammen«, sagte er. »Ich gehe mal schnell rüber an meinen Rechner. Mit meinem WLAN geht's deutlich schneller. Ich muss mir da ein Programm runterziehen, um die Datei ...«

»Ach, egal«, unterbrach ich ihn, denn inzwischen hatten sich bei mir die Prioritäten komplett verschoben: Ich würde nicht nach Italien zurückfahren, selbst wenn die dämliche Datei über Signor Mann für immer und ewig verloren wäre. Wenn ich jedoch nicht sofort ins Bad kam, wäre dies die größte Katastrophe meines Lebens. »Lass uns das morgen machen.«

Ich schob ihn sanft aus der Tür, und noch ehe er sie ganz geschlossen hatte, riss ich mir die Klamotten vom Leib, sprang unter die Dusche, drehte den Hahn auf und ließ das heiße Wasser erst mal die Anspannung von meinem Körper spülen.

Als ich aus dem Bad trat, wäre mir fast das Handtuch heruntergefallen, das ich mir in aller Eile umgewickelt hatte. Vor mir standen Friedrich und Otto, die offensichtlich gerade eben hereingekommen waren, und sahen mich an, als wären Außerirdische im Flur gelandet.

»Wieso hast du die Tür nicht aufgemacht?«, fragte Otto, seinen Laptop unterm Arm. »Ich hab Sturm geklingelt. Zum Glück ist Friedrich gerade heimgekommen und hat mich reingelassen. Sonst würde ich wahrscheinlich morgen früh noch im Treppenhaus stehen.«

Ehe ich antworten konnte, meldete sich Friedrich zu Wort. »Was ist das?«, fragte er leicht angewidert und hielt mit spitzen Fingern meinen BH in die Höhe, den ich vorhin einfach vor der Badezimmertür fallen gelassen hatte.

»Ein BH«, erwiderte ich frech, »aber mit so was kennst du dich nicht aus.« Ich schnappte ihn mir und raffte, so schnell ich konnte, auch die Strümpfe, die Hose samt Unterhose und mein Oberteil zusammen.

Otto musterte mich ebenfalls, als müsste man bei meinem Anblick dringend über eine Einweisung in die Psychiatrie des Bezirkskrankenhauses Haar nachdenken.

»Du hast also doch noch was vor?«, fragte nun wieder Otto.

Ich kam mir langsam vor wie bei einem Kreuzverhör. Dass man sich bei diesen Deutschen aber auch ständig fühlt wie vor dem Internationalen Gerichtshof in Den Haag. Erst neulich bei meinem Plätzchen-Fauxpas war es mir mit Frau Griesmayer ganz ähnlich ergangen. Irgendwie haben sie das drauf, diese Art, zu fragen, dazu der strenge Blick. Man will sich auf der Stelle eines Kapitalverbrechens schuldig bekennen, selbst wenn man noch nicht mal eines geplant hat.

»Ja, ich hab völlig vergessen, dass ich noch zum Sport will«, versuchte ich mich notdürftig rauszureden. Meine Unschuldsmiene war eine einzige Farce, das wusste ich selbst.

»Zum Sport?«, fragte er mit hochgezogenen Augenbrauen. »Du? Sagst du nicht immer, Sport ist Mord?«

»Na jaaaaa …« Ich versuchte, Zeit zu schinden. Herr, wirf Hirn vom Himmel, flehte ich stumm, damit mir eine gute Ausrede einfällt. Doch heute schien er mir nicht gnädig zu sein.

»Und wieso duschst du überhaupt, bevor du zum Sport gehst? Macht man das in Italien so?«

Friedrich hatte inzwischen entschieden, dass ihm das Spektakel zu abgedroschen war, und die Szene kommentarlos, wenn auch kopfschüttelnd verlassen.

»Otto, bitte stell mir nicht so viele Fragen, du bringst mich ganz durcheinander«, versuchte ich es spontan mit einer neuen Taktik. »Ich bin wirklich total verzweifelt. Es wäre ein Riesendesaster für mich, wenn diese Datei nicht mehr auftaucht. Wie du dir denken kannst, habe ich natürlich keine Sicherheitskopie gemacht.«

Damit hatte ich ihn an der Angel. »Um Himmels willen«, sagte er nur und setzte sich tatsächlich wieder an meinen Schreibtisch.

Während Otto sich erneut meinem PC widmete, sprang ich im Hintergrund durchs Bild und packte meine Sporttasche. Was hätte ich denn sonst tun sollen? Ich würde die Tasche nachher einfach am Hauptbahnhof in ein Schließfach stecken und notfalls morgen abholen, sollte Ben mich später nach Hause bringen. Zwischendrin ging ich noch mal ins Bad, um mich zu schminken – deutlich dezenter als geplant, aber vielleicht konnte ich ja unterwegs noch mal nachtuschen.

Um genau 19.35 Uhr schlüpfte ich den kurzen, engen schwarzen Seidenrock und das verführerisch tiefausgeschnittene, mit silbernen Pailletten besetzte Oberteil von D&G, in das ich mich auf den ersten Blick verliebt hatte. Darüber zog ich meinen weiten, alten Jogginganzug, mit dem ich in Italien nicht mal zum Müllrunterbringen vor die Tür gegangen wäre. Doch egal: Besondere Situationen erfordern nun mal besondere Maßnahmen.

Die High Heels warf ich einfach in die Sporttasche und zog stattdessen die Turnschuhe an, die Isabelle mir geliehen hatte, als ich mal im Vollrausch behauptet hatte, ich müsse mich dringend mehr bewegen und wolle mit dem Joggen anfangen. Ohne einen Blick in den Spiegel zu werfen, krönte ich mein Outfit mit meinem 800-Euro-Daunenmantel, unter dem nun die Bündchen der Jogginghose hervorlugten. Unmöglich!, entschied ich, schließlich konnte ich wohl kaum alle anderen Fahrgäste in der S-Bahn zum Aussteigen zwingen, nur damit mich niemand in diesem Aufzug sah. Ich kickte die Turnschuhe von den Füßen, holte meine gefütterten Winterstiefel und zog sie über die Hose. Wenn ich jetzt den Mantel zumachte, konnte niemand erkennen, was ich darunter trug. Perfekt!

So gerüstet, hastete ich in mein Zimmer, drückte Otto, der mir stolz verkündete, er habe das Problem so gut wie gelöst, einen *bacino* auf die Wange und versprach ihm, als Dankeschön demnächst mal wieder italienisch für ihn zu kochen, selbstverständlich mit allen Schikanen – zur Not auch Risotto. Dann stürmte ich aus der Tür zum S-Bahnhof und lief zeitgleich mit der S-Bahn, die zum Glück zehn Minuten Verspätung hatte, auf dem Bahnsteig ein. Damit war ich zwar einigermaßen spät dran, fand aber, dass ich den Zeitplan (inklusive der bereits einkalkulierten Verspätung natürlich) durchaus noch erfüllte – zumindest für eine Italienerin. Leider hatte ich nicht eingerechnet, dass ich erst noch zum Bahnhof musste, wo ich die Tasche einschließen, mich umziehen und nachschminken wollte, um dann noch die zwei Stationen mit der U 4 zum Odeonsplatz zu fahren.

Als ich perfekt gestylt und mit einem freudigen, erwartungsfrohen Lächeln auf den Lippen um Punkt 20.31 Uhr die komplett überfüllte Bar Cardinal betrat, empfing mich statt Ben, den ich an keinem der Tische entdeckte, obwohl ich den Raum ganze viermal abschritt, derselbe Kellner, der sich schon beim letzten Mal an meiner Pleite erfreut hatte.

»Das hier ist sicher für dich«, sagte er und hielt mir einen zusammengefalteten Zettel entgegen.

»Woher willst du das wissen?«, fragte ich empört.

»Pechvögel erkenne ich eben auf den ersten Blick«, meinte er süffisant und widmete sich wieder der langen Schlange von Bons, die unaufhörlich aus dem Drucker neben der riesigen Kaffeemaschine quollen.

Ohne ihn auch nur eines weiteren Blickes zu würdigen, stöckelte ich so souverän wie nur möglich aus dem Laden und faltete den Zettel erst ein paar Meter weiter auseinander, die Packung Taschentücher griffbereit in der Hand, für den Fall, dass es mich wieder zerbröselte. Doch dann war wider Erwarten alles total unspektakulär.

»*Bellissima,* konnte leider nicht länger warten. Ruf mich bitte an. Bussi, Ben«, stand auf dem Zettel.

Ich las die Zeilen einmal, zweimal, dreimal. Nichts. Keine Reaktion. Ich horchte in mich hinein, wartete auf die Enttäuschung. Auf die Tränen. Immerhin hatte ich den ganzen Tag auf dieses Date hingefiebert, hatte mich halb verrückt gemacht, hatte Otto angelogen und nicht zuletzt eine unglaublich miese Show abgeliefert. Doch es wollte sich einfach nichts regen. Es war, als beträfe das alles die Frau in dem roten Mantel, die gerade neben mir auf den S-Bahn-Eingang am Marienplatz zulief. Es war, als wäre eine riesige Seifenblase geplatzt, nur interessierte es mich nicht. Es war, als wäre in China der sprichwörtliche Sack Reis umgefallen.

Gab's so was?

Immerhin hatte ich mich wegen dieses Mannes wochenlang verrückt gemacht. Hatte kostbare italienische Tränen vergossen. Mir die Nerven ruiniert. Eine andere Frau neben mir geduldet, auch wenn sie angeblich nur auf irgendeinem Papier existierte. Geflucht und gehofft und gebangt und gebetet. Wofür eigentlich? Für einen Typen, der nicht mal eine Stunde auf mich wartete? Das war kein Mann für mich! Nicht nur deswegen, sondern vor allem, weil mir mit dem Schlag ins Gesicht, den er mir gerade verpasst hatte, klar war, dass Ben aus nichts als Fassade bestand. Er sah toll aus, war gepflegt, hatte nur exklusive Markenkleidung an, wusste sich perfekt zu benehmen und machte einer Italienerin mehr als würdige Komplimente – aber sonst? War er überhaupt aus Fleisch und Blut oder nur eine topgestylte Schaufensterpuppe? Kam da was rüber? An Wärme? Gefühl? Irgendwas?

No!, lautete die ehrliche Antwort. Und da ich schon mal bei der Wahrheit angekommen war, durfte ich mir auch noch gleich selbst eingestehen, dass ich bisher nicht viel anders gewesen war. Ich stand nicht umsonst auf solche Typen. Doch gab es nicht viel mehr?

Lass ihn ziehen, sagte ich mir. Er hat dir ohnehin nicht gutgetan. Und sensationellen Sex kann man auch mit anderen Männern haben. Nicht gerade mit Friedrich, aber mit solchen wie Otto vielleicht … Wieder verspürte ich beim Gedanken an meinen allzeit bereiten Retter einen schmerzhaften Stich.

Wie ferngesteuert fuhr ich erst die Rolltreppe ins Zwischengeschoss und dann weiter zum Bahnsteig hinunter, ohne auf die Menschen um mich herum zu achten. Völlig in Gedanken versunken, stieg ich in die nächstbeste S-Bahn, die einfuhr, und merkte erst, dass es nicht die S 7 war, als ich durch die verschmierte Scheibe ein Schild mit der Aufschrift »Laim« entdeckte. Hektisch sprang ich auf und schaffte es gerade noch, aus der S-Bahn zu hechten, ehe sich die Türen schlossen.

»Nicht schon wieder«, murmelte ich vor mich hin und ging einmal durch die Unterführung auf die andere Seite, um zurück zur Donnersberger Brücke und von dort mit der richtigen Bahn weiter nach Sendling zu fahren. Ich hatte irgendwann aufgehört zu zählen, wie oft mir das schon passiert war, aber da war ich nicht die Einzige. Isabelle und – man staune – auch Friedrich konnten mir da durchaus das Wasser reichen, wenn sie das nicht nur behauptet hatten, um mich zu trösten, wovon zumindest bei meinem Mitbewohner nicht auszugehen war.

Zu Hause angekommen, fiel mir ein, dass ich die Tasche am Bahnhof vergessen hatte. Egal, ich würde sie morgen abholen, die zwei Euro, die ich dafür investiert hatte, sicherten mir das Fach ja für vierundzwanzig Stunden.

Als ich am nächsten Morgen etwas später als sonst aufstand, wegen der Semesterferien musste ich ja nicht zur Uni, hatte ich neben einer SMS von Vale auch eine Nachricht von Ben auf meinem Handy. Nachdem ich meine

Brille, die in der Nacht wohl selbständig unters Bett gekrochen war, endlich gefunden hatte, las ich seine Worte: »Hallo, *bellissima,* tut mir sehr leid wegen gestern. War ein Notfall. Ich hole dich heute Abend ab und führe dich fein aus, ja? Hab einen Tisch im Tantris bekommen, da willst du doch schon so lange hin. Mach dich hübsch für mich! Bussi, Ben.«

»Mach dich hübsch für mich!«, las ich die letzte Zeile in verächtlichem Tonfall laut vor. »Davon kannst du in Zukunft träumen.« Ich musste grinsen bei dem Gedanken daran, dass ich genau diesen Satz vor vier Monaten noch total süß gefunden hätte. Nun kam er mir nur noch albern vor. Und das mit dem Tantris ... Nun, ich würde hoffentlich bei Gelegenheit einen anderen Mann finden, der mich dorthin einlud, immerhin blieben mir noch ganze fünfeinhalb Monate in München.

Wider Erwarten stellte sich noch immer keine Katerstimmung ein. Ich stand auf, und nachdem ich das Badezimmer für die üblichen zwei Stunden blockiert hatte, fuhr ich in die Stadt, um bei den M&Ms im Blumenladen vorbeizuschauen. Mein großzügiges Angebot, sie zu unterstützen, um die Nebenkosten für die ersten Monate reinzuarbeiten, hatten sie ebenso freundlich wie bestimmt abgelehnt. Wobei sie mehrfach beteuert hatten, es habe nicht an mir und meinem mangelnden Talent oder fehlenden grünen Daumen gelegen. Ehrlicherweise lag es vermutlich daran, dass ich, als ich vor Monaten mal ausgeholfen hatte, mit dem Putzlappen für die Blumenvase das Geschirr gespült hatte, aber das war nur eine Vermutung meinerseits. Ich fand das nicht so schlimm, schließlich hatte ich superheißes Wasser und jede Menge Spülmittel genommen, und *mamma* benutzte meines Wissens zu Hause auch einen Lappen für alles.

In Sachen Putzausstattung konnte sie damit Frau Griesmayer, die Tücher, Lappen und Schwämme in allen Formen, Größen und Farben sowie aus Materialien besaß, die ich bisher nur in der Raumfahrt oder in klinischen Labors vermutet hätte, nicht das Wasser reichen. Man hätte von den Stufen im Hausflur essen können, so sauber waren sie, und auch in ihrer Wohnung existierte meines Wissens kein einziges Staubkörnchen.

Als ich in die Straße einbog, in der sich der Blumenladen befand, malte ich mir in allen Farben aus, wie die alte Frau Griesmayer im Treppenhaus saß und ihre abendliche Brotzeit von den blitzblank geputzten Stufen aß. Ich war so in Gedanken versunken, dass ich glatt einen Häuserblock zu weit lief und umkehren musste.

Beim Putzen sind die Deutschen echt kategorisch, dachte ich, ähnlich wie bei Freundschaften und anderen zwischenmenschlichen Verbandelungen. Damit machen sie es sich oft nicht leicht, und im schlimmsten Fall führt dieses mangelnde Laisser-faire zu kompletten Familienzerwürfnissen. Das hat dann zur Folge, dass Bruder und Schwester oft über Jahrzehnte nicht miteinander oder mit ihren Eltern oder Schwiegereltern oder Tanten oder sonstigen Verwandten reden, nur weil dieser oder jener in volltrunkenem Zustand mal irgendeine Wahrheit kundgetan hat, die er besser für sich behalten hätte, oder weil er vielmehr dieses oder jenes *nicht* getan hat. Oft wird der Konflikt jedoch nicht offen ausgetragen, sondern schwärt und brodelt unter der Oberfläche, damit alle Beteiligten sich ganz wunderbar in Spekulationen und Mutmaßungen ergehen können.

In italienischen Familien dagegen wird grundsätzlich mit brennender Leidenschaft und ebenso grundsätzlich lautstark gestritten, aber das hat nur in den seltensten

Fällen Langzeitfolgen. Ein jeder macht seinem Ärger Luft, und man schreit sich dabei auch schon mal an, aber hinterher ist die Sache geklärt. Hier in Deutschland dagegen gibt es kaum einen Menschen, der nicht mit irgendwem für immer »über Kreuz« ist, wie es so schön heißt.

Wie man so etwas aushalten konnte, war mir ebenso ein Rätsel wie die Tatsache, dass die M&Ms sich derart über einen falsch verwendeten Lappen so echauffieren konnten.

Egal, ich bin für derart niedere Tätigkeiten wie putzen jedenfalls nicht geeignet, dachte ich und betrat den Laden.

Marcus und Mike begrüßten mich ausgelassen, da sie gerade einen Großauftrag für eine Nobelhochzeit am Tegernsee reinbekommen hatten und noch ganz euphorisch waren. Im Laden roch es nach den vielen Tulpen, die in allen erdenklichen Farben und Varianten in schwarzen Eimern standen und auf Kundschaft warteten. Ich mochte vor allem die gefüllten in Weiß oder die Lilientulpen mit ihren spitzen Blättern.

Mike bot mir gleich einen *caffè* an. Die beiden hatten, wie fast alle Deutschen, eine echt italienische Kaffeemaschine von De'Longhi im Laden stehen, die vermutlich so viel gekostet hatte wie ein Kleinwagen. Sie sind ähnlich beliebt wie die von Saeco oder Jura und verleihen selbst der deutschesten Küche in Eiche rustikal einen italienischen Touch. Trotzdem schaffen es die Deutschen ohne auch nur einen Hauch von Unrechtsbewusstsein, einem den Milchkaffee im Glas und nicht, wie es sich gehört, in einer Porzellantasse zu servieren. Lustigerweise nennen sie das Ganze dann Latte macchiato, genau wie das Kindergetränk, das kein Italiener, der älter ist als drei Jahre, nach 06.57 Uhr morgens zu sich nehmen würde. Davon abgesehen, dass Milch ein Getränk für werdende Mütter und kleine Kinder ist, blockiert das Zeug die Verdauung. Und mit unappetitlichen Themen wie Verdauung und allem, was dazugehört, beschäftigt sich eine italienische Frau grundsätzlich nicht.

»Na, wie läuft's?«, fragte er. »Ich hoffe, gut?«

»Das Einzige, was hier gut läuft, ist meine Nase«, antwortete ich, da ich mal wieder erkältet war. Aber das war nun wahrlich nichts Neues in diesem Winter.

»Nein, ich meinte, was gibt's für Neuigkeiten an der Männerfront?«, fragte Mike mit einem Zwinkern, während ich mich umsah. »Verdrehst du immer noch allen Jungs in München den Kopf?«

»Na klar, allen voran Friedrich«, antwortete ich keck.

»Was ist mit diesem Ben? Triffst du den immer noch?«, meldete sich Marcus neugierig zu Wort.

»Ach der«, sagte ich nur. »Ich glaube, der muss weg.«

Die beiden grinsten.

»Ich sollte es ihm nur noch sagen«, fügte ich hinzu.

»Na dann mal viel Spaß«, meinte Marcus. »Schließlich ist dafür nie der richtige Zeitpunkt. Aber eigentlich ist es egal, du musst nur zwei Dinge berücksichtigen: Gib dich hart und handele schnell. Ehrlich musst du dagegen nicht unbedingt sein.«

»›Heirate mich, oder es ist aus‹, kann ich ja schlecht zu ihm sagen, schließlich ist er schon verheiratet«, erwiderte ich und überlegte kurz. »Aber wie wär's mit ›Schatz, wir müssen reden‹? Bei einem Italiener hätte das garantiert eine durchschlagende Wirkung.«

»Die Zickennummer wird bei Ben vermutlich nicht funktionieren. Nach allem, was du so von ihm erzählt hast, steht er garantiert auf schwierige Frauen und findet das anziehend«, meinte Marcus. »Schließlich ist er nicht umsonst mit dir zusammen«, fügte er mit einem amüsierten Seitenblick auf mich hinzu.

»Was soll das denn bitte schön heißen?«, empörte ich mich. »Willst du damit sagen, ich sei eine Zicke?«

»Nein, das soll nur heißen, dass du eine rundherum typische Italienerin bist, mit allem, was so dazugehört.«

»He, zurück zum Thema«, ging Mike grinsend dazwischen, bevor wir uns ernsthaft in die Haare bekamen. »Du könntest zum Beispiel zu ihm sagen: ›Der Sex mit dir war ja ganz nett, aber du fährst leider das falsche Auto.‹«

»Oder du sagst: ›Es macht dir doch hoffentlich nichts aus, dass ich bis vor drei Jahren noch ein Mann war? Soll ich dir mal ein paar Fotos zeigen?‹« Jetzt kam Marcus so richtig in Fahrt.

»Oder du erklärst ihm unter Tränen, dass dein Vater als Angehöriger der Camorra keinen Spaß versteht, wenn es um die Unschuld seiner Tochter geht, und dass du dich von ihm trennen musst, weil sein Leben in Gefahr ist. Falls das nicht reicht, behauptest du einfach, dein Vater sei schon auf dem Weg hierher, natürlich mit einer Schrotflinte im Gepäck.« Auch Mike bekam zunehmend Spaß an der Sache.

»Oder du sagst: ›Ich bin mal eben Zigaretten holen. Sollte ich zufällig nicht wiederkommen, geh bitte einfach nach Hause und such mich nicht, okay?‹«, setzte Marcus an.

»Oder viel, viel besser«, musste Mike noch einen draufsetzen, »du sagst, du hättest dich neu verliebt. In deine beste Freundin.«

Die beiden amüsierten sich ganz offensichtlich prächtig und übertrumpften sich gegenseitig mit ihren originellen Vorschlägen. Meine Gefühlslage schien sie dabei nicht weiter zu interessieren, doch zum Glück konnte ich das Ganze mit Humor nehmen. Ziemlich unzickig von mir, fand ich.

»He Jungs, müsst ihr nicht zwischendurch mal ein paar Blumen verkaufen?«, fragte ich dennoch, um sie ein bisschen einzubremsen.

Nachdem sie mich noch mit unzähligen weiteren ähnlich wertvollen Tipps versorgt hatten, die vermutlich bis an mein Lebensende reichten, verabschiedete ich mich, da ich noch für die siebenundfünfzig Klausuren lernen musste, zu denen ich mich angemeldet hatte. Na gut, es waren nur drei, und ich teilte mir obendrein den Stoff mit Elin, aber trotzdem.

Nachdem ich alle Klausuren und selbst die Hausarbeit über den geschätzten Thomas Mann hinter mir hatte, begann endlich das schöne Münchner Leben. Es war inzwischen März, und auch wenn die Bäume sich hartnäckig weigerten, sich zu verhalten, wie Bäume sich im Frühling so verhalten, und stattdessen kahl blieben, fing es überall an zu blühen. Zum ersten Mal sah ich Schneeglöckchen und war von diesen zarten kleinen Kerlen mit den hängenden weißen Köpfen so begeistert, dass ich sie gleich pflücken wollte. Doch Beate, die mit mir unterwegs zum Einkaufen am Harras war, pfiff mich ähnlich deutlich zurück wie damals bei einer ersten Begegnung mit den Münchner Zeitungskästen.

Die Münchner, allen voran Otto und Tobi, verbrachten immer noch begeistert so gut wie jedes Wochenende in den bayerischen Hausbergen beim Skifahren, obwohl sie das schon seit Ende Oktober taten. Überhaupt schwärmen alle, wenn sie ihre Begeisterung für München kundtun, immer von den tollen Bergen und den phantastischen Seen, obwohl all das zum Teil über hundert Kilometer von der Stadt entfernt liegt. Aber ich hatte es inzwischen ohnehin aufgegeben, diese Menschen verstehen zu wollen.

Dafür kam auch in der Stadt allmählich wieder Leben in die Straßen, und vor allem rund um den Marienplatz oder in Schwabing herrschte fast schon italienisches Flair. Viele Café-Betreiber stellten seit Anfang Februar beim kleinsten Sonnenstrahl, der durch die Wolkendecke drang, ihre Tische und Stühle nach draußen, und tatsächlich nahmen die Deutschen das Angebot dankbar an. In Decken gemummelt saßen sie unter den zahlreichen Heizpilzen, die ich anfangs für Straßenlaternen gehalten hatte, und schlürften – na, was wohl? – Latte macchiato.

Ben hatte ich tatsächlich erfolgreich in die Wüste geschickt, was mir ab und zu schon leidtat, weil ich seine Komplimente und schönen SMS vermisste, aber man kann eben nicht alles haben. Dafür hatte ich an der Uni so manchen Verehrer – immerhin ein kleiner Tropfen Balsam für meine empfindliche Seele –, darunter auch Rainer, der mir die peinliche Nummer in der Mensa ganz offensichtlich verziehen hatte und mich regelmäßig zu einem gemeinsamen Kaffee überredete. Seit der Prüfungsstress jedoch vorbei war und ich nicht mehr jeden Tag zum Lernen in der Bibliothek saß, trafen wir uns kaum mehr. Ich gehe mit meiner Handynummer nun mal extrem sparsam um. Ich mochte Rainer ganz gern, aber er war mir eindeutig zu schüchtern und schweigsam. Eine Frau wie ich braucht nun mal ein bisschen Text, schließlich leben wir nicht mehr in der Stummfilmzeit.

Otto machte in den Semesterferien ein Praktikum bei

Audi in Ingolstadt und wohnte für sechs Wochen dort, da er die knapp siebzig Kilometer nicht täglich mit dem Zug fahren wollte. Zwar telefonierten wir ab und zu, aber er fehlte mir sehr, und zwar nicht nur, weil wir es bis jetzt nicht geschafft hatten, gemeinsam zu Signor Colluti zu gehen. Der alte Herr hatte meine Eltern bisher nicht informiert, und ich hatte noch zweimal versucht, ihn anzurufen, ihn jedoch nicht erreicht. Ehrlich gesagt waren die Aktionen eher halbherziger Natur gewesen, und nach dreimal klingeln hatte ich jeweils erleichtert aufgelegt.

Mein berühmt-berüchtigter Verdrängungsmechanismus lief auf Hochtouren, und ich wollte mich endlich den schönen Dingen des Lebens widmen.

Dazu hatte ich bald Gelegenheit, denn Isabelle plante zusammen mit einer Freundin die erste Isar-Grillparty für dieses Jahr. Ich fand das Vorhaben leicht verwegen, immerhin war es nach Sonnenuntergang oft noch empfindlich kalt.

»Ich bin nicht bereit, an einer Polarexpedition teilzunehmen«, wandte ich kritisch ein.

Aber sie wischte meine Bedenken kurzerhand weg. »Dann trinkst du eben zwei Bier mehr, und schon ist dir warm«, sagte sie und drückte mir eine Liste mit den Dingen in die Hand, die ich für die Party besorgen sollte.

Meine quirlige Nachbarin sollte recht behalten, zumal nicht nur der Augustiner Edelstoff, ohne den hier so gut wie gar nichts ging, sondern auch das riesige Lagerfeuer, um das sich alle bei knapp fünf Grad Celsius drängten, für eine wohlige Wärme sorgte.

Als ich mich mit Beate nach zwei Stunden auf den Weg zu dem kleinen Kiosk an der Wittelsbacher Brücke machte, um Nachschub zu kaufen, kamen wir irgendwie auf Otto zu sprechen, und da ich meine Neugier wie immer nicht im Zaum halten konnte, erkundigte ich mich, ob er denn immer noch verliebt sei. Offenbar klang ich dabei nicht ganz so unbeteiligt wie gewollt, denn sie horchte sofort auf.

»Wieso interessiert dich das?«, fragte sie und musterte mich neugierig.

»Wieso nicht?«, versuchte ich es mit einer unverfänglichen Gegenfrage.

»Gönnst du ihm etwa nicht, dass er jetzt nicht mehr als seelischer Mülleimer für dich zur Verfügung steht?«

»Wie bitte?« Ich war völlig perplex. Welcher Affe hatte denn hier zugebissen?

»Ist doch so«, beharrte sie stur. »Ständig rennst du zu ihm, lässt dir von ihm helfen und laberst ihn zu. Denk nur mal an die Story mit Ben. Der arme Otto!«

»Es hat ihn niemand gezwungen, mir zuzuhören«, sagte ich, da mir nichts Besseres zu meiner Verteidigung einfallen wollte.

»Natürlich nicht, aber was würdest du an seiner Stelle tun, wenn du unsterblich in eine gewisse Italienerin verliebt wärst?«

Jetzt war ich komplett verwirrt. »Ach Quatsch, Otto ist doch nicht in mich verliebt! Genauso wenig wie ich in ihn. Beate, er ist ein Bayer! Und Maschinenbauer obendrein. Wir sind gute Freunde, weiter nichts. Was glaubst du denn?« Ich fand die Behauptung absolut lächerlich.

»Jetzt mal ehrlich, du kannst manchmal so was von tussig und arrogant sein, dass es nicht zum Aushalten ist«, sagte Beate mir, ohne mit der Wimper zu zucken, auf den Kopf zu.

Das saß. Wie konnte sie nur? Diese typisch deutsche direkte Art, auch unangenehme Dinge beim Namen zu nennen und dem anderen unter dem Deckmäntelchen der Ehrlichkeit Gemeinheiten um die Ohren zu hauen, machte mich jedes Mal ganz schwach. Ein Italiener wird dagegen immer diplomatisch bleiben, auch wenn er die Wahrheit dafür ein bisschen dehnen muss. Selbstverständlich kann man das jetzt auch als verlogen und hinterhältig bezeichnen, aber wie wäre es mit rücksichtsvoll und höflich? Niemand würde in Italien einen Vorstoß von der Güte wagen, wie Beate es gerade getan hatte. Aber egal, ich war in Deutschland, also musste ich mit den deutschen Sitten umgehen und übte mich, statt einen aggressiven Gegenangriff zu starten, mal wieder in buddhistischer Gelassenheit. Die vier Bier, deren Alkohol durch meine Adern floss, trugen sicher das Ihre dazu bei.

»Ach, Beate«, sagte ich daher nur. »Wir Italienerinnen sind nun mal anders als ihr.«

Der Alkohol schien bei ihr genau die gegenteilige Wirkung zu haben, denn sie machte munter weiter. »Immer erwartest du den perfekten Anmachspruch und regst dich auf, wenn ein Mann schüchtern ist und nicht gleich aufs Ganze geht. Du gibst den armen Kerlen nicht die geringste Chance, dabei bist du auch nicht perfekt, selbst wenn du ständig so tust, als ginge es beim Flirten nur darum, die Coolness-Medaille abzugreifen.«

»Das behaupte ich doch gar nicht.«

Sie ließ sich durch meinen Einwand nicht weiter beirren. »Man kann als Frau auch ruhig mal über einem ungeschickten oder plumpen Anmachspruch stehen. Versetz dich doch nur mal in die Lage von Otto. Oder in die von Rainer! Der Ärmste hat wahrscheinlich eine halbe Stunde lang überlegt, was er sagen soll, und all seinen Mut zusammengekratzt, um sich diesen deiner Person absolut unwürdigen Apfelmus-Satz abzuringen. Das ist doch gemein!«

Ich schluckte. Die Angelegenheit war mir heute noch peinlich, auch wenn Rainer mir längst verziehen hatte.

»Was hat das jetzt bitte schön mit Otto zu tun?«, fragte ich verwirrt.

»Nichts«, lautete die Antwort, »aber das wollte ich dir schon lange mal gesagt haben.«

»Na, vielen Dank auch für das Gespräch«, meinte ich nur und spurtete die letzten Meter zum Kiosk.

Ich hatte nicht die geringste Lust auf eine Diskussion mit Beate, auch wenn ich zugeben musste, dass ich zu anderen Menschen schon oft sehr hart und unnachgiebig war – genau wie zu mir selbst – und dass ich durchaus nicht selten schnell, vielleicht sogar vorschnell urteilte. Wie bei Rainer. Otto dagegen hatte ich von Anfang an gemocht. Als Freund. Oder etwa doch nicht nur als Freund? Bei dem Gedanken an meinen sportlichen, breitschultrigen Nachbarn wurde mir leicht schwindlig, daher schob ich ihn schnellstmöglich weg.

Zu dem Bier, das wir besorgen sollten, kaufte ich vorsichtshalber noch ein paar Kümmerling. Der fiese Geschmack dieser Kräuterschnäpse hatte bisher noch immer alles in mir abgetötet, selbst sentimentale oder absurde romantische Gedanken.

10.

»Vivere«

Je länger ich in München war, desto mehr raste die Zeit, die Tage vergingen wie im Flug, und ehe ich mich dreimal umsah, war es April. Karneval hatte ich auf dem Viktualienmarkt erlebt, wo ich zu nachtschlafender Zeit irgendwelchen verkleideten und mit Blumen behängten Marktfrauen bei ihren seltsamen Tänzen zugesehen hatte. Immerhin hatten die Damen mit den riesigen Hüten und farbenfrohen Kleidern offenbar so viel Alkohol getrunken, dass sie ihre Hüften zumindest einigermaßen geschmeidig bewegten. Überhaupt war es ein sehr lustiger Tag, den ich mit Elin, Beate, Isabelle und einigen weiteren Freundinnen verbrachte. Ostern war inzwischen auch schon rum, und *mamma* rief zum Glück nicht mehr gefühlte achtmal pro Tag an wie in den ersten Wochen und Monaten. Obwohl sie mir nach wie vor ab und zu fehlte, fühlte ich mich seit ein paar Wochen unglaublich erwachsen. Es tat gut, die Dinge auch mal selbst regeln zu müssen und nicht immer nur an *mammas* Rockzipfel oder *babbos* Hosenbund zu hängen.

Allerdings fragte meine besorgte Mutter immer noch bei jedem Gespräch als Erstes: »Kind, hast du auch was gegessen?«

»Ja, *mamma*«, hatte ich anfangs immer brav erwidert, doch inzwischen überging ich die Frage einfach. Ich hielt es wie die Amerikaner, die ständig »*How are you?*« fragen, ohne darauf eine Antwort zu erwarten.

Jedenfalls drohte mir meine Mutter nach der missglückten Heimfahrt an Weihnachten nun schon zum zweiten Mal ihren Besuch an, als sie hörte, dass ich auch über die Osterfeiertage nicht nach Hause kam. Sie hatte es sich so sehr gewünscht, aber ich musste mein Geld zusammenhalten.

Zwar war die Fondazione Francesco D'Assisi seit Jahresanfang wirklich redlich darum bemüht, das Minus auf meinem Konto durch die monatliche Überweisung von zweihundertfünfzig Euro in überschaubaren Grenzen zu halten, aber ich kam dennoch gerade so über die Runden. Nachdem meine Anstellung bei den M&Ms fehlgeschlagen war, hatte ich aus eigener Tasche nichts dazu beitragen können, die Summe abzutragen, die ich den beiden für meine ersten Monate in München schuldete. Zusammen mit dem Geld, das *babbo* mir schickte, konnte ich gerade mal die Nebenkosten für Jans Zimmer zahlen und meinen Lebensunterhalt bestreiten. Da ich nicht wenig Geld für Essen ausgab, vor allem den Etat für Gummibärchen hatte ich kontinuierlich erhöht, hatte ich mir seit knapp zwei Monaten nichts mehr zum Anziehen gekauft, womit ich mich meinem persönlichen Offenbarungseid annäherte.

Das war allerdings nicht die einzige Baustelle in meinem Leben. Zum einen bereicherte sich Signor Colluti immer noch am Vermögen meiner Familie, was mir nach wie vor gehörig gegen den Strich ging. Allerdings war ich so froh, dass meine Eltern immer noch nicht Lunte gerochen hatten, dass ich die Füße nach wie vor schön still hielt. Zum anderen war mein Verhältnis zu Otto seit seiner Rückkehr aus Ingolstadt mehr als merkwürdig.

Er war nach wie vor sehr freundlich, verhielt sich aber ungewohnt reserviert und hatte mein Angebot, für ihn ein Willkommensessen zu veranstalten, glatt abgelehnt. Und zwar mit der fadenscheinigen Ausrede, er habe momentan ein bisschen viel um die Ohren. Dabei hatte ich all meinen italienischen Charme in Kombination mit meiner grenzenlosen Hartnäckigkeit aufgeboten, doch Otto schien mit einem Mal dagegen immun zu sein.

Meines bescheidenen Wissens nach sagten deutsche Männer allerdings immer dann, sie hätten viel um die Ohren, wenn sie vor etwas davonrennen. Zwar müsste hier eigentlich meine Theorie über die direkten und ehrlichen Deutschen greifen, aber die Männer stellen in diesem Fall eine unrühmliche Ausnahme dar. Ihre Feigheit und die Angst vor einer Konfrontation sind nämlich ungleich höher als das teutonische Bedürfnis nach Aufrichtigkeit. So viel verstand ich inzwischen von den Menschen in diesem Land, dass ich mir diese Einschätzung zutraute.

Um mich abzulenken, verabredete ich mich mit Rainer, den ich seit Semesterbeginn wieder häufiger sah, zu einer Bergtour. In der Uni lief alles glatt, und da ich diesmal zum Kreis der Eingeweihten gehörte, kam ich in jedes Seminar hinein, das ich besuchen wollte. Fast schon erschien mir der Start ins neue Semester ein bisschen langweilig, weil er gar so reibungslos und unaufgeregt vonstattenging, doch Elin meinte, ich dürfe mich ruhig einfach mal freuen.

Jedenfalls war ich sehr gespannt, als Rainer mich an einem Samstagnachmittag im April abholte, da mir nun bald ein Dreivierteljahr lang jeder von den Bergen vorgeschwärmt hatte, auch wenn ich es meist gar nicht hatte hören wollen. Rainer, offenbar passionierter Bergsteiger und Klettersteigexperte, der sich in der Kletterhalle in Taufkirchen auskannte wie ich in meiner Handtasche, hatte mir versprochen, eine eher leichte Tour auszuwählen.

»Zieh aber trotzdem mal lieber festes Schuhwerk an«, hatte er am Telefon gemeint, als wir uns verabredeten.

Daraufhin hatte ich mich für meine blauen Ballerinas entschieden, dem einzigen Paar ohne Absatz, über das ich verfügte. Da es draußen mit knapp achtzehn Grad für deutsche Verhältnisse fast schon sommerlich warm war, zog ich eine helle Caprihose und ein passendes Tanktop an und band mir zur Sicherheit noch eine Strickweste um die Taille. Das edle Teil von Prada war eigentlich zu schade für eine Bergwanderung, aber es harmonierte nun mal perfekt mit dem Ton der Hose.

»Was ist das?«, fragte Rainer, der unten auf der Straße neben seinem alten Golf auf mich wartete, als ich aus der Tür trat.

»Was genau?«, fragte ich.

»Das da.« Er deutete auf meine Füße.

»Zwei Füße in Schuhen«, erwiderte ich und ließ den Blick an seiner Wanderhose aus Goretex hinabgleiten, bis ich bei seinen stabilen Wanderschuhen mit Geröllschutzrand und Wasserschutzlaschen hängenblieb.

Zu dem Zeitpunkt wusste ich natürlich noch nicht, worum es sich da handelte, doch Rainer hatte mich, noch bevor ich in den Wagen eingestiegen war, darüber aufgeklärt, dass man diese ebenso dringend brauche wie Schockabsorber, Fersenfutter und entsprechende Wandersocken.

»So wirst du keine Freude an der Bergtour haben«, meinte er mit kritischem Blick. »Das überleben die Treter da nicht.«

»Jetzt hör mal«, widersprach ich empört. »Die sind von Donna Carolina und bestechen durch eine hochwertige Materialauswahl und eine erstklassige Verarbeitungsqualität«, zitierte ich die Werbung.

»Du wirst Blasen bekommen«, warnte Rainer mich.

»Ach, Quatsch!« Ich war mir selten so sicher. »Ich bin schon in ganz anderen Schuhen rumgelaufen, ohne dass etwas passiert ist. Italienische Füße sind da sehr robust.« Schließlich musste ich *bella figura* machen, und das ging nun mal nur in diesen Schuhen und nicht in diesen Wandertretern, mit denen eine jede Frau aussah wie frisch aus dem Kuhstall entflohen. Da hätte ich gleich Birkenstock-Sandalen anziehen können, und etwas Unerotischeres gibt es ja wohl kaum.

Damit war die Diskussion beendet, und wir fuhren Richtung Bayrischzell, von wo aus wir den Tatzelwurm besteigen wollten. Das klang lustig und nicht sonderlich anstrengend, befand ich und drehte guter Dinge das Radio lauter, da gerade ein Song von Linkin Park lief. Laut Rainer betrug die Gesamtgehzeit zweieinhalb Stunden, wobei wir einen Höhenunterschied von vierhundertdreißig Metern zu bewältigen hatten. Da die Strecke als für Kinder geeignet gekennzeichnet war, erschien mir die Wanderung als durchaus zu bewältigen, und zwar auch in Ballerinas und ohne Wandersocken. Zu meiner großen Freude wartete laut Rainer in luftiger Höhe zudem eine bewirtete Hütte auf uns, und damit war meine Welt auch schon in Ordnung.

Wir parkten am Parkplatz der Talstation des Sudelfeldlifts, wo die Wagen dicht an dicht standen, und marschierten bestens gelaunt auf dem breiten Forstweg los. Wir waren nicht die Einzigen, die den siebenhundertvierundsechzig Meter hohen Tatzelwurm besteigen wollten, doch daran hatte ich mich inzwischen gewöhnt. Immerhin waren wir hier vor der Haustür Münchens unterwegs, und in dieser Stadt konnte man nun mal so gut wie nichts unternehmen, ohne dass mindestens dreihundert andere Menschen das Gleiche taten.

Zu erzählen hatten wir uns genug, und über die vielen Anekdoten, die Rainer aus seinen mittlerweile sieben Jahren an der Uni parat hatte, amüsierte ich mich prächtig. In dem Waldstück, das nun folgte, spürte ich zum ersten Mal, dass mit meinen Füßen etwas nicht in Ordnung war, doch ich war viel zu stolz, um es zuzugeben. Also quälte ich mich über die spitzen Steine und knorrigen Wurzeln und versuchte mich auf Rainers Geschichten zu konzentrieren. Doch der Schmerz wurde immer heftiger, und bald war mir meine Anspannung so deutlich anzumerken, dass Rainer stehen blieb.

»Was ist?«, fragte er besorgt. »Geht's dir nicht gut?«

Vor Verlegenheit, aber auch weil meine Füße inzwischen höllisch schmerzten, trat ich von einem Bein aufs andere und sagte tapfer: »Doch, doch, alles bestens.« Mein schiefes Grinsen geriet alles andere als überzeugend, das wusste ich selbst.

»Dir tun also doch die Füße weh.«

Ich nickte.

Rainer war echt ein Schatz, denn anstatt mir à la Friedrich Vorwürfe zu machen und die alte Hab-ich's-doch-gewusst-Leier anzustimmen, setzte er seinen Rucksack ab, holte eine Schachtel mit Pflaster hervor und sagte nur: »Schuhe aus.«

»Oje!« Beim Blick auf die Blutblasen, die sich an meinem linken kleinen Zeh und beiden Fersen gebildet hatten, wurde mir ganz anders.

Ohne ein Wort zu verlieren, verarztete Rainer mich,

und nachdem ich mit Müh und Not wieder in die Ballerinas geschlüpft war, meinte er: »Bis zur ersten Hütte ist es nicht mehr weit, vielleicht eine Viertelstunde. Meinst du, du schaffst das?«

Wieder nickte ich, und wir setzten unseren Weg fort. Die knospenden Bäume und die zwitschernden Vögel, über die ich mich auf den ersten paar hundert Metern noch so gefreut hatte, nahm ich nun gar nicht mehr wahr. So sehr war ich darauf konzentriert, einen schmerzenden Fuß vor den anderen zu setzen. Dabei musste ich so langsam gehen, dass aus der Viertelstunde gut fünfundzwanzig Minuten wurden.

An der Hütte angekommen, wunderten wir uns, dass nur zwei Paare auf den grobgezimmerten Holzbänken davor saßen. Laut Rainer bekam man hier um diese Uhrzeit normalerweise keinen Sitzplatz. Wir waren noch etwa sieben Meter von ihnen entfernt, als wir merkten, dass die Tür der Hütte verschlossen war. Einer der Männer, die unsere erstaunten Blicke bemerkt hatten, rief uns entgegen: »Wegen Krankheit leider geschlossen.«

»Ma noooooo!«, jaulte ich auf und schleppte mich die letzten Meter zu der Bank. »Was machen wir denn jetzt?«

»Wir rasten hier erst mal, und dann sehen wir weiter.«

»Mein Magen knurrt wie ein Panther«, jammerte ich drauflos, und jegliche *bella figura* war mir plötzlich piepegal.

Ohne auf mein Gezeter einzugehen, packte Rainer in aller Seelenruhe seinen Rucksack aus und zauberte neben einer Kanne Tee auch noch zwei mit Wurst und Käse belegte Brote sowie zwei Äpfel hervor. Er schob mir einen Apfel hin und fragte: »Salami oder Bergkäse?«

»Salam…«, sagte ich und hatte schon hineingebissen,

ehe ich das Wort ganz ausgesprochen hatte. »*Grazie mille*«, schob ich mit vollem Mund hinterher.

»Gern geschehen«, meinte Rainer nur und sagte dann: »Ich nehme mal an, dass du nicht sonderlich scharf darauf bist, die berühmten Wasserfälle live zu sehen, auch wenn sie wirklich imposant sind. Bis dahin sind es nämlich noch ein paar Kilometer.«

»Ehrlich gesagt nicht«, gab ich kleinlaut zurück. »Mir wäre es sehr recht, wenn wir zurückgehen und in Bayrischzell vielleicht noch mal einkehren könnten. Danke für das Brot, aber das hält, glaub ich, nicht lange vor. Ich lade dich selbstverständlich ein, nach der Aktion.«

»Das musst du nicht«, sagte er nur und lachte. »Aber du darfst natürlich, wenn du magst.«

Das hätte kein Italiener gesagt, dachte ich, während ich mich über den Apfel hermachte, den ich samt Kerngehäuse verschlang. Doch eine richtige Italienerin hätte auch nie im Leben einen derart abstrusen Vorschlag gemacht. Das musste die bayerische Bergluft sein, die mir derartige Aussetzer bescherte.

Nachdem wir uns gut eine Stunde in der Sonne ausgeruht hatten und ich meinen Füßen den Rückweg zutraute, machten wir uns an den Abstieg. Dank meiner desolaten Situation kamen wir leider nur im Gänsemarsch voran, und ich schämte mich unglaublich dafür, aber Rainer verlor nach wie vor kein Sterbenswort darüber, sondern versuchte mich mit Witzen und seinen rudimentären italienischen Sprachkenntnissen bei Laune zu halten.

Gegen sieben Uhr abends, es dämmerte bereits, standen wir dann endlich wieder in Bayrischzell und steuerten auf den nächstbesten Gasthof zu, von dem uns das geschwungene Messingschild über dem Eingang einladend entgegenwinkte. Das Loch in meinem Bauch war trotz Rainers Verpflegung inzwischen so groß, dass ich nicht sagen konnte, ob mir vor Erschöpfung oder vor Hunger schlecht war. Mir war inzwischen kalt, trotz der Weste, meine Beine schmerzten, und meine Füße liefen ganz von alleine. Die Blasen spürte ich nicht mehr, genauso wenig wie meine Waden, und mir war inzwischen alles egal. Ich hätte sogar Saures Lüngerl oder Milzwurst gegessen, Hauptsache etwas Warmes im Magen.

Zielstrebig steuerte ich auf die Eingangstür zu. Hinter den Scheiben, die mit warm leuchtenden Lampen erhellt waren, hingen grün-weiß karierte Gardinen, auf den Fensterbrettern standen Blumenkästen mit lila Geranien. Als Rainer die Tür aufmachte, drang uns ein Schwall warme Luft entgegen, in der noch der Geruch von Braten und Nudeln hing. Sofort lief mir das Wasser im Mund zusammen, und ich stürzte förmlich auf einen der freien Tische zu.

Ich hatte den Tisch mit der ebenfalls karierten Decke und einem Arrangement aus Plastikblumen noch nicht erreicht, da schoss die Bedienung mit einem riesigen Tablett voller Schweinsbraten von der Seite auf mich zu.

»Voooorsicht«, rief sie und sah mich an, als würde sie mich am liebsten in Scheiben schneiden und mit servieren. Im Vorbeigehen verpasste sie mir einen schmerzhaften Hieb in die Seite und vergaß nicht, mich im Laufen über ein wichtiges Detail in Kenntnis zu setzen. »'s dauert fei, mir san heit nur zu zwoat. Wenn's Eana pressiert, san's hier foisch«, rief sie, dann war sie auch schon um die Ecke in den Nebenraum verschwunden.

Ich sah fragend zu Rainer hinüber, der nur mit den Augen rollte und sich hinsetzte. Als er auf mein Hilfegesuch nicht reagierte, hakte ich nach.

»Was wollte die Frau von mir?«, fragte ich.

»Keine Sorge«, erwiderte er. »Es war kein Heiratsantrag.«

Wir überlegten kurz, ob wir wieder gehen sollten, doch mein nach wie vor knurrender Magen votierte eindeutig dagegen. Die falsche Entscheidung, denn erst warteten wir eine gefühlte Stunde auf die Karte, und als wir endlich bestellen wollten, sagte die Bedienung, zum Glück nicht die Preisboxerin von vorhin, kurz angebunden: »Ich kann Ihnen nur noch Getränke und Schmalzbrot bringen, die Küche hat seit halb acht zu.«

Ich sah sie an, als hätte sie gerade mein Todesurteil verlesen. »Das ist jetzt nicht Ihr Ernst«, sagte ich und wollte gerade zu einer italienischen Schimpftirade ansetzen, die sich gewaschen hatte.

Rainer, der die Gefahr erkannte und sie offenbar schon im Ansatz bannen wollte, sagte schnell: »Wir nehmen dann jeder zwei Schmalzbrote und dazu je ein Weißbier, danke.«

Statt zu explodieren, brach ich in Tränen aus und schwor mir, nie wieder einen Fuß in die bayerischen Hausberge zu setzen. Und wenn die anderen noch so sehr davon schwärmten!

Gegen Ende April, die Blasen an meinen Füßen waren inzwischen verheilt, und ich hatte die Ballerinas längst im Hausmüll entsorgt, selbstverständlich brav in der Restmülltonne, damit Frau Griesmayer auch ja nicht meckerte, kam Friedrich unerwartet in mein Zimmer. Er klopfte höflich und wartete tatsächlich, bis ich ihm die Tür öffnete, dennoch machte mich die unerwartete Kontaktaufnahme misstrauisch. Im Geiste ging ich sofort sämtliche Vergehen durch, derer ich mich in seinen Augen je schuldig gemacht hatte, aber mir wollte nichts einfallen, was eine Anklage gerechtfertigt hätte.

Wider Erwarten hatte er jedoch keine Vorwürfe, sondern eine Bitte im Gepäck.

»Ach, übrigens«, sagte er, als hätten wir uns gerade drei Stunden bestens unterhalten und er wollte nur noch kurz was anbringen, »bist du übermorgen früh um elf zu Hause?«

»Ja, ich muss erst gegen eins an die Uni«, antwortete ich zögerlich. »Warum?«

Die Skepsis schien mir förmlich aus den Augen zu sprühen, denn er sagte darauf: »Nichts Schlimmes, keine Sorge. Am Donnerstag kommt mein Bruder zu Besuch, und ich bin den ganzen Tag in der Uni. Könntest du ihn vielleicht reinlassen?«

»Klar«, sagte ich und atmete erleichtert aus. »Ich kann ihm auch einen Kaffee kochen.« Wenn er netter ist als du, fügte ich in Gedanken hinzu, während ich mein schönstes Sonntagslächeln aufsetzte.

Dankbar, dass die Angelegenheit so reibungslos vonstattengegangen war, stürmte Friedrich mit einem gemurmelten »Danke« aus meinem Zimmer, und kaum hatte ich mich wieder an den Schreibtisch gesetzt, hatte ich das Ganze auch schon vergessen.

Meine Erinnerung setzte erst wieder ein, als ich zwei Tage später am späten Vormittag in der Dusche stand und das warme Wasser auf meinen Körper prasselte. Ich hatte gerade wohlig den Kopf in den Nacken gelegt, die Augen geschlossen und dachte an Italien, die Sonne, den Strand, das Meer, die malerische Dorfkirche, in der ich getauft worden war. Wie schön hatten immer die Glocken geläutet, dieser satte, warme Ton …

Dingdong!

Diese Melodie in meinen Ohren, wenn das Glockenläuten immer lauter wurde, sich steigerte …

Dingdong, Dingdong!

Wenn …

Dingdong, Dingdong, *Dingdong*!

Was war das? Irgendwie hatten die Glocken früher anders geklungen. Einen Moment stand ich regungslos da, während mir das Wasser weiter übers Gesicht rann, dann zuckte ich zusammen und drehte schnell den Hahn zu. Ach, du Schreck. Das musste Friedrichs Bruder sein. Hatte ich etwa die Zeit vergessen?

Mit einem Satz sprang ich aus der Wanne und wäre fast auf dem Badvorleger ausgerutscht, doch zum Glück konnte ich mich gerade noch am Waschbecken festhalten. Ich griff nach dem Bademantel, rief, so laut ich konnte, *»un momento«* und sprintete durch den Flur.

»Hallo, ist jemand zu Hause?«, ertönte eine männliche Stimme. »Hier ist Andreas.«

Im Vorbeigehen warf ich durch die offene Küchentür einen Blick auf die Wanduhr und stutzte: 10.01 Uhr. Waren die Deutschen etwa nicht nur so verrückt, zu einem privaten Abendessen auf die Minute pünktlich zu erscheinen und damit den Gastgeber in tiefste Verlegenheit zu stürzen, sondern kamen, wenn sie sich zu Besuch ankündigten, auch noch eine ganze Stunde eher als vereinbart? Wie soll man als normaler Mensch denn damit umgehen?, fragte ich mich. In Italien gilt es als äußerst unhöflich, wenn nicht gar unverschämt, auch nur eine Minute früher als eine halbe Stunde NACH der vereinbarten Zeit zu einer *cena* zu erscheinen, und ein italienischer Mann würde, wenn er um elf Uhr abends mit einer Frau verabredet ist, um diese Zeit vielleicht mal anfangen, sich zu rasieren. Aber auch sonst leben meine Landsleute in Sachen Verabredungen nach der Devise: Lieber zu spät als zu früh, sonst denken die anderen noch, man hätte nichts zu tun.

Was soll diese alberne übertriebene Pünktlichkeit?, fragte ich mich. Kurz überlegte ich, einfach zurück ins Bad zu gehen und die Tür erst um elf zu öffnen, und zwar auf die Minute pünktlich, als interkulturelle Erziehungsmaßnahme sozusagen, doch als ein erneutes energisches Dingdong ertönte, verwarf ich den Gedanken wieder. Das wurde mir zu laut.

Da stieß ich mir den großen Zeh an meiner Unitasche, die gleich neben der Tür lag, und verfluchte einmal mehr meine eigene Angewohnheit, die Tasche einfach fallen zu lassen, sobald ich die Wohnung betrat. Ich atmete tief ein, um den Schmerz zu betäuben, hüpfte auf einem Bein weiter, zischte *»Merda!«* und riss gleichzeitig die Tür auf.

Mit einem Blick erfasste ich mein Gegenüber, und meine Augen glitten langsam nach oben, von den schmalen Hüften über die breiten Schultern bis hin zu dem Ziegenbärtchen und den blauen Augen.

So schöne blaue Augen, dachte ich und starrte ihn an wie eine Erscheinung.

»Das nenne ich mal eine Begrüßung«, sagte mein Gegenüber und musterte mich spöttisch. »Scheiße hat bei meinem Anblick bisher noch niemand gerufen.«

»Äh, hallo, komm rein.« Ich grinste unbeholfen, wollte mir durch die Haare fahren und fasste in gefühlte zehn Kilo Schaum.

»Aiuto«, entfuhr es mir. Da erst wurde mir bewusst, wie ich vor ihm stand, und auf einmal verstand ich auch sein anzügliches Grinsen.

Ich zog den Bademantel enger um mich und verschränkte die Arme vor der Brust, während die Temperatur unter meinen Haarspitzen sich dem Siedepunkt näherte.

»Sonnenbrand?«, fragte er nur.

»Was?«

»Darf ich reinkommen, oder muss ich hier stehen bleiben, bis deine empfindliche Haut sich erholt hat?«

Stumm schüttelte ich den Kopf und trat zur Seite. Dann drehte ich auf dem Absatz um und rettete mich zurück ins Bad. Ich schloss die Tür mit so viel Nachdruck wie nur möglich und drehte vorsichtshalber den Schlüssel um. Zweimal.

Da stand ich nun und wagte es nicht, in den Spiegel zu spähen. Ich wollte gar nicht wissen, welchen Anblick ich diesem Typen geboten hatte. Ausgerechnet Friedrichs Bruder! Beim Gedanken an meinen unansehnlichen Mitbewohner fragte ich mich, ob die beiden tatsächlich Geschwister sein konnten, so unähnlich, wie sie sich auf den ersten und auch auf den zweiten Blick sahen. In Windeseile ging ich die Möglichkeiten durch, die ich hatte. Erstens: so lange im Bad verharren, bis die Gefahr gebannt war. Geht nicht, schmetterte ich die Idee im selben Moment ab. Andreas wollte meines Wissens drei Tage bleiben, und bis dahin würde ich verhungert sein. Garantiert. Außerdem musste ich am Nachmittag in die Uni, denn wenn ich mich in dem Seminar über die Semiotik im Deutschen wieder nicht blicken ließ, dann konnte ich mir den Schein in die Haare schmieren. Apropos Haare, ich warf nun doch einen vorsichtigen Blick in den Spiegel und schämte mich zum zweiten Mal an diesem Tag in Grund und Boden.

Zweitens: Ich hoffte, dass Andreas nicht ewig im Flur rumstehen würde, sondern es ihm irgendwann zu blöd wurde und er sich in die Küche verzog. Dann würde ich durch den Flur in mein Zimmer sprinten, mich schnell anziehen, aus dem Haus hechten und erst wiederkommen, wenn die Luft rein war. Gute Idee, nur sollte ich vorher zu Ende duschen, und zwar egal wofür sich der gar nicht mal so übel aussehende Typ, der noch immer in unserem Flur stand, am Ende entschied.

Das tat ich dann auch, und nachdem ich den Schaum ausgespült, eine Haarkur gemacht, mir die Zehennägel lackiert und meinen Körper mit der phantastisch duftenden Lotion von Chanel eingerieben hatte, war ich bereit, mich der Situation zu stellen. Schließlich war ich kein feiger deutscher Mann und verkrümelte mich einfach.

Vorsichtig öffnete ich die Tür und spähte hinaus. Die Luft war rein. Jedenfalls stand Andreas nicht mehr im Flur rum. Schnell raffte ich meine Kleider zusammen und schlich auf Zehenspitzen in Richtung meines Zimmers. Darum bemüht, möglichst kein Geräusch von mir zu geben, hielt ich die Luft an, als ich die Türklinke runterdrückte.

»Ganz schön mutig von dir, mich einfach so stehenzulassen«, ertönte eine Stimme hinter mir.

Ich erstarrte mitten in der Bewegung, drehte mich aber nicht um. In dieses Gesicht wollte ich nie wieder blicken müssen. Das würde ich nicht überleben. »Wieso?«, murmelte ich mit gesenktem Kopf.

»Na, ich könnte auch ein Drücker sein.«

Ein Drücker? Oder hatte ich mich verhört, und er meinte einen Drucker? Mein Hirn fing an, auf Hochtouren zu arbeiten. Drücker, Drucker, was sollte das denn schon wieder sein? Ich kannte inzwischen wirklich viele deutsche Wörter und war auch vorher schon nicht ganz schlecht, aber ein Drucker mit ü für Papier war mir nicht bekannt. Egal, dachte ich, bloß nicht umdrehen, die Schmach kannst du dir nicht antun.

»Einer von diesen hartnäckigen Typen, die dir an der Haustür ihre Lebensgeschichte erzählen, weil sie dir eine miese Zeitschrift verkaufen wollen«, erklärte Andreas, als er meine Verwirrung bemerkte.

»Ach so«, sagte ich nur und fügte schnell hinzu: »Am besten, du wartest einfach in der Küche auf deinen Bruder, der kommt sicher bald zurück.« Einatmen, ausatmen. »Ich hab's leider eilig«, sagte ich zu meiner Zimmertür, die mir geduldig zuhörte.

»Okay«, sagte Andreas in meinem Rücken verdattert, »wenn du meinst. Ich mache mir dann schon mal einen Kaffee.«

»Schön«, erwiderte ich und zog schnell die Tür hinter mir zu.

Drinnen lehnte ich mich dagegen und holte erst einmal tief Luft.

Als ich gegen halb eins die Wohnung verlassen wollte, hörte ich ein seltsames Stöhnen aus der Küche. Was war das?, fragte ich mich und blieb stehen. Ich beugte mich in Richtung Küchentür und horchte. Da, schon wieder. Es klang, als hätte Andreas große Schmerzen. Ratlos stand ich da und wägte ab: ein Mann in Not gegen meinen Stolz. Sollte ich in die Küche gehen und ihm doch noch mal gegenübertreten? Als erneut ein unterdrücktes Stöhnen erklang, erweichte mein italienisches Herz, denn ich kann niemanden leiden sehen – und schon gar nicht hören.

Als ich zur Tür hereinkam, fuhr er erschrocken herum. Von dem spöttischen Gesichtsausdruck von vor zwei Stunden war nichts mehr übrig. Vielmehr wirkte seine Miene gequält, als er mich anlächelte.

»Was ist mit dir?«, fragte ich besorgt und vergaß darüber sogar, dass ich mich vor ihm schämen wollte.

»Ach, es geht schon«, murmelte er gepresst und strafte seine Worte im selben Moment Lügen, denn er sog laut die Luft ein, ehe er sich krümmte und sich das rechte Bein hielt.

»Hast du Harakiri betrieben?«, fragte ich mit Blick auf das große Brotmesser, das mitten auf dem Küchentisch lag.

»Nein, keine Ahnung, mein Bein tut höllisch weh, als wäre ein Nerv eingeklemmt oder so.«

»Soll ich einen Arzt rufen?«, fragte ich, da ich auch nicht wusste, was ich sonst hätte tun oder sagen können.

»Nein, nein, geht schon«, wiegelte er heldenhaft ab und scherzte: »Ich muss schließlich nicht unters Messer.«

Genau dort befand er sich anderthalb Stunden später.

»Wir haben da ein Problem«, sagte die junge Ärztin in der Notaufnahme der Klinik in der Thalkirchner Straße zu mir, die der Rettungswagen mit Andreas an Bord angesteuert hatte. »Ihr Mann hat eine schwere Thrombose und muss sofort operiert werden.«

Ich dachte nicht mal daran, ihr zu erklären, dass ich Andreas heute Morgen, als ich aufgestanden war, noch nicht mal gekannt hatte, so außer mir war ich. »Was … wie …«, stammelte ich nur.

»Die Lage ist ernst, aber Sie sind zum Glück noch rechtzeitig gekommen«, versuchte sie mich zu beruhigen. »Bitte setzen Sie sich in den Wartesaal, ich schicke Ihnen gleich eine Schwester vorbei.« Nachdem sie mich noch mit ein paar Detailinformationen überfordert hatte, drückte sie mir die Habseligkeiten von Andreas in die Hand und rauschte davon.

Da saß ich nun – auf einem grauen Plastikstuhl und zugleich richtig schön tief in der Tinte. Mir ist ja auch schon lange nichts Bescheuertes mehr passiert, dachte ich und versuchte, meine flatternden Nerven zu beruhigen, indem ich möglichst gleichmäßig ein- und ausatmete. Die Luft in dem überfüllten Raum hätte man schneiden können, und die Anwesenden wirkten irgendwie alle angespannt. Neben mir saß eine Frau mit ihrer kleinen Tochter, die offensichtlich schon eine ganze Weile weinte, was den beiden jede Menge tadelnde Blicke der anderen Wartenden einbrachte.

Nachdem ich noch in der WG vergeblich versucht hatte, sowohl Friedrich als auch die M&Ms zu erreichen, hatte ich kurzerhand die Notrufnummer gewählt und der freundlichen Dame am anderen Ende der Leitung die Lage geschildert. Zehn Minuten später hatte der Krankenwagen vor der Tür gestanden und Andreas mitgenommen, ich war mit der U-Bahn hinterhergefahren. Damit konnte ich mir die Deutsche Semiotik für heute zwar abschminken, aber wenn der Professor, für den Rainer arbeitete, diesen Notfall nicht als Entschuldigungsgrund gelten ließ, konnte ich ihm auch nicht helfen.

Ich zog mein Handy hervor und fing an, hektisch darauf herumzutippen, aber nachdem ich mich fünfmal verschrieben hatte, beschloss ich, Vale doch anzurufen, statt ihr eine SMS zu schicken. Die grauhaarige, hagere Schwester, die gerade in den Raum kam, um den nächsten Patienten aufzurufen, warf mir einen Blick zu, als wollte sie gleich einen Mord begehen, und deutete auf das unübersehbare Schild an der Tür.

Herrje, dachte ich nur und betrachtete das durchgestrichene Handy in dem roten Kreis, die Deutschen nehmen es selbst in Notsituationen genau. Wahrscheinlich lassen sie lieber ihre Großmutter sterben, als eine der geltenden Regeln zu verletzen. Dass sie bei Rot nicht über die Ampel gehen, selbst wenn im Umkreis von einem Kilometer kein Auto zu sehen ist, wollte ich ja noch gelten lassen, aber das hier war ein Notfall. Genau das hätte ich der knapp Sechzigjährigen in Schwesterntracht am liebsten hinterhergerufen, doch ich sparte mir den Atem für das Telefonat mit Vale und ging nach draußen vor die Tür.

»*Ciao, bella*«, rief meine Freundin begeistert in den Hörer, als sie abgenommen hatte. »Schön, dass du mal wieder anrufst. Ich dachte schon, du wärst verschollen. Wie geht es dir? Alles klar im feindlichen Ausland? Was machen die deutschen Jungs? Liegen sie alle schön brav in deinem Bett und halten es für dich warm?« Sie kicherte, begeistert über ihren tollen Gag, mit dem sie – ohne es zu wissen – genau ins Schwarze traf.

»Hier liegt tatsächlich ein Typ im Bett. Allerdings nicht in meinem, sondern in der Notaufnahme im Krankenhaus.«

»Was? Du machst wohl Witze!« Vale stutzte kurz, dann fragte sie: »Und was hast du damit zu tun? Hast du ihn etwa ein bisschen zu deutlich in seine Schranken gewiesen?«

»Hör zu, das ist alles nicht lustig, ich stecke echt in der Klemme«, begann ich und schilderte ihr in wenigen Worten, was passiert war, während ich auf der Straße auf und ab lief. Dabei ignorierte ich ihr Gequietsche geflissentlich, als ich ihr von dem Anblick erzählte, den ich Andreas geboten hatte. »So eine dämliche Thrombose ist lebensgefährlich«, brüllte ich noch in den Hörer und starrte auf das Portemonnaie, den Schlüssel und das Handy, das mir die Ärztin vor knapp zehn Minuten in die Hand gedrückt hatte.

»Was willst du jetzt tun?«, fragte meine beste Freundin, anstatt mir zu sagen, was ich tun sollte. Wenn sie so weitermachte, dann war sie bald meine Ex-beste-Freundin.

»Die halten mich hier für seine Frau und haben mir seine Sachen gegeben. Die Operation kann zwei bis drei Stunden dauern, haben sie gesagt«, plapperte ich los. »Soll ich hier warten? Ich hab Angst. Eigentlich müsste ich dringend an die Uni, aber zu meinem Seminar komme ich sowieso nicht mehr pünktlich.«

»Natürlich musst du dableiben. Du kannst doch jetzt nicht einfach abhauen. Stell dir mal vor, der stirbt.«

»Na toll! Vielen Dank, dass du mir so viel Mut machst. Das wäre echt der Super-GAU. Erstens kenne ich ihn überhaupt nicht, und zweitens ist er Friedrichs Bruder. Der Kerl lyncht mich, wenn das hier nicht gut ausgeht.«

»Wieso rufst du diesen Friedrich nicht einfach an, damit er sich drum kümmert? Andreas ist schließlich nicht dein Bruder.« Wieder so ein kluger Vorschlag, der nicht gerade als hilfreich zu bezeichnen war.

»Was glaubst du denn? Das habe ich längst probiert. Ich erreiche ihn nicht«, blaffte ich, obwohl Vale auch nichts dafür konnte.

»Kannst du in dem Handy von diesem Andreas nicht nach der Nummer der Eltern suchen und sie anrufen?«, fragte sie nun.

»Was soll ich dann sagen? Hallo, ich bin Angela aus Riccione. Ihr Sohn hat bei mir in München in der Wohnung eine Thrombose bekommen und wird gerade notoperiert. Übrigens: Wenn es dumm läuft, überlebt er die OP nicht. Nein, ich kenne ihn leider nicht näher.«

Vale prustete am anderen Ende der Leitung los.

»Hör auf!«, schimpfte ich. »Hilf mir lieber. Was soll ich *tun*?«

»Du musst die Eltern anrufen. Sie müssen erfahren, was passiert ist.«

Da kam die hagere schwarzhaarige Schwester mit einem Klemmbrett zu mir nach draußen und hielt es mir hin. Dass ich telefonierte, schien sie nicht weiter zu interessieren, eher wirkte sie sauer, weil sie mir bis auf die Straße hatte nachlaufen müssen.

»Bitte füllen Sie mir das hier noch aus«, redete sie einfach drauflos. »Ihr Mann hatte leider keine Zeit. Wir brauchen die Angaben zu seiner Person dringend. Wenn Sie das bitte schnell erledigen könnten.«

»Er ist nicht mein …«, setzte ich an, da war sie auch schon wieder verschwunden. »*Scusa,* Vale, ich muss Schluss machen«, sagte ich nur und legte auf.

Ich nahm das Klemmbrett und las mir die einzelnen Punkte durch. Der Bogen begann mit den Angaben zur Person: Name, Geburtsdatum, Adresse. Unschlüssig starrte ich auf den Zettel und das Portemonnaie in meiner Hand. Ich könnte natürlich einfach nachsehen, ob Andreas einen Ausweis dabeihatte, und die Felder so gut wie möglich ausfüllen. Aber sollte ich wirklich in seinen Sachen herumstöbern? Vorsichtig spähte ich in den Geldbeutel und suchte nach dem Ausweis. Eine Karte für eine Table-Dance-Bar. Aha, dachte ich nur. Eine Karte von der Krankenkasse, EC- und Kreditkarte, ein Mitgliedsausweis vom Karateclub in Heilbronn, ein Kondom, ein Beleg über einen Strauß Blumen in Höhe von zwanzig Euro und der Studentenausweis von der Uni Stuttgart. Interessant! Auf einmal schämte ich mich kein bisschen mehr, vielmehr war meine Neugierde erwacht. Was ein deutscher Mann so alles im Portemonnaie mit sich rumträgt.

Dann hielt ich seinen Personalausweis in der Hand. Schönes Foto, dachte ich, der Kerl sieht wirklich nicht aus, als wäre er Friedrichs Bruder. Andreas Schuster, las ich, geboren am 14. 09. 1982 in Heilbronn. Genau, mein Mitbewohner war ja auch Schwabe, daher hatte er vermutlich die Veranlagung zum Blockwart und Hausmeister.

Ich machte mich daran, den Bogen nach bestem Wissen und Gewissen auszufüllen, und als ich fertig war, suchte ich die Krankenschwester und gab ihr das Klemmbrett zurück.

»Danke«, sagte sie und fügte hinzu: »Mehr können Sie momentan nicht für Ihren Mann tun. Am besten, Sie gehen jetzt nach Hause, denn es kann ein Weilchen dauern. Wir werden Sie dann anrufen und Ihnen Bescheid geben, wie es Ihrem Mann geht. Und bringen Sie ihm ein paar Sachen vorbei, er wird sicher eine gute Woche hierbleiben müssen.«

»Er ist nicht mein Mann«, sagte ich. »Eigentlich kenne ich ihn gar nicht.«

»Oh«, meinte sie nur und sah mich an, als hätte ich ihr gerade gesagt, dass ich kleine Kinder zum Frühstück esse. »In dem Fall hätten Sie den Bogen gar nicht ausfüllen dürfen. Können Sie mir dann bitte jemanden nennen, an den ich mich wenden kann?«

»Ich glaub, mir wird schlecht«, sagte ich statt einer Antwort. Wenn *mamma* auch nur im Entferntesten wüsste, was ich hier so alles trieb, sie würde persönlich vorbeikommen und mir den Hals umdrehen.

Die Schwester schien Verständnis für meine Lage zu

haben, denn sie sagte: »Wenn Sie meinen. Aber lassen Sie mir bitte noch Ihre Rufnummer da, damit ich Sie anrufen kann, falls etwas schiefgeht. Dann können Sie die Angehörigen informieren.«

Hatte ich nicht gerade gesagt, dass ich den Mann überhaupt nicht kannte? Aber egal! Ich liebe die direkte Art der Deutschen, dachte ich nicht zum ersten Mal. Einfach wunderbar, wie sie die Dinge immer beim Namen nennen und weder Zeit noch Energie für freundliche, schmeichelnde, zweifellos wohltuende und seelenheilfördernde Worte verschwenden. Das Ganze nannten sie dann Ehrlichkeit oder Direktheit. Als wäre irgendjemandem damit gedient.

Auf dem Heimweg wählte ich mehrfach Ottos Handynummer. Eigentlich hatte ich mir nach dem ernsten Gespräch mit Beate an der Isar ganz fest vorgenommen, ihn nicht mehr in Notlagen zu bemühen, aber ich wusste mir nicht anders zu helfen. Vermutlich wollte jemand, dass ich bei meinem Entschluss blieb, denn es ging niemand ran, und auch die Mailbox schaltete sich nicht ein. Friedrich versuchte ich ebenfalls noch einmal zu erreichen, doch sein Handy war nach wie vor ausgestellt. Zwischendurch malte ich mir aus, wie ich die Mutter der beiden anrufen und ihr die Hiobsbotschaft überbringen würde.

»Schuster«, meldete sich eine sympathische Frauenstimme in meiner Phantasie.

Ich hielt einen Moment die Luft an und versuchte, all meinen Mut zusammenzunehmen. Dabei spürte ich genau, wie mein Herz Millimeter für Millimeter in die Hose sank, und räusperte mich verlegen.

»Hallo? Ist da wer?«

»Äh, ja«, antwortete ich zögerlich. »Ich bin's.« Wie

schon bei Signor Colluti war ich mit der Situation überfordert, was ich daran erkannte, dass sich mein Selbstbewusstsein im Nu pulverisiert hatte.

»Schön. Wer ist ich?«

»Ach so, ja also, Sie kennen mich gar nicht«, begann ich stockend. »Ich rufe aus München an. Ihr Sohn Andreas …«

»Was ist mit ihm?« Frau Schuster klang alarmiert. »Was macht er in München? Ist ihm was passiert? Wo ist Friedrich?«

»Also er liegt im Krankenhaus. Hatte eine Thrombose und musste operiert werden. Friedrich … Ich …«

»Wer sind Sie eigentlich?«, fragte sie dann verwirrt. »Seine Freundin? Ich wusste gar nicht, dass er eine hat. Er erzählt mir ja nie etwas, dabei frage ich immer nach. Man will ja schließlich wissen, was der eigene Sohn so treibt.«

Da klingelte mein Handy und riss mich aus meinem Tagtraum. Ohne aufs Display zu schauen, ging ich ran. *»Sì?«*

»Hallo, Angela, hier ist Jan.«

»Jan, dich schickt der Himmel«, rief ich, ohne zu wissen, warum. Jan konnte in der Schweiz gewiss nichts für mich tun, dennoch war es gut, eine vertraute Stimme zu hören, auch wenn ich außer seiner Stimme und seinem Zimmer nicht allzu viel von ihm kannte.

»Was ist los? Du klingst total nervös«, fragte er.

Mit seiner besorgten Frage öffneten sich wie von selbst meine Schleusen, und mir liefen prompt die Tränen über die Wangen. Statt ihn zu fragen, warum er mich eigentlich angerufen hatte, redete ich, ohne zwischendurch Luft zu holen, auf ihn ein und wollte mich gar nicht mehr beruhigen.

»Hör zu, ich kann das mit dem Anruf bei der Mutter von Andreas gerne für dich übernehmen. Ich habe die Nummer gespeichert. Versuch du einfach weiter, Friedrich zu erreichen, und sobald du wieder was von der Klinik hörst, meldest du dich noch mal und gibst mir Bescheid, okay?«

Den schickt mir der Himmel, dachte ich erleichtert. Jan war wirklich ein echter Schatz, und ich bedauerte es sehr, dass wir uns noch immer nicht persönlich kannten. »Ja, das wäre wirklich super von dir«, sagte ich und hätte ihn küssen können, so dankbar war ich ihm.

Am Abend hatte sich die Situation schon merklich entspannt. Frau Schuster war informiert, mit Jan hatte ich auch noch mal gesprochen, Andreas war noch am Leben, und Friedrich saß jetzt vermutlich bei seinem Bruder am Krankenbett. Die M&Ms hatten groß aufgekocht, aber mir war nicht nach Gesellschaft zumute. Lieber machte ich es mir auf den Schrecken hin mit einer extragroßen Tüte Gummibärchen auf meinem Bett gemütlich und versuchte herauszufinden, wer mich hier in Deutschland eigentlich auf eine so harte Probe stellte. Mir wollte niemand einfallen außer Gott, aber dem traute ich so viel Übermut einfach nicht zu.

Gegen halb elf, ich war fast eingenickt über dem Buch, das ich zu lesen versucht hatte, klopfte es an meine Tür, und auf mein »*Sì?*« steckte Friedrich den Kopf herein.

»Darf ich kurz stören?«

»Na klar, komm rein.«

Er blieb an der Tür stehen und knetete seine Finger. Offensichtlich wusste er nicht so genau, wie er anfangen sollte, allerdings war die Stimmung zwischen uns so entspannt und freundlich wie während der kompletten vergangenen Monate nicht. »Ich wollte mich bedanken«, sagte er schließlich. »Du hast meinem Bruder das Leben gerettet.«

Verlegen winkte ich ab. »Das war doch selbstverständlich. Ich hätte ihn schlecht hier liegen lassen können, bis einer von euch nach Hause kommt.«

Friedrich musste tatsächlich lachen, ein völliges Novum. Dabei stand es ihm gar nicht so schlecht, und auf einmal wirkte er sogar fast sympathisch.

»Setz dich doch«, bat ich ihn, deutete auf den Schreibtischstuhl und hielt ihm die Gummibärchentüte hin. Das war ein echt hochkarätiges Friedensangebot von meiner Seite, immerhin waren mir die ungesunden Kerle heilig.

Mein Mitbewohner tat das einzig Richtige und ging darauf ein, und so gelang es uns tatsächlich, unseren Mini-Rosenkrieg, den wir seit meiner Ankunft in dieser Wohnung ausfochten, zumindest vorerst beizulegen. Wir schafften es, uns eine geschlagene halbe Stunde in normalem Tonfall und ohne uns anzuzicken, über alles Mögliche zu unterhalten, etwas, das ich noch vor weniger als zwölf Stunden für absolut undenkbar gehalten hatte.

Als ich eine Stunde später im Bett lag, mein Handy in der Hand, um Vale über den guten Ausgang der dramatischen Ereignisse zu informieren, kam sie mir wieder einmal zuvor. Fast wie in alten Zeiten, dachte ich und schrieb: »Hier alles paletti, bin ja so froh! *TVTB* Angela.«

Vorm Einschlafen, als ich den ereignisreichen Tag noch mal Revue passieren ließ, musste ich an meine *nonna* denken, die immer sagte: »Jedes noch so schlimme Ereignis hat immer auch einen positiven Aspekt. Man muss nur das Glück haben und ihn erkennen.«

Ich hatte zur Abwechslung mal doppelt Glück, denn am nächsten Abend stand ein total besorgter Otto vor der Tür, der sich erkundigte, wie es mir nach dem Schrecken ging, und mich fragte, ob ich demnächst mal wieder auf einen Risotto vorbeikommen wolle.

He, dachte ich, meint es das Leben etwa doch gut mit mir?, und sagte spontan zu.

11.

»Buoni o cattivi«

Passend zu meiner positiven Grundstimmung wurden im Mai die Bäume endlich grün, und ich freute mich riesig auf die vielen tollen Open-Air-Veranstaltungen, die über die ganze Stadt verteilt stattfanden und die ich mir auf keinen Fall entgehen lassen wollte. Elin hatte wie Beate damals im Zug auf dem Weg nach München mehrfach vom Sommertheater im Englischen Garten geschwärmt, bei dem eine Truppe von Laienschauspielern Jahr für Jahr in dem wunderschönen kleinen Amphitheater ein Stück aufführte. Man musste sehr früh da sein, um einen der begehrten Plätze auf den grasbewachsenen Terrassen zu ergattern, konnte sich aber mit einem reichhaltigen Picknick die Wartezeit bis zum Beginn der Vorstellung versüßen. Die Atmosphäre gefiel mir sehr gut, und spätestens als in der Pause bunte Lampions verkauft wurden, die während des zweiten Teils der Vorstellung die Zuschauerränge in orangefarbenes Licht tauchten, war ich restlos begeistert. Außerdem gab es mehrere Kinos unter freiem Himmel, unter anderem in einem Schwimmbad, und im Olympiastadion, im Brunnenhof und am Odeonsplatz fanden Konzerte statt, im Lichthof der Glyptothek wurden griechische Theaterstücke aufgeführt, und selbst bei den Opernfestspielen blieben Studenten nicht außen vor. Bei »Oper für alle«

wurden auf dem Max-Joseph-Platz einige Opern aus dem Nationaltheater auf einer riesigen Leinwand übertragen – für lau sozusagen.

Inzwischen gefiel es mir in diesem München, das ich mir vor meiner Ankunft als sibirisches Arbeitslager ausgemalt hatte, extrem gut. Immer mal wieder dachte ich an meine Startschwierigkeiten und die vielen Pannen zurück, die mir hier passiert waren, doch inzwischen überwogen mit Abstand die schönen Erinnerungen. Meine Winterdepression, als es mich vor Sehnsucht nach Vale und meiner Familie fast zerrissen hatte, war verschwunden, und im Nachhinein konnte ich mir kaum mehr vorstellen, woran und warum ich so sehr gelitten hatte. Der Telefonkontakt zwischen Vale und mir verhielt sich diametral zu meinem steigenden Wohlfühlfaktor: Zwar simsten wir noch immer regelmäßig, aber das Bedürfnis, meine beste Freundin bei jedem Problem oder jeder Gelegenheit sofort anzurufen, war so gut wie verschwunden.

Das lag nicht zuletzt daran, dass ich hier so viele nette Menschen kennengelernt hatte und mich in der WG inzwischen pudelwohl fühlte. Die M&Ms waren zwei echte Schätze, selbst der Waffenstillstand mit Friedrich hielt an, und wir schafften es, einander zu tolerieren – wenn auch zuweilen noch mit gegenseitiger Todesverachtung. Er duldete, mit Sicherheit zähneknirschend, die Tatsache, dass ich den Eiskratzer nach dem Duschen immer noch nicht benutzte, während ich mich an den Milbenstaubsauger und die abgezählten Joghurts im Kühlschrank gewöhnt hatte.

Jan hatte ich immer noch nicht getroffen, aber seit dem Erlebnis mit Andreas ab und zu mit ihm telefoniert. Die Gespräche wurden mit jedem Mal länger, und vor allem wenn er von seinen archäologischen Studien berichtete, hätte ich ihm stundenlang zuhören können. Er wusste wahnsinnig viel, ging damit jedoch nicht hausieren, sondern verstand es, unterhaltend und witzig zu erzählen. Nicht nur aufgrund meiner krankhaften Neugier, sondern weil ich ihn rundherum interessant und irgendwie auch faszinierend fand, war ich inzwischen sehr gespannt darauf, ihn kennenzulernen. Daher wünschte ich mir sehr, dass wir wenigstens bei meiner Abreise aus München, die in großen Schritten näher rückte, so etwas wie eine persönliche Übergabe des Zimmers hinbekamen. Ich hatte mir ganz fest vorgenommen, den Raum, den ich seit nunmehr neun Monaten bewohnte, wieder in seinen Ursprungszustand zu versetzen, und hoffte, dass es mir auch gelang. Ich hätte alles fotografieren sollen, dachte ich, da ich mich beim besten Willen nicht mehr erinnern konnte, wo genau die Motorradposter gehangen hatten. Aber das würde er mir bestimmt verzeihen, schließlich war er bisher alles andere als kleinlich und unflexibel gewesen.

Eines Samstagmittags, die anderen waren wieder mal alle ausgeflogen, während ich mich meinem Lieblingshobby gewidmet und ausgeschlafen hatte, wollte ich mir in der Küche einen *caffè* kochen und in aller Ruhe die Zeitung lesen, als ich einen merkwürdigen Geruch wahrnahm. Wenn mich nicht alles täuschte, dann stank es hier verdächtig nach Farbe. Ich wusste zwar, dass die M&Ms die Abstellkammer gestrichen hatten, aber die lag ganz am anderen Ende des Flurs. Misstrauisch folgte ich meiner Nase und entdeckte das Desaster gleich hinter der Tür. Der verzweifelte Joe Kugel saß in der Ecke und schleckte sich die Pfoten. Bis auf seinen leicht verzweifelten Gesichtsausdruck war das nichts Ungewöhnliches, allerdings waren seine Vorderpfoten nicht wie sonst weiß, sondern lindgrün. Genauso lindgrün wie die Wand in der Abstellkammer.

Nun bemerkte ich auch die Pfotenabdrücke, die von der Küche über den gesamten Flur bis in die Kammer führten. Dort stand der Farbeimer, dessen Deckel vermutlich nur aufgelegen hatte. Nun lag er neben dem Eimer, und man konnte genau sehen, wo der ungeschickte Joe Kugel darüberspaziert war. Vermutlich hatte er bei einem seiner Rundgänge durch die Wohnung den lockeren Deckel bemerkt und gleich nachgesehen, ob sich darunter etwas zu fressen verbarg. Es wunderte mich, dass ihn der intensive Geruch nicht abgeschreckt hatte, aber vielleicht tötet allzu großer Hunger bei dicken Katzen ja die Geruchsnerven ab.

»Joe, du Held! Was hast du denn da gemacht?«, sagte ich, als ich zurück in die Küche kam, und zum ersten Mal, seit ich das dicke Tier kannte, tat es mir leid. Seine Barthaare waren inzwischen ebenfalls grün, und abgesehen davon, dass er lächerlich aussah, war das Zeug sicher auch giftig. Ohne groß darüber nachzudenken, schnappte ich ihn mir und hastete mit ihm ins Bad, wobei ich den wild strampelnden und fauchenden Kater mit ausgestreckten Armen von mir weg hielt.

»He, du Knilch«, schimpfte ich lautstark, »ich will dir doch bloß helfen.«

Nachdem ich ihn in der Duschkabine eingesperrt hatte, wo er unter lautem Prostestgemaunze saß und mich finster anfunkelte, rannte ich zurück in die Küche und schnappte mir Friedrichs Gummihandschuhe und den Mundschutz, den er immer zum Staubwischen benutzte. Auf einmal war ich ihm sehr dankbar für seinen

Fimmel. Nachdem ich mir auch noch meine Regenjacke angezogen hatte, fühlte ich mich für die Mission »Sauberer Joe Kugel« gerüstet.

Mit einem Glitzi-Schwamm und der Spülbürste bewaffnet, enterte ich das Bad, wo der Kater dank mehrerer Ausbruchsversuche inzwischen dezente lindgrüne Spuren hinterlassen hatte. Viel war von der Farbe nicht mehr übrig, aber ich konnte nicht zulassen, dass er sich den Rest auch noch abschleckte und sich vergiftete. Die M&Ms würden mir das nie verzeihen.

Also stieg ich zu dem kleinen, schreienden Kerl in die Dusche und tat, was ich tun musste. Es war ein harter Job. Der härteste meines Lebens.

Eine halbe Stunde später war das Bad mehr als grundreinigungsbedürftig, den Badvorleger konnte ich nur noch der Mülltonne anvertrauen, und ich hatte neben einer kompletten Flasche Shampoo auch drei der schicken cremefarbenen Handtücher verschlissen, da Joe Kugel sich nach Kräften gewehrt und sie dabei zu mehr oder minder breiten Streifen verarbeitet hatte. Offenbar wollten ihm Sinn und Zweck meiner Putzaktion nicht so richtig einleuchten. Der Ärmste war pitschnass und sah aus wie ein explodierter Flokati, dafür war er aber sauber. Nachdem ich ihn, so gut es ging, notdürftig abgetrocknet hatte, entließ ich ihn in die Freiheit, die er im Schweinsgalopp ergriff, indem er sich hinter die Couch im Wohnzimmer verzog. Dort würde er vermutlich so lange bleiben, bis der Hunger ihn wieder hervortrieb. Mit Sicherheit durfte ich von dem egoistischen und ausschließlich auf Vermehrung seines Körperumfangs bedachten Vieh keine Dankbarkeit erwarten, aber das war mir ausnahmsweise mal egal.

Beim Blick in den Spiegel musste ich laut loslachen.

Das Vogelnest auf meinem Kopf sah wahrlich beeindruckend aus, denn die Haare hatten sich in der feuchten, warmen Luft derart gelockt, dass sie in alle Himmelsrichtungen abstanden. Kurz entschlossen stellte ich mich selbst unter die Dusche und verschob den gemütlichen Kaffee auf später, und zu meinem Erstaunen war ich nicht mal sauer auf den kleinen dicken Kerl, der ganz schön Tempo in meinen Tagesanfang gebracht hatte.

Den restlichen Tag verbrachte ich auf dem Sofa und im Bad, um mich für die abendliche Clubtour mit Elin zu rüsten. Sie hatte mal wieder eine Neuentdeckung gemacht, die wir dringend testen mussten, vor allem was den Mojito anging, den sie dort mixten. Da wir es mit dem Testen ziemlich genau nahmen, wurde es ziemlich spät, und wir waren ziemlich betrunken, als wir nach Hause kamen. Am nächsten Tag war daher erst mal ausschlafen angesagt, und obwohl ich am Sonntagnachmittag eigentlich etwas für die Uni hatte tun wollen, gab ich irgendwann frustriert auf, weil ich mich einfach nicht konzentrieren konnte. Immer wieder schweiften meine Gedanken zu Otto ab, der am Abend für mich kochen wollte. Zwischendurch überlegte ich sogar, kurzfristig abzusagen, da ich seltsamerweise keine große Lust darauf hatte, doch dann fand ich das unfair und beschloss, nicht lange zu bleiben und nach dem Essen bald zu gehen. Es kam mir fast vor wie ein lästiger Pflichttermin, und irgendwie wurde ich aus mir selbst nicht schlau.

Wie sehr ich mich im Grunde über die Essenseinladung freute, merkte ich erst, als ich am Abend mit klopfendem Herzen und einer Flasche Orvieto Classico in der Hand vor der Tür der Nachbar-WG stand und darauf wartete, dass Otto mir öffnete.

Ich fiel ihm spontan um den Hals und drückte ihm einen dicken Kuss auf die Wange, so froh war ich über den Schritt, den er wieder auf mich zu gemacht hatte. Zwar hätte ich es mir niemals einzugestehen gewagt, doch in der Tiefe meines Herzens wusste ich ganz genau, dass ich ihn in den letzten Wochen schmerzlich vermisst hatte.

»He, langsam«, sagte er lachend, »oder willst du mich umwerfen?«

Fast hätte der Blick, mit dem er mich dabei bedachte, mich umgeworfen. Irgendwie war das seltsam mit Otto. Die ganze Zeit über war ich felsenfest davon überzeugt, dass er nichts weiter für mich war als ein Freund. Ein guter Freund, vielleicht sogar ein sehr guter, aber eben nur ein Freund. Also kein Mann, mit dem ich eine Beziehung eingehen würde. Dazu war er mir zu nett, zu hilfsbereit, irgendwie zu ... harmlos. Seine Fürsorge, sein offenes Ohr für alle meine Sorgen und die überbordende Hilfsbereitschaft waren zwar ganz wunderbar, aber sie machten ihn als Mann automatisch weniger interessant. Irgendwie unerotisch. Für mich jedenfalls. Ich bin mir nicht sicher, wie die deutschen Frauen das sehen, aber wir Italienerinnen brauchen, glaub ich, schon einen gewissen Machofaktor bei einem Mann. Davon war Otto Lichtjahre entfernt. Dennoch war ich mir da auf einmal nicht mehr ganz sicher – besonders seit Beate mir erzählt hatte, dass Otto verliebt sei.

Für einen Sekundenbruchteil, der mir vorkam wie eine halbe Stunde – mindestens –, sahen wir uns tief in die Augen, und mein Magen krampfte sich schmerzhaft zusammen. Ich war tatsächlich zum ersten Mal in meinem Leben eifersüchtig. Noch dazu auf eine Unbekannte. Das war neu. Und unangenehm. Dass Otto sich in letzter Zeit so von mir zurückgezogen hatte, war dem Ganzen nicht gerade zuträglich gewesen, denn je mehr er auf Abstand gegangen war, desto mehr hatte er meine Gedanken beherrscht. Bisher war Otto immer für mich verfügbar gewesen, egal ob ich Hilfe am PC, etwas Warmes zu essen oder eine Schulter zum Ausweinen gebraucht hatte, und ich hatte mir über ihn nicht weiter den Kopf zerbrochen. Wenn ich ihn brauchte, war er da, und damit fertig. Seit er mir diesen »Zugriff« auf seine Person jedoch verwehrte, war es, als hätte jemand in meinem Innern einen Schalter umgelegt. Es war, als würde Robbie Williams ein Clubkonzert vor zweihundert Leuten geben, bei dem sich alle um die Tickets rissen und im Internet plötzlich absolute Mondpreise dafür verlangt werden konnten. Raritäten sind eben teuer, das gilt für Antiquitäten vermutlich ebenso wie für zwischenmenschliche Zuwendung. Was hat das alles zu bedeuten?, fragte ich mich. Worum geht es mir?

»Das Essen ist gleich fertig«, sagte Otto und holte mich aus meinen Gedanken in den Flur seiner Wohnung zurück, in der es verführerisch duftete.

»Ich nehme mal an, es gibt Risotto?«, fragte ich.

Plötzlich verspürte ich das dringende Bedürfnis, Abstand zwischen ihn und mich zu bringen, und ging schnurstracks in die Küche, nachdem ich ihm die Weinflasche in die Hand gedrückt hatte.

»Klar, was sonst?« Er kam hinterher und schob sich viel zu dicht an mir vorbei zum Herd, um etwas Brühe nachzugießen und den Reis umzurühren.

Risotto mit Champignons und Granatapfelkernen
– für 2 Personen –

Zutaten
1 kleine Zwiebel
150 g Champignons
700 ml Wasser
2–3 EL Gemüsebrühe
2 EL Olivenöl extravergine
150 g Risottoreis
60 ml Prosecco
50 g Pecorino
Salz
weißer Pfeffer
2 EL Butter
2 EL Granatapfelkerne

Zubereitung
Die Zwiebel schälen und in feine Würfel schneiden, die Champignons putzen und zur Hälfte in kleine Würfel, zur Hälfte in dünne Scheiben schneiden. Das Wasser zum Kochen bringen und die Gemüsebrühe einrühren. Dann das Öl in einem breiten Topf erhitzen, Zwiebel- und Champignonwürfel darin anschwitzen. Risottoreis dazugeben, glasig dünsten und anschließend mit dem Prosecco ablöschen. Sobald die Flüssigkeit eingekocht ist, jeweils so viel von der Brühe nachgießen, bis der Reis gerade eben bedeckt ist. Unter stetigem Rühren gut 20 bis 25 Minuten kochen und immer wieder Brühe nachgießen.

Zwischendurch die Champignonscheiben in 1 EL Butter beidseitig anbraten, mit Pfeffer und Salz würzen, den Pecorino zur Hälfte feinreiben, den Rest hobeln und die Granatapfelkerne bereitstellen.

Wenn der Reis noch leichten Biss hat, die restliche Flüssigkeit verdampfen lassen, mit Salz und Pfeffer abschmecken, den geriebenen Käse, die Champignons und die restliche Butter unterheben. Auf Tellern anrichten, den gehobelten Pecorino darüberstreuen und mit den Granatapfelkernen dekorieren.

Die Stimmung war nicht so unbeschwert und ausgelassen wie sonst, und beim Essen entstanden immer wieder längere Pausen, in denen Otto und ich uns anschwiegen. Da ich solche unangenehmen Momente eher schlecht oder vielmehr überhaupt nicht ertragen kann, plapperte ich zwischendurch einen Müll zusammen, der mengenmäßig den Bergen aus Abfalltüten in den Straßen von Neapel in nichts nachstand. Otto war irgendwie auch nicht ganz wohl bei der Sache, was ich daran merkte, dass er meinem Blick auswich, als gäbe es da etwas, das er mir dringend erzählen müsste, wenn er sich denn nur traute.

Der Abend verging, der Risotto war längst gegessen, in der Weinflasche war nur noch ein kläglicher Rest, und wir hatten es geschafft, in den drei Stunden, die wir nun schon zusammen waren, kein einziges persönliches Wort zu wechseln. Wir hatten über die Uni geredet, über ein paar neue, angesagte Kneipen, in die momentan alle rannten, über Friedrich und die alte Frau Griesmayer, über die ungerechte Studienreform und sogar über das Wetter. Über das Wetter! Das war nun wirklich ein alarmierendes Zeichen.

Irgendwann hielt ich die Spannung zwischen uns nicht länger aus. Ich hatte jetzt den ganzen Abend auf den passenden Moment gewartet, der jedoch einfach nicht kommen wollte. Der Wein und meine quasi nicht vorhandene Geduld hatten ebenfalls ihren Teil beigetragen, und so nahm ich schließlich all meinen Mut zusammen und stellte die Frage, die mir schon den ganzen Abend im Kopf umherschwirrte: »Stimmt es, dass du verliebt bist?«

Unter Aufbietung all meiner Beherrschung hielt ich meine zappelnden Gliedmaßen unter Kontrolle, um mir meine Nervosität ja nicht anmerken zu lassen, aber a) war das zwecklos, und b) war Otto nicht weniger nervös.

Er saß reglos da und sah mich an, als hätte ich ihn bei der unerlaubten Benutzung von *nonnas* Olivenöl ertappt. Sein Sprachzentrum war offensichtlich schwer beeinträchtigt, denn er konnte nur ein paarmal den Mund auf- und zuklappen. Mehr schien nicht drin zu sein.

Verzweifelt versuchte ich mich an das Gespräch mit Beate zurückzuerinnern, in dem sie mir erzählt hatte, dass Otto verliebt sei. Auf einmal war ich mir gar nicht mehr so sicher, ob sie sich wirklich so deutlich ausgedrückt hatte oder ob ich mir das alles bloß einbildete. Doch ich erinnerte mich noch sehr gut an den Moment. Zu gut sogar. Es war in der Mensa, an dem Tag, als mein Laptop rumgezickt und sich die Datei mit der Hausarbeit über Thomas Mann einfach einverleibt hatte. Später hatten wir noch mal darüber gesprochen, als wir an der Isar gegrillt hatten, doch an die Vorwürfe, die Beate mir auf dem Weg zum Kiosk gemacht hatte, wollte ich jetzt lieber nicht denken.

»Wieso?«, meldete sich Ottos Sprachzentrum nun doch zu Wort und holte mich in die Gegenwart zurück.

»Na ja, Beate hat da mal was anklingen lassen«, meinte ich ausweichend und spielte mit meinem Messer herum, um mein Gegenüber nicht anblicken zu müssen. Er sollte unter keinen Umständen merken, dass es mich fast zerriss, so gebannt wartete ich auf seine Antwort. Doch die Maske, hinter der ich mich versteckte, saß zu meiner Erleichterung perfekt – im Gegensatz zu meiner Frisur.

»Was?« Nun war er völlig schockiert. Er sprang von seinem Stuhl auf und begann hektisch, den Tisch abzuräumen, wobei er beinahe sein Weinglas umgestoßen hätte.

Klassische Übersprunghandlung, diagnostizierte ich zielsicher. Bei anderen kann ich so was sehr gut.

»Sie hat dir …«, setzte er noch einmal an.

Herrje, konnte ich denn nicht einmal den Mund halten, sondern musste mich immer wieder in solche peinlichen Situationen manövrieren, die jedes Mal zu einem zwischenmenschlichen Totalschaden führten? Für Selbstkritik war es jetzt allerdings zu spät, und mir blieb nichts weiter als die Flucht nach vorn.

Eins, zwei, drei, zählte ich innerlich. Dann gab ich mir einen Ruck. »Ja«, erwiderte ich, »sie hat's mir erzählt. Was ist denn dabei?« Natürlich tat ich jetzt cooler, als ich war, aber das stand auf einem anderen Blatt. Momentan ging es um Otto. Zum Glück.

»Und … was sagst du … dazu?« Es war ihm anzusehen, dass er fieberhaft in der linken Gehirnhälfte nach einem Vorwand suchte, die Küche zu verlassen, während die rechte eine Liste mit drakonischen Strafen für die arme Beate ersann. Ottos Fluchtinstinkt war jedenfalls aktiviert.

Hoffentlich hatte das nicht noch ein Nachspiel für mich, weil ich mich verplappert hatte. Beate war wirklich sehr nett und umgänglich, aber wenn sie sich über jemanden ärgerte, nahm ihr Temperament durchaus schon mal italienische Züge an. Ich setzte die Weinflasche an die Lippen und trank den Rest in einem Zug aus, ehe ich tief Luft holte. »Na, ich wünsch dir alles Glück der Erde«, sagte ich dann, obwohl es mir einen heftigen Stich versetzte. Den x-ten. Auch wenn Otto, trotz der Gefühle, die ich ab und zu für ihn ... und dann wieder nicht und manchmal eben doch ... *Porca miseria,* ich wusste ja selbst nicht, was ich wollte und was nicht. Nur eines war mir klar: Wenn ich Otto nicht bekam, sollte ihn auch keine andere haben dürfen, und zwar egal ob ich ihn nun wollte oder nicht! So etwas nennt man weibliche Logik, damit kenne ich mich aus.

Nicht nur ich, sondern auch Otto schien die Welt auf einmal nicht mehr zu verstehen. Er beendete seine Aufräumaktion, setzte sich wieder hin und musterte mich mit stechendem Blick. »Wie, du wünschst mir Glück?«

Ich fühlte mich ertappt, und mir wurde heiß und kalt. Während sich die Temperatur meiner Finger dem Gefrierpunkt näherte, fingen meine Ohrläppchen an zu glühen. Ein sicheres Zeichen dafür, dass Emotionen im Spiel waren. Konnte Otto etwa Gedanken lesen und merkte, dass ich es gar nicht aufrichtig meinte?

»Na ja, mit deiner Freundin«, schob ich schnell hinterher.

»Ich habe keine Freundin.«

»Wie jetzt?«

»Was dachtest du denn?«

»Och, nichts.«

»Angela ...«

»Ich hab dir doch gerade gesagt, dass Beate es mir verraten hat, und du ...«

»Was hat Beate dir verraten?«

»Na, dass du eine Freundin hast.«

»Oh Mann!«

Wieder sprang Otto von seinem Stuhl auf. Er ging an den Kühlschrank, um ihn einmal auf- und zuzumachen und dann eine Tafel Schokolade aus der kleinen alten Küchenanrichte zu nehmen, in der die drei ihre Lebensmittel aufbewahrten. Er riss die Verpackung auf und steckte sich ein riesiges Stück in den Mund, dann setzte er sich auf den Stuhl neben meinem und hielt mir die Tafel hin. »Auch ein Stück?«

»*Grazie.*« Dankbar schob ich mir einen halben Riegel in den Mund, doch statt die Schokolade wie sonst auf der Zunge schmelzen zu lassen, kaute ich sie und hatte sie im Nu heruntergeschluckt. Ich hätte nicht mal sagen können, welche Sorte es war.

Otto, der sich inzwischen gesammelt hatte, druckste noch ein bisschen herum und sagte dann: »Ich war in dich verliebt«, sagte er, und seine Ohren glühten mindestens so heiß wie meine.

»War?«, sagte ich nur.

»Jetzt erzähl mir nicht, dass du es nicht gemerkt hast«, erwiderte er, »das hat doch ein Blinder mit 'nem Krückstock gesehen.«

»Vielleicht hatte ich die Kontaktlinsen nicht drin«, versuchte ich mich an einem lauwarmen Scherz.

Wenn ich derart schlechte Witze mache, herrscht Alarmstufe Rot. Immer dann, wenn es so richtig emotional wird und mein Verstand merkt, dass er mit seiner unbestechlichen Logik nichts mehr ausrichten kann, weil meine Gefühle ihn einfach überrollen, versuche ich, besonders originell und witzig zu sein.

»Schon«, sagte ich ausweichend. »Ich mag dich ja auch …«

Während ich dasaß und nicht wusste, wohin mit meinen Händen, fuhren die Gedanken in meinem Kopf Achterbahn. Otto … verliebt … in mich! Da hatte ich mir die ganze Zeit über erfolgreich eingeredet, er sei nichts weiter als ein guter Freund für mich – und jetzt das.

»Wirklich?« Seine Augen funkelten.

Oje! Nur nichts Falsches sagen jetzt! Sosehr ich mich jedoch anstrengte, meine Gedanken zu ordnen, es wollte mir nicht gelingen. Einerseits fand ich Otto sehr attraktiv, fühlte mich manchmal sogar zu ihm hingezogen und hatte mich noch nie in der Nähe eines Menschen so geborgen gefühlt wie in seiner, aber so richtig gefunkt hatte es bei mir nach wie vor nicht. Wenn ich mich verliebe, dann schlägt der Blitz ein, dann prickelt es, dann ist es aufregend, spannend, und meist ist es schon beim ersten Blick um mich geschehen. Wie bei Ben.

All das war nicht der Fall, demnach schloss ich messerscharf, dass ich nicht in Otto verliebt war. Aber warum verspürte ich dann dieses seltsame Ziehen in der Brust? Dieses warme, wohlige Gefühl, sobald ich in seiner Nähe war? Zum Glück ließ Otto mich nicht weiterreden und ersparte mir so eventuelle peinliche Ausführungen. Als er ansetzte zu sprechen, hielt ich den Atem an.

»Angela«, er sah mir so tief in die Augen, dass mir schwindlig wurde. »Du bist eine absolut faszinierende Frau, und ich habe mich sofort in dich verliebt. Schon damals, als du mit den beiden Polizisten auf der Treppe vor mir standest. Dein Lachen, die Falte zwischen deinen Augenbrauen, wenn dir was nicht gefällt, deine leuchtenden Augen, deine Art, zu reden, dein großes Herz – du musstest gar nichts weiter tun. Du hast einen Charme, der einen sofort in den Bann zieht, du wirkst immer ehrlich und geradeheraus und kannst nur selten verbergen, was du denkst oder fühlst. Manchmal bist du geradezu herrlich undiplomatisch, und deine Temperamentsausbrüche sind richtig süß.«

Ich saß da wie vom Donner gerührt. So etwas hatte bisher noch kein Mann zu mir gesagt. Und dabei sind die Italiener doch die Weltmeister im Komplimentemachen. Auf einmal war es prickelnd. Spannend. Aufregend. Und sooooooo schön! Was war nur mit mir los? Verliebte ich mich etwa gerade in Otto? Unmöglich!

»Otto, bitte hör auf, ich …«

»Nein, jetzt rede ich«, widersprach er sanft, aber bestimmt.

Ich kann nicht in ihn verliebt sein, dachte ich, sonst hätte es von Anfang an gekribbelt. Ich habe immer davon geträumt, mich auf den ersten Blick in den Mann meines Lebens zu verlieben. Das ist für mich romantisch. So musste es sein – und nicht anders. Vale glaubt im Gegensatz zu mir nicht an die große Liebe, schon gar nicht bei der ersten Begegnung, aber sie ist da eh anders als ich: unverbindlich, sprunghaft. Komischerweise kannte sie Giorgio schon zwei Jahre, ehe die beiden zusammenkamen, und die Beziehung hielt erstaunlich lange für Vales Verhältnisse, deren Männerverschleiß zwischenzeitlich schwindelerregend hoch gewesen war.

Aber wieso dachte ich ausgerechnet in diesem Moment an Vale?

Otto nahm meine Hand, und es war, als hätte ich einen elektrischen Schlag abbekommen. »Ich habe immer gehofft, dass du meine Gefühle erwiderst, aber dann …« Er machte eine Pause, und beinahe wäre ich aufgesprungen, um ihn zu schütteln, damit er weiterredete. »Aber dann habe ich ein bisschen weitergedacht und bin zu dem Schluss gekommen, dass unsere Beziehung keine Chance hätte.«

Ich schluckte. Was sagte er da? Ich zog meine Hand zurück, doch Otto ergriff sie wieder und spielte mit meinen Fingern, während er weiterredete.

»Du musst schließlich bald zurück nach Italien, in deine Heimat.«

»Das ist doch kein Grund«, sagte ich empört und versuchte, der Enttäuschung, die mir durch alle Glieder fuhr, möglichst wenig Raum zu geben.

»Für mich schon. Außerdem habe ich es vor zwei Jahren schon mal mit einer Fernbeziehung probiert und bin dabei mit voller Wucht auf die Schnauze gefallen. So etwas will ich nicht noch mal erleben.«

»Aber ...« Bloß nicht weinen, jetzt bloß nicht losheulen!, hämmerte es unaufhörlich in meinem Kopf.

»Weißt du, ich bin mit Leib und Seele Münchner und kann mir beim besten Willen nicht vorstellen, woanders zu leben, schon gar nicht außerhalb von Deutschland.« Er seufzte tief, ehe er weitersprach. »Ja, nicht mal außerhalb von Bayern. Wenn ich mit einer Frau zusammen bin, dann will ich sie an meiner Seite haben und nicht über tausend Kilometer entfernt. Ich will abends neben ihr einschlafen und morgens neben ihr aufwachen, und das nicht nur alle drei Monate, sondern so oft wie nur möglich. Ich hasse es, zu telefonieren oder Mails zu schreiben, ich habe die Menschen am liebsten vor mir. Erst recht die Frau, die ich liebe.« Er sah mich fast verzweifelt an. »Verstehst du das?«

»Deshalb hast du dich also von mir zurückgezogen!«, rief ich und konnte nicht verhindern, dass mir eine Träne über die Wange kullerte.

Otto ließ meine Hand los und wischte sie zärtlich weg.

»Ja, ich wollte Abstand gewinnen. Ich konnte dich nicht mehr so oft sehen. Ich habe gehofft, dadurch würde es besser.«

»Hat es denn funktioniert?«, hakte ich nach und ließ den Blick durch die Küche schweifen, um die Tränen wegzublinzeln.

Er nickte nur, ohne mich anzusehen. Dabei lehnte er sich auf seinem Stuhl so weit nach hinten, dass die Lehne bedrohlich knarzte. Es hatte ihn sichtlich große Überwindung gekostet, so ehrlich und offen über seine Gefühle zu reden, und er fühlte sich mehr als unwohl in seiner Haut.

»Du kannst ruhig die Tür nehmen«, sagte ich und wusste nicht, ob ich lachen oder weinen sollte, »durch die Wand geht's nicht nach draußen.«

Er grinste gequält. »Sieht man es mir so deutlich an?«

Diesmal nickte ich.

Bei seinen Worten war mir ganz schlecht geworden. Ich wusste weder, was ich fühlen, noch, was ich tun oder was sagen sollte, daher starrte ich nur auf die Tischdecke und hoffte, Otto, ich, diese Küche und die halbe Welt mochten sich in Luft auflösen, doch leider war niemand gewillt, mir diesen Gefallen zu tun.

Nachdem wir erst eine Weile verlegen geschwiegen, dann eine Weile verlegen gegrinst und schließlich beide laut gelacht hatten, stand ich auf, zog ihn an der Hand von seinem Stuhl hoch und nahm ihn spontan in den Arm. Nun liefen mir doch wieder die Tränen über die Wangen, während wir uns festhielten und ich den Kopf an seine Schulter lehnte. Es fühlte sich gut an. Ziemlich gut. Viel zu gut.

»Ich hoffe, wir können Freunde bleiben«, sagte er leise und streifte dabei mit dem Kinn mein Ohrläppchen.

»Bestimmt«, erwiderte ich und versuchte, es auch so zu meinen.

Völlig überfordert von der Situation und meinen Gefühlen, erwachte mein Fluchtinstinkt, und ich sah zu, dass ich nach drüben in unsere Wohnung kam. Froh, dass ich niemandem begegnete, der mir meine Aufgewühltheit ansah, hastete ich ins Bad und anschließend sofort ins Bett. Noch ehe ich weiter über den Abend nachdenken konnte, war ich auch schon eingeschlafen. So viel zum Thema Flucht.

Leider gab es da noch eine weitere Angelegenheit, vor der ich jedoch nicht flüchten konnte, und die hieß Signor Colluti. Ich hatte es zwar geschafft, das Geld für die Nebenkosten irgendwie zusammenzukratzen, aber dafür hatte ich mir seit gefühlten sieben Jahren nichts Neues zum Anziehen gekauft und lebte auch sonst auf Sparflamme, was mir gehörig gegen den Strich ging. Ich durfte die Sache nicht auf sich beruhen lassen, auch wenn ich es nur zu gerne gewollt hätte.

Anfangs hatte ich mich noch eine Weile selbst ruhiggestellt, mit der Begründung, ich müsse erst die Sache mit Otto verdauen und mich außerdem auf die Uni konzentrieren und könne mich daher nicht um die Angelegenheit kümmern. Ottos Offenbarung hatte mein Gefühlsleben gehörig durcheinandergewirbelt. Ganz entgegen meiner Veranlagung behielt ich meine Zweifel und Hoffnungen jedoch für mich. Nicht mal Vale vertraute ich mich an, sondern versuchte, die Sache ganz allein mit mir auszumachen.

Der Verursacher meiner Verwirrung ging mir weiterhin aus dem Weg, und nachdem ich mehrfach kurz davor gewesen war, ihn mit einem Temperamentsausbruch *all'italiana* zur Rede zu stellen, fügte ich mich in mein Schicksal. Ich kam zu dem Schluss, dass ich seine Entscheidung akzeptieren musste, ob sie mir nun behagte oder nicht.

Anfang Juni fiel mir, was den Ärger mit dem alten Colluti betraf, keine einzige Ausrede mehr ein. Ich schritt also zur Tat und schrieb dem alten Herrn einen Brief, in dem ich ihm ein Ultimatum stellte. Besser, du hast was Schriftliches in der Hand, dachte ich mir, außerdem fiel es mir wesentlich leichter, meine Forderungen aufzuschreiben, als sie ihm in einem Telefonat nahezubringen, das jederzeit aus dem Ruder laufen konnte. In der nächsten Woche würde ich vorbeikommen und das von *babbo* zu Unrecht an ihn gezahlte Geld bei ihm abholen, kündigte ich an. Als er mich daraufhin zwei Tage darauf anrief, kam ich um eine Auseinandersetzung am Telefon zwar nicht herum, doch zu meinem Erstaunen wiederholte er die Drohung, meine Eltern zu informieren, diesmal nicht, sondern nannte mir ganz sachlich und ohne ein weiteres Wort einen Termin. Abschließend sagte er: »Du wirst schon sehen, was du davon hast, mein Kind.«

Eine Woche später wusste ich dann ganz genau, was ich davon hatte: nichts. Oder vielmehr: nichts als Ärger. Und das war eigentlich abzusehen gewesen. Den Kopf in den Sand zu stecken war noch nie eine zuverlässige Methode, um unangenehmen Dingen aus dem Weg zu gehen, und meine bis zur Perfektion ausgereifte Strategie des Aussitzens versagte diesmal auf ganzer Linie.

Ich war am späten Vormittag unterwegs nach Neuhausen, um Signor Colluti den endgültig letzten Besuch abzustatten, und hatte mich unterwegs mit zahlreichen Selbstgesprächen und diversen Rollenspielen auf den Ernstfall vorbereitet. Von den erstaunten bis befremdeten Blicken der anderen Fahrgäste in der U-Bahn ließ ich mich jedoch nicht weiter irritieren, so sehr war ich in meinem Element und darauf bedacht, mich mit allen nur erdenklichen Argumenten für das Gespräch zu wappnen. Es würde mit Sicherheit nicht leicht werden, doch ich war diesmal festen Willens, mir von dem alten Betrüger nicht wieder den Schneid abkaufen zu lassen.

Ich war gerade in die Tiepolostraße eingebogen, als mein Telefon klingelte. Guter Dinge ging ich ran, als ich sah, dass es *babbo* war, und freute mich, mal wieder seine Stimme zu hören. Ich hatte die letzten Male immer nur mit *mamma* gesprochen, und da die Telefonate mit meinen Eltern nicht nur seltener, sondern auch deutlich kürzer geworden waren, hatten wir keine Gelegenheit gehabt, miteinander zu reden.

»*Ciao, babbo!*«, rief ich ausgelassen und hob die Hand, als könne er es sehen. »Na, ist zu Hause auch so schönes Wetter? Der Himmel ist strahlend blau, davon bekommt man automatisch gute Laune«, plapperte ich vor mich hin, ohne die drohenden Gewitterwolken zu bemerken, die sich knapp siebenhundert Kilometer von mir entfernt bedrohlich aufgetürmt hatten.

»Die wird dir gleich vergehen«, sagte er, und seine aufgebracht klingende Stimme ließ nichts Gutes ahnen.

»Ich …«

»Sei still, sonst setzt's was!«, fuhr er mir über den Mund, was in den letzten vierundzwanzig Jahren bisher nur ein einziges Mal vorgekommen war. Damals war ich drei gewesen und hatte mich nicht beruhigen können oder wollen, nachdem mein Vater mir mit nicht unbedingt sanftem Nachdruck seine handgenähten Lederschuhe weggenommen hatte, mit denen ich in der Toilettenschüssel U-Boot gespielt hatte.

Die Situation war ernst. Ernster, als sie in der direkten Konfrontation mit Signor Colluti je hätte sein können. Ich blieb stehen und lehnte mich an den Pfosten der Straßenlaterne gleich neben den Altglascontainern. Es roch unangenehm nach Essig, und mich durchfuhr der Gedanke, dass der Gestank zu meiner Situation passte: Mein ganzer Plan war Essig. All die Rollenspiele und Selbstgespräche hätte ich mir sparen können, denn auf das Donnerwetter, das nun folgte, hatte ich mich nicht im Entferntesten vorbereitet.

»Bist du denn noch zu retten? Was hast du dir bloß dabei gedacht? Wir haben uns nach langen Überlegungen und so mancher schlaflosen Nacht schweren Herzens dazu durchgerungen, dir dieses Jahr in München zu ermöglichen, und dann belügst du uns nach Strich und Faden! Was fällt dir bloß ein, unser Vertrauen dermaßen zu missbrauchen? Wieso wohnst du nicht bei Signor Colluti, wie wir es vereinbart haben? Deine Mutter und ich haben uns auf dich verlassen, Angela.«

Die Enttäuschung meines Vaters traf mich wie ein Vorschlaghammer, und ich wurde automatisch ein paar Zentimeter kleiner. Vorsichtig schaute ich mich um, ob jemand mithörte, wie mein sonst so stoischer Vater, dem Herzinfarkt bedrohlich nahe, um sein Leben brüllte. Niemand war zu sehen, dennoch hielt ich die linke Hand über das Telefon, als wollte ich die unguten Schwingungen abfangen, die aus Italien zu mir in diese beschauliche Münchner Straße herüberdrangen. Da ich das Oberhaupt meiner Familie nur zu gut kannte, wusste ich, dass jedes Wort, egal ob beschwichtigend, verteidigend oder anklagend, falsch sein würde, daher hielt ich wohlweislich den Mund und wartete ab, bis das Gewitter sich verzog. Spurlos ging die Tirade meines geliebten *babbo* dennoch nicht an mir vorüber, denn natürlich hatte ich ein fürchterlich schlechtes Gewissen, weil ich meinen Eltern seit Monaten eine Komödie vorspielte, wie sie selbst die unprofessionellste Laienschauspieltruppe nicht schlechter hätte inszenieren können.

Aber was hätte ich denn tun sollen? Ich hatte meine Eltern doch nicht absichtlich belogen. Abgesehen davon hatte ich im Grunde gar nicht richtig gelogen – das hatte ich damals wohlweislich Signor Colluti überlassen –, sondern ihnen lediglich die Wahrheit vorenthalten. Und das ist etwas ganz anderes.

»Du kommst auf der Stelle nach Hause zurück«, wetterte *babbo* am anderen Ende der Leitung, und ich zuckte zusammen, als hätte er mir eine Ohrfeige verpasst. »Keinen Tag länger als unbedingt nötig bleibst du in diesem ruchlosen Land. Der Umgang mit diesen Barbaren hat dich wohl vergessen lassen, wie man sich seinen Eltern gegenüber verhält! Deine Mutter und ich sind fassungslos. So was Undankbares«, schimpfte er.

Um mich nicht mit meinen eigenen Fehlern auseinandersetzen zu müssen, verteufelte ich Signor Colluti und steigerte mich dabei so richtig in meine Wut auf diesen vermeintlich vertrauenswürdigen *signore* hinein. »Dieser miese Typ!, zischte ich.

Während mich *babbo* in aller Ausführlichkeit bei gleichbleibender Lautstärke darüber ins Bild setzte, welche Pläne er für mein weiteres Leben hatte, für das er mir offenbar jegliche Eigenverantwortung zu entziehen gedachte, überlegte ich fieberhaft, wie ich ohne bleibende Schäden aus der Angelegenheit herauskommen könnte. Binnen Sekunden ersann ich einen Ausredenkatalog von der Länge der UN-Charta, doch noch während ich im Geiste die einzelnen Punkte formulierte, war mir klar, dass mir selbst der beste Anwalt nicht aus der Patsche würde helfen können. Mir blieb nichts anderes übrig, als mich dem Problem zu stellen und die Konsequenzen meiner Aktion zu tragen. Noch vor einem halben Jahr hätte ich nach allen Regeln der Kunst versucht, meinen *babbo* davon zu überzeugen, dass ich im Grunde gar nichts dafür konnte, dass geschehen war, was geschehen war. Ich hätte geredet und gejammert und geweint und gedroht und palavert und alle Register gezogen.

Jetzt dagegen sagte ich nur: »Du hast recht. Es tut mir furchtbar leid. Das hätte ich nie tun dürfen. Ich kann mich nur bei euch entschuldigen.«

Die ungewohnte Reaktion meinerseits verwirrte meinen Vater so sehr, dass er augenblicklich verstummte.

Ich erkannte die einmalige Chance auf eine Verteidigungsrede vor dem Tribunal und ergriff sie. »Bitte hab doch Verständnis für meine Lage. Dieser Colluti ist ein waschechter Betrüger. Der hat die ganze Zeit euer Geld eingesteckt und wollte es nicht rausrücken. Ich hätte es euch auf jeden Fall zurückgegeben. Zuletzt hat er mich sogar bedroht.«

Nun war *babbo* vollends verwirrt. »Angela, was behauptest du denn da? Signor Colluti ist ein ehrenwerter, äußerst vertrauenswürdiger Mann, das hat mein Chef mir mehrfach versichert. Sonst hätten wir dich doch niemals in diese Stadt ziehen lassen. Er hat sich doch die ganze Zeit bestens um dich gekümmert. Und was heißt hier bedroht? Wie kommst du nur dazu, ihn derart zu beschuldigen? Sieh dich vor, was du sagst.«

»Pah, vertrauenswürdig, dass ich nicht lache«, erwiderte ich darauf nur, und meine Zerknirschtheit wich augenblicklich wieder blanker Empörung. Offenbar hatte dieser Colluti meinem Vater nur die halbe Geschichte erzählt. Ganz schlau wurde ich daraus nicht, doch das musste warten. Meine Verteidigung war erst mal wichtiger. »Ich kann es immer noch nicht fassen, dass dieser miese Kerl ...« Weiter kam ich nicht.

»Ich will kein Wort davon hören«, fuhr mir mein Vater in die Parade. »Du kaufst dir morgen eine Fahrkarte nach Riccione und kommst so schnell wie möglich zurück nach Hause.«

»Aber *babbo,* ich muss doch an die Uni. Die Semesterferien beginnen erst Ende Juli«, protestierte ich energisch. »Ich kann jetzt unmöglich zurück nach Riccione kommen. Auf gar keinen Fall!«

»Das ist mir egal. Ich trage die Verantwortung für dich und werde nicht länger zulassen, dass du Dinge tust, von denen ich nichts weiß. Und damit bas...«

»...ta«, ergänzte ich, denn mein leerer Akku hatte dem Gespräch vorschnell ein Ende bereitet.

Ich war stinkwütend. Auf Signor Colluti, der seine Drohung wahrgemacht und mich tatsächlich bei meinen Eltern verpfiffen hatte. Stinkwütend. Auf ihn. Damit ich nicht auf mich und meine grenzenlose Blödheit wütend sein musste. Wie hatte ich nur annehmen können, dass die Sache zu meinen Gunsten ausging? Warum hätte er mich decken sollen? Das alles war schon viel zu lange gutgegangen. Nichtsdestotrotz war der ach so seriöse Herr, dem mein Vater nach wie vor vertraute, nichts weiter als ein hinterlistiger, kleiner Betrüger.

Wild entschlossen, ihn zur Rede zur stellen und ihn diesmal nicht davonkommen zu lassen, selbst wenn er mir seinen dämlichen Mafioso auf den Hals hetzte, eilte ich die Straße bis zu seinem Haus entlang und klingelte Sturm. Einmal, zweimal, dreimal. Aber niemand öffnete.

Je länger ich auf den Klingelknopf drückte, desto mehr meldete sich jedoch mein Verstand zu Wort, und meine Wut wich einem unguten Gefühl. Auf einmal war ich mir gar nicht mehr so sicher, ob es wirklich eine gute Idee war, mich hier als Hobbypolizistin zu engagieren und mich womöglich in Gefahr zu begeben. Ich muss die Polizei einschalten, dachte ich, während ich alle Fenster gleichzeitig im Auge behielt, um herauszufinden, ob vielleicht doch jemand zu Hause war. Aber dazu musste ich zuerst noch mal mit *babbo* sprechen und ihn fragen, was Colluti, der den Zusatz *»signore«* im Namen meiner Meinung nach nicht länger verdient hatte, ihm überhaupt erzählt hatte. Oder herausfinden, ob meine Eltern mich tatsächlich nach Hause zurückbeordern wollten.

Selbstverständlich war mir klar, dass das Gespräch mit meinem Vater auch aus anderen Gründen noch lange nicht mit diesem *basta!* zu Ende war und ein Nachspiel haben würde, das mir ganz sicher nicht behagte, trotzdem blieb mir nun ein wenig mehr Zeit. Irgendwie würde es mir schon gelingen, meine Eltern davon zu überzeugen, dass ich das Jahr in München nicht vorzeitig abbrechen durfte. Ich wusste nur noch nicht, wie …

Aiuto, war das alles kompliziert! Dennoch bereute ich es keine Sekunde, dass ich bei meiner Ankunft in München nicht mit dem Mafioso mitgegangen war. Sicher steckte er mit dem Alten unter einer Decke, und die beiden hatten sich das Geld geteilt. Wer wusste schon, was die beiden noch alles auf dem Kerbholz hatten. Während ich zur U-Bahn lief, wirbelten mir die Gedanken nur so durch den Kopf, und ich war nicht in der Lage, sie in geordnete Bahnen zu lenken. Am liebsten hätte ich gleich bei Otto geklingelt und ihn um Rat gebeten, doch leider war er seit unserer Aussprache kein Anlaufpunkt mehr. Außerdem musste ich endlich lernen, meine Probleme selbst zu lösen. Nun war der richtige Moment, um damit anzufangen.

In der WG angekommen, hängte ich das Telefon zum Aufladen zwar an die Steckdose, ließ es aber wohlweislich ausgeschaltet. Klar, ich musste noch mal mit *babbo* reden, aber nicht sofort. Daher setzte ich mich erst mal mit Marcus in die Küche und sagte nicht nein, als er mir die Hälfte von dem Gemüseauflauf anbot, den er gerade aus dem Ofen geholt hatte. Er verbrachte wie so oft die Mittagspause zu Hause, da er sich lieber schnell was kochte, statt sich wie Mike im Laden eine belegte Semmel oder irgendwelches Fastfood einzuverleiben. Was das anging, waren die beiden grundverschieden. Als ich das Telefon nach dem Essen einschaltete und sofort eine SMS einging, befürchtete ich zunächst, es sei ein entgangener Anruf von *babbo,* der noch nicht fertig mit mir war. Zu meiner großen Erleichterung war die Nachricht von Vale. Wenn ich allerdings gewusst hätte, dass sie sich nur meldete, um mir die nächste Hiobsbotschaft zu überbringen, hätte ich das Telefon vermutlich in Joe Kugels Katzenklo versenkt.

»Ruf mich an, wenn du das liest«, stand da, und dann noch: »SOFORT!!!«

Das klang irgendwie dringend. Hatte sie sich etwa doch von Giorgio getrennt? Oder hatte er ihr einen Heiratsantrag gemacht?

»Ciao, cara«, sagte ich keine drei Sekunden später. »Was gibt's? Ich hoffe, du hast gute Neuigkeiten, die schlechten reichen nämlich für die nächsten drei Wochen. Stell dir vor, ich habe gerade mit meinem Vater telefoniert, der mir dir Hölle heißgemacht hat. Es ging um …«

»Ich weiß«, sagte sie nur, und ihre Stimme klang gepresst, als hätte sie ein nicht minder unangenehmes Gespräch hinter sich.

»Was ist los? Willst du mir etwa die Freundschaft kündigen?« Mit einem Mal wurde ich empfindlich nervös, denn sie druckste herum, als müsste sie mir beichten, dass sie mich an den Teufel verraten hatte.

Verraten hatte sie mich tatsächlich. Allerdings nicht an den Teufel, sondern an meine Eltern.

»Du musst mir verzeihen«, sagte sie mit Verzweiflung in der Stimme, nachdem sie mir die ganze Chose in ausschweifenden Erklärungen gebeichtet hatte. »Ich kann doch nichts dafür.«

Das sah ich anders. Ganz anders. War Vale denn noch zu retten? Wieso hatte sie sich derart verplappert? Was hatte sie sich bloß dabei gedacht? Was fiel ihr bloß ein, mein Vertrauen dermaßen zu missbrauchen? In meiner Aufregung merkte ich gar nicht, dass ich die gleichen Sätze verwendete wie mein Vater.

Als Krönung des Ganzen schob sie noch einen letzten Satz hinterher, der mich völlig die Fassung verlieren ließ.

»Sag mal, spinnst du?«, brüllte ich in den Hörer und meinte es keineswegs so liebevoll wie die Bayern. Vielmehr war es mir bitterernst. »Das war's mit unserer Freundschaft«, verkündete ich außer mir vor Wut und legte auf.

Danach lief ich ohne Sinn und Verstand durch die Wohnung und wusste nicht, wohin mit mir. Selbst im Bad hielt ich es nicht aus, daher zog ich mir die Sandalen mit den dünnen Riemchen aus geflochtenem Leder wieder an und ging nach draußen. Ich rannte förmlich durch den Brudermühlpark, in der Hoffnung auf eine zündende Idee, um das Unglück aufzuhalten. Doch mir wollte nichts einfallen. Während ich Runde um Runde drehte und sich bereits eine kirschgroße Blase an meiner rechten Ferse bildete, hallte der alles entscheidende Satz, mit dem Vale aus der Ferne mein gesamtes Leben durcheinandergebracht hatte, in meinem Kopf wie in einer Endlosschleife wider.

»Deine Mutter ist auf dem Weg nach München.«

12.

»Vivere una favola«

Keine dreiundzwanzig Stunden später stand fest, dass sich das Unglück nicht würde abwenden lassen: *Mamma* hatte für Donnerstag ein Ticket gebucht und würde damit in zwei Tagen hier auf der Matte stehen.

Allerdings war die Sache ein wenig anders gelaufen, als ich zunächst angenommen hatte. Mein Vater hatte keineswegs mit Signor Colluti telefoniert, und der alte Fiesling hatte mich auch nicht verraten. Vielmehr hatte mein Versteckspiel meine Eltern irgendwann so misstrauisch gemacht, dass *babbo* nichts Besseres eingefallen war, als zu meiner besten Freundin nach Hause zu fahren und sie so lange unter Druck zu setzen, bis sie ihm alles erzählt hatte. Zwar konnte ich gut nachvollziehen, dass Vale in der Situation nicht lange hart geblieben war, und natürlich wusste ich auch, dass ich selbst einen nicht ganz unerheblichen Anteil an meiner momentanen Lage hatte, dennoch fühlte ich mich nach wie vor von ihr verraten. Sie hatte nach einigem Hin und Her wohl meine Adresse herausgerückt und meinem Vater auch gesagt, dass ich in einer WG wohnte. Immerhin hatte sie meinen Eltern das nicht unwichtige Detail vorenthalten, dass ich mit drei Männern zusammenlebte – jedenfalls hatte sie das bei unserem Telefonat mehrfach beteuert. Womit hatte ich das alles bloß verdient?

Jammern half jetzt sowieso nichts mehr, daher konzentrierte ich mich darauf, Schadensbegrenzung zu betreiben und dafür zu sorgen, dass *mammas* Besuch nicht in einem neuen Skandal gipfelte.

Das war leider alles andere als einfach, denn wenn meine Eltern erfuhren, dass ihre wohlbehütete Tochter seit über zehn Monaten mit drei Männern – unverheirateten wohlgemerkt! – zusammenlebte, war alles schier zu spät. Mit meiner unpopulären eigenen Entscheidung hatte ich meine Familie in Riccione in helle Aufregung versetzt, die ganze Verwandtschaft war bei uns zu Hause zusammengekommen, sogar *zia* Ivana und *zio* Fabio waren von Berlin per Telefon live zugeschaltet, um über meinen Verbleib in München und damit meine Zukunft zu debattieren. Glücklicherweise hatte meine *nonna* vehement Partei für mich ergriffen und mich gegen den Rest der Sippe verteidigt. Am Ende hatten sie einstimmig beschlossen, dass meine Mutter nach München kommen und persönlich nach dem Rechten sehen sollte. Von ihrem Lagebericht hingen dann alle weiteren Entscheidungen des Familienrates ab. Auweia! Immerhin hatte ich *babbo* inzwischen davon überzeugen können, dass Colluti alles andere als ein vertrauenswürdiger Mensch war. Es hatte eine Weile gedauert, bis mein Vater mir zugehört hatte, da er fest davon überzeugt war, ich hätte mir die ganze Geschichte bloß ausgedacht, um von meinen eigenen Schandtaten abzulenken. Er sagte allen Ernstes »Schandtaten«, und ich kam mir vor wie eine Schwerverbrecherin. Meinen vermeintlichen Vermieter wollte *babbo* noch mal anrufen, um in Ruhe mit ihm zu sprechen. Sollte er tatsächlich den Eindruck gewinnen, dass wir einem Betrüger auf den Leim gegangen waren, würde ich hier in München bei der Polizei Anzeige erstatten.

Um meiner Familie in nichts nachzustehen, vor allem aber um meinen eigenen Hintern doch noch irgendwie zu retten, trommelte ich ebenfalls kurzfristig für den nächsten Tag einen Krisenstab zusammen. Zum Glück hatten alle Zeit. Selbst mein ehemals verhasster Mitbewohner hatte den Ernst der Lage erfasst und wollte sich meine Sorgen zumindest mal anhören. So saß ich mit Elin, Beate, Isabelle, den M&Ms, Otto und Friedrich am Mittwochabend bei Antipasti, Weißbrot und einem kräftigen Chianti in unserer Küche um den runden Glastisch, um einen Schlachtplan auszuarbeiten. Selbst Joe Kugel hatte beschlossen, die Runde durch seine Anwesenheit zu beehren, und saß dösend auf der Fensterbank.

Im Nu entbrannte eine lautstarke Diskussion, und alle redeten hektisch durcheinander. Die Vorschläge wurden immer abstruser, und ich stand mal wieder kurz vor einem original italienischen Temperamentsausbruch, der nichts weiter war als meine getarnte Verzweiflung, als Marcus mit seiner Idee dem Ganzen die Krone aufsetzte.

»Liebelein, ich hab's!«, rief er plötzlich, und alle am Tisch verstummten, weil er vor Aufregung oder Begeisterung oder beidem aufgesprungen war. »Wir drei verkleiden uns einfach als Frauen«, wandte er sich an Friedrich und Mike. »Ich hab da noch jede Menge tolle Fummel von Fasching und dem Christopher Street Day. Ich würde euch sogar schweren Herzens meine Stilettos vom Tuntenlauf leihen, wenn ihr versprecht, gut drauf aufzupassen.«

Mike hob nur feixend die Augenbrauen, während Friedrich die nackte Panik ins Gesicht geschrieben stand. »Auf gar keinen Fall«, sagte er, stand auf, murmelte etwas von »Muss aufs Klo«, und weg war er.

Damit war er schon mal aus dem Rennen und ich so weit wie nie vom Zieleinlauf entfernt. »Wie soll das denn gehen?«, fragte ich. »Meine Mutter ist zwar Italienerin, aber auf den Kopf gefallen ist sie nicht. Sie wird sofort merken, was hier gespielt wird, und dann wird sie richtig sauer. Das kann ich unmöglich riskieren.«

Elin war da ganz meiner Meinung. »Du siehst bestimmt super aus als Frau, Marcus, aber wenn das auffliegt, ist Angela erst recht dran.«

»Könntest du nicht mit Otto das Zimmer tauschen?«, schlug Isabelle vor. »Dann tun wir einfach so, als würdest du bei uns wohnen, und machen einen auf Weiber-WG.«

»Jaaaaaaaaaaaaaaaaa«, brüllte ich deutlich lauter, als nötig gewesen wäre, woraufhin auch Joe Kugel beschloss, sich in Sicherheit zu bringen, und mit einem Riesensatz aus der Küche stürmte.

»Super, das ist die Lösung!«, rief Beate, ebenfalls ganz begeistert. »Sofern Otto mitmacht«, schob sie sogleich hinterher und warf ihm einen fragenden Blick zu.

Zum ersten Mal seit dem emotionsgeladenen Risotto-Essen sahen wir uns wieder, und ich fühlte mich alles andere als wohl in meiner Haut. Otto dagegen ließ sich nicht das Geringste anmerken, und ich vermochte nicht einzuschätzen, wie es ihm damit erging.

»Daran soll's nicht scheitern, allerdings gibt es da ein kleines Problem.« Otto war sichtlich skeptisch. »Ich bin gegen die Katze allergisch, und wenn ich länger als vier, fünf Stunden hier in der Wohnung bin, bekomme ich einen Erstickungsanfall, der sich gewaschen hat. Länger wirken meine Allergietabletten einfach nicht, drei Tage am Stück halte ich das auf gar keinen Fall aus.« Er zögerte, und es war ihm sichtlich unangenehm, dass er mir in diesem Punkt nicht weiterhelfen konnte. »Ich könnte höchstens zu Tobi ziehen. Wenn ihr wollt, rufe ich ihn gleich mal an.« Er war schon im Begriff aufzustehen.

»Nein, das kommt keinesfalls in Frage«, sagte ich schnell. Otto hatte wahrlich genug für mich getan. Außerdem war ich gerade dabei, das Gefühlschaos in mir zumindest halbwegs zu bewältigen, und konnte einen Rückschlag beim besten Willen nicht gebrauchen. »Es muss noch eine andere Lösung geben«, schob ich daher schnell hinterher.

Mike, der die ganze Zeit eher still dabeigesessen und uns zugehört hatte, meinte nun: »Wenn wir hier eh schon einen auf Frauentausch machen, wieso ziehen wir dann nicht für die drei Tage nach nebenan, und Isabelle und Beate nehmen unser Zimmer?«

»Zu zweit in einem Zimmer?«, rief Beate. »Mit Isabelle? Niemals!«

Isa stemmte empört die Hände in die Hüfen. »Also hör mal, ich dachte, wir wären Freundinnen.«

»Das sind wir auch – noch.« Beate feixte und warf Isabelle eine Kusshand zu.

»Also gut, dann überrede ich eben Friedrich, dass er einen Tag früher nach Hause zu seinen Eltern fährt, damit ihr beide Zimmer zur Verfügung habt. Ich glaube, er wollte am Freitagmorgen los. Ich gehe gleich mal rüber und frag ihn.« Damit stand Mike auf und begab sich auf seine schwierige Mission.

»Dann müssen wir aber losen, wer in Friedrichs Zimmer schlafen muss«, sagte Isabelle und verzog leicht angewidert die Mundwinkel. »Freiwillig geh ich da nicht rein.«

»Du verlangst uns ganz schön was ab, Liebelein«, meinte Marcus und streichelte mir über die Wange.

»Aber keine Sorge, wir lassen dich nicht hängen. Wirst sehen, deiner *mamma* wird's hier so gut gefallen, dass sie gar nicht mehr wegwill.«

»Bloß nicht!«, sagte ich und musste mir vor Rührung und Dankbarkeit, weil sich alle so sehr um mich bemühten, eine Träne aus dem Augenwinkel wischen. Ich war in Deutschland zu einer waschechten Heulsuse mutiert.

»Das kriegen wir schon hin«, meinte auch Otto und zwinkerte mir auffordernd zu, was mir sofort wieder den altbekannten Stich versetzte. »Komm, trink erst mal noch 'nen Schluck Wein.« Er griff zur Flasche und schenkte mir nach.

Vermutlich stimmt es doch, was man immer über die Deutschen hört, dachte ich. Am Anfang sind sie ein bisschen spröde und nicht sonderlich zugänglich, aber wenn sie dich erst mal ins Herz geschlossen haben, tun sie alles für dich. Echte Freunde fürs Leben eben, auf die man sich in Notsituationen verlassen kann, und nicht nur Leute, die bei jeder Party dabei sind und vor allem *bella figura* machen, aber einen im Ernstfall hängenlassen und verraten. Der Seitenhieb auf Vale zeigte mir, dass ich noch immer an dem Verrat zu knabbern hatte, auch wenn ich im Grunde genommen genau wusste, dass ich in ihrer Lage vermutlich ganz genauso gehandelt hätte.

Keine fünf Minuten später stand Mike wieder in der Küchentür und machte das Victory-Zeichen. »Alles klar, Friedrich spielt mit«, sagte er, als würde er die Deutsche Einheit verkünden. »Er übernachtet heute bei einem Freund und fährt morgen dann von dort los. Das ist ein echter Freundschaftsbeweis an dich, Angela«, fügte er noch hinzu.

Ich nickte nur beschämt, denn ich war mir nicht sicher, ob ich das Gleiche für Friedrich getan hätte. Doch ehe ich darüber nachdenken und mir etwas eingestehen konnte, was nicht zwingend für mich sprach, brach lauter Jubel aus, und wir fielen uns alle um den Hals. Dann stürmten wir zu siebt die Nachbarwohnung, um den Umzug vorzubereiten. *Mamma* würde genau wie ich in aller Frühe mit dem Nachtzug ankommen, daher war die Zeit ohnehin schon sehr knapp.

Um halb drei Uhr morgens fiel ich todmüde ins Bett. Wir hatten stundenlang geräumt und geschleppt, und ich hatte schon befürchtet, dass Frau Griesmayer irgendwann wutentbrannt vor der Tür stehen würde – im schlimmsten Fall gleich mit der Polizei, wegen nächtlicher Ruhestörung –, doch es ging alles glatt. Eigentlich hätte ich die Nacht auch durchmachen können, denn ich war von der Aktion so aufgedreht, dass ich ohnehin kein Auge zutun konnte. Ständig überlegte ich, ob wir nichts übersehen oder vergessen hatten, denn ich vermochte mir keine größere Schmach vorzustellen, als an der Hand meiner Mutter München zu verlassen und unfreiwillig in den Schoß meiner mich behütenden Familie zurückzukehren. Immerhin lenkte mich die Aufregung um *mammas* Ankunft von meinen Grübeleien über Otto und mich ab.

Als ich kurz darauf völlig gerädert aufstand, fiel mir siedend heiß ein, dass wir vergessen hatten, die vielen Fotos von den Reisen der M&Ms, die in der Toilette in einem riesigen Rahmen hingen, zu entfernen. Hektisch versuchte ich, das riesige Ding abzuhängen, doch es war so schwer, dass ich es nicht alleine schaffte. Isabelle, die ebenfalls schon wach war und unsere Küchenschränke nach einem Glas Nutella absuchte, rettete mich aus meiner Notlage. Wir drapierten einfach ein buntes Tuch über die beiden Nägel, da wir so schnell keinen Ersatz fanden, und tranken noch schnell gemeinsam einen Kaffee. Beate schlief noch, da sie erst gegen halb neun an der Uni sein musste. Ich schob mir gerade einen Löffel von Friedrichs Lieblingsjoghurt in den Mund, den ich mir ohne einen Funken schlechten Gewissens genehmigte, da er in einem Tag ablief, als es klingelte.

Isabelle und ich sahen uns vielsagend an. Dann warf ich einen Blick auf die Küchenuhr: 05.53 Uhr.

»Deine Mutter?«, fragte sie.

»Kann eigentlich nicht sein.«

Ich saß da, als bekäme ich in diesem Leben nichts mehr zu essen, wenn ich mich als Erste bewegte, und lauschte in die Stille. Mit jeder Sekunde, die verstrich, war ich mir weniger sicher, ob ich mir die Ankunftszeit des Zuges richtig notiert hatte. Dabei hätte ich mich eigentlich noch erinnern müssen, wann ich damals in München angekommen war. Sofern mich nicht alles täuschte, traf der Nachtzug aus Bologna um Punkt halb sieben ein. Hatte ich mich etwa um eine Stunde vertan? Ich traute es meiner Mutter durchaus zu, dass sie sich einfach ein Taxi genommen hatte, statt anzurufen, weil sie davon ausging, dass ich mich nicht traute, ihr nach all dem Ärger unter die Augen zu treten. Wir hatten seit meinen Streitgesprächen mit *babbo* nur zweimal sehr kurz telefoniert und die wichtigsten Details besprochen. Dabei war sie, die ich zu den Menschen mit dem größten Redebedarf in ganz Italien zählte, jedes Mal extrem kurz angebunden gewesen, und das war kein gutes Zeichen. Damit konnte ich mit an Sicherheit grenzender Wahrscheinlichkeit davon ausgehen, dass mir von ihrer Seite ebenfalls eine Standpauke blühte, die ich meinem ärgsten Feind nicht gewünscht hätte.

Mir war klar, dass ich mich allmählich mal rühren und

an die Tür gehen sollte, daher stand ich mit einem mulmigen Gefühl im Magen auf.

»Bist du bereit?«, fragte ich Isabelle im Flüsterton, und nachdem sie genickt hatte, atmete ich tief durch und ging zur Wohnungstür. Ich setzte mein unschuldigstes, strahlendstes Lächeln auf, rief in möglichst unbeschwertem Ton: *»Ciao, mammina, come stai? Tutto bene?«*, und riss mit Schwung die Tür auf.

Das letzte Wort wäre mir fast im Hals steckengeblieben, denn vor mir stand wider Erwarten nicht meine Mutter, sondern ein eher kleiner, extrem schlanker junger Mann mit strahlend blauen Augen, den ich irgendwo schon mal gesehen hatte. Ich wusste nur beim besten Willen nicht mehr, wo. Mit offenem Mund starrte ich auf die Hand, die er mir entgegenstreckte.

»Danke, mir geht's gut, um auf deine Frage zu antworten, auch wenn du nicht mich gemeint hast.« Er grinste leicht verlegen, und ich grinste mindestens so verlegen zurück. »Ich bin übrigens Jan«, fügte er noch hinzu.

»Angela«, sagte ich nur und schüttelte ihm mechanisch die Hand.

»Das dachte ich mir schon. Schöne Frauen waren zu meiner Zeit eher Mangelware in dieser Wohnung, und ich glaube nicht …« Er stutzte, sah mir so tief in die Augen, dass mir ganz mulmig wurde und ich mich am Türrahmen festhalten musste, und meinte: »Sag mal – kennen wir uns irgendwoher?«

»Vom Telefon?«, schlug ich vor, da mir wahrlich nichts Blöderes einfallen wollte. Ich stand da wie bestellt und nicht abgeholt und bemühte mich, ein nicht allzu dämliches Gesicht zu machen. Das ist also Jan, dachte ich und war zugegebenermaßen leicht enttäuscht. Irgendwie hatte ich ihn mir anders vorgestellt. Nicht so klein, nicht so schlaksig, nicht so blond. Von dem großen Unbekannten, den ich bei unseren Telefonaten immer vor mir gesehen und der meinem Idealbild von einem Mann voll und ganz entsprochen hatte, war nicht mehr viel übrig.

»Nein, nein, nicht vom Telefon«, sagte er. »Ich habe den Eindruck, als wären wir uns schon mal irgendwo begegnet, ich weiß bloß nicht, wo.« Diesmal musterte er mich von Kopf bis Fuß, und ich wäre am liebsten im Erdboden versunken.

Seltsam, dachte ich, wieso haben wir beide den gleichen Gedanken? Bisher hatten wir uns stets verpasst und nur miteinander telefoniert, aber vielleicht waren wir uns schon mal im selben Club oder auf derselben Party über den Weg gelaufen, ohne uns zu erkennen?

»Sorry, dass ich euch hier mitten in der Nacht aufgeschreckt habe«, riss Jan mich aus meinen Gedanken, »aber ich bin mit dem Nachtzug zu einer Tagung angereist, die in letzter Minute abgesagt wurde. Da wollte ich den freien Tag nutzen, um euch einen Besuch abzustatten, bevor ich heute Nachmittag wieder zurückfahre. Sind die M&Ms noch da, oder habe ich sie verpasst, weil sie heute auf dem Großmarkt sind? Jedenfalls dachte ich mir, ich komme spontan zum Frühstück vorbei. Ich hab nur leider meinen Schlüssel nicht dabei, daher musste ich klingeln.« Er hielt mir eine Papiertüte unter die Nase, der ein verführerischer Duft nach Brötchen und *cornetti* entströmte.

Ich starrte erst die Tüte und dann ihn wie gebannt an, unfähig, auch nur ein Wort zu sagen. Wieso kam er ausgerechnet am selben Tag wie meine Mutter nach München? Noch dazu genau wie sie mit dem Nachtzug? Waren die beiden etwa zusammen gereist und hatten sich zufällig kennengelernt? Was hieß hier zufällig? Zufälle gibt es nicht, das hatte ich inzwischen begriffen. Ansonsten begriff ich hier jedoch gar nichts mehr und war gelinde gesagt total überfordert.

»Schön, dass wir uns endlich mal persönlich kennenlernen«, fügte Jan hinzu, da ich keine Anstalten machte, seinen Monolog in einen Dialog zu verwandeln. »Darf ich reinkommen?«

»Oh, na klar.«

Wie von unsichtbaren Fäden gezogen, trat ich zur Seite und ließ ihn durch. Dabei landete ich mit der Nase an seiner Schulter, und als ich seinen Geruch wahrnahm, durchzuckte es mich, und ich wusste plötzlich, woher ich ihn kannte. Er war der Typ, dem ich bei meiner Ankunft in München den Kaffee übergeschüttet hatte. *Madonna mia!*, hoffentlich erkannte er mich nicht. Ausgerechnet das war Jan! Der Mann, dem ich verdankte, dass meine erste Begegnung mit einem Einheimischen nicht zu den glücklichsten gehörte. Ich wollte mich gerade in eine Panikattacke hineinsteigern, doch zum Glück kam ich gar nicht erst dazu, nervös zu werden und mich womöglich dadurch zu verraten.

Isabelle kam aus der Küche gestürmt und stürzte mit ausgebreiteten Armen auf Jan zu. »Hallo, das ist ja mal eine schöne Überraschung«, rief sie, und die beiden umarmten sich.

»Allerdings«, erwiderte Jan verwundert. »Hab ich etwa an der falschen Tür geklingelt, oder bist du inzwischen hier eingezogen?«

Isa lachte nur, schob ihn in die Küche und erklärte ihm bei einem Kaffee, was Sache war. Gebannt hörte er ihr zu, als sie mein Dilemma schilderte, und bot spontan an, das Spiel mitzuspielen und sich als Vermieter auszugeben, der die Wohnung in Augenschein nahm, um meine Mutter von der Seriosität meiner Wohnsituation zu überzeugen. Ich war sprachlos. Warum tat er das? Jan schlug tatsächlich vor, nach nebenan zu gehen, sobald er seinen Kaffee ausgetrunken hatte, und kurz nach acht noch mal bei uns zu klingeln, wenn ich und meine *mamma* angekommen waren. In dem Anzug und der Krawatte, die er vermutlich für den Kongress angelegt hatte, wirkte er seriöser als sieben Signor Collutis zusammen.

Isabelle war sofort begeistert von seinem Angebot, während mir das alles unendlich peinlich war und ich tief über meinen Teller gebeugt dasaß und mir ständig die Haare ins Gesicht zupfte. Dabei betete ich stumm zur Muttergottes und allen Heiligen, die mir einfallen wollten, diesem hilfsbereiten und sympathischen Typen, der mir gegenübersaß und überlegte, wie er mir am besten den Hintern retten konnte, möge bloß nicht einfallen, woher er mich kannte. Sonst überlegte er es sich am Ende noch anders. Als es Zeit war, zur S-Bahn zu gehen, stürmte ich geradezu aus dem Haus und war heilfroh, dieser schier unerträglichen Situation zu entkommen.

Zwei Stunden und siebzehn Minuten später beschlich mich exakt das gleiche Gefühl noch einmal, nur sah ich diesmal leider keine Möglichkeit, der Situation zu entfliehen. Die gesamte Aktion drohte in die Hose zu gehen. *Mamma,* die mir auf dem ganzen Weg vom Bahnhof bis in die Wohnung eine Moralpredigt vom Feinsten gehalten hatte, schien nicht nur gegen meine Argumente und Beschwichtigungsversuche resistent zu sein, sondern auch gegen Jans Charmeoffensiven und seine hervorragend gespielte Seriosität. Ich verspürte fast körperliche Schmerzen, je länger er sich Mühe gab, meine störrische Mutter davon zu überzeugen, dass ich hier mit Isabelle und Beate einen hochanständigen Haushalt führte. Doch *mamma* blieb mehr als skeptisch.

»Madonna mia«, hatte sie schon nach dem Aussteigen aus der S-Bahn gesagt, »was ist das denn für eine Gegend, in der du hier wohnst, Kind?«

Darum bemüht, die Emotionen sowohl bei mir als auch bei ihr ja nicht hochkochen zu lassen, sagte ich im unschuldigsten Unschuldston: »Wieso? Das ist ganz normal für München. Hier wohnen anständige Leute.«

Sie deutete erst auf die ehemalige Zigarettenfabrik, die gerade zu einem Gewerbepark umgebaut wurde, und dann auf das weitläufige Gelände des Fruchtgroßhändlers gleich neben dem Bahndamm. »Ist das hier wirklich ein Wohngebiet? Hier sieht es ja schlimmer aus als in Palermo.«

Da ich weiß, dass *mamma* das Stilmittel der Übertreibung gerne für ihre Zwecke einsetzt, überging ich die Bemerkung einfach und zeigte auf unser Haus, das in der Morgensonne strahlte.

Meine Mutter war davon unbeeindruckt und widmete sich nun dem kleinen Hügel zur S-Bahn-Haltestelle, auf dessen einer Seite die Kleingärten lagen und sich auf der anderen ein zugewuchertes Grundstück befand, das zugegebenermaßen nicht sonderlich einladend wirkte.

»Bitte sag mir nicht, dass du hier abends alleine entlangläufst. Das ist ja eine total finstere Ecke, viel zu gefährlich. Um Himmels willen, wo haben wir dich da bloß hingelassen? Wieso bist du nicht zu Signor Colluti gezogen, wie es vereinbart war? Nichts als Ärger hat man mit dir. Und erst diese beschwerliche Zugreise. Am besten, du packst deine Sachen, und wir fahren gleich heute Abend wieder nach Hause zurück.«

Die Tirade wollte nicht enden, und allmählich beschlich mich die Angst, dass ich tatsächlich am Abend mit gepackten Koffern am Bahnsteig des Münchner Hauptbahnhofs stehen und diese Stadt zum letzten Mal sehen würde.

»Aber *mamma*«, versuchte ich sie zu beschwichtigen, »jetzt komm doch erst einmal hier an. Wir gehen jetzt hoch und kochen uns einen *caffè,* und dann frühstücken wir gemütlich. Okay?«

»Frühstücken? Gemütlich? Was ist denn mit dir passiert? Du hast noch nie gefrühstückt. Hat dich dieses Deutschland denn völlig verrückt werden lassen? Isst du inzwischen morgens etwa auch Wurst und Käse?«

Es war aussichtslos. Egal was ich sagte, ich machte es nur noch schlimmer. Meine Mutter war offensichtlich wild entschlossen, alles und jeden furchtbar und schrecklich zu finden, und war ständig auf der Suche nach weiteren Anhaltspunkten für meine drohende seelische wie körperliche Verwahrlosung.

Frau Griesmayer, die uns in typisch bayerischer Hausfrauentracht im Hausflur ein lautes *»Griasgod«* entgegenschmetterte, machte leider auch keinen Boden gut.

»Was ist mit dieser Frau?«, zischte *mamma* entsetzt, nachdem sie selbstverständlich ein zuckersüßes *»Buon giorno«* erwidert hatte. »Wieso trägt sie diesen komischen Kittel und ein Kopftuch? Und diese Schuhe«, sie deutete auf die Birkenstocks, »hat die Ärmste ein schlimmes Fußleiden?«

Ich gab mir redlich Mühe, nicht mit den Augen zu rollen, was mir nur gelang, weil ihr Gepäck so schwer war, dass ich damit fast nicht die Treppe in den ersten Stock hochgekommen wäre. Was hat sie nur dabei?, fragte ich mich. Sie will doch angeblich nur zwei Tag bleiben? Ehrlich gesagt verstand ich die komplette Aktion nicht. Vermutlich war sie gekommen, um mich höchstpersönlich wieder in »ein Land mit Kultur«, wie sie sich am Telefon mal ausgedrückt hatte, zu überführen. Ich konnte mir jedenfalls nicht vorstellen, dass sie sich nur mit eigenen Augen davon überzeugen wollte, wie ihre Tochter hier lebte, weil sie meinen Berichten nun nicht mehr traute, und dann unverrichteter Dinge wieder abzog. Dafür reiste meine Mutter viel zu ungern und hätte niemals die beschwerliche Zugfahrt auf sich genommen.

Jedenfalls hatte sie mit ihrer überraschenden Stippvisite alles durcheinandergebracht. Ich hätte heute ein wichtiges Seminar an der Uni gehabt, in dem ich noch eine Hausarbeit schreiben wollte, und auch bei den beiden Vorlesungen im Anschluss konnte ich mir eigentlich keine weiteren Fehlstunden erlauben. Aber vielleicht war das ja nun eh alles egal.

Isabelle, die uns schon an der Tür erwartete, packte ihre Italienischkenntnisse aus und zeigte wirklich vollen Einsatz, doch sie war *mamma* irgendwie zu deutsch angezogen, was ich sofort an dem leicht abschätzigen Blick bemerkte, mit dem sie meine Freundin bedachte. Zum ersten Mal ging mir die oberflächliche Art, mit der Italiener gerne alles und jeden be- oder vielmehr verurteilen, auf die Nerven. Merkte *mamma* denn nicht, dass sie sich hier eine Fehleinschätzung nach der nächsten erlaubte? Wieso sah sie nicht genau hin, sondern begnügte sich mit dem ersten und in aller Regel falschen Eindruck?

War ich etwa auch so? Inzwischen vielleicht nicht mehr, sagte ich mir, doch bei meiner Ankunft in München hatte ich vermutlich nicht anders geurteilt. Wie war das noch? Alles, was uns an anderen missfällt, kann uns zu besserer Selbsterkenntnis führen. Das hatte der schlaue C. G. Jung mal gesagt, und der war selbst in Italien als Begründer der analytischen Psychologie anerkannt.

Mamma war gerade noch dabei, die Wohnung mit kritischem Röntgenblick zu inspizieren, als Jan wie verabredet klingelte. Ich war heilfroh, dass ich mich nicht auf den Vorschlag eingelassen hatte, nach drüben in Ottos Zimmer zu ziehen, denn das Chaos, das in der Nachbar-WG herrschte, hätte meine Mutter mit an Sicherheit grenzender Wahrscheinlichkeit sofort zur Abreise bewegt. Inklusive Tochter, versteht sich.

Jan, der immerhin fast perfekt Italienisch sprach, gab sich wahrlich Mühe, doch *mamma* wollte sich von ihm weder beeindrucken noch überzeugen lassen. Ich glaube, sie merkte gar nicht, dass es alles andere als selbstverständlich war, dass sie in diesem fremden Land so problemlos kommunizieren konnte. Mit Sicherheit hatte sie sich darüber vorher keine Gedanken gemacht und verbuchte dies daher nicht wie geplant auf der Positivseite ihrer imaginären Strichliste. Vielmehr bemängelte sie, dass unser Vermieter viel zu jung und damit nicht seriös, die Wohnung zu dunkel, das Bad zu klein und die Katze zu schmutzig wäre. Wie man eine solche Bakterienschleuder in der Wohnung halten könne, noch dazu mit einem eigenen Klo mitten im Badezimmer, sei ihr schleierhaft. Sie ging sogar so weit mit ihrer Mäkelei, dass ich drauf und dran war, Joe Kugel in Schutz zu nehmen.

Natürlich nahm sie meine Umgebung einzig und allein aus Sorge um mich so kritisch unter die Lupe, dennoch zählte dieser Vormittag zu den anstrengendsten in meinem Leben. Zwischendurch schrieb ich Vale eine SMS, in der ich ihr die Pest an den Hals wünschte, doch zum Glück schickte ich sie nicht ab. Mir war klar, dass meine Freundin, die ich allzu gern für mein Leid verantwortlich gemacht hätte, im Grunde nichts dafür konnte, sondern dass ich erst mal vor meiner Haustür kehren musste. Doch wer gesteht sich so was schon gerne ein?

Wir schifften ein paarmal haarscharf an einer Katastrophe vorbei, etwa als *mamma* sich über die vielen Herrenschuhe in der Abstellkammer wunderte oder wissen wollte, warum sich die Frauen in Deutschland mit Trockenrasierern die Haare an den Beinen entfernten. Isabelle und Jan stellten eine abstruse Theorie nach der anderen auf, und irgendwie schafften wir es zu dritt, dass sich das Misstrauen meiner Mutter in Grenzen hielt. Nachdem immerhin die Inspektion der Küche zu *mammas* Zufriedenheit verlaufen war, holte sie aus ihren Taschen einen ganzen Supermarkt voller Lebensmittel hervor und fing unaufgefordert an zu kochen. Wahllos öffnete sie alle Schränke und Schubladen, bis sie sich das nötige Equipment zusammengesucht hatte, und bald brutzelte und zischte es in mehreren Pfannen und Töpfen, wie ich es von zu Hause kannte.

Ich ließ sie einfach machen, da ich hoffte, dass sie sich so am ehesten wieder beruhigte, und hielt mit Isabelle und Jan im Flur eine heimliche Lagebesprechung ab. Beate hatte meiner Mutter nur kurz die Hand geschüttelt und war in Richtung Uni verschwunden, ihr war das am frühen Morgen, glaube ich, alles zu laut und hektisch. Jan, der die M&Ms sowieso im Laden besuchen wollte, versprach schließlich, mit den beiden zum Mittagessen vorbeizukommen, und Isabelle wollte Otto zwangsverpflichten. Wie ich meine Mutter kannte, war sie glücklich, sobald sie eine Runde von mindestens fünf Personen abfüttern konnte, bis sie platzten, daher wollte ich alles in meiner Macht Stehende tun, um es dazu kommen zu lassen.

Tatsächlich war beim gemeinsamen Mittagessen die Welt zumindest schon wieder halbwegs in Ordnung. Alle beteuerten, wie gut es ihnen schmeckte, alle nahmen reichlich Nachschlag, alle aßen mit Begeisterung, und meine Mutter strahlte übers ganze Gesicht. Otto erwies sich mal wieder als Retter in der Not, weil er *mamma* tatsächlich mit einem Stück *pecorino stagionato* aushelfen konnte, das sie unbedingt zum Verfeinern ihrer Pastasoße brauchte. Sie hatte den Ziegenkäse zu Hause vergessen und war beim Kochen kreuzunglücklich gewesen, weil sie ihre Nudeln unmöglich ohne die in ihren Augen wichtigste Zutat servieren konnte.

Kurz bevor der Mutter-Tochter-Disput in ungeahnt kritische Sphären vordrang, hatte Otto geklingelt, das Problem erfasst und gehandelt – wie immer eigentlich. Noch dazu genau im richtigen Moment. Es war wie verhext mit ihm: Je verzweifelter ich versuchte, ihn aus meinem Leben und meinen Gedanken zu verbannen, desto präsenter war er. Am liebsten hätte ich Otto einfach wieder weggeschickt. Doch das war schlicht unmöglich.

Mamma war schwer begeistert von ihm und unterhielt sich beim Essen blendend mit ihm, obwohl er keine einzige Silbe Italienisch verstand. Zum Glück hatte er mit Jan, mir und Isabelle gleich drei Dolmetscher zur Auswahl, und er und meine Mutter hatten so viel Spaß, als würden sie sich schon ein halbes Leben kennen. Der sonst fremden Menschen gegenüber eher schüchterne Bayer fand sofort einen Draht zu *mamma*. Auch sie war von ihm derart angetan, dass es sie nicht mal einen Tobsuchtsanfall bekam, als Joe Kugel die allgemeine Heiterkeit dazu nutzte, auf die Küchenablage zu springen und sich seinen Anteil von der Pastasoße direkt aus dem Topf zu genehmigen.

Als wir am Abend schlafen gingen und ich auf das Feldbett sank, das ich irgendwie noch in Jans Zimmer gequetscht hatte, war meine am Morgen noch so störrische *mamma* mit Gott und Deutschland versöhnt und dachte sogar darüber nach, ein paar Tage länger zu bleiben und sich von dem »netten jungen *signore bavarese*«, wie sie Otto nannte, die Stadt zeigen zu lassen. Damit war Otto, ohne es zu wollen, in Jans Rolle des *mamma*-Bändigers geschlüpft, der sich am Nachmittag mit meinen zahllosen Dankesbekundungen im Gepäck auf den Rückweg nach Zürich gemacht hatte. Mir war ehrlich gesagt alles recht, wenn ich nur nicht mit ihr zurück nach Hause musste.

Die Chancen dafür standen erstaunlich gut. Ich ließ *mamma* vorsichtshalber eine Rund-um-die-Uhr-Betreuung angedeihen und gab mir weiterhin alle Mühe, sie von meinem seriösen Münchner Leben zu überzeugen. Nicht zuletzt zeigte ich ihr meine Hausarbeit über Signor Mann, für die ich die volle Punktzahl erhalten hatte. Die Rechnung ging auf: Meine Mutter war schwer beeindruckt von dem, was ich hier so alles lernte, und obendrein stolz auf mich. Nachdem Otto sich tatsächlich bereit erklärt hatte, uns eine Exklusivführung durch die Innenstadt zu geben, wandelte sich ihre Einstellung gegenüber München vollends zum Positiven. Meine Eltern telefonierten täglich mehrere Stunden miteinander, und nachdem *mammas* anfängliche Skepsis sich erst mal in Begeisterung verwandelt hatte, redete sie so lange auf meinen Vater ein, bis er einwilligte, dass ich noch bleiben durfte.

Doch das war nicht das Einzige, was *mamma* während ihres dreitägigen Besuchs in München für mich tat. Am Abend des zweiten Tages machten wir es uns mit einer Flasche Wein auf meinem Bett gemütlich. Während wir so eng nebeneinandersaßen, dass sich unsere Schultern und Oberarme berührten, erzählte ich ihr die ganze Geschichte mit Signor Colluti. Ich berichtete von dem Mafioso am Bahnhof, von Beate, die mir so unkompliziert ihre Hilfe angeboten und mir spontan das freie Zimmer in ihrer WG angeboten hatte.

Immer wieder nickte sie verständnisvoll und hörte mir bis zum Ende aufmerksam zu. Nachdem ich geendet hatte, legte sie mir einen Arm um die Schultern und meinte: »Aber *bella,* warum hast du uns denn nichts gesagt?«

»Weil ich Angst davor hatte, dass *babbo* mich zurück nach Riccione beordert. Genau wie es gekommen ist«, sagte ich, ohne nachzudenken.

Enttäuschung und Besorgnis spiegelten sich gleichermaßen auf *mammas* Miene, als sie antwortete: »Wir hätten doch über alles reden können!«

»Bist du dir da sicher?«

Statt einer Antwort nahm sie mich nur noch fester in den Arm und drückte mich, als wollte sie mich nie mehr loslassen. Wir redeten noch lange an diesem Abend, ehe die Flasche Wein geleert war, und als wir ins Bett gingen, hatte ich das Gefühl, dass sich unser Verhältnis in eine völlig neue Richtung bewegte.

»Es gibt eine Planänderung«, begrüßte mich *mamma,* als sie am nächsten Morgen in die Küche kam, wo ich vor einer Tasse Cappuccino und einem Mandelhörnchen saß.

Ich starrte sie an, als hätte sie verkündet, sie wolle morgen hier einziehen. »Welche?«, fragte ich dann.

»Wir müssen den netten Signor Otto auf später vertrösten. Meinst du, er hat auch am Nachmittag Zeit?« Sie sah mich abwartend an.

»Das muss ich ihn erst fragen. Warum?«

»Weil ich beschlossen habe, dass wir beide zusammen gleich nach dem Frühstück zu Signor Colluti fahren. Wir dürfen uns diese Ungeheuerlichkeit von ihm nicht länger bieten lassen. Und wenn dein Vater meint, er könne aus Rücksicht auf seinen Chef keine deutlichen Worte sprechen, dann muss ich es eben tun.« Wie um ihre Worte zu bekräftigen, nahm *mamma* mir das Hörnchen vom Teller und schob es sich in den Mund.

Ich staunte. So entschlossen und zielstrebig hatte ich meine Mutter noch nie erlebt. Bei uns zu Hause hatte zweifellos *babbo* als *capofamiglia* das Sagen. Meine Mutter war für den Haushalt und uns Kinder zuständig, und bisher hatte sie ihren Kompetenzbereich noch nicht einmal überschritten. Jedenfalls soweit ich wusste.

Keine Stunde später durfte ich hautnah miterleben, wie zielstrebig, entschlossen und vor allem einschüchternd meine Mutter sein konnte, wenn sie sich oder ihre Brut bedroht fühlte. Wie ein Panther auf der Jagd stürmte sie an dem riesengroßen, breitschultrigen Mafioso vorbei, der uns die Tür geöffnet hatte, und fiel ins Wohnzimmer ein, wo Signor Colluti in seinem Sessel saß und nicht wusste, wie ihm geschah.

Mit in die Hüften gestemmten Händen beschimpfte sie

den alten Herrn nach allen Regeln der Kunst, nicht ohne zwischendurch wahlweise an sein Gewissen zu appellieren und ihn zum Teufel zu schicken. Als stünde der Mafioso nicht die ganze Zeit einsatzbereit im Türrahmen, redete und gestikulierte sie um ihr Leben – oder vielmehr um meines.

Signor saß die ganze Zeit regungslos und ohne eine Miene zu verziehen, da. Als er seinem Lakaien den befürchteten Wink gab, fingerte ich angsterfüllt in meiner Handtasche nach meinem Handy, um die Polizei zu verständigen. Ich hatte es gerade hervorgezogen, da stellte ich zu meinem Erstaunen fest, dass sich der Mafioso nicht etwa wie erwartet auf meine Mutter stürzte, sondern zum Wohnzimmerschrank ging. Er holte eine Kassette heraus, in der mehrere Geldbündel säuberlich nebeneinanderlagen, und brachte sie dem alten Herrn. Der zählte einige Scheine ab, steckte sie in einen Umschlag und reichte ihn meiner Mutter.

»Nehmen Sie das Geld«, sagte er. »Und jetzt halten Sie bitte den Mund und gehen.«

»Na also«, erwiderte *mamma* daraufhin trocken, »geht doch.«

Sie schnappte sich den Umschlag, bevor Signor Colluti es sich anders überlegen konnte, und stürmte hinaus auf die Straße. Ich kam kaum hinterher, und als ich auf dem Bürgersteig vor ihr stand, fing sie laut an zu lachen.

»Siehst du, *bella,* manchmal muss man einfach etwas wagen. Genau wie du.«

Ich war sprachlos. *»Grazie«*, stammelte ich schließlich.

Sie winkte ab. »So, und jetzt ruf Otto an. Ich will noch was von München sehen, bevor ich diese wunderbare Stadt heute Abend wieder verlasse.«

»Wird gemacht«, sagte ich und suchte in meinem Adressbuch nach der Nummer.

Nach *mammas* Abreise blieben mir in München nun noch genau fünf Wochen, und kurz vor Torschluss lernte ich die auf mich oft behäbig wirkende Metropole noch einmal völlig neu kennen. Bisher war ich meist in Kneipen oder zum Tanzen gewesen, und nun entdeckte ich auch die Museen, kleinen Theater und verborgenen Cafés, in denen Ausstellungen oder literarische Veranstaltungen stattfanden. Auf einmal sah ich die Stadt mit anderen Augen und nahm alles wie durch einen Abschiedsschleier wahr. Egal ob ich mit Elin abends wegging oder mit Rainer zum Eisessen ins Gärtnerplatzviertel, ob ich auf dem Viktualienmarkt zwischen den reichbestückten Ständen entlangschlenderte oder an der Isar bis nach Grünwald spazierte, ob ich montags zum Kinotag mit Isabelle ins Wohnzimmer ging, wie wir unser Lieblingskino in der Sonnenstraße nannten, oder zum Shoppen nach Schwabing – fast immer musste ich nun daran denken, dass es vermutlich das letzte Mal war. In meine Vorfreude auf Riccione und zu Hause schlich sich eine gewisse Wehmut, die ganz besonders schlimm war, wenn ich an Otto dachte.

Doch zum Glück blieb mir zum Nachdenken nicht allzu viel Zeit, denn die Tage waren bis oben hin angefüllt mit Erledigungen, Abschiedstreffen und Packen.

Für den letzten Abend vor meiner Abreise plante ich ein großes Fest, zu dem ich alle Menschen eingeladen hatte, die mir in dem Jahr in München ans Herz gewachsen waren. Ich hatte mich für die Party richtig ins Zeug gelegt und ein italienisches Vorspeisenbüfett aufgebaut, an dem man sich schwindlig essen konnte. Alles, was es gab, hatte ich selbst gemacht, und meine Flatrate reichte nicht aus für die vielen Telefonate mit meiner *nonna,* die mir aus der Ferne beim Kochen und Vorbereiten half. Am liebsten wäre sie, glaube ich, selbst vorbeigekommen und hätte mit Hand angelegt. Sie ist einfach die Beste!

Es war eine große, lustige Runde, in der ein jeder eine Geschichte zu meinem Aufenthalt in München zum Besten gab, und ich hatte selten so viel gelacht. Irgendwann fingen Rainer und Otto an, mich mit meinen Bayerischkenntnissen zu necken, und ich erzählte von meiner Begegnung mit der Bäckereifachverkäuferin, die mich mit ihrer Ois-Eis-Kombination schachmatt gesetzt hatte.

»Bei dir blicke ich echt nicht ganz durch«, sagte Friedrich, und ich war mir trotz des noch immer andauernden Waffenstillstandes nicht sicher, ob er das jetzt anerkennend oder kritisch meinte. »Manchmal verstehst du die kompliziertesten Dinge, vor allem irgendwelche Redewendungen, bei denen man sich wundern muss, woher du sie kennst, und bei den einfachsten Wörtern oder Formulierungen musst du passen.«

»Tja, Friedrich, du blickst, glaub ich, nicht nur bei mir, sondern bei Frauen im Allgemeinen nicht durch«, konnte ich mir nicht verkneifen zu sagen.

Er nahm es erstaunlich gelassen. »He, vielleicht ist das ja alles bloß 'ne Masche und du tust nur so, als würdest du etwas nicht verstehen. Und zwar immer dann, wenn es für dich unangenehm oder brenzlig wird. Genau, das wird es sein.« Er war begeistert von seiner Theorie.

»Wahrscheinlich beherrscht sie unsere Sprache besser als wir alle zusammen«, meinte Elin grinsend. »Damit sollten wir uns einfach abfinden. Prost! Trinken wir auf die Superstreberin und ihr perfektes Deutsch.« Sie hob ihr Glas, und wir stießen alle an.

Erst wollte ich eingeschnappt sein, wegen der Superstreberin, aber dann erkannte ich den Vorteil der Situation und beschloss zu schweigen. Die Diskussion war nämlich mit Elins Bemerkung beendet, und das war auch gut so, sonst hätte Friedrich am Ende noch herausgefunden, dass er mit seiner Vermutung gar nicht so unrecht hatte. Aber das sollte mein Geheimnis bleiben. Was ist schon eine Frau ohne Geheimnisse, erst recht eine italienische?

Gegen vier Uhr morgens erzählte Beate dann noch mal in allen Einzelheiten, wie wir uns auf der Zugfahrt nach München kennengelernt hatten und dass sie mit Isabelle überhaupt erst auf die Idee gekommen war, mich in Jans Zimmer einzuquartieren.

»Eine super Idee, Beate«, meinte Mike, »sonst hätten wir das italienische Liebelein hier nie kennengelernt.«

»Das wäre wahrlich ein großer Verlust gewesen«, pflichtete Marcus ihm bei.

»Danke, das Kompliment kann ich nur zurückgeben. Ihr werdet schon sehen, wie es ist, wenn keiner mehr eine mittelgroße Überschwemmung im Bad hinterlässt oder am frühen Morgen schlechte Laune verbreitet. Wartet es ab, ihr werdet mich vermissen«, prophezeite ich ihnen und meinte es sogar ernst.

Friedrich schien nicht ganz meiner Meinung zu sein, aber davon wollte ich mich an meinem letzten Abend nicht beirren lassen.

»Trinken wir auf den Eiskratzer und den Osmosefilter«, rief ich aufgekratzt und hielt ihm versöhnlich mein Sektglas entgegen.

Anstatt mir darauf wie üblich eine passende Antwort zu geben, holte Friedrich ein Päckchen hervor und meinte: »Ich finde, es wird allmählich Zeit für unsere Abschiedsgeschenke.« Als die anderen nickten, stand er auf und sagte feierlich: »Liebe Angela, ich bin ganz sicher, dass du mich und einige meiner Gewohnheiten vermissen wirst, und damit du auch in Italien jeden Tag beim Duschen an mich denkst, habe ich dir eine Kleinigkeit besorgt.«

Mit einer dunklen Ahnung riss ich das Päckchen auf und hielt im nächsten Moment tatsächlich einen Abzieher in der Hand.

»Du elender Schuft!« Ich stieß einen Schrei aus und tat, als wollte ich mich auf ihn stürzen. »Was soll ich mit dem ollen Ding!«, schimpfte ich mit gespielter Aufregung. »Du weißt genau, dass ich es im Leben nicht benutzen werde.«

Unterdessen erklärte Isabelle dem völlig verdatterten Mike, der in all den Monaten nichts von unserer Privatfehde mitbekommen hatte, die Hintergründe meiner Attacke.

Immerhin war meine Reaktion ehrlich – und damit ganz und gar nicht italienisch. Wenn nämlich ein Italiener etwas geschenkt bekommt, das ihm nicht gefällt, wird er niemals die Wahrheit sagen. Etwa dass er es hässlich findet oder dass die mit Liebe selbstgestrickten Socken der halbblinden Großmutter leider fünf Zentimeter zu kurz sind. Nein, er würde sogar die potthässliche Vase beim nächsten Besuch der Schwiegermutter ganz selbstverständlich mitten auf den Tisch stellen, nicht ohne achtmal zu erwähnen, wie schön sie doch sei. Und auch für die Socken würde er sich ebenso ausgiebig wie herzlich bedanken wie für einen gedeckten Blankoscheck, obwohl er sie unmittelbar nach dem Auspacken in die hinterste Ecke seines Kleiderschrankes verbannen wird, von wo er sie zu Lebzeiten ganz sicher nicht mehr hervorholen wird.

Jedenfalls hatte Friedrich die Geschenkeorgie ins Rollen gebracht, denn plötzlich hielten alle irgendwelche Schachteln und Pakete in der Hand, und ich kam mit dem Auspacken kaum mehr nach. Dabei war ich nicht gerade zögerlich, sondern zerfetzte die Verpackungen in Windeseile, um meiner grenzenlosen Neugierde Rechnung zu tragen und mich nicht allzu lange auf die Folter zu spannen. Ich war völlig sprachlos, denn sie hatten sich alle so viel Mühe gegeben. Elin hatte mir eine Ausgabe des *Zauberbergs* gekauft, die sie mit witzigen handschriftlichen Kommentaren versehen hatte. Beate, Isabelle und Otto hatten mir ein Fotobuch zusammengestellt, mit lauter Aufnahmen, die ich noch gar nicht kannte. Rainer überreichte mir einen Wanderführer über die schönsten Touren in den Münchner Hausbergen, zusammen mit einer Großpackung Heftpflaster, und Simone schenkte mir einen Lippenstift in meiner Lieblingsfarbe: Dunkelrot. Von den M&Ms bekam ich einen Fresskorb, der den Carepaketen meiner *mamma* in nichts nachstand, mit all meinen Lieblingssachen.

»*Grazie mille*«, brachte ich schließlich gerührt hervor und prostete in die Runde. »Darauf muss ich jetzt erst mal einen Schluck trinken, sonst fange ich gleich an zu heulen.« Noch während ich den Satz aussprach, kullerte mir eine dicke Träne über die Wange.

Marcus nahm mich daraufhin in den Arm und wischte sie mir vorsichtig weg. Ich hätte einiges darum gegeben, wenn Otto an seiner Stelle gewesen wäre. Während ich mich an meinen Mitbewohner lehnte, fiel mein Blick auf den sportlichen Urbayern, der mir fröhlich zuzwinkerte.

Allerdings war ihm anzusehen, dass ihm nicht nur fröhlich zumute war.

»Schade, dass du abreist«, sagte er dann. »Du bist uns richtig ans Herz gewachsen. Ich hoffe doch sehr, dass wir es schaffen, in Kontakt zu bleiben, und uns bald mal wiedersehen.«

»Da du dich bekanntlich nicht aus München wegbewegst, wird mir wohl nichts anderes übrigbleiben, als noch mal herzukommen«, sagte ich und fügte noch schnell hinzu: »Natürlich nur, wenn meine Eltern mich lassen.«

»Das will ich mal hoffen«, erwiderte Otto nur. Er war schon den ganzen Abend über auffallend schweigsam und hatte sich eher von mir ferngehalten.

Als hätte jemand einen Schalter umgelegt, kippte meine Stimmung von ausgelassen zu melancholisch, und deshalb war ich nicht undankbar, als Isabelle und Otto zum Aufbruch riefen und sich anschickten, nach drüben zu gehen. Die M&Ms, die wie jeden Wochentag seit halb fünf Uhr morgens auf den Beinen waren, betrachteten die Welt seit einer ganzen Weile nur noch aus kleinen Schlitzen, und Friedrich hatte seine Wortbeiträge ebenfalls erheblich reduziert.

Nachdem wir uns alle mehrfach umarmt hatten und reichlich Tränen geflossen waren, wankte ich ins Bad und anschließend auf direktem Weg in mein Zimmer. Als ich endlich, betrunken und durcheinander gleichermaßen, im Bett lag und vor dem Einschlafen an so gut wie nichts anderes als Otto denken konnte, musste ich wieder mal ein Bein auf den Boden stellen, damit ich nicht so schnell Karussell fuhr. Ich versuchte, mir all die schönen, aber auch peinlichen oder schwierigen Momente in München in Erinnerung zu rufen, doch davor, dazwischen, währenddessen und danach hatte ich immer wieder Otto vor Augen.

»Lass mich gefälligst in Ruhe«, murmelte ich schlaftrunken und vergrub den Kopf unterm Kissen.

Sekunden später machte ich zum letzten Mal in München die Augen zu.

Epilog
»Ti prendo e ti porto via«

Auf dem Weg zum Bahnhof kam es mir vor, als wäre das Jahr in München innerhalb von wenigen Wochen vergangen. Gerade die vierzehn Tage bis zum Ende der Vorlesungszeit in der vorletzten Juliwoche kamen mir vor, als hätte ich sie im Zeitraffer erlebt. Ich konnte es kaum fassen, dass es inzwischen knapp zwölf Monate her war, seit ich den Münchner Hauptbahnhof im Beisein von Beate, die mich nun auch als Einzige begleitete, zum ersten Mal betreten hatte. So viel war in dem einen Jahr passiert, dass es für drei Leben gereicht hätte. Einerseits freute ich mich unbändig auf Riccione, das Meer und die salzige, warme Luft, die ich in München so oft vermisst hatte, andererseits wäre ich am liebsten einfach hiergeblieben. Einerseits konnte ich es kaum erwarten, meine Familie, vor allem meine heißgeliebte *nonna,* wieder in die Arme zu schließen, andererseits wollte ich nicht weg von meinen neuen Freunden. Einerseits war ich glücklich, endlich in Richtung Heimat aufzubrechen, in das warme, sonnenverwöhnte Land, aus dem ich kam, wo ich meine Wurzeln hatte, andererseits war ich in den letzten zwölf Monaten in München so etwas wie heimisch geworden.

Mühsam quälte ich mich mit Beate und meinem Gepäck den Berg zur S-Bahn hinauf. Die Taschen und Koffer waren leider nicht weniger geworden, zumal man mit dem Lebensmittelpaket, das die M&Ms mir bei der Abschiedsparty geschenkt hatten, locker eine fünfköpfige Familie problemlos drei Wochen hätte ernähren können. Da die Jungs in der WG um mein klammes Budget wussten, hatten sie mir großzügigerweise angeboten, die Fahrtkosten für ein Taxi zu übernehmen – etwas, das ich normalerweise niemals abgelehnt hätte. Aber ich wollte unbedingt mit der Bahn fahren, um bei meinem Abschied den gleichen Weg zu gehen wie damals bei meiner Ankunft. Bei so was bin ich nostalgisch.

Als waschechte Italienerin ziehe ich es zwar von Geburt an vor, mit dem Auto an meinen jeweiligen Zielort zu gelangen, und am Anfang hatte ich der Münchner MVG mehr als skeptisch gegenübergestanden, aber irgendwie faszinierte mich die Bahnfahrerei. Vermutlich kam sie meiner Neugierde ebenso entgegen wie meinem inneren Drang, wo immer ich war, die Leute um mich herum zu beobachten und über ihre Lebensumstände zu spekulieren. Ein Italiener setzt sich grundsätzlich sehr ungern und daher nur im Notfall der Enge in öffentlichen Bussen oder Bahnen aus. Wozu hat er schließlich ein Auto? Selbst kleinen Kindern würde es nicht einfallen, den Schulweg anders zurückzulegen als in *mammas* Wagen, selbst wenn die Strecke nur wenige hundert Meter betrüge oder sieben verschiedene Busse gleichzeitig direkt vor der Haustür abführen.

»Hast du deine Fahrkarte?«, fragte Beate, als die S-Bahn am Horizont zu sehen war.

Stolz zückte ich meine Streifenkarte, auf der noch genau zwei Streifen übrig waren, und hielt sie ihr unter die Nase. Dabei musste ich daran denken, wie mich nicht nur das undurchschaubare Tarifsystem der MVG zur

Verzweiflung gebracht hatte, sondern vor allem auch die Fahrkartenautomaten.

Kundenfreundlichkeit ist in Deutschland grundsätzlich ein schwieriger Begriff, und das liegt sicher nicht nur an dem langen Wort. Der Deutsche als solcher und der Bayer im Besonderen halten nicht viel davon, ihre Kundschaft zuvorkommend und gut zu behandeln. Offensichtlich ist hierzulande die Konkurrenz unter den einzelnen Firmen nicht so groß, dass jemand fürchten muss, der unzufriedene Kunde könne zur Konkurrenz abwandern. Jedenfalls hatte ich eine ganze Weile und eine unschöne Begegnung mit zwei Fahrkartenkontrolleuren gebraucht, ehe ich kapiert hatte, dass ein Ticket nicht gleich ein Ticket und schon gar nicht ein gültiges, sprich entwertetes Ticket war. Die Tatsache, dass in Bussen und Trambahnen die Fahrscheine bereits entwertet aus dem Automaten kamen, während die Tickets aus allen anderen Automaten nur dann gültig waren, wenn man sie vorher in einen von diesen blauen Kästen gesteckt hatte, wollte mir selbst nach einem Jahr nicht recht einleuchten.

Beate wuchtete die wie immer aus allen Nähten platzende Reisetasche in die Bahn, während ich mich mit meinem Koffer und den Tüten abmühte, in denen die Geschenke steckten, die ich gestern Abend bei meiner Verabschiedung bekommen hatte.

»Jetzt wird's ernst«, sagte sie, als der Zug anfuhr, und bedachte mich mit einem wehmütigen Blick.

»Ich würde am liebsten hierbleiben«, sprach ich meine Gedanken von vorhin aus und kämpfte gegen die aufsteigenden Tränen an.

Meine Mitbewohner und Nachbarn waren mir in den letzten zwölf Monaten wirklich ans Herz gewachsen, und ich hätte sie am liebsten alle zusammen in einen Koffer gesteckt und mitgenommen. Vor allem Otto.

Ich hatte ihm bei unserem Abschied noch so viel sagen wollen, was unausgesprochen geblieben war, schließlich hoffte ich mehr als alles andere, dass wir uns wiedersahen. Wir hatten das Thema großzügig ausgeklammert, und es hatte sich nie mehr die Gelegenheit ergeben, dass ich mit ihm allein war. Gut möglich, dass ich es mir nur einbildete, aber ich war der Meinung, dass Otto um diesen Zustand sehr bemüht war. Vermutlich war ich ihm doch nicht so wichtig, und er hatte festgestellt, dass er gar nicht in mich verliebt war. Das mit der Fernbeziehung war sicher nur eine Ausrede gewesen. Wenn er tatsächlich etwas für mich empfand, dann konnte ihn das unmöglich zurückhalten. Oder etwa doch?

Letztlich konnte ich nicht in Ottos bayerischen Sturschädel hineinblicken, sondern nur für mich sprechen. Ich für meinen Teil hatte jedenfalls noch nie zuvor einen Mann getroffen, bei dem ich mich so wohl gefühlt hatte wie bei Otto. Bei dem Gedanken seufzte ich laut auf, ohne es zu merken.

»Alles okay?«, fragte Beate.

Ich nickte nur stumm.

Um mich von der aufsteigenden Traurigkeit abzulenken, beobachtete ich die Menschen um uns herum. Wie immer saß auf jedem Viererplatz erst mal nur eine Person. Die Deutschen verhalten sich in öffentlichen Verkehrsmitteln häufig so, als hätten die anderen Menschen eine ansteckende Krankheit. Wenn nicht viel los ist, kann man beobachten, dass sich zunächst ein jeder einzeln auf einen Viererplatz setzt und sich so weit wie möglich mit Taschen, Jacken, Regenschirmen, Einkaufstüten und sonstigen Utensilien ausbreitet, damit sich ja keiner daneben- oder gegenübersetzt. Es hat den Anschein, als wollten die Leute mit ihren Artgenossen nichts zu tun haben. Warum das so ist, weiß ich nicht, jedenfalls töten sie einen fast mit Blicken, wenn man es wagt, sich ihnen auf mehr als drei Meter zu nähern und sie am Ende gar noch – egal wie höflich – aufzufordern, doch bitte ihre Tüte, den Regenschirm oder die Aktentasche wegzunehmen, damit man sich hinsetzen kann. Was für eine Zumutung.

Ich glaube, wenn es die Möglichkeit gebe, für Regenschirme, Einkaufstüten und dergleichen wie für Hunde oder Fahrräder einen Fahrschein zu lösen und ihnen damit ein Recht auf einen eigenen Sitzplatz zu erkaufen, würde eine große Mehrheit diese Chance nutzen. Schließlich kann sich nicht jeder Kinder anschaffen oder ständig mit der gesamten Familie oder mindestens drei Freunden U- und S-Bahn fahren, nur damit sich kein Fremder dazu setzt. Sosehr ich mich bemühte, mich mit derlei Belanglosigkeiten abzulenken, meine Gedanken schweiften immer wieder zu der bevorstehenden Reise und der Frage ab, wie es weitergehen sollte. Die Fahrt verging viel zu schnell, und obwohl ich die einzelnen Sekunden am liebsten festgehalten hätte, damit sie nicht so schnell verrannen, schritten sie unerbittlich voran, und wir erreichten den Bahnhof.

»*Aiuto*«, sagte ich, als mir siedend heiß einfiel, dass ich vergessen hatte, noch mal bei Frau Griesmayer zu klingeln. Von allen hatte ich mich verabschiedet, selbst von Joe Kugel, der mir beim Kofferpacken ständig um die Beine gestrichen war, als fände er mich auf einmal doch nicht so schlimm und wäre bereit, mich zumindest als Dosenöffner zu dulden. Nur bei der alten Frau hatte ich in der Hektik nicht mehr geklingelt.

»Ach, sie wird es überleben«, sagte Beate lachend, als ich es ihr mit erschrockener Miene sagte. »Wir werden deshalb jetzt wohl kaum umkehren. Oder willst du deinen Zug verpassen?«

»Natürlich nicht«, erwiderte ich, obwohl ich nichts dagegen gehabt hätte, Otto zu überraschen. Nur zu gern hätte ich sein Gesicht gesehen, wenn ich unangekündigt vor seiner Tür gestanden wäre.

Kurz darauf standen wir zwar nicht vor Ottos Tür, dafür aber mit dem für mindestens drei reichenden Gepäck am Bahnsteig und umarmten uns fest. Beate, die oft ein bisschen spröde und nicht gerade ein Musterbeispiel für einen herzlichen Menschen war, musste ebenso wie ich ganz schön schlucken. Wir hatten trotz so mancher Dispute eine gute Freundschaft entwickelt, und ich war ihr sehr dankbar dafür, dass sie mir nicht nur einmal auf ihre unverblümte Art den Kopf zurechtgerückt hatte. Auf sie, genau wie auf Elin und auch Isabelle, konnte ich zählen, und das war ein schönes, warmes Gefühl.

Plötzlich schossen mir wieder die Gedanken von vorhin durch den Kopf. Was, wenn ich sie alle nicht wiedersah? Es war wie verhext: Da hatte ich nach meiner Pleite mit Ben nach langem Hin und Her endlich erkannt, was den richtigen Mann für mich ausmachte, und dann überlegte er es sich anders, bevor ich ihm meine Gefühle offenbaren konnte.

Dabei war ich sogar, wie Beate es ausdrücken würde, endlich von meinem »hohen Ross heruntergestiegen« und hatte erkannt, dass nicht Äußerlichkeiten und der schöne Schein wichtig waren, sondern dass ganz andere Dinge zählten. Nun war es zu spät.

»He, du bist ja ganz woanders«, holte Beate mich aus

meinen Gedanken zurück. »Uns bleiben noch genau drei Minuten, um uns zu verabschieden. Komm, lass dich noch mal drücken.«

Dann umarmte sie mich so fest, dass ich fast keine Luft mehr bekommen hätte, und wir hätten beide am liebsten losgeheult.

Kurz bevor ich in den Zug einstieg, drückte Beate mir noch ein kleines Päckchen in die Hand. »Von Otto für dich«, sagte sie mit einem Zwinkern, »damit du ihn nicht vergisst.«

»*Grazie*!« Ich wusste gar nicht, was ich darauf sagen sollte. Es war, als hätte Otto meine Gedanken erhört. Eine Aufregung erfasste mich, die mich ganz hektisch machte, und fast hätte ich das Päckchen mitten auf den Bahnsteig fallen lassen.

Da bedeutete mir der Schaffner mit einem Wink, dass der EC ohne mich losfahren würde, wenn ich nicht sofort einstieg, deshalb küsste ich Beate schnell auf beide Wangen und sprang in den Zug.

»Ich werde bestimmt bald nach München zurückkommen«, versprach ich, als ich mich in der Tür noch mal nach ihr umdrehte. Zwar hatte *babbo* ganz andere Pläne mit mir, aber auch was das anging, hatte ich mich in dem Jahr in München verändert. So dankbar ich meinen Eltern für alles war, was sie für mich getan hatten, künftig würde ich selbst entscheiden. Alt genug war ich ja.

Der Zug war kaum losgefahren und ich war noch nicht richtig auf meinem Fensterplatz in das speckige Sitzpolster gesunken, da riss ich auch schon das Päckchen von Otto auf. Mit Tränen in den Augen packte ich eine Schachtel mit Baci Perugina aus, faltete den Zettel auseinander, der darauflag, und las:

Hallo, umwerfendste aller Frauen,
ich kann dein Lachen, die Falte zwischen deinen Augenbrauen, wenn dir etwas nicht gefällt, deine leuchtenden Augen, deine Art, zu reden, und dein großes Herz einfach nicht vergessen. Ich muss dich wiedersehen. Wie wär's, wenn ich dich bald in Riccione besuche? Schließlich hast du nächsten Monat Geburtstag …
Ich vermisse dich jetzt schon!
Otto

Eines noch:

Ja, dieses Buch hat durchaus etwas mit meinem Leben zu tun – an manchen Stellen mehr, an anderen ein bisschen weniger. Rückschlüsse auf meine Person sind daher mit äußerster Vorsicht zu ziehen, und auch sonst gilt:

1. Die Wahrheit darf verbogen werden, wenn es denn der Geschichte dient.
2. Es lebe die Hyperbel!

Ich danke – allen voran – der durchgestörten Stef, weil sie es sich so gewünscht hat. Außerdem meiner PP Julia für ihre Begeisterung und die konstruktive Kritik, Eckhard für das schöne Autorenfoto, Lilli, der Grafikerin mit den besten Ideen, Kerstin für die Homepage, Diane für das tolle Feedback, bei dem all das Positive berufsgemäß nicht im Einzelnen Erwähnung fand, Claudia für die vielen Ja!! mit mindestens zwei Ausrufungszeichen und die wertvollen Hinweise aus echt italienischem Blickwinkel, Lea für die Detailinfos über Uni und Mensa, Sandra, der besten Buchhandelsvertreterin in ganz Bayern, für ihr Engagement und der gspinnerten Leopoldin für das Bayrisch-Korrektorat. Ein großes Dankeschön auch an Andrea, die mir diese tolle Chance gegeben hat, und an Julia für die sympathische und kompetente Betreuung bei Ullstein.

Danke auch an Britta, Christian und Sigrun für die tollen gemeinsamen Tage in Mainz, den Schreibtisch mit Rheinblick und das Exklusivinterview im Volksgarten.

Ebenso an Birgit, Lilli und Bettina für das kreative Abendessen, bei dem, rechtzeitig zum Nachtisch, der Titel dieses Buches spruchreif war.

Außerdem muchas gracias an Lydia, Yolanda und Christel für den multikulturellen und lustigen Abend, an dem ihr mir all eure Geschichten und Vorurteile über die Deutschen anvertraut habt. Ihr habt ja so was von recht – mit allem.

Grazie duemila anche a MIЯCOMALE®, Laura e Paola per l'assistenza da lontano, al grande Vasco Rossi, dessen Songtitel für die Kapitelüberschriften herhalten mussten, und last but not least an meinen Lieblingsmann Rudolf – dafür, dass es ihn in meinem Leben gibt.

Stefan Ulrich

Arrivederci, Roma! Ein Jahr in Italien

Originalausgabe

ISBN 978-3-548-28143-8
www.ullstein-buchverlage.de

Dolce Vita in *Bella Italia*! Wovon so viele Deutsche träumen, ist für Familie Ulrich wahr geworden: Ein Leben in Rom, in einem echten *Palazzo*. Und das beinhaltet erst mal so einige Überraschungen. Als nach und nach jedoch der Alltag Einzug hält, beschließt Stefan Ulrich, im kommenden Jahr alle Regionen Italiens zu bereisen, von Südtirol bis Sizilien. Zum Glück wissen er und seine Lieben noch nicht, worauf sie sich da einlassen. Denn *Bella Figura* zu machen ist nicht immer einfach.

Die Fortsetzung des Bestsellers *Quattro Stagioni*

UB541

ullstein

Jan Weiler

Maria, ihm schmeckt's nicht!

Geschichten von meiner italienischen Sippe

Originalausgabe

ISBN 978-3-548-26426-4
www.ullstein-buchverlage.de

»Als ich meine Frau heiratete, konnte ihre süditalienische Familie leider nicht dabei sein. Zu weit, zu teuer, zu kalt. Schade, dachte ich und öffnete ihr Geschenk. Zum Vorschein kam ein monströser Schwan aus Porzellan mit einem großen Loch im Rücken, in das man Bonbons füllt. Menschen, die einem so etwas schenken, muss man einfach kennenlernen.«

»Göttliche Geschichten. Ein unverzichtbarer Beitrag zur deutsch-italienischen Freundschaft. Und saukomisch.«
Stern

»Ein wunderbar witziges, warmherziges Buch. Wer noch keine italienischen Verwandten hat, wird nach der Lektüre unbedingt welche haben wollen.«
Axel Hacke

US66

ullstein

olio d'olí
olio d'olí
AMPAR
SODA
olio d'olí